GREGORY BENFORD

LES PROFONDEURS FURIEUSES

Traduit de l'américain par Guy Abadia

ROBERT LAFFONT

Titre original : FURIOUS GULF

ISBN 2-221-08095-5
(édition originale : ISBN 0-575-04067-X Gollancz, Londres)

À Joan,
En toute éternité

Prologue
Le Centre Véritable

Toby regardait son père en train d'arpenter la coque.

Killeen offrait l'aspect d'une silhouette argentée à la combinaison réglée de manière à refléter le plus de rayonnement possible. Un homme-miroir. La lumière fluide glissait sur lui tandis qu'il avançait, elle miroitait avec la phosphorescence des étoiles ou d'un gaz. Toby suivait sa progression à grands pas sous la forme d'une distorsion ondoyante contre le fond stellaire majestueux.

— P'pa ! l'appela-t-il sur la bande comm de sa combinaison-peau.

— Hein ? Oh… (La voix surprise de Killeen lui parvenait par-dessus les crépitements de la liaison comm.) Qu'est-ce que tu fais là, toi ?

— L'équipage se demande pourquoi tu restes si longtemps dehors. —

En tant que Cap'taine de l'*Argo*, Killeen avait le droit de faire ce qui lui plaisait, naturellement, mais Toby sentait depuis quelque temps le malaise croissant parmi les officiers de bord. Il fallait bien que quelqu'un fasse ou dise quelque chose. Il avait donc mis sa combinaison-peau pour sortir sur la coque. Ces temps derniers, le Cap'taine Killeen était resté à l'écart des autres et venait de plus en plus souvent ici arpenter les courbes abruptes de l'*Argo*, quelquefois sans même laisser ouvert son canal comm.

— Je fais un peu de navigation et d'observation —, répondit Killeen d'une voix distraite.

L'image ondoyante de l'homme massif était enrobée de lumière liquide tandis que le Cap'taine s'avançait vers Toby sur la proue ronde. Sa combinaison refléta un instant les profondeurs sombres d'un nuage moléculaire voisin, et il apparut à Toby sous la forme d'une ombre humaine irréelle qui se découpait sur le fond brun-orange d'un amas gazeux constellé d'astres brillants.

— Tu pourrais aussi bien le faire sur la Passerelle, lui dit Toby.

— Je me sens mieux dehors pour faire ça. —

Killeen était maintenant assez près pour que Toby puisse distinguer son expression morose à travers l'étroite fente de vision du scaphandre.

Toby connaissait bien ce genre d'humeur de porc-épic chez son père, et décida de couper court aux préambules.

— Il y a encore près d'une douzaine d'hommes, aujourd'hui, qui se sont fait porter malades. —

Les lèvres de Killeen se serrèrent, mais il ne dit rien. Toby hésita un instant, puis rassembla son courage.

— P'pa ! On crève la faim ! Ces jardins qu'on a perdus, ils ne se reconstitueront jamais ! Il faut regarder les choses en face ! —

Brusquement, Killeen opéra une volte-face, en faisant adroitement glisser ses brodequins magnétiques sous la gravité nulle.

— Je les regarde en face ! Qu'est-ce que tu crois ? C'est simplement que nous n'avons plus de technotrucs en réserve. Même les spécialistes, les doiverts, ne sont plus capables de faire germer des cultures. Aucune aide à attendre de ce côté-là. Alors, je *réfléchis*. Tu saisis ? —

Involontairement, Toby fit un pas en arrière. Les colères de Killeen étaient corrosives et intimidantes. Il prit une brève inspiration, puis demanda :

— Est-ce qu'on ne devrait pas… Est-ce qu'on ne pourrait pas essayer quelque chose de différent ? —

Killeen fronça les sourcils.

— Quoi, par exemple ?

— Nous rapprocher de ces trucs-là ? — fit Toby en pointant timidement l'index.

Devant l'*Argo*, au loin, flottaient des taches de lumière aux reflets métalliques. Ce n'étaient pas des amas ni de la poussière lumineuse. C'était artificiel.

— Nous ignorons ce que c'est. Peut-être des mécaproduits. Il y a toutes les chances. Les mécas en ont construit des quantités près du Centre Véritable. —

Il haussa les épaules.

— Ils sont peut-être humains, p'pa.

— J'en doute. Il y a drôlement longtemps que les humains n'habitent plus dans l'espace.

— C'est ce que disent les traités d'histoire, mais nous n'en aurons le cœur net que quand nous serons allés voir par nous-mêmes. Nous sommes des corsaires par tradition, p'pa ! La Famille brûle d'envie de quitter ce vaisseau pour se dégourdir un peu les jambes. —

Killeen contempla songeusement l'embrasement du Centre Galactique.

— Une chose qu'on apprend, quand on est Cap'taine, c'est qu'il ne faut jamais fourrer son nez dans une ruche uniquement pour sentir le miel. Ces choses-là nous seront probablement hostiles, même si ce ne sont pas des mécas. Tout semble l'être, dans ces parages. —

Toby ne releva pas cette dernière remarque. Plus d'une année s'était déjà écoulée, mais Killeen ne s'était pas encore remis de la perte de sa femme, Shibo. Il accomplissait sa tâche de Cap'taine, mais il était souvent renfermé, rêveur ou soucieux. Ces humeurs auraient pu être acceptables de la part d'un simple membre d'équipage. Elles ne l'étaient pas de la part d'un Cap'taine. Le prix à payer, sur le moral de l'équipage, était trop élevé.

Néanmoins, se disait Toby, Killeen avait sans doute raison. Ils se dirigeaient droit sur le centre de la galaxie, où de vastes et indifférentes énergies étaient à l'œuvre. De gigantesques soleils flamboyants, des nuages incandescents de poussière et de gaz. Des énergies qui dépassaient de très loin celles que de simples humains étaient capables de contrôler. Avec, quelque part au milieu de tout cela, des intelligences à la mesure des tourbillons fulgurants d'étoiles.

Il avait suffisamment étudié l'histoire pour savoir que les humains avaient grandi au voisinage d'une étoile située dans un bras spiralé à deux tiers de distance par rapport au centre. La galaxie était un disque qui tournait, comme une toupie, mais d'une taille que l'esprit humain avait du mal à concevoir. Là-bas, où se trouvait la Vieille Terre, loin des cataclysmes du Centre Véritable, la vie était facile et paisible.

Dans l'un des exercices de son programme d'éducation, on lui avait fait visualiser un cube d'une année-lumière de côté, soit la distance que la lumière pouvait parcourir en une année. Là-bas, où se trouvait la Vieille Terre légendaire, un tel cube, en moyenne, ne contiendrait qu'une seule étoile.

Ici, au Centre Galactique, il en contenait un million.

Les soleils encombraient le ciel comme des billes scintillantes. Des rubans gazeux de couleur rouge se drapaient autour d'eux. Les étoiles tournoyaient comme des abeilles en colère autour de l'axe central et du point lumineux d'un blanc bleuté qui marquait le centre exact de la galaxie.

— Nous pourrions en aborder un, juste pour voir ce que c'est —, déclara Toby d'une voix calme.

Killeen secoua la tête.

— Ça résoudrait un de nos problèmes, peut-être, mais ça en créerait un autre, encore plus embêtant.

— On est tous affamés, p'pa. Il faut qu'on fasse quelque chose. —

Killeen tourna les talons sur ses brodequins et s'éloigna, furieux, sur la coque usée et cabossée par endroits. Ses magnétosemelles se collaient au métal avec un bruit pesant qui faisait naître des vibrations dans les brodequins de Toby. Il s'élança à la poursuite de son père. La marche sur la coque le forçait à adopter un pas étrange. Il fallait se lâcher entre deux enjambées, puis laisser le brodequin prendre appui juste assez longtemps pour assurer l'impulsion suivante. Ensuite, il fallait arracher la semelle et se pencher en avant pour le pas suivant. Toby était très fort à cet exercice, mais il avait du mal à suivre le rythme de son père.

L'*Argo* les avait conduits ici à des vitesses quasi luminiques, engloutissant le plasma avec ses entonnoirs magnétiques. Le combustible ne manquait pas. Il était de plus en plus dense à mesure qu'ils se rapprochaient du centre. Mais des éclats de roche avaient piqueté et cabossé la coque brillante, et ils avançaient plus lentement. Killeen en profitait pour coquemarcher dans une sécurité relative. L'*Argo* avait rejoint ici le tourbillon de matière, qui spiralait autour du Centre Véritable à une vitesse égale à un millième de celle de la lumière.

Arrivé à l'une des nervures arrondies de la coque à la conformation complexe, Killeen s'arrêta comme s'il se trouvait devant la crête d'une vraie montagne, sur leur planète natale. L'*Argo* était l'une des dernières grandes réalisations de leurs ancêtres, de la taille d'une colline. Devant lui se profilait un vaste nuage noir qui ressemblait à une tache d'encre sur un fond d'étoiles embrasées.

Il se tourna pour regarder son fils. Lorsque Toby se rapprocha de lui, il vit son expression se muer en une espèce de nostalgie plaintive.

— Si seulement il y avait des planètes dans le secteur…

— Impossible, paraît-il. —

Toby avait répliqué sans hésiter, dans l'espoir de ramener la conversation sur un terrain plus réaliste.

— Pourquoi ? demanda vivement Killeen.

— Regarde ces étoiles ! Elles se frôlent de si près qu'aucune planète ne saurait rester rattachée à sa mère.

— Et alors ? Qu'est-ce que ça peut faire, si une planète dérive toute seule dans l'espace ? fit Killeen avec une moue obstinée.

— Si elle est trop loin d'un soleil, elle gèle. Aucune vie végétale ni animale ne peut s'y développer. Ça signifie qu'il n'y a rien à manger dessus. —

Killeen regarda au loin d'un air songeur.

— Dans tout ce déploiement de lumières, tu dis qu'il n'y a aucune place pour la vie ?

— Pour sûr. Aucune place pour une vie comme la nôtre, en tout cas. —

Si Toby exprimait son opinion sans ambages, c'était en grande partie pour ôter ses dernières illusions à son père, et peut-être aussi dans l'espoir de lui faire reconsidérer sa décision téméraire de poursuivre sa route en direction du Centre Véritable.

Killeen lui lança un regard grave, presque réprobateur.

— Nous ne pouvons pas faire autrement que continuer.

— Pourquoi ? Le niveau de rayonnement est au plus haut, c'est à peine si l'*Argo* peut l'arrêter. En venant ici sur la coque, tu prends le risque de subir une lourde…

— Je te dis que nous ne pouvons pas faire autrement. C'est notre devoir.

— Ton premier devoir est de protéger l'*Argo* et son équipage.

— Il y a quelque chose dans la région du Centre Galactique. Il faut que nous découvrions ce que c'est. —

Toby renifla sous le coup de la frustration. Les yeux de Killeen se plissèrent, mais Toby se donnait du courage en se disant qu'il parlait au nom de tout l'équipage. Il faisait son devoir, lui aussi. D'une voix amère, il ajouta :

— Tout ça parce que de vieux documents moisis font allusion, uniquement allusion, à quelque chose ! Rien d'autre ! À cause de ça, nous sommes censés… —

Il se tut. Killeen, abruptement, venait de lui tourner le dos. Le Cap'taine de l'*Argo* avait baissé presque imperceptiblement la tête, mais continuait de carrer les épaules. Toby comprenait que son père était en lutte avec lui-même, aux prises avec de noirs démons dont son fils ne pourrait jamais soupçonner totalement l'existence.

Il ne les entrevoyait, en fait, qu'à travers quelques phrases jetées dans la conversation, quelques gestes esquissés, quelques haussements d'épaules, froncements de sourcils ou regards absents qui révélaient, dans un langage voilé, des émotions momentanément mises à nu. Le Cap'taine n'était pas capable de se décharger du fardeau qu'il portait, pas même avec son fils. Pas même non plus, peut-être, avec Shibo, quand elle vivait encore.

Tant de choses pesaient sur Killeen. La perte de Shibo. Sa relation oblique avec son propre fils, à présent. Le tourbillon du Centre qui se rapprochait à grande vitesse. Tout cela, savait Toby, travaillait l'esprit de son père pour constituer une soupe indigeste et malsaine.

Killeen laissa porter son regard sur la masse bleu foncé qui formait comme un mur opaque et impénétrable à quelque distance sur le côté de l'*Argo*. C'était un nuage enchevêtré, à la densité d'encre, de poussières cosmiques et de simples molécules, disaient leurs instruments de bord. Mais Killeen s'était toujours méfié des jugements catégoriques émis par la Passerelle de l'*Argo*. Il y avait des années qu'il avait pris l'habitude d'évaluer lui-même les choses à partir de la coque, à l'abri de l'emprise un peu trop rassurante, ramollissante et artificielle du vaisseau. C'était du moins ce qu'il prétendait. Mais Toby le soupçonnait plutôt d'avoir envie d'échapper de temps en temps à l'intérieur confiné de l'*Argo*. Tel père, tel fils.

Les nuages noirs comme celui-ci n'étaient pas rares dans la clarté omniprésente du Centre Galactique. Ils ponctuaient le déchaînement de feu stellaire qui les entourait de toutes parts. Killeen avait établi la course de l'*Argo* de manière à en profiter pour s'offrir au passage un répit contre les radiations qui atteignaient de très hauts niveaux de létalité. Et tandis que l'*Argo* avançait lentement parmi les filaments voilés et diffus, Toby vit soudain les traits de son père se durcir, se déformer en une grimace puis s'élargir en une expression de stupéfaction intense.

— Là-bas ! fit le Cap'taine en désignant un point de l'espace. Ça a bougé ! —

Toby appuya aussitôt du pouce sur un bouton de son col. L'ordinateur du casque le fit passer en mode télescopique infrarouge. Son champ de vision s'étendit jusqu'aux profondeurs du nuage.

Il y avait quelque chose qui ondulait à la lisière de la brume tachetée.

— Passe en maxi-amp —, aboya Killeen, l'effet de surprise passé, efficace dans ses paroles comme dans ses gestes.

Toby fit ses réglages sur amplification maximale. PORTÉE 23 KM, lui annonça sa visière.

La chose qui ondulait se mit à frétiller lentement. Sa peau de jade luisait, reflétant le flamboiement stellaire. Progressivement, elle déploya le long de son corps des filets arachnéens.

— C'est vivant ! — s'écria Toby.

Le serpent de jade utilisait des voiles. C'étaient des voiles naturelles, articulées sur son corps au moyen de nervures fibreuses. Elles captaient la lumière stellaire ambrée. Sous gravité zéro, Toby savait que même la très faible pression luminique était suffisante pour imprimer une poussée mesurable. Sans rien pour la ralentir, la créature n'allait pas tarder à accumuler de la vitesse.

— Regarde bien, chuchota Killeen. Il y a quelque chose d'autre à l'intérieur du nuage. —

La bête qui ondulait n'avait pas de tête, mais une longue fente noire à une extrémité de son corps. Toby se dit qu'il devait s'agir d'une bouche, car la poussée des larges voiles luisantes s'exerçait dans le sens de la fente. Et la créature semblait être à la poursuite d'un ballon bleu.

En silence, les deux hommes la regardèrent s'en approcher, de plus en plus près, jusqu'au moment où la fente s'ouvrit toute grande. Quelque chose d'orange en jaillit, se colla au ballon bleu et l'attira vers la fente. En deux bouchées, le ballon bleu disparut.

— Des prédateurs, fit Killeen. Avec leur proie. —

Médusé, Toby murmura :

— Des prédateurs ? Mais comment survivent-ils dans le vide ? Dans un nuage ? —

Un sourire anima le visage de Killeen, bronzé par le rayonnement stellaire.

— Le vide ? Sache que cela n'existe pas, mon fils. Les nuages moléculaires contiennent des particules organiques. C'est ce que disent nos astros, en tout cas.

— Tous ces noms, ouidire. —

Toby se souvenait de la voix de son Aspect d'enseignement, Isaac, quand il lui donnait toutes ces leçons compliquées.

— Oxygène, carbone, azote —, murmura-t-il.

Killeen fit un geste large du bras.

— Ajoute la lumière stellaire, fais mijoter pendant quelques milliards d'années, et le tour est joué. —

Toby battit des paupières.

— La vie se cacherait derrière ce nuage ?

— J'ai idée que la chasse est bonne à la lisière du nuage. Il y a probablement d'autres créatures dissimulées dans ses profondeurs. De temps à autre, elles sortent à la lumière stellaire, pour se réchauffer. —

Toby hocha la tête, assez convaincu.

— Ce serpent le sait, murmura-t-il, et il vient ici chercher son dîner.

— Le serpent à voiles mange les ballons bleus. Mais eux, qu'est-ce qu'ils mangent ?

— Quelque chose de plus petit, qu'on ne voit pas d'ici.

— C'est exact, fit Killeen en plissant les paupières. Il doit y avoir des bestioles qui se nourrissent uniquement de lumière stellaire et de molécules à la dérive.

— Des plantes ? demanda Toby d'un air songeur. Des plantes spatiales ? Je me demande si elles seraient comestibles pour nous. —

Killeen donna une tape dans le dos de son fils.

— Je serais étonné qu'elles ne le soient pas, dit-il. Nous savons que ces nuages ont la même composition chimique que partout ailleurs. Tous les programmes scientifiques de l'*Argo* nous l'ont appris, tu te souviens ? Nos estomacs parviendront à digérer au moins une partie de ce que cachent ces nuages, j'en suis certain. —

Toby plissa les yeux. Il vit que le serpent de jade déployait ses ailes sur une plus grande largeur encore. Avait-il cette couleur pour la même raison que les plantes, pour absorber la lumière solaire dans tout le spectre à l'exception du vert ? Il prit un virage d'une lenteur incroyable, laissant voir ses rayures noires et courbes. Avait-il aperçu le vaisseau ? Ils auraient peut-être intérêt à le prendre en chasse, histoire de voir quel goût il avait. L'estomac de Toby se mit à gargouiller à cette pensée.

Mais la créature avait également quelque chose de majestueux, une sorte de beauté somptueuse qui résidait dans le luisant de sa peau et dans la grâce de ses mouvements. Elle ressemblait à un gigantesque nageur dans un aquarium noir. Ils allaient peut-être la laisser en paix.

— Nous ne l'aurions jamais vu de la Passerelle, fit Killeen. Les instruments auraient filtré l'image sans lui accorder d'importance. —

Il était redevenu efficace, réprimant son émerveillement. C'était le prix à payer quand on était Cap'taine.

Toby demeurait bouche bée, toujours fasciné par le serpent à voiles. Il savait que ce que disait son père était vrai. Personne n'aurait pu deviner la présence de ce qu'ils venaient de voir ici. Mais Killeen ne cessait de sortir sur la coque pour ressasser ses problèmes de Cap'taine, pour réfléchir, méditer en arpentant l'extérieur de l'*Argo* et scruter le vide de l'espace sans même savoir ce qu'il essayait d'y trouver, au point qu'une bonne partie de l'équipage le croyait fou.

Toby se contenta d'écouter tandis que Killeen contactait la Passerelle pour détourner l'*Argo* en direction du nuage noir. Il fallut un moment à l'équipage pour comprendre ce qui se passait. Il finit par entendre, sur le circuit comm, des commentaires remplis d'excitation, de joie et d'espoir.

— P'pa ? — demanda-t-il enfin.

Killeen était en train d'égrener un chapelet de commandements. L'équipage devait se préparer à partir en chasse, à reconstituer les réserves de vivres, à traquer un nouveau gibier dans les profondeurs noires de l'espace d'une manière qu'il n'avait jamais connue avant, jamais imaginée, même.

Le Cap'taine s'interrompit pour se tourner vers son fils en demandant sèchement :

— Ouidire ?

— Nous pourrions nous mettre à l'affût quelque temps à l'intérieur du nuage. Ça nous permettrait de nous reposer et de faire le point sur…

— Nondire, l'interrompit Killeen en secouant la tête d'un air mécontent. On se réapprovisionne et c'est tout. Le Centre Véritable n'est pas loin. Regarde ! —

Toby pencha la tête pour scruter les traînées de poussières qui entouraient déjà la coque de l'*Argo* tandis que l'immense vaisseau plongeait vers les profondeurs du nuage géant. Sous amplification maxi, il distinguait le centre exact de la galaxie, chauffé à blanc, extraordinairement beau et dangereux.

Il comprenait que son père ne pourrait jamais être détourné de cet objectif. Ni par la faim, ni par les risques mortels, ni par le poids des douleurs passées. Ils allaient foncer tout droit au cœur de ce chaos tourbillonnant, en un voyage impossible, à la recherche d'une chose dont la nature n'était même pas claire pour eux.

Killeen lui adressa un large sourire en disant :

— Allons, mon fils, nous sommes nés pour faire ce que nous faisons. Nous continuerons d'aller de l'avant. Vers le Centre. Il y a là tout le passé de notre Famille, caché quelque part. Nous finirons un jour par découvrir ce qui s'est passé, et qui nous sommes.

— L'équipage n'aime pas qu'on parle comme ça, p'pa. —

Killeen fronça les sourcils.

— Qu'est-ce que ça veut dire ?

— Cet endroit nous fait peur.

— Et alors ? Ils n'ont pas encore compris ce qui se dégage d'un tel lieu. Ils n'ont pas encore été imbibés de sa splendeur. Mais, le moment venu, ils me suivront sans rien dire.

— Nous fuyons, p'pa. Nous essayons de survivre.

— Et alors ? déclara Killeen avec un sourire dérisoire au milieu de l'éclat galactique ambiant. N'est-ce pas ce que nous avons toujours fait depuis le début ? —

Tempête de particules

La carapace glisse comme un frelon en chasse.

Son thorax est en céramique mate à haut pouvoir d'impact. Un treillis d'une blancheur de squelette fait penser à des côtes. Ses ballons d'approvisionnement se gonflent comme des poumons pour les échanges de charges au plasma. Les inspirations sont lentes et les expirations saccadées.

Tout cela n'est qu'une illusion. Son corps est un trésor de conceptions du passé, libérées de toute pesanteur et de tout souvenir des planètes. L'évolution, qu'elle soit organique, métallique ou plasmatique, est indépendante de son substrat. Sa conception suit des principes abstraits d'ingénierie à présent ancrés dans la routine. La fonction converge vers la forme. Arceaux tubulaires de tensions invisibles, nervures comme des professions de foi.

Partout ailleurs sur ses surfaces, des boutons gris émaillent ses aspérités naissantes. Courbes creuses d'argent coulé. Les lignes en fuseau se rejoignent, réunissant des axes faussés. Toutes géométries qui seraient impossibles si elles devaient être soumises aux lois de la gravité.

Il se tord. Majestueusement, avec précaution. Le mouvement est un luxe, à peine nécessaire dans la mesure où ce ne sont que les données qui changent.

Il possède très peu de sens kinesthésique. Au lieu de cela, il vit au milieu d'univers intérieurs codés. Des systèmes, des réseaux, des logiques, des filtres. Ses perceptions sont des configurations concurrentes lancées parmi les sables mouvants des étoiles et des vies.

Les données affluent à travers ces espaces. Les rivières numériques bifurquent en ruisseaux, à la recherche de récepteurs. Elles bégaient, codées couche par couche, aussi interminables que la pluie de protons.

Tel un besoin fiévreux, les torrents numériques se jettent ici sur ses coques opaques en titanium. Mais il ne sent pas le torrent de particules crépitant inutilement sur ses boucliers massifs, ses multicouches tournantes de cismétal aggloméré continuellement soumis à des tensions.

La masse est brute. À l'intérieur des remparts cristallins, il n'y a rien qui ressemble à une machine. Ni mouvement apparent, ni torsion mécanique. Ici, l'essence est statique, éternelle, véritable pivot de forces fixes.

La pensée est infiniment ténue. L'esprit intérieur sautille le long des fines tiges de diamant noir façonnées à partir du cœur de vieilles supernovas. Les impulsions codées fusent en vapeurs légères de noyaux polarisés et dansent sans répit en champs flottants. Les électrons se resserrent et sinuent, chargés d'idées luminescentes.

Venus de loin, les spectres en ruban d'une géante rouge suivent laborieusement leur chemin vers la supernova. Le plasma projette des colonnes de rubis sur les plans en lente rotation. Le flot agité et frénétique souligne le bord usé des cratères et les impacts aléatoires depuis longtemps oubliés. Des marques rondes et des striures tavellent les jambages massifs, racontant d'étranges histoires devenues indéchiffrables.

La mort couronne l'échine en spirale, formée d'antennes d'un jaune tranchant capables de percer le sifflement galactique ambiant ou de lancer des aiguilles électromagnétiques jusqu'à des proies distantes de plusieurs minutes de lumière.

Pour le moment, il est occupé à converser. Ses moi intérieurs sont libres des mandats trop absorbants de l'autoconservation. Leur tâche consiste à penser dans la durée. Sans eux, les données dansent.

L'intelligence anthologique discute avec d'autres qui sont disséminées le long du plan galactique, bien que la distinction [moi ici] et [autre là-bas] soit une simple convention, une simplification grossière pour cet ensemble d'aspérités en rotation très lente.

Quelque chose comme une discussion se cristallise. Perspectives glissantes de nuances numériques. Les oppositions binaires, ici, sont illusoires. Je/vous, point/surface. Mais elles permettent de donner forme aux problèmes, de la même manière qu'un cadre délimite un tableau.

Cela commence. Le langage surgit à travers les masses tempétueuses qui interviennent, à travers le temps vagabond qui s'interpose. Il tranche et pénètre.

Les semisentients ne devraient pas être une préoccupation pour nous.

Inévitable. Ils sont un problème non encore résolu.

Vous les appelez " primates " ?

De la classe des vertébrés rêveurs.

Je/vous les considérons comme insignifiants.

Les problèmes sous-jacents sont néanmoins contrariants.

Ils ne sont rien ! Des déchets, des grains de poussière.

Ils approchent. Dans peu de temps ils seront près du Centre.

Nous/vous avons éliminé les humains presque partout. Seuls subsistent de petits groupes isolés. Nos délibérations prolongées, bien enregistrées dans l'histoire, exigent l'achèvement de cette tâche ancienne.

Cette politique est p>/~~*~~\< dépassée. Nous/vous devrions la reconsidérer.

Ils sont en voie d'extinction. Qu'on en finisse.

L'extinction totale semble difficile à atteindre. Ils résistent. Ceci donne à penser que nous\vous devrions réviser nos\mes estimations.

C'est de la vermine. L'évolution à base de carbone n'apporte que des capacités limitées. Ils communiquent encore linéairement les uns avec les autres !

On pourrait dire que l'évolution opère de la même manière sur nous\vous que sur eux.

Ridicule. Nous\vous contrôlons les changements qui nous concernent. Ils en sont incapables. C'est là la grande insuffisance de la vie chimique.

Ils ont été capables, dans le passé, de modifier leurs propres imprégnations, et d'inscrire des changements dans leur linéarité carbonique.

Ils ont perdu cette capacité lorsque nous\vous avons réduit leur nombre. À présent, ils ressemblent aux formes de vie non pensantes, les animaux, façonnées par des forces aléatoires.

Ils ont joué jadis un rôle important dans cette région. Nous\vous aurions intérêt à bien comprendre la menace qu'ils représentent avant de chercher à les annihiler.

Il est possible qu'ils détiennent des informations susceptibles de nous\vous nuire. C'est ce qu'il ressort de nos archives les plus stables.

Elles sont à l'abri des tempêtes radiantes du Mangeur de Masse. Elles ne risquent rien, en principe.

Par nature, nous\vous ne pouvons pas savoir en quoi consistent ces informations cachées.

Pourquoi " par nature " ?

De nombreuses théories sont en présence.

Précisément. Ne semble-t-il pas étrange que quelque chose dans notre\votre conformation nous empêche, d'une manière ou d'une autre, de savoir ce que ces humains détiennent ? Et que le chemin de cette connaissance nous soit fermé ? N'est-ce pas là un aspect curieux de notre programmation en profondeur ?

Ce qu'ils pourraient *détenir. Ces anciennes archives ne sont pas fiables.*

Nous\vous ne pouvons pas prendre le risque de les ignorer.

Il y a très longtemps que le philosophe [\~~] a résolu ce genre de question. Nous\vous sommes prisonniers de l'espace de nos perceptions. Il y aura toujours des sujets dont nous\vous ne pourrons pas avoir connaissance.

Mais si ces sujets nous concernent directement ? Le concept est troublant.

Vivre dans l'ambiguïté fait partie de la nature des hautes intelligences. Cependant, pour réduire l'incertitude, nous\vous devrions exterminer les groupes subsistants.

En acceptant de perdre leurs informations ?

Très bien. Archivons-les d'abord. Je me réfère maintenant à cette dernière incursion. Elle se rapproche du Centre.

Il peut y avoir un risque à les effacer.

Ridicule. Nous\vous avons déjà détruit de nombreuses expéditions du même genre dans le passé.

Que nos éclaireurs les repèrent d'abord avec exactitude. Nos unités de chasseurs de primates leur donneront la chasse, en leur infligeant peut-être quelques dommages mineurs. Il ne faut pas oublier que ces formes de vie inférieures ont besoin d'incitations primaires.

Vous\nous préconisons l'attente ?

Non. Simplement la prudence. Souvenez-vous que des formes de vie plus élevées que nous jugeront nos\vos actions. La prudence appelle la minutie. Des événements antérieurs concernant ces primates, sur deux planètes distinctes, ont mis en évidence certains rôles qui, bien que mal définis, n'en sont pas moins significatifs. Il est possible qu'ils soient porteurs d'informations — et que sont-ils, que sommes-nous\vous, en fait, sinon de l'information ? — susceptibles d'attirer l'attention d'esprits supérieurs.

Très bien. De la prudence. Mais sous quelle forme ?

Un piège.

Première partie

ANTIQUITÉ RECULÉE

1
Les techno-nomades

Toby venait à peine de pénétrer dans le sas et de commencer à ôter son scaphandre lorsque Cermo se montra. Toby ne portait rien d'autre que des sous-vêtements sous la combinaison pressurisée, et il avait plus froid à l'intérieur du vaisseau que dehors. Il fouilla dans son casier à la recherche de son survêtement, frissonnant.

« Où étais-tu ? lui demanda Cermo.

« À ton avis ? »

Massif, l'homme dominait Toby de plus d'une tête. On l'appelait Cermo-le-Lent dans les années passées, mais il avait maigri et était devenu plus vif. Un large sourire d'anticipation joyeuse semblait diviser sa figure en deux.

« J'ai entendu tout le boucan que vous avez fait. Le Cap'taine nous a trouvé quelque chose à manger, on dirait ?

« Ça reste à voir.

« Pour toi, ça ne change rien, de toute manière. »

Cermo accompagna ces mots d'un gloussement amusé. Avec son regard doux et son épais visage éternellement réjoui, il ne pouvait y avoir de méchanceté dans son gloussement.

« Ça veut dire quoi ? demanda Toby.

« Tu es de corvée d'entretien ce matin.

« Et alors ? Je vais vérifier les biocuves, comme d'habitude.

« Aujourd'hui, rien n'est comme d'habitude. »

De nouveau, le petit sourire futé.

« Qu'est-ce qui ne va pas ?

« Les joints des eaux usées ont pété.

« *Encore* ? C'est pas juste ! Ils ont pété aussi la dernière fois que j'étais de corvée d'entretien !

« Alors, ça veut dire que tu es passé expert, fit Cermo en lui donnant une serpillière. Fais-nous profiter de ton savoir-faire. »

Les joints étaient toujours en train de claquer, parce qu'il fallait ajuster les régulateurs de pression au quart de poil. Les déchets humains constituaient un ingrédient vital dans les biocuves. Il fallait les pressuriser, les filtrer, et le produit final se présentait sous la forme de galettes spongieuses que les agros répartissaient dans les zones de culture en forme de cuvette. L'*Argo* était un vaisseau au long cours, conçu pour économiser chaque goutte d'eau, chaque expiration d'air, et la conserver soigneusement à l'intérieur de sa peau étanche.

Facile à comprendre, mais pas facile à réaliser. La plupart des membres d'équipage de l'*Argo* étaient apparentés. Ils représentaient tout ce qu'il restait de la Famille LeFou. Ils venaient de Nivale, un monde désolé dont Toby avait gardé un souvenir plutôt chaleureux. Il appartenait à la jeune génération des LeFou, ce qui lui laissait le loisir de se montrer impertinent ou inexpérimenté, mais l'amère vérité n'en demeurait pas moins que les LeFou manquaient cruellement de personnes qualifiées pour faire marcher l'*Argo*.

Toutes les Familles étaient, à l'origine, des techno-nomades qui avaient appris juste ce qu'il fallait pour survivre en déplacement. Perpétuellement sur la brèche, fuyant et feintant pour échapper aux mécas. Ceux-ci, au demeurant, ne faisaient pas beaucoup attention à eux. Les humains, au Centre Galactique, étaient un peu comme des rats dans les murs. Ils ne jouaient en rien un rôle important.

L'*Argo*, pour ses occupants, était aussi convivial que peut l'être un vaisseau. C'était un beau produit de la Haute Époque Arcologique. Malheureusement, ses systèmes supposaient que ses passagers aient une éducation dont la famille LeFou n'avait qu'une très vague idée.

Par exemple, le traitement des eaux usées. Ni le Cap'taine Killeen, ni Cermo, ni personne d'autre n'avait pu tirer quoi que ce soit des instructions concernant le système sous pression.

C'était l'application de quelque chose qui s'appelait le “ principe des gaz parfaits ”, disaient les instructions. Mais les émanations nauséabondes qui circulaient dans les canalisations lisses et transparentes n'avaient certainement rien de parfait, et n'obéissaient à aucun principe connu de quiconque. Elles jaillissaient sans la moindre provocation, souvent avec ce qui semblait être un sens insultant de la synchronisation. La semaine passée, une douche sifflante et brunâtre avait aspergé la Famille réunie à l'occasion d'un mariage. Cela avait ôté une partie de son charme à la cérémonie.

Toby alla rejoindre les autres pauvres diables qui avaient été tirés au sort cette semaine pour les corvées d'entretien. Il s'efforçait de ne respirer que par la bouche, mais cela ne marcha qu'un temps très court. La puanteur finit par lui envahir la tête. Son Aspect d'enseignement, Isaac, lui parla directement dans son esprit pendant qu'il se penchait en avant pour repousser les excréments avec un balai-éponge.

Je me suis entretenu avec les archives les plus anciennes que vous détenez dans vos bibliopuces. Il est intéressant de noter que l'appellation que vous utilisez a pour origine le nom de la personne de la Vieille Terre qui a inventé la chasse d'eau. C'était un Anglais nommé, d'après la légende, Thomas Shiott, et il est devenu…

« Hé, tu pourrais pas me lâcher un peu, dis ? »

J'avais pensé qu'un peu de distraction t'aurait facilité la tâche.

« Écoute, si j'ai besoin de distraction, je me jouerai une vieille musique de MozeArt. »

Tu déformes le nom, j'en ai bien peur. Tu veux sans doute parler de Wolfgang Ama…

Toby repoussa mentalement l'Aspect radoteur dans son casier de rangement. Les Aspects étaient des personnalités enregistrées issues du passé de la Famille LeFou. Certains, comme Isaac, avaient de nombreuses années d'existence. C'étaient, en réalité, des bases d'information interactives écrites sur des micropuces que Toby portait dans les fentes de son cou. Isaac n'était rien d'autre qu'un extrait desséché d'une personnalité humaine morte depuis longtemps, bien sûr, un recueil de connaissances anciennes qui pouvaient servir de temps en temps. L'Aspect avait maintes fois essayé d'expliquer à Toby les propriétés des gaz parfaits, mais ce dernier n'avait jamais accroché vraiment.

Savoir qui était Thomas Shiott n'allait pas l'aider à faire son travail, mais cela lui soutira néanmoins un sourire. Il y avait peut-être un sens aux choses, après tout. La Famille utilisait les Aspects pour se tirer d'affaire dans certaines situations où il fallait des masses de connaissances pour affronter des technologies qui la dépassaient de très loin.

« Hédis, tu dors debout ? »

Toby sursauta. Besen était à côté de lui, pimpante, sa part de corvée terminée, alors que Toby avait encore une coursive à éponger.

« Euh… J'étais plongé dans des pensées profondes. »

Besen roula comiquement les yeux.

« Pour sûr, pour sûr. »

Il fit un geste avec sa serpillière en direction du pont maculé de brun.

« J'parie qu'tu sais pas qui a donné son nom à ce truc-là. »

Elle prit un air sceptique quand il le lui dit.

« Vrai de vrai », insista-t-il.

Elle lui fit un sourire, et il se dit qu'elle était réellement mignonne ces jours-ci. Même avec sa salopette et ses cheveux auburn noués en arrière et poisseux, elle possédait un éclat unique à ses yeux. Les filles ne fleurissent qu'une fois, comme les plantes, avant de devenir femmes. Mais cela suffisait. Besen avait une fraîcheur et une vivacité qui semblaient impossibles.

« J'étais en train de penser à ces pièces qu'on nous faisait écouter, dit-il. Certains passages me paraissent tout à fait de circonstance.

« Ah oui ? fit-elle, sceptique.

« Oui, tu ne te rappelles pas ? " Adieu, oh oui, adieu ! La séparation est un triste sentiment qui se pète." C'est-y pas romantique, ça ?

« Qui se *fête* ! Tu es un drôle de romantique, toi ! »

Un de leurs jeux favoris venait d'une puce très ancienne que portait Besen. Elle contenait des textes authentiques de la Vieille Terre, parmi lesquels ceux d'une vieille barbe nommée Cheik-Spire. Un grand poète, issu d'une sorte de société primitive de cueilleurs-chasseurs, se disait Besen. Ce Cheik-Spire était l'un des fragments que les humains avaient conservés à travers le Grand Golfe qui les séparait des cultures de la Vieille Terre, et Besen aimait bien en citer des passages, histoire de frimer un peu.

« C'était presque ça, non ? fit-il en souriant. Attends que j'aie fini, on ira rigoler un coup dans la salle de gym en apeu. »

Toby adorait les zones de l'*Argo* sous zéro-g. La plupart des secteurs du vaisseau étaient en rotation, ce qui créait une gravité centrifuge artificielle, mais dans la salle de gym en apeu ils pouvaient se laisser rebondir sur les murs-trampolines, faire des carambolages ou plonger dans des sphères d'eau miroitante.

Besen secoua la tête.

« C'est pour ça que je suis venue te chercher. Il y a eu une autre rupture de joint.

« Oh non !

« Oh si ! Et on nous a désignés pour nettoyer.

« Où ça ? »

Il espérait que ce n'était pas dans une zone en apeu. Ce qui rendait ces lieux marrants faisait qu'ils étaient en même temps horriblement difficiles à nettoyer. La merde allait se coller dans tous les endroits concevables, et même dans certains autres parfaitement inconcevables.

« La Passerelle. Dégrouille ! »

Quand ils arrivèrent sur la vaste Passerelle à l'éclairage diffus, Toby fut consterné de constater l'étendue des dégâts. Un mur entier était couvert d'une épaisse couche de boue glaireuse. Par chance, il n'y avait pas d'écrans ni de matériel électronique de ce côté. La puanteur était extrême. Il connaissait bien tous les officiers présents, naturellement, en tant que membres de la Famille, mais ils l'ignorèrent avec application, ainsi que Besen et la coulée marron odoriférante. Les mains croisées dans le dos, le front plissé, ils affectaient de se concentrer sur des tâches qui n'offensaient en rien leur dignité d'officier.

La Passerelle était un lieu sacré de l'*Argo*, un lieu où l'on prenait toutes les décisions importantes concernant l'avenir de la Famille LeFou, quelquefois en une fraction de seconde. Le voir envahi par ces déchets répugnants semblait un affront délibéré de la part du dieu moqueur des Excréments.

Sur les écrans de données de la Passerelle s'affichaient en permanence des colonnes de chiffres et des pavés d'informations, des relevés estimatifs et des projections en quatre couleurs établies automatiquement par les ordinateurs toujours vigilants de l'*Argo*. Sans ce niveau d'automatisme, la famille LeFou aurait été réduite à ce qu'elle était en réalité : une bande de nomades quasi analphabètes qui avait eu la chance de s'approprier un vaisseau de luxe.

Même ainsi, cependant, leurs années de présence à bord de l'*Argo* commençaient à se faire sentir. La moquette avait une grosse tache jaune et des estafilades à plusieurs endroits. Un trou avait été percé dans la paroi, sans doute par une équipe de réparation qui avait cru bien faire puis avait abandonné son idée. Des amoncellements de matériel électronique inutilisé encombraient les surfaces de travail. En tant que nomades, ils aimaient, par nature, démonter et dénuder les appareils, les bricoler et les adapter, mais nettoyer n'était pas leur fort.

Tout en travaillant, Toby et Besen s'efforçaient de capter une partie des conversations qui s'échangeaient sur la Passerelle. Le vaisseau était bien en train de plonger au cœur du nuage moléculaire. Un grondement sourd était en train de naître, une note basse due aux particules du nuage qui frottaient contre les zones de vie sphériques du vaisseau. On aurait dit que le gaz interstellaire, à l'extérieur, jouait de l'*Argo* comme d'un instrument, pour lancer un appel lugubre.

« Ça fout la trouille, hein ? chuchota Besen.

« On dirait un chant funèbre.

« Le frottement de la réalité, renchérit-elle. Une symphonie de l'espace. »

Sur les écrans d'observation, Toby vit des rubans de poussière bigarrée. Par endroits, les rayons des étoiles voisines venaient transpercer les bancs plus sombres, éclaboussant les nuées cendrées de taches bleues et brunes.

« Je le vois ! » s'écria soudain l'un des officiers.

Les autres officiers se pressèrent autour de l'écran pour regarder le serpent à voiles. Il se tordait, luisant, dans ses efforts évidents pour échapper à l'*Argo*. Le chasseur était devenu la proie. Toby se mit sur la pointe des pieds pour essayer d'apercevoir quelque chose, mais il y avait trop de monde, et ils étaient tous plus grands que lui. Un lieutenant les repéra alors, Besen et lui, en train de tendre désespérément le cou. Il les saisit par le col de leurs salopettes et les remit au travail.

Les écrans d'observation offraient d'énormes perspectives. Ils débordaient de lumières à la lisière du grand nuage enveloppant. C'était quelque chose de beau, d'émerveillant, d'inquiétant. Le genre de vaste spectacle qui rendait l'âme humaine vibrante de crainte respectueuse.

Et Toby, pendant tout ce temps, était obligé d'éponger cette boue nauséabonde dont l'odeur âcre imprégnait jusqu'à l'intérieur de son être.

« La merde et le cosmos, murmura-t-il.

« Qu'est-ce que tu dis ? lui demanda Besen.

« Rien. J'essayais juste de redonner leur juste perspective aux choses. »

2
Le serpent à voiles

Toby eut l'occasion de voir de près le serpent à voiles dès le lendemain. Mais ce ne fut pas parce qu'il sortit avec l'un des groupes de chasseurs, naturellement. Lorsque Besen et lui demandèrent à Cermo s'ils pouvaient les accompagner, ce dernier leur répondit avec hauteur :

« La chasse, c'est pas pour les gamins, c'est pour les adultes.

« Lâche-nous un peu ! répliqua Besen en tordant la bouche.

« On se débrouille mieux que vous sous zéro-g, lui dit Toby.

« Et on est plus rapides, renchérit Besen.

« Ce qui compte, c'est l'expérience », décréta Cermo, impassible.

Cela signifiait qu'il s'en tiendrait aux ordres, qu'il les approuve ou non. Et les ordres venaient du Cap'taine Killeen.

« L'expérience de quoi ? » demanda Toby d'une voix irritée.

Aucun membre de la Famille n'avait jamais fait partie d'une expédition de chasse en plein espace.

« De la survie », fit tranquillement Cermo.

Toby et Besen étaient déjà allés dans des endroits difficiles, comme le reste de la Famille, mais il fallait reconnaître que Cermo n'avait pas entièrement tort. L'âge pouvait jouer, quand il signifiait simplement qu'on avait su éviter un plus grand nombre d'ennuis que les autres.

Mais même les membres d'équipage adultes, hommes et femmes, hésitaient en l'occurrence. Les seules chasses auxquelles les LeFou s'étaient livrés dans leur existence avaient eu lieu sur leur planète, Nivale, avec la terre ferme sous leurs pieds et un gibier qu'ils connaissaient à traquer. Ils poursuivaient des mécas qui transportaient des nourritures-carburants organiques pour les piller. Et cela s'était passé il y avait très longtemps.

À l'extérieur de l'*Argo*, il n'y avait que des espaces inquiétants, mystérieux. La Famille LeFou était affamée, fatiguée de ses maigres rations alimentaires, mais toujours vaillante et prête à évaluer les risques d'un œil averti. Elle avait survécu là où presque toutes les Familles du Grand Ensemble, les LaTour, les LeCavalier, les Pion et bien d'autres, s'étaient flétries. Les LeFou étaient cependant réticents, et grognaient quand il fallait s'aventurer dans ces grands espaces et se laisser dériver parmi les amas de gaz et de poussières cosmiques dans leurs frêles petites navettes.

Ils firent donc parvenir un message à leur seule conseillère possible, la nonhumaine Quath. Mais celle-ci avait ses humeurs, et ne répondit pas. Cela signifiait peut-être qu'elle ne savait rien d'utile. Mais qui pouvait le dire vraiment ? Elle était toujours ainsi. L'ennui, avec les nonhumains, comme l'affirmait toujours le Cap'taine Killeen, c'était qu'ils n'étaient pas humains. Non seulement on ne pouvait pas avoir de certitude sur ce qu'ils disaient, mais on ne pouvait pas en avoir non plus sur ce qu'ils ne disaient pas.

Quath n'acceptait pas, au demeurant, de parler à n'importe qui. Toby entretenait des relations relativement bonnes avec la grosse créature insectoïde, dans la mesure où ces choses-là pouvaient s'évaluer. La notion d'amitié ne s'appliquait pas facilement à Quath.

Comme elle ne répondait pas sur le comm ni sur les autres lignes, Cermo envoya Toby lui parler. Ce qui signifiait qu'il dut revêtir une combinaison et sortir sur la coque, où les équipes de chasseurs étaient en train de préparer leurs navettes.

En effet, Quath ne vivait pas à l'intérieur du vaisseau, mais *dessus*, fixée au métal à l'intérieur d'un étrange assemblage de tanières et de spires que la nonhumaine avait édifiées à partir de débris et de détritus rejetés par l'*Argo*. Il y avait même des déchets humains dans leur composition, Toby le savait, parce qu'il avait vu Quath tasser soigneusement la substance en briquemerdes. Exposés sous vide aux ultraviolets stellaires, les excréments durcissaient vite et formaient un excellent matériau de construction. Cela n'était pas au goût des humains, naturellement, mais la question n'était pas là. D'ailleurs, il n'y avait pas d'odeurs dans l'espace. Toutefois, dans la mesure où la nonhumaine vivait sans combinaison dans le vide spatial, rien ne disait que les briques n'avaient pas d'odeur pour elle. Mais cela pouvait être aussi bien un parfum agréable. Allez savoir.

Toby actionna le sas de l'équipage et se retrouva bientôt sur la coque. Il fallut un moment à son oreille interne pour s'adapter au zéro-g et pour vaincre l'impression de se trouver en suspens au-dessus d'un abîme infini. Il fallait que son esprit s'habitue à l'idée que le " haut " et le " bas " n'étaient qu'une manière commode de s'orienter, sans signification réelle.

Ses brodequins magnétiques le maintenaient solidement sur la coque, et il laissa sa combinaison-peau s'ajuster, en rectifiant ses rides et ses déséquilibres de pression. Elle était, d'une certaine manière, vivante. Elle possédait son propre réseau nerveux pour déceler les problèmes. Des muscles organiques discrets et des puces informatiques implantées au niveau des aisselles faisaient tout le travail. C'était une pure merveille technologique, mais Toby y était trop habitué pour s'en étonner encore, et il pestait lorsqu'un pli ne se défaisait pas assez vite à son gré.

Il s'avança sur la large courbe de la coque de l'*Argo*, " leva " les yeux… et se figea soudain.

Le serpent à voiles se découpait, énorme, sur un fond lumineux bleu pâle, lové sur lui-même et animé d'un lent mouvement de rotation. Toby vit qu'il faisait la moitié de la taille de l'*Argo*. La dernière fois qu'il l'avait observé, à travers un télescope à vision électroniquement assistée, il n'avait pas pu se faire une idée de sa taille réelle. Il n'avait jamais songé à ce que pouvait signifier le fait de vivre au sein d'un espace sans gravité.

Le serpent à voiles était constitué d'un long tube formé d'une suite de segments hexagonaux identiques. À travers sa peau translucide, Toby apercevait un fin squelette qui délimitait des alvéoles de fluides et de gaz. C'était un ensemble complexe, enchevêtré, de tiges orangées et de muscles gris onduleux qui glissaient avec une lente détermination, éloignant la créature de toute la vitesse dont ses larges voiles triangulaires et luisantes étaient capables. À travers sa peau de jade miroitante, Toby distinguait les fluides laiteux qui allaient et venaient tandis que des bulles circulaient dans le fin réseau veineux.

C'était une masse formidable, et à portée de leur main. Était-elle comestible, ou son métabolisme la rendait-il impropre à la consommation humaine ?

Il capta sur son comm les conversations des équipes de chasseurs. Ils s'affairaient autour de leurs navettes, et leurs voix le rappelèrent à ses propres tâches. Il franchit la crête frontale du vaisseau, puis redescendit dans la petite vallée formée par la protubérance du Dôme de Blé. À travers le dôme, il distinguait les champs tavelés, brunis et noircis, témoignant de leur incapacité à faire fonctionner correctement l'*Argo* malgré tous leurs programmes d'ordinateurs.

Au creux de la vallée se trouvait l'antre de Quath. Cela ressemblait à une ruche taraudée de galeries. Se superposant à la structure de base, il y avait une étourdissante profusion d'arêtes vives, d'ornements et d'aspérités bizarres.

Toby s'avança jusqu'à l'entrée la plus proche, une ouverture de forme parfaitement circulaire. Des pavés d'un vert phosphorescent éclairaient son chemin, s'allumant puis s'éteignant à mesure de sa progression. Il ignorait où il allait. Il avait rendu plusieurs fois visite à Quath, mais la disposition des lieux n'était jamais la même. Il soupçonnait Quath de passer une grande partie de son temps à réaménager le labyrinthe. C'était peut-être pour elle une forme d'art. Et à quoi d'autre aurait-elle pu s'occuper ici ? Mais la notion d'art telle que les humains la concevaient lui était peut-être inconnue. Il n'en restait pas moins que les ouvertures circulaires de différentes tailles, orientées dans des directions inattendues, rendaient plausible l'hypothèse artistique. Peut-être aussi, se dit Toby, était-ce l'idée que se faisait la créature d'une bonne plaisanterie. Comment savoir ?

Il s'arrêta au bord d'une nervure pour scruter la pénombre devant lui, et des panneaux s'éclairèrent, inondant d'une lumière bleue la voûte incurvée au-dessus de sa tête. C'était la première fois qu'il voyait cela. Et au creux de la cuvette ainsi formée était Quath, qui l'attendait.

< Tu as gravi la montagne. >

La transmission était vibrante, un peu comme des cloches qui résonnent dans le lointain. Les mots, cependant, étaient clairs. Toby ne les entendait pas avec ses oreilles, mais à travers son esprit. Chaque membre de la Famille avait un équipement comm implanté dans son cou et à la base du crâne. C'était un équipement standard. Quath avait simplement appris à se brancher sur ces canaux, et les systèmes de Toby traduisaient la communication par cette voix vibrante.

« Bonjour, figure joviale Quath'jutt'kkal'thon », dit-il, utilisant d'emblée son nom complet.

Cela voulait dire, d'après Killeen, Courageuse Créature qui Rampe et qui Rêve. Il savait d'expérience que l'énorme masse, autrement, était capable de se lever pour s'en aller. Et Toby ne la retrouverait jamais dans ce labyrinthe si elle n'en avait pas envie.

< Les vers grouillent sur toi. >

« J'ai dû les attraper au contact de ta carcasse en putréfaction. C'est quoi, cette histoire de montagne ? »

< C'est la mienne, vermisseau. >

« Tu parles d'une montagne ! Un trou d'égout, plutôt. Et celle qui ressemble à un gros ver blanc, c'est toi. »

< Bienvenue dans mon antre, pâtée pour la vermine. >

Il ôtait son chapeau devant cette nonhumaine qui adorait les insultes. Elle se renfrognait soudainement si quelqu'un avait la mauvaise idée de lui faire un compliment. Elle adorait faire son numéro sur les vers, peut-être parce qu'elle ressemblait elle-même à une larve rampante, et probablement aussi parce qu'elle savait que les gens la voyaient ainsi.

Quath présentait l'aspect bizarre, perpétuellement changeant, d'un insecte multipattes combiné avec un gros lézard vert ondulant. Elle avait des yeux globuleux tout le long de son corps frétillant, et pas seulement au bout de sa tête protubérante. Ses bras jaunes étaient des bâtons de plastique dur. Ses replis charnus étaient de couleur mauve. Mais il y avait également des parties en métal, car c'était une créature composite, aux plaques d'acier hérissées de protubérances. Des rivets de cuivre… à moins qu'il ne s'agisse de verrues ? Ses flancs encroûtés, au-dessus des pattes, ressemblaient à de la céramique moulée, mais donnaient l'impression d'être flexibles et de jouer sur toute leur surface lorsqu'elle se déplaçait.

« Fini de plaisanter, gros-yeux. C'est Cermo-le-Lent qui m'envoie. On se demande si tu sais quelque chose sur la manière dont on peut tirer un peu de nourriture de ces nuages. »

< Nabote créature, sache qu'il m'est déjà arrivé d'en moissonner, dans des sites analogues. Je perce bien ces chimies alcalines. >

« Parfait. Dis-nous comment. »

< Les sphéroïdes vous empoisonneraient. >

« Les ballons bleus ? D'accord, on les évitera. »

< Le chasseur vous conduira dans les zones fertiles. >

« Le serpent à voiles ? Est-ce qu'on ne pourrait pas le manger lui-même ? »

< Il est d'un ordre supérieur. Ton espèce serait capable de s'en prendre à lui ? >

« Hum, nous ne tuons plus les autres formes de vie animales, même si nous le faisions autrefois sur la planète-mère, c'est vrai. »

< Qu'est-ce qui a changé ? >

« Les mécas, je pense. »

Toby dut se forcer à se remettre en mémoire les horreurs de la fuite des LeFou quand ils étaient partis de chez eux. Les mécas étaient une civilisation de machines qui dominait toute cette région de l'espace.

« Ils sont arrivés sur Nivale bien avant ma naissance. Ils ont anéanti tout ce qui n'était pas assez malin pour se mettre vite fait à l'abri. Jusqu'aux forêts. C'est cela qui a convaincu la Famille LeFou de cesser de les aider en dévorant les créatures comme nous. À présent, nous ne mangeons que des plantes. »

< De toute évidence, ton espèce n'est pas végétarienne à l'origine. >

« Comment tu le sais ? »

< Tes dents de devant sont conçues pour mordre dans la viande. Mais celles du fond sont faites pour broyer du grain. Il est clair que l'évolution a fait de vous des créatures opportunistes en ce qui concerne le régime alimentaire. >

« Nous avons de la ressource, si c'est ça que tu veux dire. Ça te pose un problème ? »

< Non, petit grain de poussière. Mais je pense qu'il est bon de savoir ce qu'on est. >

« Pour en revenir à ce serpent à voiles… Il n'a aucune parenté avec nous, on pourrait peut-être faire une petite exception dans son cas. »

Il se demandait quelle part de ce raisonnement était directement influencée par les gargouillements de son estomac.

Quath fit pivoter ses tiges oculaires, ce qui, d'après l'expérience de Toby, pouvait signifier qu'elle avait décidé d'agir.

< Ces problèmes-là se résolvent mieux par l'expérience que par la rumination. >

Toby dut faire appel à son Aspect d'enseignement, Isaac, pour qu'il lui explique la signification du mot rumination. C'était agaçant, que cette nonhumaine connaisse mieux que lui sa propre langue.

Il était aux prises avec la définition lorsque Quath le surprit en quittant son bol. Sa gorge verte protubérante s'était mise à pulser. Sans avertissement, la nonhumaine enleva Toby dans deux de ses bras de cuivre télescopiques. Puis elle se mit en marche, ignorant ses glapissements de protestation. Elle le tenait fermement entre deux épais coussinets tandis qu'ils traversaient à une vitesse étonnante les galeries méandreuses, descendaient dans un puits… et débouchaient face à l'espace libre.

La perspective se mit à tournoyer. Toby ressentit une brusque poussée d'accélération.

« Hé ! Ho ! Qu'est-ce que tu… Où est-ce qu'on… »

< Seules les computations peuvent décider. >

Toby bredouilla des objections, mais Quath ne prêtait nulle attention à son amour-propre froissé. Au contraire, la gigantesque nonhumaine raffermit son étreinte sur lui tandis qu'ils s'écartaient de l'*Argo*.

Les coussinets massifs l'entouraient presque totalement. D'une certaine manière, il était apaisant de pouvoir se dire que Quath, malgré sa brusquerie agaçante, prenait ainsi soin de lui. En fait, elle veillait sur toute la Famille LeFou. Toby ne s'était pas senti aussi douillettement protégé depuis des temps obscurs qui remontaient à loin. Il laissa, une fois de plus, ses souvenirs le ramener à Nivale et à une époque meilleure.

Des images lointaines et floues dansèrent dans son esprit, ouatées dans les doux accents de la voix de sa mère. Durant les nuits anciennes de la Citadelle cachée et perdue, il se voyait dans son petit lit, emmitouflé dans les draps propres, soudain réveillé par un bruit. Il avait entendu ses parents chuchoter. La porte entrebâillée laissait passer un maigre filet de lumière qui le rassurait au même titre que les voix feutrées ou les froissements furtifs de ses animaux en peluche, qui semblaient échanger des confidences autour de lui dans son lit. Il les serrait très fort, avec bonheur. Il y avait Billy Grosmuseau et Alvin Croquepomme. Il leur chantait des berceuses. Mais sa maman l'avait entendu, elle était venue dans sa chambre avec son papa, et celui-ci avait murmuré :

« Ces peluches, il s'y attache trop, je pense. Tu ne crois pas que tu es un peu grand pour ça, maintenant, mon fils ? Il va falloir songer à t'en passer. »

Mais la maman de Toby avait répliqué sur un ton de reproche :

« Mais non, mais non, ce n'est encore qu'un bébé. Il a encore le temps avant de renoncer à Billy l'ourson. »

Elle avait tendrement effleuré sa joue de sa douce radiance. Son odeur était semblable à celle des fleurs du printemps.

C'était tellement loin, tout ça, tellement reculé dans le temps.

C'était avant la Calamité, quand les mécas de Nivale avaient fini par se lasser des raids intempestifs des humains contre leurs usines, avant qu'ils décident d'anéantir jusqu'au dernier avant-poste humain et que les LeFou n'aient plus d'autre choix que la fuite dans une vie d'errance et de rapines.

Après une brusque décélération, ils s'immobilisèrent, et Quath le lâcha. Il flotta dans l'espace illuminé. L'*Argo* n'était plus qu'une masse lointaine de courbes brillantes et de dômes verdoyants. Toby opéra un rétablissement et… se trouva face à un mur vert jade animé d'un lent mouvement de pulsation.

< La créature à voiles a peur de nous. >

« C'est normal que n'importe qui ait peur de toi, Quath. »

< Il doit bien y avoir un moyen d'utiliser une si grosse créature sans la tuer. >

« C'est plutôt le contraire qui m'inquiète pour le moment. »

< Elle est en train de s'enfuir. Nous pouvons la dépasser facilement. Si nous évitons soigneusement de nous aventurer près de sa bouche, elle n'aura aucun moyen de nous engloutir. >

La chose ne semblait pas présenter de difficulté particulière. L'extrémité opposée du serpent, encore très loin, était une fente en forme de bouche entourée de tentacules roses en agitation constante. Toby zooma dessus et constata que certains de ces tentacules étaient des yeux et d'autres des sortes de mains grossières. Fasciné, il les regarda s'agiter un bon moment. Mais sa curiosité n'allait pas jusqu'à le pousser à s'en rapprocher.

Il scruta le flanc vert miroitant de la bête. Puis il regarda à l'*intérieur*, à travers la peau, et vit l'enchevêtrement de tiges orangées, de tubes et d'alvéoles qui assuraient le fonctionnement interne du serpent à voiles.

« Je me demande ce qu'il y a dans ces trucs-là », dit-il en désignant une grosse poche dont le revêtement ressemblait à du plastique semi-transparent et qui contenait un fluide rouge.

< Mes diagnostiqueurs chimiques sont incapables de rendre un verdict. >

Toby pensa à l'haleine suave de sa mère. Elle n'était plus depuis tellement longtemps. Elle avait rejoint les sombres régions où habitent les morts. Et Toby avait fait du chemin depuis. Que dirait-elle si elle pouvait le voir en ce moment ? Serait-elle fière de lui ?

« Allons jeter un coup d'œil », dit-il abruptement.

Il se laissa glisser contre le flanc vert. Avec des gestes mesurés, il sortit son poignard de la gaine de sa botte. Il n'y a rien de plus dangereux dans l'espace qu'une arête coupante, et il tint la longue lame loin de lui, de manière à ne pas se blesser. Mesurant du regard la distance qui le séparait de la paroi bleue, il la taillada d'un coup sec, puis recula.

Rien ne sortit de la plaie pour l'attaquer. Pas même la bouffée de gaz à laquelle il s'attendait presque.

< Nabote créature, je ne te conseille pas trop d'essayer d'entrer. >

« T'inquiète pas. C'est toi qui nous as amenés ici. Faisons le boulot jusqu'au bout. »

Toby actionna un bref instant ses réacteurs, juste assez pour le faire passer par l'ouverture.

La bête était complexe. Il repoussa d'un coup de pied l'un des montants orangés du squelette, écarta un fouillis de tuyaux flexibles et tendit la main vers la poche rouge.

< Je regrette de ne pas pouvoir te suivre. >

« Évidemment, tu es trop grosse, œil-de-canne. Je veux juste prélever un échantillon de ce fluide. »

Il perça un trou d'aiguille dans la poche, remplit sa gourde de liquide rouge et colla une pastille adhésive sur le trou. Inutile de laisser la bête se vider de son sang juste pour prélever quelques gouttes.

Il faillit se faire attraper par les tuyaux quand il voulut ressortir. On aurait dit qu'ils avaient détecté sa présence. Il comprit qu'il s'agissait d'un système de défense très lent, destiné à immobiliser un intrus, peut-être en attendant l'arrivée d'un garde ou de quelque chose. Son intuition lui disait qu'il valait mieux ne pas s'attarder dans le coin.

Il tendit la gourde à Quath, qui diagnostiqua rapidement :

< Composants organiques, nutriments solubles, traces de fer et de potassium. >

« C’est utilisable pour nous ? »

< Il est possible que votre métabolisme s’en accommode. >

« Si c’est pas du poison, je me sens capable d’en tirer une soupe à peu près passable. »

De petites boules velues roulaient maintenant le long de la peau de jade. Elles n’étaient pas plus grosses que sa main, mais il y en avait des quantités, et elles arrivaient sur toute la longueur du serpent à voiles. Plusieurs atteignirent le point situé à la hauteur de l’endroit où Toby flottait dans l’espace.

« Foutons le camp d’ici, dit-il. J’ai l’impression que nous ne sommes plus tellement les bienvenus. »

Juste au moment où il disait ces mots, deux boules velues sautèrent à l’extérieur à travers la plaie et s’accrochèrent à ses bottes. Puis elles remontèrent lentement le long de la jambe de sa combinaison-peau, à travers laquelle il sentit leur brûlure.

Quath laissa entendre un bourdonnement furieux. Toby attaqua les boules avec son poignard. Il réussit à en décoller une, mais l’autre était déjà sur son casque, où elle commença à s’étaler comme une flaque d’huile grise.

« Elle est en train de ronger la combi ! » s’écria-t-il en grattant avec son poignard, mais sans aucun résultat.

Quath lui saisit ses bottes avec un bras télescopique, puis fit jaillir un tube de son flanc. Elle visa directement la tête de Toby, et un jet d’air souffla sur le casque. L’huile grise ondoya, mais tint bon. Puis elle se divisa en gouttelettes, et… disparut soudain.

< La loi des contraires. Une créature qui vit sous vide ne peut pas aimer l’air. >

Toby poussa un soupir de soulagement.

« Je ne l’oublierai pas. »

< L’oxygène a des propriétés corrosives, bien que nous y prêtions rarement attention. Il ronge l’acier, dont il ne reste, au bout d’un certain temps, qu’une fine poussière. >

« Il faudrait que j’arrête d’en prendre un jour, fit Toby en esquivant une nouvelle boule velue qui venait sur lui. Tu ne veux pas qu’on s’en aille d’ici ? »

Quath l’aida à se dégager.

< À mon avis, on pourrait extraire des quantités considérables de liquide de cette créature sans mettre ses jours en danger. >

« Comme une transfusion de sang, c’est ce que tu veux dire ? »

< Pas tout à fait. Je ne crois pas que ce fluide circule comme du sang. Il s’agit plutôt d’une réserve d’énergie à long terme. >

« Et ça ne fait rien si on en prend ? »

L’équipe de chasseurs en train de se préparer sur l’*Argo* allait partir à la recherche de plantes, ou même de mécas, s’il y en avait dans le secteur, mais elle n'accepterait jamais de s'attaquer à des animaux. La Famille LeFou avait des principes moraux très rigides en la matière. Il était interdit d'utiliser des produits organiques, à moins que l'animal ne coopère, comme les vaches laitières, par exemple. Endommager un être vivant, c'était s'abaisser au niveau des mécas.

< Cette créature se nourrit d'autres animaux. Elle ne peut pas élever d'objection si nous faisons de même avec elle, surtout dans la mesure où nous ne mettons pas fin à son existence. >

« Hum. Tu es une vraie philosophe. »

< Qui ne l'est pas ? C'est l'une des conditions de la vie. >

Ils avaient parcouru la moitié du chemin du retour à l'*Argo* lorsque Cermo appela sur le canal comm.

— Hé ! Qu'est-ce que tu fiches là avec… —

« Je rapporte un truc qui va t'intéresser. »

— Tu t'es fait transporter par cette nonhumaine. C'est une infraction flagrante à la règle qui… —

« Elle m'a emmené de force, Cermo. »

< Il est plein de vraidire >, confirma Quath.

Elle intervenait rarement dans une conversation humaine. Toby fut agréablement surpris.

— Je sais de quoi il est plein, également, fit Cermo d'une voix contrariée. Mais il faut que tu rentres immédiatement, Toby. On va se réapprovisionner et puis on fiche le camp d'ici. —

« Comment ça se fait ? J'aimerais bien explorer d'abord cette… »

— Ces gros trucs qui orbitent près du Centre ? La Passerelle vient d'effectuer une spectroanalyse. Il paraît que le plus gros n'est pas du tout d'origine méca, comme on l'avait cru d'abord. —

« Et c'est quoi, alors ? »

— C'est d'origine humaine. Un ancien Chandelier. —

3
La loi du nombre

Besen s'approcha de la couchette de Toby pour lui demander s'il voulait monter avec elle dans la salle d'observation. Elle était en sueur après son travail, qui consistait à cultiver à la main les plantations de légumes du dernier dôme vert en activité qu'il leur restait. Sa salopette était souillée, des mèches châtain clair s'échappaient de son chignon compact. Elle rayonnait cependant, débordant encore d'énergie à dépenser.

« Excuse-moi, mais j'peux pas », fit-il d'une voix lugubre.

Il était adossé au mur sur sa couchette, maniant laborieusement un stylet sur une ardoise, sans faire de grands progrès.

« Allez, viens ! Ça peut attendre, ce que tu fais là.

« Cermo m'a consigné ici. J'ai pas le droit de quitter le vaisseau avant d'avoir fait cinq leçons entières.

« C'est trop cruel », fit-elle en lui souriant d'un air compatissant.

Tout le monde avait envie de sortir, après des années de vie calfeutrée à bord, mais elle savait que Toby y tenait encore plus que les autres.

« Et puis j'ai du retard », fit-il.

Besen secoua la tête en arrière en un joli mouvement de contrariété.

« Voyons un peu ce que tu as à… Oh ! Du calcul ! Beurk !

« Les nombres peuvent avoir leur charme…, mais pas maintenant…

« Je vois vraiment pas à quoi ça sert. Les machines sont là pour calculer à notre place, non ? Pourquoi nous casser la tête avec ça ?

« Écoute, quelqu'un qui ne fait jamais de calculs ne vaut pas mieux que quelqu'un qui ne *sait pas* calculer.

« Mais ce sont les mécas qui pensent comme ça ! »

De toute évidence, pour elle, tout ce qui évoquait de près ou de loin les mécas était à proscrire.

« L'*Argo* aussi passe son temps à calculer. Sans ses ordinateurs, nous sommes finis. Les mécas sont mauvais, pour sûr, mais c'est à cause de ce qu'ils font et non pas à cause de leurs méthodes. Les nombres sont comme les mots. Ils sont un simple moyen de dire des choses sur le monde qui nous entoure.

« À moi, ils ne me parlent pas, en tout cas.

« Et moi non plus je ne devrais pas te parler en ce moment. Il faut que je me débarrasse de ces problèmes à faire, ou je n'aurai pas la moindre chance de voir le Chandelier. »

Il soupira puis s'étira, les pieds contre la cloison de céramique. Il était grand de taille, et la couchette devenait trop petite pour lui. Il allait falloir qu'il s'en trouve une plus grande dans les quartiers réservés aux célibataires de la Famille.

« C'est Cermo qui t'a puni ? Il est dur avec toi.

« À mon avis, c'est mon père qui tire les ficelles. »

Besen laissa entendre un reniflement de frustration.

« Notre bien-aimé Cap'taine. Pourquoi est-ce qu'il ne peut pas foutre la paix à son propre fils ?

« J'en sais rien », murmura Toby.

Il avait, en fait, sa petite idée là-dessus, mais il ne désirait pas en parler, pas même avec Besen.

« Tu sais, dit-elle pensivement, le regard perdu dans le lointain, après la mort de Shibo, on a eu l'impression qu'il se remettait peu à peu, mais il recommence, depuis quelque temps, à s'isoler, à aboyer des ordres à tort et à travers, et à cacher ses pensées à tout le monde. Il te traite d'une drôle de manière, si tu veux mon avis. »

Elle lui coula un regard qui invitait une réplique de sa part, mais il préféra éluder le problème en disant :

« Peut-être que les pères et les fils ont toujours un peu de mal à s'entendre.

« Dans le cas de ton père, c'est différent. »

La voix de Besen était chargée d'implications.

« Ça veut dire quoi, ça ?

« Il gueule après tout le monde. Il est carrément imbuvable. »

Toby ne put s'empêcher de sourire.

« Peut-être parce qu'il ne veut pas donner l'impression de négliger qui que ce soit.

« C'est de l'humour ? fit Besen, qui avait perdu une bonne partie de son enthousiasme. Mais je t'assure que je ne rigole pas, moi. Le Cap'taine Killeen nous mène la vie dure, et les gens commencent à murmurer. Il n'y a que les Cartes pour aimer ça, peut-être. Elles ont eu pendant si longtemps des chefs qui les menaient à la baguette ! De vrais dingues !

« Hum… Je crois plutôt qu'on s'est ramollis un peu, à vivre tout le temps dans ce vaisseau confortable.

« Confortable ? J'ai passé toute la journée sur les genoux, à m'occuper des plants de tomate et à les cajoler pour qu'ils veuillent bien rester en vie.

« C'est notre faute. On a bousillé tous les autres dômes. L'*Argo* fonctionnerait parfaitement si on n'était pas si bêtes.

« En tout cas, ton père ne nous facilite pas les choses », fit Besen en se renfrognant.

Toby hocha la tête sans répliquer. Il avait pris, comme toujours, la défense de son père, mais il n'était pas très convaincu lui-même. Il avait assisté à trop d'incidents où Killeen entrait dans des rages folles pour des infractions mineures, imposait de lourdes sanctions à de simples tire-au-flanc et augmentait sans raison les cadences de travail. Ce n'était plus le Killeen d'antan, toujours affable et peu soucieux du respect hiérarchique.

« Nous sommes perpétuellement en danger, dit-il. Il a une lourde responsabilité sur les épaules. Alors, fiche-lui un peu la paix, d'accord ? »

C'était une piètre défense, mais il ne pouvait se résoudre à accepter d'entendre critiquer son père. Durant des années, après que les mécas avaient tué sa mère, il n'avait eu que Killeen pour s'occuper de lui.

Besen comprit ce qu'il ressentait et se pencha en avant pour déposer un baiser léger sur sa joue.

« Désolée de t'avoir sapé le moral, dit-elle. Mais il était déjà bien entamé, j'ai l'impression, par ton occupation actuelle.

« Fiche le camp d'ici. Va admirer le Chandelier. »

Elle lui fit la grimace.

« J'y vais de ce pas, pour te punir de me parler comme ça. »

La Famille LeFou s'approchait lentement, avec circonspection, du Chandelier, en mettant à profit les moindres petits nuages pour s'abriter. La masse complexe était imposante, étalée, luxuriante, encore plus vaste que les cités mécas sur Nivale. Mais c'étaient des humains qui avaient édifié les Chandeliers, dans un passé très lointain. Des *humains*. La chose avait semblé tout à fait impossible à Toby quand il avait étudié de loin ses ailes spiralées, ses bras entrecroisés et ses arches majestueuses.

Aucun membre de la Famille n'avait jamais visité de Chandelier. Il régnait à bord de l'*Argo* un sentiment d'anticipation, teinté de quelque chose qui devait être de la peur.

Ils y seraient dans moins d'un jour. Les préparatifs allaient bon train. Toby essaya de ne plus y penser et se concentra, avec réticence, sur ses calculs. Il sentait son Aspect d'enseignement, Isaac, de plus en plus impatient dans sa tête, pressé de reprendre la parole. Les Aspects, morts depuis longtemps, aimaient quitter les espaces cérébraux exigus où ils étaient remisés. Dans un certain sens, ils ne prenaient vie que quand on leur parlait. D'un autre côté, ils étaient toujours présents, à un niveau très faible, comme un vieillard en train de somnoler paresseusement au soleil. Mais l'image que préférait Toby quand il évoquait ses Aspects, c'était celle du linge propre. Il avait une meilleure odeur quand on l'aérait de temps en temps.

Isaac s'adressa à lui d'une voix enjouée.

> ***Je suis heureux de voir que tu manifestes quelque intérêt pour les mathématiques. As-tu terminé tes problèmes ?***

« Une partie seulement. Ils sont tellement barbants… » Isaac le sermonna aussitôt.

> ***Tu ne devrais pas critiquer le travail que je te donne à faire. Si tu t'adressais un peu plus à moi en temps normal, ou si…***

« C'est bon, c'est bon. Mais tu ne peux pas me donner quelque chose d'autre ? »

Si tu veux. Que dirais-tu d'écrire tous les nombres de un à cent ? Un, deux, trois, et ainsi de suite, jusqu'à cent.

« C'est ça que tu appelles intéressant ? »
Il était resté trop longtemps dans son casier.

Tu apprendras plus vite si tu n'interromps pas tout le temps. Ensuite, je veux que tu trouves un moyen d'additionner tous ces nombres.

« Tu veux dire un plus deux plus trois…, c'est ça ? »

Ça, c'est la méthode brutale pour y arriver. Une méthode grossière, sans imagination. J'aimerais que tu en trouves une autre, plus fine.

« C'était trop beau », grogna Toby.

Faire preuve de finesse sur commande, c'était à peu près aussi facile que d'avoir envie de rire quand on était consigné. Il brûlait d'envie d'être dehors, ou même de travailler dans le vaisseau, mais avec ses mains, pas avec sa tête.

Il n'était pas très doué, pour les abstractions, mais il trouva la solution. Après avoir gribouillé quelque temps sur son ardoise, il vit les nombres lui parler, s'organiser en motif. Il les écrivit par paires :

1	100
2	99
3	98
•	•
•	•
49	52
50	51

La somme de chaque paire était égale à 101. Il y avait cinquante paires, ce qui, multiplié, donnait 5 050.

Il plissa les yeux. Qui aurait deviné que le total serait si élevé et si intéressant ?

Il y avait quelque chose d'étrangement émouvant dans la manière dont les nombres pouvaient receler une telle souplesse majestueuse.

Comme il fallait s'y attendre, son tour de passe-passe plut bien à Isaac.

Excellent ! Le but de ces exercices est d'élargir l'esprit, d'ouvrir de nouveaux chemins de pensée. Tu comprends ?

« J'ai idée qu'on est déjà pas mal élargis. Tu as vu ce serpent à voiles, hein ? Vous autres les Aspects, vous n'arrêtez pas d'enregistrer de nouvelles données, même quand vous êtes remisés dans votre coin. »

> ***Je capte une faible trace de tes activités. Oui, c'est une créature intéressante. Cela me rappelle une archive historique datant de l'Ère des Chandeliers, qui raconte plusieurs expéditions dans les nuages moléculaires. L'humanité s'adonnait alors à la chasse à ces monstres de l'espace, dont le territoire pouvait s'étendre sur un système solaire tout entier, pour le simple plaisir qu'elle en retirait.***

« C'est dur d'imaginer qu'on puisse traquer ces bêtes rien que pour s'amuser. »

> ***Les humains aiment le danger. Les contes et légendes du passé de la Famille LeFou, que crois-tu qu'ils représentent, après tout, sinon des récits de personnes en péril ?***

« Tu as raison, mais le narrateur se tient toujours à bonne distance du danger. »

> ***N'es-tu pas un peu jeune pour parler de manière aussi cynique ?***

« Je suis seulement réaliste, Isaac. C'est facile, pour toi, d'adopter un point de vue cosmique. Après tout, même s'il m'arrive quelque chose, tu es bien peinard, toi. Ils n'ont qu'à retirer ta puce de mon système nerveux et t'implanter chez quelqu'un d'autre. »

> ***Je suis choqué que tu me croies indifférent à ton sort. Je suis un Aspect loyal, dévoué à la Famille LeFou…***

« D'accord, d'accord, épargne-moi tes discours. Reprenons le boulot. »

Les mathématiques, c'était intéressant dès qu'on creusait un peu. C'était une sorte de jeu complexe, avec de jolies surprises dissimulées dans sa structure. Cela aurait valu la peine de s'y adonner, même si ça n'avait eu aucune utilité pratique, un peu comme la musique. Quand il parla à Quath de son petit tour de passe-passe, elle émit un bruit de crécelle pour marquer son approbation, en faisant remarquer qu'il y aurait des applications possibles de son idée au Centre Véritable. Mais elle refusa d'en discuter davantage, car elle disait qu'elle était encore occupée, personnellement, à digérer les informations qui lui étaient parvenues directement des Illuminées.

Le plus étonnant, se dit Toby quand il prit le temps d'y réfléchir un peu, c'était l'aspect pratique des mathématiques. L'univers obéissait à la loi des nombres purs. Les maths décrivaient les orbites des étoiles, le fonctionnement des circuits, et même la manière dont certains traits particuliers, par exemple la forme amusante d'un nez ou la coloration rouge des yeux, se transmettaient d'une génération à l'autre dans la Famille.

La seule chose que les maths n'arrangeaient pas, c'était son problème avec Cermo.

Le colosse n'avait pas encaissé la “ fugue ” de Toby avec Quath, pour commencer. Ensuite, il y avait eu l'embarras causé par le fluide rouge qu'ils avaient rapporté, quand il s'était révélé bourré de substances nutritives utilisables. Il avait même bon goût. Quath et lui avaient volé son triomphe à Cermo.

Il avait donc fallu qu'ils expient pendant que la Famille faisait un raid rapide sur toute la longueur du serpent à voiles, en prélevant le plus de liquide rouge possible là où ils pouvaient. Mais ils n'en prirent pas trop quand même. Le code d'éthique des LeFou ne les autorisait pas à mettre en danger la vie d'une créature aussi vaste.

Quelques membres de la Famille pénétrèrent un peu plus avant dans le cœur sombre du nuage moléculaire. Besen faisait partie du nombre, et ses récits de leurs rencontres avec des formes de vie exotiques rendirent Toby envieux. Le nuage n'était pas très gros, mais abondait en créatures bizarres. Il y en avait qui possédaient une triple épine dorsale, avec des panneaux déployés pour absorber un maximum de lumière solaire. C'étaient de formidables bêtes ondulantes pareilles aux grands voiliers de la légende. Il y avait des prédateurs à l'œil mauvais, à la gueule pointue et cuirassée, ballottant leurs précieux gaz internes en transparence, des ballons dirigeables aux énormes yeux globuleux pour déceler leurs proies dans la miroitante pénombre stellaire, des enchevêtrements de filaments herbeux issus de grosses poches à l'aspect aqueux, des forêts de feuilles jaunes ondoyantes, des arbres-tiges hélicoïdaux hérissés de prolongements télescopiques propres à capter encore plus de lumière stellaire, des peaux vivantes et verruqueuses qui se plissaient et se tendaient pour s'enrouler autour de troncs fusiformes violets dans quelque mystérieux processus de vie symbiotique.

Ils avaient découvert une énorme pyramide rousse autopropulsée qui semblait être un paisible ruminant broutant de gigantesques toiles d'araignée grises et aspirant leurs filaments comme autant de délicieux spaghettis. Ces toiles fines avaient pour fonction de capturer les molécules à la dérive des gros nuages. Elles semblaient appétissantes, mais aucun membre de la Famille ne supportait l'idée d'en manger. Besen disait que, peut-être, avec une bonne sauce…

L'ennui, c'était que la créature-pyramide rousse détestait que des êtres minuscules viennent se nourrir sur son terrain. Elle était aussi vaste que le serpent à voiles, et peu portée sur la discussion. Elle chassa les intrus jusqu'à leur vaisseau, et ne vira de bord que lorsqu'elle s'aperçut que l'*Argo* n'était pas juste un géant comme elle.

Besen estimait que le vainqueur n'aurait pas été évident, s'il avait dû y avoir un affrontement entre la pyramide et l'*Argo*. Qui pouvait savoir quels tours tordus une évolution de quelques milliards d'années avait pu mettre dans le sac moléculaire d'un tel nuage ?

Tout cela s'était passé pendant que Toby était consigné à bord du vaisseau. Serrant les dents, il proféra quelques jurons, juste pour le plaisir, et se remit au travail.

Quand il eut fini ses cinq leçons et que l'Aspect Isaac eut visé son travail, il alla se présenter devant Cermo, qui lui assigna sa corvée du lendemain, puis se tourna pour partir.

« Une seconde, lui dit Cermo. Le Cap'taine veut te parler.

« Hein ? Je voulais sortir voir le Chandelier.

« L'*Argo* n'est pas là pour ton plaisir, lui dit Cermo d'un air sévère. Obéis ! »

Le Cap'taine Killeen se tenait, les mains croisées derrière le dos, devant les écrans muraux de sa cabine de commandement. Ils affichaient des images en gros plan du Chandelier, relayées par les engins volants automatiques de l'*Argo*. Bras spiralés massifs, réseaux tournoyants qui, vus en agrandissement, se révélèrent être des habitations interconnectées. Toby essaya de s'imaginer vivant là, parmi les vastes perspectives fuyantes prolongées par l'immensité flamboyante de l'espace.

« Tu crois que c'est habité, p'pa ? »

Killeen se détourna lentement des écrans illuminés. Son expression était impénétrable.

« Non. Il y a plusieurs années que les mécas ont dévasté tous les Chandeliers. Mais celui-ci est en meilleur état, ce qui doit signifier qu'il n'y a pas eu trop de combats.

« Tu es sûr de ça ? »

Killeen secoua lentement la tête. De toute évidence, il était en train de consulter un de ses Aspects.

« Je ne vois pas d'autre explication. La documentation est très pauvre.

« Quelqu'un doit bien avoir un Aspect qui remonte à cette époque.

« Pas pour ce secteur. C'est trop près du Centre Véritable. »

Toby n'ignorait pas que les Aspects devenaient flous et craquelés avec l'âge. Pour comprendre ceux qui étaient spécialisés dans les

Chandeliers, il fallait leur adjoindre des interpréteurs. Et ce n'était pas juste une question d'évolution du langage. Le plus difficile à manipuler, c'étaient les concepts. Personne ne comprenait vraiment la manière de penser des gens des Chandeliers.

« Si seulement on pouvait se faire une idée sur... »

Killeen secoua la tête.

« Les humains étaient disséminés dans tous les coins, à l'époque. Ce Chandelier, par exemple, il te paraît superbe et tout, mais ce n'était peut-être pour eux qu'un avant-poste éloigné, si ça se trouve.

« Hein ? Mais il est... somptueux ! »

Killeen lui fit un large sourire.

« Sifait, sifait. Somptueux à nos yeux. Mais il n'avait peut-être absolument rien de spécial pour ceux de la Grande Époque. »

Toby prit un air sceptique. Killeen désigna les écrans où s'affichaient toutes ces merveilles.

« Écoute, lorsque les gens ont quitté les Chandeliers, ils sont retournés vivre sur les planètes. La vie était plus dure. On a cessé de voir grand, on ne construisait plus que des installations qu'on était capable de défendre contre les mécas. La Famille des Familles s'est dispersée dans les étoiles, à la recherche d'endroits où se cacher.

« C'est ce qu'on a appelé la Débandade, pas vrai ?

« Le début, seulement. On s'arrangeait pour se dissimuler sur les planètes. On se disait que les mécas ne s'y aventureraient pas trop.

« Ils préféraient vivre dans l'espace ? »

Killeen fit la grimace.

« C'est ce qu'on croyait au début. Sur Nivale et Atout, on a d'abord construit les Grandes Arcologies, des cités qui ressemblaient à des Chandeliers, mais de taille réduite, à cause de la gravité. Ces salauds de mécas les ont anéanties. Puis notre techniveau a baissé, et nous avons commencé à construire les Basses Arcologies. C'étaient encore des trucs assez impressionnants, je peux te dire. J'en ai vu une en ruine, un jour.

« Tu m'en as déjà parlé. De la grosseur d'une montagne.

« Un peu plus petite, mettons. Mais encore trop grosse pour les mécas. Ils ont balayé nos défenses et rasé les petites Arcologies comme les grandes. »

La colère ancienne contenue dans la voix de Killeen fit dire à Toby, par sympathie :

« C'est alors que nous avons bâti les Citadelles. Et ensuite ?

« Ouidire. Elles étaient bien cachées, cette fois-ci. C'est du moins ce que nous pensions. Mais pour survivre, il nous fallait faire des razzias sur les nouveaux complexes de production des mécas. C'est alors que les méca-esprits des cités ont envoyé des dératiseurs pour détruire la Citadelle de chaque Famille. Les gens ont été chassés, exterminés ou dispersés aux quatre vents. Jusqu'au moment où seule la Citadelle LeFou est demeurée intacte. Mais pas pour longtemps. Tu te souviens, sans doute. »

Toby évoqua avec réticence les images de leur fuite de la Citadelle LeFou. Il n'était alors qu'un petit garçon affolé et terrorisé. Partout, il n'y avait que flammes, fumée, mort et désolation. Sa mère avait été tuée par les mécas d'une manière froide et expéditive.

Il fit un effort pour chasser ces pensées.

« Cermo m'a dit que tu voulais me parler. »

Killeen hocha silencieusement la tête. Toby voyait bien qu'il avait, lui aussi, du mal à se débarrasser du sombre passé. Il fit abruptement volte-face et s'assit derrière son grand bureau vide.

« Il paraît que tu as fait des bêtises.

« Oh ! L'histoire du serpent à voiles ? Écoute, c'était pas ma faute.

« Tu ne devrais pas exciter Quath. On ne peut jamais savoir comment elle va réagir.

« Elle m'a emporté de force. Je ne pouvais rien y faire.

« Tu pouvais nous prévenir, nous dire ce qui se passait. »

Toby haussa les épaules.

« J'y ai pas pensé.

« Quand tu as un problème, demande conseil à tes Aspects.

« J'y ai pas pensé non plus.

« Ces Aspects totalisent beaucoup d'expérience. Ils peuvent t'aider considérablement.

« Ils sont toujours sur mon dos. »

Killeen sourit.

« Ça fait partie du contrat. Mais ils n'ont pas grand-chose à faire, excepté parler. Tu es capable d'imaginer ce que c'est pour eux ?

« J'aime autant pas. »

Toby était de plus en plus mal à l'aise devant le tour que prenait cette conversation.

« Il faut t'habituer à faire appel à eux. Tout le temps. Comme si tu te grattais quand ça démange.

« C'est pas facile, pour le moment », admit Toby, gêné.

Killeen le regarda fixement durant un bon moment, qui sembla élargir le fossé entre eux. Puis il demanda :

« Comment… va-t-elle ? »

C'était finalement sorti, une fois de plus.

« Toujours pareil… Évidemment. »

L'amour perdu de Killeen… Shibo. La femme qui était entrée dans la vie du Cap'taine après la mort de la mère de Toby. Il avait fini par l'accepter, ou presque, comme substitut maternel. Mais la vibrante Shibo n'existait plus, aujourd'hui, que sous la forme d'un Aspect que Toby portait en lui.

Elle avait trouvé la mort sur Atout, fauchée par un tir ennemi. Dans un piège tendu par Sa Suprématie, un hybride mécahumain. Toby et Killeen avaient réussi à la ramener à bord de l'*Argo*. Dans la salle d'enregistrement du vaisseau, les instruments avaient fait état de taux de potassium, d'amalgames neurologiques et de matrices numériques correspondantes, mais c'étaient des termes que personne, dans la Famille LeFou, n'était capable de comprendre. Pas plus que les Aspects.

Ces antiques machines avaient sauvé de Shibo tout ce qu'elles avaient pu. Elles avaient lu les couches neurales de son esprit, la forme unique de sa conscience, et réalisé un enregistrement. Puis elles avaient enfermé le tout dans une puce qui se glissait aisément dans le lecteur spinal d'un humain. Avec les prélèvements cellulaires effectués sur son corps pour les archives génétiques à long terme de la Famille, l'Aspect Shibo de Toby était tout ce qui subsistait d'elle.

Normalement, les Aspects demeuraient à l'état latent jusqu'à ce que le traumatisme de la mort soit passé, généralement l'espace d'une génération. Mais la Famille avait besoin des compétences de Shibo, de son jugement et de son savoir-faire. Et il était exclu, naturellement, que Killeen accueille son Aspect. C'était la porte ouverte au désastre émotionnel dans la tête du Cap'taine, et cela se serait fait en violation de tous les principes de la Famille.

Toby était le seul membre de l'équipage à posséder une fente spinale ouverte et la bonne constellation de personnalités lui permettant d'abriter immédiatement Shibo. Ils avaient eu recours d'innombrables fois à sa connaissance des systèmes de bord durant leur long voyage. Shibo avait un technotalent naturel. Ses avis étaient encore plus précieux que ceux des vieux Aspects de l'Ère des Basses Arcologies. Pour Killeen, cependant, le prix à payer avait été très lourd.

Un nouveau silence s'établit, jusqu'à ce que Toby éprouve le besoin furieux de se mettre à courir pour échapper à ce fardeau qu'il n'avait jamais demandé à porter.

« Je… Est-ce que je pourrais lui parler ? bredouilla Killeen.

« Je ne pense pas, p'pa. »

Killeen ouvrit la bouche pour dire quelque chose, puis la referma si abruptement que Toby entendit claquer ses dents.

« Juste quelques mots.

« Ce n'est pas une très bonne idée.

« Pourquoi pas ?

« Tu sais bien l'effe que ça te fait.

« Tout ce que je demande, c'est un peu de…

« Renonce à elle, p'pa. »

Le regard de Killeen avait quelque chose de désespéré.

« C'est déjà fait, mon fils.

« Je ne crois pas. Si tu n'y pensais plus, tu ne m'aurais rien demandé. »

Les lèvres de Killeen se serrèrent à en devenir blêmes. Toby savait qu'il en avait gros sur le cœur et que sa charge de chef, ajoutée à tous ses soucis, n'arrangeait pas les choses. Mais il n'était pas question qu'il cède sur ce point.

Il lui était déjà arrivé de céder. Killeen l'avait tellement harcelé pour qu'il laisse l'Aspect Shibo parler par sa bouche qu'il avait accepté. Une fois, puis deux, puis plusieurs, jusqu'à ce que Killeen ait besoin de ce contact, aussi misérable et éphémère qu'il fût, presque chaque jour.

« Tu te prends peut-être pour un expert dans ce domaine ? lui demanda sèchement son père.

« Dans ce domaine, oui.

« Tu as demandé à ton Conseiller de Famille ? Qu'est-ce qu'il dit ?

« De faire ce que je fais. De ne pas laisser se manifester Shibo devant toi. »

Killeen abattit son poing sur le bureau avec un bruit mou.

« Et si je t'en donnais l'ordre ?

« Je n'ai pas à obéir à ce genre d'ordre.

« C'est à moi d'en juger », fit Killeen en tordant cruellement la bouche.

Toby prit une profonde inspiration et déclara avec toute la fermeté dont il était capable :

« Je ne suis pas d'accord. Je demanderai une Réunion de Famille. »

L'expression de Killeen devint progressivement moins tendue, moins tourmentée. Sa mâchoire retomba, il pâlit et prit un air accablé. Toby préférait encore le voir en colère.

« Tu… Tu en serais capable. »

Ce n'était pas une question.

« Je n'aurais pas le choix, fit Toby, la bouche sèche, un goût amer aux lèvres. Si je la laissais se manifester, ça te rendrait marteau, comme les autres fois.

« Juste… un tout petit peu… »

Les lèvres de Killeen tremblaient. Ses mâchoires remuaient sous le coup d'une émotion muette. Toby détestait l'idée qu'un sentiment de dévotion puisse tourmenter quelqu'un qu'il aimait au point de lui faire subir une humiliation pareille. C'était comme si le Cap'taine était sous la dépendance d'une puissante drogue dont il n'arrivait pas à débarrasser son organisme. Mais il le fallait bien, pourtant. Et le devoir de Toby était de l'aider.

« C'est impossible, p'pa.

« Tu pourrais le faire, si tu voulais, juste un petit moment.

« Un petit, c'est pire qu'un gros. Tu le sais très bien. »

Killeen continua de regarder dans le vague durant un bon moment, puis hocha lentement la tête.

« Ouidire. C'est pire qu'un gros.

« Écoute, p'pa. Je fais appel aux talents de Shibo presque tous les jours. Elle connaît parfaitement l'électronique de ce vaisseau et la manière dont ses systèmes interagissent. Elle est formidable pour ça. Mais ce n'est pas cela que tu veux d'elle. Tu l'as aimée en tant que femme. Et cette femme a disparu. Il n'en reste qu'un mince reflet, un Aspect. »

Les joues de Killeen se creusèrent. Son regard était de plus en plus vide.

« Pas si mince que ça.

« Hein ?

« Les machines d'enregistrement ont fait d'elle une copie profonde. Cette micropuce que tu portes, c'est une Personnalité.

« Quoi ? »

Toby était stupéfait. Une Personnalité était l'incarnation complète des couches neurales. Elle contenait des traits de la personne originale qui dépassaient de loin ses capacités et son savoir.

« J'avais donné l'ordre qu'on te le cache, continua Killeen en haussant sombrement les épaules. Un garçon de ton âge n'est pas tout à fait capable de gérer une Personnalité.

« Mais… C'est la même sensation qu'un Aspect.

« Je leur ai demandé de la circonscrire. Au début, elle ne pouvait pas s'exprimer totalement à travers toi.

« Je… n'avais jamais entendu parler de ça.

« C'est très rare. Pour les cas d'urgence uniquement.

« Mais pourquoi ? »

Killeen retrouvait peu à peu son visage de Cap'taine.

« La politique de la Famille est de sauvegarder le plus possible d'une personne.

« Mais il y a des limites. C'est-à-dire… On ne conserve pas les corps, on ne…

« C'est moi qui l'ai voulu ainsi.

« Tu l'as voulu ! Bravo ! Et moi, qui m'a demandé mon avis ?

« Les restrictions ne tiendront qu'un temps. Quand elles céderont, sa Personnalité complète émergera.

« Et si quelque chose tourne mal ? Si la Personnalité Shibo se révolte ? »

Une appréhension nerveuse étreignit Toby. Même les Aspects se retournaient parfois contre leur porteur. En attaquant au bon moment, ils pouvaient provoquer une tempête d'Aspect. Leur porteur entrait alors dans un état traumatique, une forme de maladie mentale induite. Si l'Aspect parvenait à prendre le contrôle de son porteur, il devenait capable de diriger ses mouvements, sa parole, et de lui dicter sa conduite. Il arrivait qu'un Aspect domine une personne durant des jours, et même des années, sans que personne s'en aperçoive.

Et dans le cas d'une Personnalité, c'était bien pis.

« J'ai pris toutes les précautions voulues, répliqua Killeen. La Personnalité de Shibo est circonscrite par des protections entrecroisées.

« Mais quand même, p'pa, si jamais elle…

« C'est de *Shibo* qu'il s'agit ! tonna Killeen en abattant de nouveau son poing sur la table. Ne l'oublie pas ! Elle t'aimait comme un fils, et tu le sais très bien. Elle ne se retournerait jamais contre toi !

« Cette chose qui est en moi, ce n'est qu'une version de Shibo. Avec en plus le traumatisme de la mort.

« Ça veut dire quoi, ça ? » fit Killeen en battant plusieurs fois des paupières.

Toby fit passer nerveusement le poids de son corps d'une jambe sur l'autre.

« La mort transforme les gens. »

Un bref instant il eut envie de rire à cause de l'absurdité de ce qu'il venait de dire. *La mort transforme les gens.* Mais étaient-ce encore des gens ? Ou juste des enregistrements incomplets, avariés ?

Un nouveau silence pesant s'était établi entre eux. Ce fut Killeen qui le rompit en murmurant, gêné :

« J'aurais dû te le dire plus tôt. »

Toby vit que son père avait réintégré son personnage de Cap'taine, et qu'il camouflait de nouveau ses sentiments sous son uniforme. Ce qu'il venait d'entendre, il le savait, était pour Killeen ce qui se rapprochait le plus d'une déclaration d'excuse. Il haussa à demi les épaules, en proie à un tourbillon d'idées conflictuelles.

« Tu n'aurais fait que m'inquiéter, dit-il.

« C'est ce que j'ai pensé aussi, mon fils. Mais… je… regrette de t'avoir demandé de la laisser se manifester. Je sais que je n'aurais pas dû.

« Ne t'en fais pas, p'pa.

« Je n'aurais pas dû. Je le regrette. »

Toby se dressa, encore plus gêné. Son père se leva, fit le tour du bureau et le serra dans ses bras. Aucun des deux n'était à l'aise quand il s'agissait de s'exprimer avec des mots. Ils demeurèrent un bon moment ainsi, agrippés l'un à l'autre, leurs bras transmettant des messages que leurs voix étaient incapables de faire passer.

4
Pâles immensités

Toby regardait grossir le Chandelier devant leur aile. Il était déjà d'une taille énorme, impressionnante, et continuait à enfler, remplissant tout l'espace. Ses immensités pâles s'étendaient dans toutes les directions, offrant à leur vue leurs flancs et leurs tours scintillants, leurs grands portails, leurs excroissances spiralées et leurs perspectives vertigineuses qui attiraient l'œil au bord d'abîmes sans fond.

— Ce sont des humains qui ont bâti ça ? — émit-il sur la liaison comm.

Killeen lui répondit avec amertume.

— Nous avons été bien plus puissants que ça. —

Le Cap'taine était dans la même aile que lui. Depuis leur petite conversation, il faisait tout pour qu'ils soient le plus souvent possible ensemble. C'était Cermo qui pilotait, puisqu'ils étaient dans l'aile de commandement. Mais Toby n'ignorait pas qu'en l'affectant à ce poste ils le tenaient à l'œil et l'empêchaient de “ ruer dans les brancards ”, comme avait dit Cermo à propos de sa petite excursion en compagnie de Quath. En compensation, leur aile allait être en première ligne quand il y aurait des découvertes à faire.

Les remparts et les flancs immenses du Chandelier commencèrent à trahir leur âge lorsque les ailes de la Famille s'en approchèrent suffisamment. Les parois massives qui semblaient, de loin, avoir la dureté et la texture de la céramique étaient zébrées de fissures et criblées de puits et de cratères noirs. Autour du Centre Galactique, il y avait continuellement une pluie de débris qui tournoyait. Même un minuscule copeau de matière, lancé à plusieurs centaines de kilomètres par seconde, pouvait creuser un trou profond.

Toby observa attentivement la paroi tavelée dont les détails apparaissaient avec de plus en plus de netteté à mesure qu'ils se rapprochaient. Lui aussi avait un problème de boutons qui portaient atteinte à sa dignité, mais il supposait qu'ils allaient disparaître, au contraire, avec le temps. Simples petits ennuis de croissance. Ici, c'était l'âge qui causait l'acné cosmique. Et ça ne s'en irait jamais. Cependant, ça ne voulait pas dire que l'endroit était inhabité.

Ils étaient maintenant tout près. Toby sentait l'impatience générale sur la liaison comm. L'équipage rendait compte des manœuvres à mi-voix. Personne n'avait encore capté le moindre signal en provenance du Chandelier.

Toby avait utilisé sa Personnalité Shibo entravée pour aider à l'intégration des appels. C'était agréable, d'avoir une espèce de serviteur intérieur capable d'écouter une transmission pendant que lui prêtait attention à une autre.

Il savait que Quath en était capable par elle-même. L'esprit de la nonhumaine était organisé différemment. Il traitait les informations reçues en parallèle. Quath disait simplement qu'elle possédait des " sous-esprits " qui faisaient leur part de travail, un peu de la même manière que Toby pouvait lire un livre et croquer une pomme en même temps. La différence, cependant, c'était que les sous-esprits de la nonhumaine enregistraient tout et pouvaient tout restituer sur demande.

Quath aurait été parfaite pour accomplir ce travail. Mais elle n'avait pas voulu venir.

< Je ne peux pas assister à des retrouvailles si serrées >, avait-elle émis.

Killeen avait eu beau lui expliquer que ce Chandelier n'avait rien à voir avec leur Famille et qu'il était extrêmement ancien, elle n'avait rien voulu savoir. Elle avait fait une remarque sur la *bienséance privée*, puis s'était réfugiée dans un mutisme tenace.

La Personnalité Shibo de Toby émergea, sous la forme d'une présence vibrante.

> ***Toutes les ailes sont en position optimale, d'après nos détecteurs 3D. Aucune émission électromagnétique étrangère. Le Chandelier semble désert.***

Toby avait l'habitude des données directes et impersonnelles communiquées par Shibo. Elle avait toujours été amicale envers lui de son vivant, mais sa Personnalité était très réservée. Elle n'avait pas mentionné non plus la conversation qu'il avait eue avec Killeen. Dans sa tête, il lui demanda :

« Tu crois que c'est une bonne idée ? »

> ***Pas particulièrement. Les mécas s'attendent probablement à ce qu'un site aussi magnifique reçoive de la visite de temps en temps. Et ils font toujours des plans à long terme.***

« Tu suggères quelque chose ? »

> ***Mieux vaudrait n'envoyer qu'une seule personne. Moins de risque.***

« Hum… Ça me paraît raisonnable. Mais ce n'est pas tellement notre style. »

La Famille LeFou a toujours été impétueuse. C'est peut-être grâce à ça que vous avez survécu.

Toby se souvint qu'elle était venue à eux de la Famille LeCavalier, lorsque celle-ci avait été pratiquement exterminée par les mécas. Cependant, elle était née Pion.

« En tout cas, dit-il, j'ai toujours eu envie de voir un Chandelier de près. Je suppose qu'on est tous dans le même cas, pasdire ?

Oui, mais les mécas le savent aussi. N'importe comment, je pense que ton père a d'autres motivations que la simple curiosité.

« Par exemple ? »

Simple intuition. On verra bien.

Cette mystérieuse et calme réserve était typique de Shibo. La plupart des Aspects sautaient sur la moindre occasion de s'exprimer, de s'impliquer de nouveau dans l'agitation du monde réel. Mais Shibo faisait montre d'une sérénité que ne connaissaient pas Isaac et les autres. C'était peut-être un attribut des Personnalités en général, mais Toby avait l'impression qu'il s'agissait plutôt d'une caractéristique profonde de la femme remarquable qu'elle avait été. Bien que le souvenir de sa vraie mère fût encore vivace et bien ancré, Shibo avait été pour lui un tendre substitut maternel durant toutes les années d'errance de la Famille.

Toby haussa les épaules. Puis il annonça à haute voix que les ailes étaient en position, tournoyant comme des abeilles autour d'un éléphant. Killeen fit un bref signe de tête et ordonna :

— À toutes les équipes… Allez-y ! —

Les ailes convergèrent de toutes parts vers le Chandelier. Il n'y eut aucune réaction visible. Les engins volants s'introduisirent par les différentes ouvertures. Toby faisait le tri des messages et relayait les plus importants à Killeen. Il y avait continuellement des interférences. Les LeFou étaient d'un naturel bavard.

— On dirait un énorme auditorium. Il y a des traces d'incendie. Oui, on a dû se battre dans cette galerie. Les murs se sont écroulés par endroits.

— Il manque tout un pan ici.

— Pas d'atmosphère. C'est le vide partout.

— Quartiers d'habitation incendiés. D'après la hauteur des portes, je dirais qu'ils étaient de petite taille.

— Aucun signe d'utilisation récente, à mon avis.

— Exact. Je viens de faire un prélèvement sur un meuble brûlé dans un appartement. D'après mon Aspect, la datation isotopique permet d'affirmer que ça remonte à très loin. Au moins vingt mille ans.

— Personne n'a trouvé leurs archives ?

— Non. L'endroit a été nettoyé de fond en comble.

— Je capte des signaux d'activité électrique. Il y a quelque chose qui fonctionne encore. —

Killeen intervint alors brièvement.

— Faites attention. Il y a peut-être des mécas dans le coin. —

Pour Toby, il était peu probable que des mécas s'installent en permanence dans un artefact humain, même quand il s'agissait d'une ruine splendide comme celle-ci. Mais il avait moins d'expérience que son père et les autres anciens des LeFou. Il ne connaissait la longue histoire des traîtrises, des accords rompus, des embuscades, des raids et des massacres désinvoltes que sous cette simple dénomination : *histoire*. Ces hommes et ces femmes endurcis en avaient vécu une bonne tranche ; certains avaient plus de cent ans, et ils se battaient encore, pleins de vigueur et de détermination, décidés à ne faire aucune concession aux mécas.

— Bon Dieu ! Ils se sont bagarrés jusqu'ici !

— Ouidire. Et les mécas ont tout ravagé. Tout nettoyé.

— Ils n'ont pas oublié un seul morceau de métal. C'est bien de la mécarécupération. Il y a des raclures partout.

— Une vraie cité fantôme.

— Ils ont rien laissé derrière eux. Ça m'fait penser à l'Arcologie Blaine, sur Nivale, vous vous rappelez ? —

Même Toby se rappelait. Il y était allé à pied, avec Killeen et son grand-père Abraham. C'était sa première grande sortie. Ils avaient mis deux jours. L'Arcologie Blaine était pour les LeFou un lieu révéré, qui valait le détour d'une demi-journée par rapport à leur objectif, une usine méca où étaient entreposés des vivres qui les intéressaient. Les ruines colossales avaient grandement impressionné Toby. Ils avaient campé là pour la nuit, malgré les grognements d'Abraham, qui craignait une embuscade méca. Toby avait erré dans les rues dévastées, en essayant de lire dans les ombres des indices de leur existence passée. L'Arcologie lui était apparue comme un lieu de tranquillité, de silence, de vastes espaces et de souvenirs à jamais perdus. Souvenirs d'avenues grouillantes de monde et d'activité, de longs après-midi oisifs, de parties de rigolade nu-pieds et d'élégance discrète. Une cité. Il avait essayé d'exprimer ce qu'il ressentait à son père et à son grand-père, mais ils avaient détourné les yeux, soudain renfrognés, en l'entendant vanter le charme majestueux de ces lieux. Quand il leur avait demandé la raison de leur attitude, Abraham lui avait révélé avec tristesse que

Blaine, comme l'un de ses plus vieux Aspects venait de le lui rappeler, était loin de constituer un exemple représentatif de la Haute Époque Arcologique, et que l'endroit avait plus ou moins servi de camp de réfugiés après l'anéantissement d'Arcologies plus importantes. Killeen avait également hoché la tête à cette évocation.

Un camp de réfugiés… Pourtant, la Citadelle LeFou aurait pu aisément prendre place dans son seul complexe sportif.

L'évocation du passé demeura quelque temps dans l'esprit de Toby, puis s'envola comme une conversation emportée par le vent.

— Il ne manque rien. Salles de concert, marchés, usines, hôpitaux, puits d'ascenseurs géants…

— Et tous ces jardins ravagés… Ça devait être joli, à l'époque.

— Une seconde. C'est un sas qu'il y a devant moi, je crois.

— Essaie de voir s'il fonctionne, émit Killeen.

— Je ne capte aucune trace d'activité électrique.

— Vérifie le joint.

— Il a l'air intact.

— Laisse un engin robot aux commandes et recule, le plus loin possible. Ensuite, fais sauter le joint.

— Ouidire, exécution… —

Les rapports ne cessaient d'arriver, décrivant les dégâts. Toby écoutait attentivement et filtrait ceux qui étaient répétitifs. Son attention se concentra sur l'équipe du sas. Il aurait voulu être là-bas, avec eux, pour découvrir en même temps qu'eux ce qu'il y avait de l'autre côté.

— Le sas est ouvert. Il se remplit.

— Quel gaz ? demanda Killeen.

— Air ordinaire. D'après nos chimiosenseurs, il n'est pas toxique. —

À côté de lui, Toby vit Cermo froncer les sourcils en demandant :

— Au bout de tout ce temps, l'air serait resté respirable ?

— Le circuit fonctionne peut-être toujours, émit Toby.

— Ainsi qu'autre chose, ajouta Killeen, mal à l'aise.

— Tout semble en ordre, Cap'taine, émit l'équipe du sas. On peut y aller ?

— Ouidire, fit Killeen. Mais soyez prudents, avancez lentement.

— Cap'taine, murmura Cermo, ils ne sont que trois dans l'équipe. Ils vont être obligés de se déployer.

— C'est vrai, reconnut Killeen, qui n'hésita qu'une seule seconde. Mais nous ne disposons pas de réserve. À toi d'y aller, Cermo, pour assurer la liaison comm.

— Laisse-moi y aller, p'pa, intervint Toby. Je peux continuer d'assurer la coordination tout en me déplaçant. —

Killeen secoua la tête. À la grande surprise de Toby, cependant, ce fut Cermo qui vint à sa rescousse.

— Il sera en sécurité avec moi. Un peu d'aide ne me fera pas de mal. —

Toby comprit que Cermo devait essayer de désamorcer les tensions entre les deux hommes en éloignant Toby. C'était peut-être ce que son père désirait, car il parut soulagé.

— Hum… Comme tu voudras. —

Vivement, le Cap'taine fit mine de s'intéresser à autre chose.

Une fois à l'intérieur du Chandelier, Toby sentit son pouls s'accélérer. Ils suivirent les traceurs qui pulsaient à l'intérieur de leur visière. Déjà, les ordinateurs de l'*Argo* avaient créé un plan en trois dimensions de la structure abandonnée à partir des rapports d'exploration des différentes équipes. Cela servit à orienter Cermo et Toby dans les allées obscures, au fond des puits de descente et dans les vieux corridors saccagés. Guidés par le faisceau lumineux de leur casque, ils progressèrent rapidement dans les ténèbres.

Toby entrevit au passage des tapisseries en lambeaux, des centres de fabrication saccagés et des bureaux éventrés. Chaque coup d'œil jeté rapidement lui racontait l'histoire de vies assiégées perdues depuis des millénaires, dont il ne restait aujourd'hui que ces fragments pathétiques.

Ils atteignirent enfin l'ovale béant du sas. Leur lampe de casque leur montra une femme d'équipage qui leur fit signe d'entrer.

— Incroyable, hein ? émit-elle. Il y avait de l'air à l'intérieur. Quand le sas s'est ouvert, le souffle a failli me renverser. —

L'obscurité autour d'eux fit place à un large rectangle de lumière phosphorescente. Toute l'équipe était là, en train de s'activer parmi des rangées de machines. Cermo leur donna l'ordre d'explorer systématiquement les lieux. Toby demeura dans un coin. Il recevait les rapports des autres équipes. Aucune n'avait rien trouvé d'aussi inhabituel que celle-ci. Il se tourna vers Cermo pour lui demander :

— Pourquoi est-ce que les phosphores fonctionnent ici et nulle part ailleurs ?

— Il y a peut-être une source d'énergie encore en activité dans le coin.

— Au bout de vingt mille ans ? — s'esclaffa quelqu'un.

Mais Cermo avait raison. Un homme d'équipage rapporta qu'il y avait de l'électricité qui passait dans l'un des conduits au-dessus de leurs têtes.

— On n'a trouvé aucun corps ? demanda Cermo.

— Personne n'en a signalé jusqu'ici, fit Toby. Tout ce qui était organique a disparu, j'ai l'impression. Évaporé comme les plantes dans les jardins.

— Mais ici, ce n'est pas pareil. C'était isolé du reste. —

La question se posait en effet de savoir pour quelle raison les mécas avaient laissé cette partie-là pressurisée, s'ils avaient quitté cet endroit les derniers. Toby s'avança parmi les rangées de machines dont la masse se profilait dans l'ombre, curieux de savoir à quoi elles avaient bien pu servir. Leur aspect général ainsi que la manière dont elles étaient alignées faisaient qu'elles ne ressemblaient pas aux machines mécas qui l'avaient fait trembler et qu'il avait détestées toute sa vie.

Il fut frappé tout d'un coup par l'idée qu'il s'agissait là de machines *humaines*, les plus grosses qu'il eût jamais vues. Il sourit avec fierté. Il y avait eu, jadis, des hommes et des femmes qui vivaient et travaillaient sur le même pied que les mécas. Il avait toujours cru, de manière naturelle, que seules les machines malveillantes et intelligentes pouvaient accomplir de grandes choses. Il savait, bien sûr, que l'*Argo* était d'origine humaine, par exemple, mais il appartenait à l'Ère Arcologique, où il était utilisé pour relier les colonies de la Débandade, sur les planètes lointaines. Et l'*Argo* avait utilisé de nombreuses pièces récupérées sur les mécas. Mais ces anciens artefacts humains étaient différents, d'une beauté somptueuse, décida-t-il.

— L'équipe Lambda a trouvé des inscriptions sur un mur, émit Killeen. J'en veux des spectrocopies complètes. —

C'était Toby qui avait l'équipement nécessaire.

— Ouidire. Je m'en occupe tout de suite. —

Il fit volte-face pour y aller lorsque, soudain, un signal sonore hurla sur la ligne comm.

JE SUIS UNE BOMBE. JE SUIS RÉGLÉE POUR EXPLOSER AU BOUT DE TROIS CENTS INTERVALLES DE TEMPS. *BIP* CECI EST LE DÉBUT D'UN INTERVALLE DE TEMPS. IL EN RESTE DEUX CENT QUATRE-VINGT-DIX-NEUF. JE SUIS UNE BOMBE. JE SUIS RÉGLÉE POUR EXPLOSER AU BOUT DE TROIS CENTS INTERVALLES DE TEMPS. *BIP* IL RESTE DEUX CENT QUATRE-VINGT-DIX-HUIT INTERVALLES...

D'après le localisateur de Toby, le signal venait de quelque part dans cette crypte.

— Évacuez les lieux ! — cria-t-il en s'élançant vers le sas.

Il était en train de se refermer. Cermo était devant lui, détalant à une vitesse et avec une agilité surprenantes pour son gabarit. Il braqua son arme sur la porte, dont il fit sauter un gond. Elle s'immobilisa.

Toby passa de l'autre côté puis s'arrêta.

— Tu crois que c'est une nucle ? demanda-t-il.

— Ça m'étonnerait pas. Cours !

— On devrait refermer la porte. Si ce n'est pas une nucle, elle arrêtera peut-être l'explosion. —

Cermo laissa entendre un juron, mais admit qu'il avait raison. Avec l'aide de trois autres membres d'équipage, ils commencèrent à pousser la porte. Ce n'était pas du temps perdu, de toute manière, puisqu il en arrivait encore d'autres. Lorsque la dernière femme d'équipage se fut glissée par l'étroite ouverture, ils refermèrent l'épaisse écoutille d'acier.

Personne ne prit le temps de souffler. Ils coururent, silencieux, à travers les corridors obscurs. Toutes les équipes étaient en train d'évacuer le Chandelier. Toby se retrouva dans le vide spatial juste au moment où le relais transmetteur qu'ils avaient laissé dans la crypte annonçait :

BIP JE SUIS UNE BOMBE. LA CONCLUSION DE MA MISSION HISTORIQUE EST ARRIVÉE. JE DIS ADIEU À CEUX QUI M'ONT CRÉÉE EN ME DONNANT CETTE OCCASION DE SERVIR. JE REMERCIE ÉGALEMENT CEUX QUI ONT DÉCLENCHÉ CETTE PHASE FINALE. JE PEUX MAINTENANT EXPLOSER AVEC GRÂCE ET RÉSOLUTION. *BIP*

La transmission cessa.

Le Chandelier fut secoué de manière visible. Des spires s'arrachèrent, des murs se fendirent.

Une tour hélicoïdale se fissura puis se désagrégea comme au ralenti, en se gondolant et en se fracturant en mille fragments qui se mirent à tourner sur eux-mêmes avant de disparaître au loin. Dans le silence total de l'espace, c'était comme s'ils voyaient une montagne s'émietter lentement.

Toby continua de regarder les débris tandis que leur aile s'éloignait. Ils l'avaient échappé belle, mais le Chandelier utilisait le peu d'énergie qu'il lui restait à se fracturer tandis que, déjà, l'*Argo* s'éloignait de toute la vitesse dont il était capable. Il ne souffrirait probablement pas trop.

— Ouah ! On a eu de la chance ! fit Toby.

— Peut-être, répondit Killeen.

— Je ne crois pas que ce truc aurait pu nous faire très mal, estima Cermo.

— Moi non plus, répliqua Killeen. Mais il n'était peut-être pas prévu pour ça.

— Hein ? fit Toby, perplexe. Il aurait été prévu pour quoi, d'après toi ?

— Ça, j'aimerais bien le savoir. Mais si on avait voulu nous tuer, on ne nous aurait pas avertis comme ça.

— Et la bombe n'aurait pas été placée dans une enceinte isolée par un sas, fit Toby en battant des paupières.

— Il n'y a aucune chance pour que des mécas soient attirés par la présence d'une atmosphère, renchérit Cermo. Ils sont plus à l'aise dans le vide. Mais nous, c'était couru d'avance.

— C'est ce que je me dis aussi, approuva Killeen. Nous avons déclenché une alarme destinée uniquement à des humains. —

Ils observèrent quelques instants en silence la destruction au ralenti de leur ancienne demeure ancestrale. Les Aspects les plus anciens de Toby murmurèrent, émus par des souvenirs auxquels il n'aurait probablement jamais accès. Il percevait aussi l'angoisse muette qui émanait des rares commentaires échangés sur la bande comm. Même dévasté comme il l'avait été, l'endroit irradiait quelque chose de spécial, un aperçu de la manière dont vivaient les humains de nombreux millénaires auparavant. C'était un parfum d'antiquité, faible comme un écho, d'une douceur entêtante, qui était en train de disparaître à jamais.

— Dommage qu'on ne soit pas arrivés jusqu'à cette inscription, soupira Toby.

— Ouidire. Mais l'équipe Lambda a pu prendre quelques clichés. —

Killeen fronça les sourcils. Son visage se plissa.

— Je ne comprends pas. Pourquoi détruire un si bel édifice ? Ils ne nous ont même pas pris par surprise.

— J'en sais rien, fit Cermo. Pour moi, les mécas prennent plaisir à démolir tout ce qui est humain. Tout ce qui a une signification pour nous.

— En tout cas, déclara sombrement Killeen, j'espère que ça ne va pas plus loin. —

5
Parfums anciens

Toby aimait bien travailler à l'extérieur. Les corvées sous zéro-g, c'était plus de la distraction que du labeur. Il fallait savoir faire preuve de physagilité, mais il y avait aussi des moments où l'on devait avoir du muscle.

C'était une joie de pouvoir transpirer. C'était un exutoire à ses frustrations, qui commençaient à devenir nombreuses. Même la meilleure des combinaisons-peaux devenait une véritable étuve au bout d'un moment, et c'était toute une affaire pour pisser, de sorte qu'on s'abstenait de boire plusieurs heures avant une sortie. Ce qui faisait qu'on avait la gorge sèche et qu'on se rattrapait en absorbant du jus de tomate par petites quantités à la fois.

Le présent boulot, cependant, n'était pas de tout repos. Leur passage à travers le nuage moléculaire avait, d'une manière ou d'une autre, court-circuité les capteurs de bord. Cermo disait que c'était à cause de tous ces bancs de poussière. De plus, l'explosion du Chandelier avait piqueté la coque. La plupart des débris étaient de taille infime, mais chaque impact avait dû être réparé. Comme toutes les tâches à bord d'un vaisseau spatial, celle-ci était fastidieuse, pénible, mais indispensable. Quand on n'a qu'une peau entre le vide spatial et soi, on en prend soin.

Toby aida à remettre en état une antenne avariée suivant les instructions d'un Visage qu'il portait en lui. Un Visage était un Aspect simplifié, rien de plus, en fait, qu'un catalogue de connaissances et de savoir-faire techniques. Il se laissa guider pour le choix des outils et des connexions électriques, ce qui lui laissa le temps de prendre un peu plus d'exercice physique. La technopensée était complexe et difficile, il s'en lassait vite. Mais les routines de réparation allaient dans la mémoire-muscle, ce qui lui permettrait sans doute de faire mieux la prochaine fois.

Dès qu'il y eut un répit, il alla faire un tour sur la coque pendant que le reste de l'équipe faisait une pause. Il commençait à comprendre pourquoi son père aimait tellement passer du temps ici sous le chaudron bouillonnant des étoiles. Un million de foyers de la grosseur d'une tête d'épingle perçaient les amas et les tourbillons de la clarté crépusculaire. C'étaient des particules de poussière ou de gaz que les gigantesques courants d'électricité torturaient au point de leur conférer une flamboyante luminescence.

En fixant bien, il percevait le lent mouvement tournant du disque galactique. Tout était en rotation autour d'un unique point invisible : le trou noir du Centre Véritable.

Le Mangeur. Tout petit, sur Nivale, il l'avait vu, sous la forme d'une présence latente derrière des nuages moléculaires en rotation. Certaines légendes le dénommaient l'Œil, en référence à l'époque où il épiait les Familles à la manière d'un ange exterminateur ou d'un démon, ou des deux à la fois.

Toby ne pouvait que contempler l'éclat scintillant, qui lui piquait les yeux, du disque de matière capturée qui spiralait autour du trou. Mais il dut détourner la tête au bout d'un moment, pour éviter que son propre organisme n'oblitère sa vision afin de le préserver d'une brûlure rétinienne. C'était tout de même un spectacle étrange que celui des nuages de poussière cosmique en train de glisser dans le piège mortel de ce cloaque minuscule et maléfique, cette bouche perpétuellement affamée, perpétuellement impatiente.

Tournant le dos à la clarté, il s'avança dans la petite vallée formée par deux bosses de l'*Argo*. Il avait l'esprit ailleurs, obnubilé par le spectacle. Soudain, il s'arrêta net. La tanière en nid d'abeilles de Quath était en morceaux.

Et Quath était là au milieu des ruines. Ses pattes à double articulation s'agitaient dans leurs rotules d'acier tandis que la nonhumaine s'appuyait à un mur de briques grises. Alarmé, Toby trotta vers elle, ses brodequins résonnant fortement sur la coque.

— Que s'est-il passé ? C'est un morceau du Chandelier qui a fait ça ? —

< Non, fossoyeur à sang chaud. >

— Mais tous ces dégâts… C'est quelque chose de gros ! Hé ! —

Quath exerça une solide poussée, et le mur entier s'écroula. Les briques d'excréments et de détritus volèrent partout. Mais Toby remarqua que, malgré leur mouvement tournoyant et basculant, elles suivaient une trajectoire légèrement courbe sous zéro-g qui les conduisait, avec une grâce et une souplesse impossibles, à former de beaux petits tas bien alignés sur la coque.

— Comment fais-tu ça ? — demanda-t-il.

< Pâtée pour la vermine, je te ferai remarquer que, si je façonne ma montagne-maison à partir de tes rejets de matière, chaque morceau contient du fer qui le fait adhérer à la coque. >

— D'accord, mais comment t'arranges-tu pour les faire voler comme ça et se ranger sur la bonne pile ? —

< Simple question de mécanique. >

Toby plissa les yeux en direction de la gigantesque créature qui s'attaquait à une autre partie de sa maison. Il connaissait suffisamment Quath pour savoir qu'il n'obtiendrait pas d'elle d'autre explication sur le comment, aussi s'attaqua-t-il au pourquoi. Quath répondit :

< Je ne pense pas que ma montagne résistera à notre nouvelle trajectoire. >

— Quelle trajectoire ? Nous n'avons pas encore décidé où nous allons. —

< L'âme d'une espèce se contemple mieux de l'extérieur. Je me prépare. >

Quath refusa d'en dire plus. Elle travaillait rapidement. Compte tenu de sa taille, elle faisait preuve d'une agilité remarquable. Toby l'interpella à plusieurs reprises sans obtenir de réponse.

Haussant les épaules, il s'éloigna en se disant qu'il ne fallait pas prendre cela comme une offense personnelle. Quath n'était pas une femme en habit d'insecte. Elle n'avait rien non plus d'une force indomptée et incontrôlable de la nature. Elle était juste une nonhumaine à qui les métaphores de son espèce ne s'appliquaient pas.

C'était dur de se souvenir de ça quand on venait d'essuyer une rebuffade. Il se tourna pour crier :

— Adieu à ton château de merde, face de teigne ! —

Quath interrompit son travail et agita deux antennes dans sa direction, mais sans rien dire d'autre que :

< [intraduisible]. >

C'était peut-être l'équivalent d'un geste obscène, pour sa race, mais Toby ne le saurait jamais.

Il s'éloigna, estompant son irritation en travaillant plus vite et plus dur. Lorsque tout fut fini, il ressentait une bienfaisante fatigue. Quand il rentra par le sas, il s'octroya une douche royale.

Il avait trois jours d'avance, mais il se sentait prématurément usé par la vie. Il régla le jet au maximum et choisit en option la mousse et une friction d'alcool. Par chance, il était tombé sur le premier jour d'un cycle, et l'eau était claire. Elle n'avait pas l'odeur des autres LeFou ni des refiltres qui ne réussissaient jamais à supprimer totalement les émanations. Il laissa le liquide merveilleux ruisseler sur lui, puis régla l'embout de manière à se faire un massage des muscles et du crâne. À l'époque de la Citadelle LeFou, ils avaient toute l'eau qu'ils voulaient, ou presque. Un jour, il avait même pu s'amuser à prendre un bain. Généralement, les bains étaient réservés aux couples, dans le cadre de la cérémonie nuptiale.

Il poussa un soupir de déception lorsque sa dose prit fin et que les dernières gouttes tombèrent avec un gargouillement. Il n'aurait plus droit à un pareil traitement avant plusieurs semaines.

Il gagna sa couchette, où il se laissa tomber. Aussitôt, son bipeur retentit et la voix de Cermo résonna à son oreille gauche.

« Présente-toi immédiatement au Poste de Commandement, Toby. »

Il laissa échapper un grognement. Besen et lui avaient prévu de prendre ensemble une période de " repos ". Dans l'argot de la Famille, cela signifiait passer quelque temps ensemble dans une alcôve du Quartier Libre. Les membres célibataires de la Famille avaient droit à des périodes de liberté sexuelle totale avant que les nécessités de la reproduction ne les appellent à leur devoir. Toby avait déjà largement profité des siennes, et il comptait bien continuer. Ce côté-là de la vie commune à bord était ce qu'il appréciait le plus. La possibilité de donner libre cours à leurs instincts animaux. Mais tant pis. Ce serait pour une autre fois.

Il appela Besen pour lui expliquer la situation. Elle grogna.

« Hédire ! J'avais réussi à nous réserver aussi une période dans une section zéro-g !

« J'y peux rien, c'est l'appel du devoir, ma Juliette.

« Je vois que tu as relu cette pièce, toi. Alors, c'était bien un *triste sentiment qui se fête* ?

« Dans le cas présent, il y a tout qui pète.

« Essaie de te dépêcher quand même, mon Roméo. On pourra peut-être encore utiliser une partie du temps que j'ai retenu. »

Au grand étonnement de Toby, son père était seul avec Cermo au Poste de Commandement. Les deux hommes paraissaient tout petits face aux énormes banques d'ordinateurs à la façade de céramique, avec leurs colonnes de données phosphorescentes.

« Nous avons besoin de ton Aspect Shibo », lui dit Cermo sans préambule.

Toby étudia l'expression de son père à la lueur bleublanche tremblotante des écrans. Il songea à leur dernière conversation sur Shibo, mais Killeen avait maintenant revêtu sa personnalité de Cap'taine, et ses yeux noirs ne laissaient rien voir d'autre.

« D'accord, dit-il. Il s'est passé quelque chose ?

« Deux choses, en fait, lui dit Killeen d'une voix ferme et efficace. Cette inscription du Chandelier, tu te souviens ? Nous sommes en train d'essayer de la déchiffrer. Jette un coup d'œil. »

ELLE,

SUR LE SEIN DE QUI EST INSCRIT UN GRAND RENOM, LORSQUE,
SE BATTANT DANS LES CONTRÉES IMMENSES IMBUES DE POUSSIÈRES
ET DE GAZ, ELLE INFLÉCHIT DE FOLLES ATTAQUES.

ELLE,

QUI COURAGEUSEMENT FENDIT UNE VAGUE DE GROTESQUES ET
CONSUMA LES CINQ FORMES DES MORTS-VIVANTS DANS LE
BÛCHER SACRÉ DES FLAMMES IMMOBILES.

ELLE,

EMBRASSEUSE D'HOMMES ET DE JUSTES CAUSES, DONT LE CORPS
EST BIEN CONNU DE LA FÉROCITÉ, ET QUI VOYAGEA EN DES
LIEUX IMMUABLES, BIEN QUE LASSE ET FIÈREUSE DANS SON
ARDEUR ENVERS LES PALAIS NACRÉS DE L'HUMANITÉ,

ELLE,

DONT L'HISTOIRE S'ÉTALE SUR LES CULTURES DES PEUPLES,
BRÛLE D'UNE FLAMME IMMOBILE ET SE GLISSE À TRAVERS LES
BATTEMENTS DU TEMPS ET LES CONTORSIONS DU PROTO-ESPACE,

ELLE,

FAROUCHE DÉFENSEUR DU PALAIS NACRÉ, SON ANIMATION PERDUE,
DÉSIRE À PRÉSENT DANS LE FOUILLIS DU TEMPS OÙ DEMEURE
L'ÉTERNITÉ. SA FORME CORPORELLE ÉVAPÉE, SEULE SUPRÊME
SOUVERAINETÉ, ELLE MÉDITERA DANS LES COURANTS VISCÉRO-
ÉVÉNEMENTIELS, MOUCHETÉE PAR LES LANGUES EXQUISES DE LA
PROTOHISTOIRE ET DE L'OMÉGA-FUTUR.

ELLE,

EÈBORNE, TIF ELLE'UQ EC TNASIAF TE TUF ELLE'UQ EC TNATÈ
DE PARFUMS ET VIVE EN CHAIR, COMME IL EST ÉCRIT ET
RINEV Á NOITARUATSER AL SNAD ILPMOCCA ARES LI EMMOC
ELLE,
AL SNAD REGNOLP RUOP ,SUOT SUON EMMOC ,AREVÈL ES
TANIÈRE ET LA BIBLIOTHÈQUE, PLÉNITUDE DE LONGUE DURÉE,
.SIAMAJ À ERUTUF TE ETNESÉRP

« Hum », fit Toby, mystifié.

Il invoqua sa Personnalité Shibo, dont la présence froide médita un moment avant de dire :

Cette « elle », ça devait être une sacrée bonne femme.

« Nous n'arrivons pas à donner un sens à tout », déclara Killeen.

Toby fronça les sourcils en demandant :

« Ça signifie quoi, qu'une ligne sur deux soit écrite à l'envers ? »

Cermo haussa les épaules.

« Une sorte de code, peut-être ? »

Il sentit que Shibo s'entretenait avec ses plus vieux Aspects, en faisant appel à des bribes de souvenir qu'elle rassembla.

Il s'agit d'une ancienne technique que j'ai déjà vu appliquer quand j'étais petite fille dans la Famille LeCavalier. Ces mots ont été écrits de manière à être lus numériquement. À la fin de chaque ligne, au lieu de faire un saut à gauche, l'esprit numérique scanne simplement les caractères à l'envers, de droite à gauche.

Toby relaya l'explication.

« Ça m'a l'air un peu tordu, comme procédé », estima Cermo.

Cela fait gagner du temps. Notre habitude de retourner chaque fois à gauche quand nous lisons est uniquement bonne pour les esprits simples.

« Les gens des Chandeliers savaient lire de cette manière ? » demanda Killeen d'un air dubitatif.

Les LeCavalier le faisaient, autrefois. Leurs anciens parchemins étaient écrits ainsi. J'en ai vu quelques-uns quand j'étais petite.

Toby leur répéta cela. Il vit, d'après les traits contractés de son père, que c'était un grand poids qui pesait sur lui. Le fardeau de toutes les Familles qui vivaient leur existence de fuite et de désespoir en sachant qu'un jour, dans un passé lointain, leur espèce avait régné fièrement au Centre Galactique. Une espèce composée de bâtisseurs de Chandeliers, d'explorateurs, de chasseurs de créatures du vide, de chevaucheurs de tempêtes cosmiques. Mais c'était une époque si éloignée que même la légende ne faisait que conjecturer à voix basse sur les abîmes de temps qui les en séparaient.

« Il n'y avait rien de semblable, à la Citadelle de la Famille LeFou », déclara le Cap'taine d'une voix réticente.

Toby se souvenait qu'il avait vu un mur, dans l'Arcologie Blaine en ruine, où il y avait une inscription de ce genre. Il voulut le leur dire, mais Cermo l'interrompit d'un geste pour murmurer :

« Quelle que soit la manière dont ils disposent leurs lettres, le sens est clair, pour moi. C'est l'histoire d'une femme qui a guidé l'humanité à la bataille, et qui a gagné. Ce qui est un peu flou, par contre, c'est ce truc avec les " palais nacrés ".

« Les Chandeliers, sans doute, fit Killeen d'une voix lointaine.

« Probablement, murmura Toby en consultant rapidement son Aspect Isaac. Le mot *nacré* fait allusion à une substance précieuse, un peu translucide, comme de la bière de chat légère. »

Cette fois-ci, ce fut Shibo qui se déclara perplexe.

Qu'est-ce que c'est que la bière de chat ?

« Du lait. Excuse-moi, c'est une plaisanterie d'enfant », lui chuchota Toby.

Il avait laissé échapper cela sans y penser. Il voulait qu'on le prenne au sérieux pour lui-même, et pas seulement parce qu'il relayait les avis de Shibo. Il avait refusé de donner à celle-ci un accès direct à l'interface comm, ce qui n'aurait pas présenté de technodifficulté particulière. Mais ils l'auraient ignoré complètement, comme un gamin qui n'a pas le droit de se mêler aux conversations des grandes personnes.

« Il y a quand même pas mal de choses que je ne comprends pas à propos de cette inscription, fit Killeen. Est-ce qu'on ne pourrait pas l'écrire à l'endroit, pour commencer ? »

Shibo n'eut aucun mal à accomplir l'opération. En quelques instants, elle afficha le texte sur l'un des grands écrans muraux.

ELLE,

SUR LE SEIN DE QUI EST INSCRIT UN GRAND RENOM, LORSQUE, SE BATTANT DANS LES CONTRÉES IMMENSES IMBUES DE POUSSIÈRES ET DE GAZ, ELLE INFLÉCHIT DE FOLLES ATTAQUES.

ELLE,

QUI COURAGEUSEMENT FENDIT UNE VAGUE DE GROTESQUES ET CONSUMA LES CINQ FORMES DES MORTS-VIVANTS DANS LE BÛCHER SACRÉ DES FLAMMES IMMOBILES.

ELLE,

EMBRASSEUSE D'HOMMES ET DE JUSTES CAUSES, DONT LE CORPS EST BIEN CONNU DE LA FÉROCITÉ, ET QUI VOYAGEA EN DES LIEUX IMMUABLES, BIEN QUE LASSE ET FIÉVREUSE DANS SON ARDEUR ENVERS LES PALAIS NACRÉS DE L'HUMANITÉ,

ELLE,

DONT L'HISTOIRE S'ÉTALE SUR LES CULTURES DES PEUPLES, BRÛLE D'UNE FLAMME IMMOBILE ET SE GLISSE À TRAVERS LES BATTEMENTS DU TEMPS ET LES CONTORSIONS DU PROTO-ESPACE,

ELLE,

FAROUCHE DÉFENSEUR DU PALAIS NACRÉ, SON ANIMATION PERDUE, RÉSIDE À PRÉSENT DANS LE FOUILLIS DU TEMPS OÙ DEMEURE L'ÉTERNITÉ. SA FORME CORPORELLE ÉVAPÉE, SEULE SUPRÊME SOUVERAINETÉ, ELLE MÉDITERA DANS LES COURANTS VISCÉRO-ÉVÉNEMENTIELS, MOUCHETÉE PAR LES LANGUES EXQUISES DE LA PROTOHISTOIRE ET DE L'OMÉGA-FUTUR.

ELLE,

ÉTANT CE QU'ELLE FUT ET FAISANT CE QU'ELLE FIT, ENROBÉE DE PARFUMS ET VIVE EN CHAIR, COMME IL EST ÉCRIT ET COMME IL SERA ACCOMPLI DANS LA RESTAURATION À VENIR,

ELLE,

SE LÈVERA, COMME NOUS TOUS, POUR PLONGER DANS LA TANIÈRE ET LA BIBLIOTHÈQUE, PLÉNITUDE DE LONGUE DURÉE, PRÉSENTE ET FUTURE À JAMAIS.

« J'avais raison, fit Killeen en abattant son poing sur son bureau. Il y a eu une très longue période où ils ont battu les mécas à plate couture. Regardez ça… *Les cinq formes des morts-vivants.* J'ai déjà vu ça écrit sur un monument, un tombeau, il y a quelques années de cela. Vous ne vous rappelez pas ? Vous étiez là tous les deux [1]. »

Cermo plissa le front.

« Hum… Il me semble que je me rappelle vaguement…

« Je me souviens très bien, fit Toby. Mais l'inscription parlait d'un puissant *Lui*, et…

« C'était sur les mécas, j'en suis sûr, continua Killeen. Et cette *elle*, une grande cheftaine, à n'en pas douter, a été enlevée et conduite quelque part. »

De nouveau, le front de Cermo se plissa d'un air de doute.

---

1. Voir *La Grande Rivière du ciel,* p. 152 et 153, dans la même collection. (*N.d.T.*)

« À quoi vois-tu ça ?

« C'est clair comme les constellations, fit Killeen en se redressant de manière dynamique pour faire les cent pas devant l'écran. Regardez ça. Vous voyez ? Cette *elle* “ voyagea en des lieux immuables ” après que sa “ forme corporelle ” se fut “ évapée ” (évaporée ?). Elle “ se lèvera, comme nous tous, pour plonger dans la tanière et la bibliothèque ”. Cela signifie qu'ils ont abandonné le Chandelier, au moins une partie d'entre eux, pour se réfugier quelque part, dans une “ tanière ” où ils seraient en sécurité. »

Cermo hocha lentement la tête, avec réticence.

« Ouidire, je me souviens du tombeau, maintenant, fit-il. Mais pour le reste…

« C'est évident ! s'écria Killeen en marchant rapidement de long en large. Regardez, j'ai fait enregistrer ça à l'un de mes Aspects. »

Sur un écran apparurent les mots :

Lui : sur le bras de qui fut inscrite la gloire, lorsque, se battant dans les contrées immenses, il remodela et repoussa la première attaque. De la poitrine il fendit la vague ennemie — cet ennemi hideux, mécanique-insensé et sans pitié aucune pour les vaincus.

Et ce n'était pas tout. Killeen leur déclama d'autres passages pour les comparer avec l'inscription. Tout cela, à vrai dire, n'avait pas grand sens pour Toby. Certaines allusions, par exemple *Lui : qui sortit l'Humanité de ses hauts palais d'acier*, se référaient incontestablement à l'Ère des Chandeliers. D'autres, comme *Lui : dont les prouesses parfument encore de leurs brises l'océan méridional*, devaient remonter à une époque où il y avait encore de vrais océans sur Nivale, et pas seulement les lacs qu'il connaissait, et qui se rétrécissaient chaque année. Mais il y en avait beaucoup d'autres, comme *Lui : qui disposa l'Humanité selon le nom des Pièces*, qui semblaient n'avoir aucun sens. Et son Aspect Isaac lui confirma que même les habitants des Arcologies avaient été mystifiés par ces vestiges verbeux.

Killeen ne cessait de faire les cent pas tout en parlant. Quand ses fameux accès d'énergie lui venaient, il faisait preuve d'une ardeur hypnotique. Mais Toby savait voir les tensions s'accumuler en lui, et il n'aimait pas trop cela.

Cermo intervint alors d'une voix douce et apaisante.

« Tout ça, ce sont des *peut-être* et des *je crois*. Mais ce n'est pas ce qui nous intéresse, Cap'taine. Faudrait pas l'oublier. »

Killeen battit des paupières et prit une profonde inspiration.

« Je… suppose que tu as raison. J'ai eu le tort d'espérer que cette inscription nous fournirait une solution pour sortir du mauvais pas où nous sommes. »

Toby s'efforça de conserver une voix légère et impersonnelle quand il demanda :

« Quel mauvais pas ? »

Au lieu de lui répondre, Cermo s'adressa au Cap'taine.

« Il faudrait convoquer une Assemblée.

« Ouidire. Je pourrais présenter nos options à la Famille.

« Quel mauvais pas ? insista Toby.

« L'explosion du Chandelier, expliqua Cermo. Elle a servi de source d'énergie à une pulsation rayonnante. Nous pensions, au début, que c'était un piège à notre intention, mais il est possible que leur seul objectif véritable ait été le rayonnement. »

Toby s'efforça de garder un visage impassible pour dissimuler sa surprise, comme faisait parfois son père.

« Je n'ai rien capté sur les bandes comm », dit-il.

Killeen fit défiler des courbes de spectres sur l'écran.

« Pas étonnant, dit-il. La fréquence était très élevée, bien supérieure à tout ce que qu'on voit généralement. Rayonnement gamma. Et directionnel, en plus. C'est de justesse que l'*Argo* l'a capté.

« Directionnel ? De quel côté ? voulut savoir Toby.

« Vers la périphérie. En particulier, vers les zones que Quath nous a conseillé d'éviter. »

Le Cap'taine jeta un regard sombre à son fils. Celui-ci éprouva un brusque élan de sympathie pour lui. Killeen avait toujours suivi ces conseils à la lettre, comme un acte de foi. Aujourd'hui, c'était le moment de les mettre à l'épreuve. Depuis leur longue fuite au départ d'Atout, ils avaient toujours écouté la nonhumaine. Ils étaient allés sur ce monde en espérant en faire leur Nouvelle LeFou et s'y installer, mais ils en avaient été chassés.

Et la Famille n'avait même pas protesté lorsque des membres de l'espèce de Quath l'avaient suivie, mais de loin, en poussant devant eux un énorme instrument brillant, appartenant à leur gigantesque technologie, qui se trouvait quelque part derrière eux, servant de défense d'arrière-garde d'une manière que personne ne comprenait vraiment. La Famille avait peiné et feinté pour se rapprocher du Centre Galactique Véritable en évitant les obstacles que les Myriapodes repéraient dans leurs ésotériques cartes stellaires, tout cela à l'aveuglette, ignorant totalement à quelles étranges stratégies elle s'en remettait en toute confiance.

« Une alarme anti-effraction, murmura Toby.

« Hein ? fit Cermo. Tu veux dire le rayonnement ?

« Il y a quelqu'un qui veut savoir si des humains sont revenus ici. »

Toby avait lancé cela avec beaucoup plus d'assurance qu'il n'en ressentait intérieurement, mais il pensait que c'était un signe de maturité.

« Les mécas, fit Killeen en hochant la tête.

« Pourquoi n'avoir pas laissé derrière eux une bombe plus puissante ? demanda Cermo. Ils nous auraient massacrés d'un seul coup.

« Ils croyaient peut-être nous avoir comme ça », suggéra Toby en écartant les mains.

Killeen secoua la tête.

« Ils ont d'énormes énergies à leur disposition. S'ils avaient voulu nous éliminer, ils auraient pu le faire facilement.

« Alors, pourquoi nous ont-ils tendu ce piège ? demanda Cermo.

« L'explosion avait peut-être pour but de nous laisser croire que nous leur avons échappé et que nous sommes en sécurité », murmura vivement Toby.

Killeen plissa les lèvres, sans cesser de faire les cent pas.

« Les mécas nous prennent pour des nouilles, ça c'est possible.

« Mais il n'y a pas que ça, déclara Toby après avoir écouté Shibo. Cette bombe parlait comme nous, et non pas dans l'ancienne langue. »

Killeen cessa d'aller et venir. Il s'immobilisa pour regarder son fils avec un intérêt nouveau.

« Ouidire. Elle ne s'exprimait pas en mille dialectes. Elle était au courant de notre façon de parler. C'est quelqu'un qui le lui a dit.

« Vous croyez que… qu'ils vont venir nous cueillir ? demanda Cermo d'une voix où s'entendait la peur.

« Tout dépend du niveau des mécas auxquels nous avons affaire. Les stupides dératiseurs qu'ils nous ont envoyés sur Nivale…

« Pas assez subtils, approuva Toby. Mais la Mante… »

Killeen et Cermo échangèrent un regard. La Mante, pour la Famille LeFou, faisait déjà partie de la légende. C'était le méca le plus intelligent qu'ils eussent jamais rencontré. Elle leur avait donné la chasse en se servant des illusions électroniques les plus élaborées. Ils s'étaient dit qu'il s'agissait simplement d'un tueur un peu plus perfectionné, mais elle leur avait montré elle-même, en une atroce occasion, comment elle se servait des humains dans ses “ œuvres d'art ”.

« Vous savez, murmura Toby, Quath m'a dit une fois que les mécas, ils n'envoient pas ce qu'ils ont de mieux pour nous pourchasser d'une planète à l'autre. Ils font appel à leurs éléments les plus nases. »

Cermo se hérissa.

« Qu'ils nous envoient qui ils veulent, on leur fera leur affaire. Gros mécas ou petits mécas, c'est du pareil au même. »

Le regard de Killeen se perdit dans le vague. Toby savait qu'il revoyait dans sa tête la longue histoire des humiliations que la Famille LeFou avait subies de la part des mécas. Ensemble, ils avaient vu comment ceux-ci utilisaient les corps humains comme pièces de leurs biomachines. Comme lubrifiants. Comme décoration. Comme éléments sanglants et horriblement déformés de ce que la Mante appelait de l'art.

« Sifait, Cermo. Ils vont peut-être arriver pour nous capturer, ou pire, fit-il.

« Il ne faut pas moisir ici, murmura Cermo.

« Ouidire. »

Killeen se tourna vers un écran mural, qui se remplit de traînées noires tourbillonnantes et de scintillements éclatants. C'était le plan de la galaxie, fourmillant d'énergies redoutables et de développements enrobés.

« Mais pour ler où ? »

6

Le chant des électrons

Toby se tenait sur la coque, le regard perdu dans la majestueuse clarté stellaire du Centre Véritable. La galaxie tout entière était animée d'un lent mouvement de rotation autour d'un point enrobé de nuages. Débordante clarté valsant autour d'un moyeu de ténèbres impitoyables.

Déjà le vaisseau prenait de la vitesse, coupant à travers des allées de poussières enténébrées pour faire surgir de nouvelles plaques de lumière. Toby ressentait une colère sourde envers ces mécas qui fonçaient sur eux devant leurs traînées d'échappement bleu-blanc, forçant l'*Argo* à prendre la fuite. Ils étaient impitoyables, chevauchant leurs flammes de plasma éclatant, ennemis éternels toujours prêts à traquer les moindres vestiges d'humanité. Ils n'étaient qu'à un jour-lumière de distance, tapis dans les ténèbres tournoyantes.

Même dans cet amas d'étoiles spiralantes, il y avait peu de chances pour que la Famille s'en tire. Les détecteurs à longue portée de l'*Argo* avaient capté des images de traînées mécas orientées dans plusieurs directions à la fois et recoupant toutes les orbites évidentes, celles qui venaient du Centre comme celles qui y convergeaient.

Leur trajectoire les conduisait donc inévitablement vers l'intérieur, vers le trou noir tapi au Centre Véritable. Un piège.

Toby avait entendu son Aspect Isaac en consulter d'autres, encore plus vieux et plus radotants que lui, à propos de l'énorme étoile noire, mais tout cela paraissait si étrange, si impossible. La galaxie l'avait nourrie pendant des dizaines de milliards d'années. Des astres entiers s'y étaient engloutis, poussés par les marées gravitationnelles et les forces de friction des poussières. Jadis, les civilisations étaient florissantes autour de ces soleils perdus. Mais tandis que les étoiles parentes étaient happées pour être brûlées, mises en pièces et dévorées, des races nonhumaines au complet avaient été forcées de prendre la fuite pour survivre.

Les leçons d'histoire d'Isaac concernant l'ancien temps étaient décousues. Une grande partie était imaginée, et peu nombreux étaient les faits avérés. Certaines civilisations, aux dires d'Isaac, avaient réussi à s'échapper, formant d'étranges colonies métalliques qui avaient moissonné les vastes ressources d'énergie disponibles. Ces havres se trouvaient devant l'*Argo*. Cités centrales nonhumaines, gigantesques, énormes, redoutables. Plus vastes que les Chandeliers, et beaucoup plus anciennes.

Il se secoua, puis se tourna de nouveau vers sa tâche, qui consistait à essayer de persuader Quath de participer à l'Assemblée de la Famille LeFou. La gigantesque nonhumaine était occupée à démonter les derniers murs de son nid complexe, empilant les briques dans un recoin à la jonction de deux agrodômes.

« Dépêche-toi, grosse bête, ça va bientôt commencer. »

Quath souleva une dalle épaisse sans le moindre effort apparent.

< Cette cérémonie ne concerne que ton espèce. Il est [intraduisible] que je manifeste mon respect en m'abstenant d'y assister. >

« C'est plutôt une bagarre soumise à certaines règles qu'une cérémonie. N'importe comment, le Cap'taine veut que tu sois présente et que tu prennes la parole. »

< C'est un honneur que je me dois de décliner, mangeur-de-vermine. >

« Écoute, reine-des-crottes, c'est très important. »

< Le plus important pour toi, c'est de retourner à l'intérieur. >

« Hein ? Et pourquoi ? »

< Écoute avec tes cerveaux antérieur et postérieur — le chant des électrons. >

Toby suivit des yeux le geste à double jointure de Quath. Maintenant qu'il y prêtait attention, il distingua une douce radiance ivoire autour de l'*Argo*. L'éclat dansait et miroitait comme une brume agitée par une brise invisible.

« C'est joli, dit-il. Et alors ? »

< Ce sont des électrons à forte charge qui frappent nos écrans magnétiques. Lorsqu'ils sont déviés de leur trajectoire, ils poussent de petits cris indignés. Des photons d'inconfort et de désespoir. >

« Je vois. La vie est dure pour tout le monde. Et alors ? »

< Nous en rencontrons de plus en plus. Il y en a des quantités à l'approche du noyau galactique. Les radiations qu'ils produisent vont bientôt t'interdire de sortir sur la coque. >

Toby fronça les sourcils. Il avait toujours cru que les champs magnétiques de l'*Argo* suffisaient à écarter les particules dangereuses. Mais ils ne pouvaient arrêter la lumière dépourvue de masse, et il savait que les trucs vraiment dangereux se situaient dans les très hautes fréquences, bien au-delà de ce que les humains étaient capables de percevoir.

« Tu peux voir le rayonnement dur ? »

< Tous ceux de mon espèce en sont capables. Notre évolution ne s'est pas faite sur un monde aussi confortable que le tien. >

« Hum, je ferais mieux de rentrer, peut-être. Et tu viens avec moi. Ordre du Cap'taine. »

< Si c'est un ordre, je me dois d'obéir. Mon espèce connaît ça. >

« Quath, tu as démoli ton nid-de-guêpes pour le mettre à l'abri avant même que nous ne soyons au courant de l'arrivée des mécas. Comment ça se fait ? »

< La marée des événements est déclenchée. >

« Tu crois vraiment ? »

Quath ne disait jamais rien à la légère. Ou plutôt, son sens de l'humour nonhumain ne s'étendait pas à ce domaine. À ce qu'avait pu constater Toby, la perte d'un membre pouvait être pour elle une bonne blague. Il l'avait vue, un jour, s'arracher une patte en émettant un drôle de bruit de succion. Il s'était dit qu'elle pleurait ou qu'elle gémissait, mais c'était peut-être aussi son idée d'une plaisanterie de salon.

< Il n'y a pas d'issue. >

« Plutôt fataliste comme conception, faiseuse de briques-de-merde. »

< Mais il y a une entrée. >

Toby fut incapable de lui arracher la moindre explication supplémentaire. Lorsqu'il réussit à l'entraîner à l'intérieur, l'Assemblée avait déjà débuté. Les As et les Cinq étaient aux prises avec les LeFou, bien qu'ils eussent en commun une grande partie de leurs coutumes culturelles et même de leur ancien folklore.

Par chance, la première partie était une sorte de danse aux figures libres, et la musique résonnait dans la grande salle où toute la Famille LeFou était mêlée aux gens qu'ils avaient recueillis sur la Nouvelle LeFou, le dernier monde qu'ils avaient fui. Ça rigolait fort. À l'exception, bien sûr, des officiers de garde. La Famille ne pouvait jamais se permettre de relâcher totalement sa vigilance.

Toby essaya de se mettre dans le bain. Quath préféra se tenir dans un coin, dominant tout le monde, le regard perdu dans des lointains abstraits. Toby se joignit à une gavotte collective dont les paroles lui étaient restées depuis son enfance.

Mains sur les hanches,
L'échine en arrière,
Les pieds souples,
Faites bouger la viande,
Trémoussez vos bedaines
En direction de la personne aimée.

Ce n'était peut-être pas très digne, mais ces Assemblées étaient souvent comme ça. En observant son père, Toby pensait comprendre la stratégie sous-jacente.

Le tout était de faire en sorte que les gens s'ouvrent et se sentent solidaires. Il fallait les encourager à danser et à chanter, à évoquer les vieux souvenirs de célébrations analogues sur le monde natal, à jouer une musique endiablée à tue-tête, à sortir les cuves de céramique où dormaient le grain et le raisin, à boire du whisky, de la bière et du vin. Que la Famille se vautre dans l'alcool. Malgré les enzymes circulant dans leur sang, qui en atténueraient les effets, la boisson leur relevait le moral, selon la tradition, et les rendait un peu plus sûrs d'eux-mêmes, confiants et… hardis. Un peu plus fort, la musique. Ensuite, on leur posait la question qui avait motivé cette réunion et qui faisait appel à leur ressource, à leur sens de l'identité de la Famille et à leur détermination d'aller quelque part.

Le fait de savoir ce que faisait Killeen n'empêchait pas Toby de s'amuser. Il dansa avec Besen, but du vin frais et pétillant, laissa les essences capiteuses l'imprégner.

Ce n'était pas assez pour l'enivrer, cependant. Son père avait eu de gros problèmes avec l'alcool, dans les longs mois qui avaient suivi la mort de sa mère. C'est alors que Killeen avait connu Shibo et renoncé à boire. Il s'était ressaisi, et était devenu Cap'taine. Toby n'avait pas beaucoup de connaissances en biologie, mais il comprenait qu'il pouvait exister chez le fils une tendance à hériter des faiblesses potentielles du père. Il faisait donc attention à ce qu'il buvait. Il ne voulait pas s'en remettre uniquement à ses enzymes.

C'était une belle Assemblée. Il commençait même à éprouver une réelle affection pour Cermo. Vu la manière dont celui-ci l'avait traité ces temps-ci, il ne pouvait attribuer la chose qu'aux effets de l'alcool.

Cermo avait une peau couleur de chocolat crémeux, qui brillait d'un éclat sucré sous la lumière diffuse. Une chose que Toby appréciait dans la Famille, c'était qu'elle maintenait vivaces les différences séculaires entre les individus. Les yeux étaient bruns, bleus ou noirs, la peau était lisse ou rugueuse, le teint rose ou jaune ou chocolat, le nez fin et pointu ou large et impérieux, ou encore guilleret et retroussé. Il y avait quelque chose dans les gènes qui empêchait les différences de s'émousser au fil des générations. Cela épiçait leurs relations en leur ajoutant les saveurs d'une époque où les humains s'adaptaient à leurs différents environnements en inclinant leurs yeux pour mieux y voir, en assombrissant leur peau pour se protéger du soleil et en amincissant leur visage pour mieux conserver la chaleur.

Peu importait pour lui que ce fût la nature qui eût accompli cela au moyen d'une lente sélection naturelle. Ces différences étaient comme un ancien livre, une suite de messages incompréhensibles venus d'un passé vénéré, qu'il fallait préserver à tout prix. Son nez épaté et ses yeux bridés semblaient avoir une utilité pratique imminente, de même que sa peau basanée et le chaume de sa barbe qui commençait à pousser. Question d'héritage. D'histoire profonde.

Puis la musique pulsante reflua. L'heure de la décision était là.

Killeen prit la parole. Ce n'était pas un orateur doué, comme certains que Toby avait entendus, mais il avait une manière bien à lui de dire les choses simplement, qui représentait une sorte d'éloquence. Il leur expliqua la situation sans détours. Les mécas qui arrivaient. Les réserves de carburant de l'*Argo* qui baissaient. Les niveaux d'air, d'eau et de fluides divers. Cela irait un certain temps, mais il ne fallait pas compter fuir en catastrophe le Centre Galactique pour gagner un refuge impossible.

Quath confirma les intentions probables des mécas. Ils allaient converger sur l'*Argo*, pour le prendre au piège du tourbillon du Centre Véritable.

Killeen fit ensuite appel au sensorium de la Famille. Chaque membre vit avec un œil l'inscription ancienne, avec sa signification en surimpression. Il leur souligna certains passages d'une voix vibrante.

« “ Consuma les cinq formes des morts-vivants dans le bûcher sacré des flammes immobiles. ” Cela signifie qu'il fut un temps où les mécas tombaient devant nous ! »

La Famille fut agitée d'un frémissement, les yeux perdus dans un passé poussiéreux.

« “ Elle se lèvera, comme nous tous, pour plonger dans la tanière et la bibliothèque. ” »

Killeen se tenait sur une estrade qui dominait la foule. Sa voix devint plus puissante, non pas de manière préméditée, mais sous la simple force de sa conviction.

« Ils sont allés là-bas, il y a très longtemps, bien qu'elle et eux fussent “ las et fiévreux dans leur ardeur envers les palais nacrés de l'humanité ”. Ils sont partis quand même. »

Des murmures d'approbation se firent entendre. Il y avait en eux une note plaintive, qui établissait la liaison avec leur histoire légendaire. Certains se mirent à sangloter. D'autres lancèrent des imprécations.

« Nous sommes de nouveau traqués par les mécas, reprit Killeen. Ils convergent sur nous. Mais nous avons des alliés, reprit-il en faisant un geste en direction de Quath. Ils nous suivent en transportant leur énorme machine, le Cercle Cosmique. Ces pouvoirs-là, nous ne les maîtrisons pas, c'est vrai. Ces méthodes, nous ne les comprenons pas. Nos alliés sont des créatures vivantes qui nous offrent leur aide en raison des liens sacrés qui unissent tous ceux qui sont nés *naturellement* des atomes mêmes de la galaxie. »

Clameurs rauques pour remercier Quath et exprimer une haine farouche, aux yeux froids, à l'égard des mécas. Killeen s'interrompit, laissant la fureur s'évaporer et la raison revenir sur son visage déterminé.

« Mais, même avec leur aide, nous seuls pouvons décider de notre destination. »

Il posa lentement son regard sur tous ces visages qu'il connaissait bien, sur cette foule de plus de trois cents personnes.

« Nous avons tous perdu des parents dans les combats contre l'espèce à laquelle appartient Quath. Mais ce temps-là est révolu. Aujourd'hui, nous nous battons aux côtés de ceux que nous appelions les Cybers et que nous désignons désormais sous le nom de Myriapodes. »

Quelque chose, dans son attitude, rappelait puissamment le passé, et en mettait la force au service de la cause de Killeen. Toby put voir les effets que cela avait sur la foule. Killeen était l'homme qui avait plongé dans un trou Cybertaraudé, à travers une planète tout entière, et avait survécu. Il avait séjourné, prisonnier, à l'intérieur de la Cyber Quath, et il s'en était tiré vivant. Il avait parlé à un être magnétique qui utilisait le ciel entier pour s'exprimer. Et avant cela, il avait affronté la Mante, et il leur avait gagné leur liberté.

Aujourd'hui, tout le poids de l'histoire pesait en faveur de Killeen. Son regard était brûlant. Sa gravité en imposait. Tout le monde était pendu à ses lèvres.

« Nous avons la possibilité de faire face, de nous battre avec des chances que nous ne pouvons pas estimer. Ou bien nous pouvons fuir, en espérant échapper à l'ennemi. »

Le regard brillant embrassa toute l'assistance.

« Cela signifie-t-il que nous n'ayons pas d'autre choix ? Que nous soyons pris au piège ? »

Ses lèvres prirent un pli méprisant.

« Non, non et non ! Je dis, moi, qu'il y a une troisième voie, une voie qui nous est ouverte par cette plaque transmise par nos lointains ancêtres. »

Toby laissa échapper un grognement en voyant à quel point le Cap'taine tenait l'assemblée dans le creux de sa main. La voix grondante qui déferlait sur la Famille était animée de détermination et de certitude, mais Toby était sceptique. Il devinait, avec une angoisse désemparée, ce qui allait venir maintenant.

« Nous pouvons les suivre, les anciens. Dans la tanière où ils se réfugièrent jadis, et qui est peut-être encore là ! »

Un frémissement puis des murmures parcoururent la Famille.

« C'est vrai qu'ils avaient des pouvoirs que nous ne pouvons égaler. Ouidire. Et des méthodes que nous ne comprenons pas. Songez donc que leurs descendants — nos cousins ! — sont peut-être encore là ! La Famille des Familles, “ où demeure l'éternité ”. Qu'est-ce que ça peut bien vouloir dire ? Qu'est-ce que ça nous promet ? Il n'y a qu'une seule manière de s'en assurer. Aller voir sur place de quoi il s'agit ! »

D'après le rugissement d'approbation qui s'éleva, vibrant, autour de lui, Toby comprit qu'ils allaient s'engager dans une voie désespérée. Bien qu'il portât un grand amour à son père et qu'il fût prêt à le suivre partout où il irait, il sentit un grand froid le parcourir, une terreur glacée qui communiqua à ses genoux une faiblesse dont il eut honte.

Pourquoi son père faisait-il cela ? Où était passée sa prudence coutumière ?

Il met les LeFou en péril... Et pour découvrir quoi ? Quelque chose sur leur passé. Ce que représente la Famille.

Sa Personnalité Shibo se manifesta alors sans qu'il l'ait appelée. Sa pâle présence n'était qu'une voix douce au milieu du tintamarre aux yeux blancs des célébrations qui battaient leur plein autour de lui, à coups de coudes, de transpiration joyeuse et de bouches tordues.

> ***Ils ne comprennent pas très bien ce qu'il cherche. Le comprend-il lui-même ? J'aime cet homme, autant que peut aimer le moi pelé que je suis devenue à présent. Mais il me fait peur, également. Il leur promet une tanière. Il risque de ne leur apporter qu'une tannée.***

L'Étoile Gelée

Des antennes angulaires reflètent l'ultraviolet hérissé du disque en contrebas. Des formes tournent. Elles vivent dans des nuages de masses tombantes, formes noires et déchiquetées sous l'effet de grêle des radiations. Piques d'infrarouge, rayons gamma tranchants.

Parmi les nuages en dissolution se déplacent des figures silencieuses dont la forme s'altère selon la fonction. Du métal en fusion s'écoule, puis se fige. Un nouvel outil est extrudé. Titanium mat. Il attaque un riche dépôt d'indium. Il mâchonne et digère.

Les moissonneurs fondent en longues trajectoires elliptiques au-dessus de la dure brillance du disque. Tout en convergeant, ils lancent des assemblages élaborés, des matrices géométriques. Leur stratégie collective de charognards est auto-évoluée, purement pratique, en algorithme simple. Elle génère cependant des configurations entretissées qui se déroulent et se mettent en œuvre, puis s'enroulent de nouveau en un spectacle d'une artistique et langoureuse beauté.

Ils ont une autre fonction plus profonde. Reliés les uns aux autres, ils forment une macro-antenne. Leur chœur vocal unique relaie des trains complexes de pensée numérique. Mais ils ne participent jamais aux courants entrelacés des délibérations délicates, pas plus que les molécules de l'air ne se soucient des sons qu'elles transmettent.

À travers les minutes-lumière, la conversation gronde, roule et résonne.

Ils insistent, ces primates.

Nous/vous n'avons pas cherché à provoquer leur extinction.

Pas encore.

C'est vrai. Nous/vous devons d'abord en apprendre davantage.

Le piège a fonctionné ?

L'engagement a fonctionné comme prévu. Nous/vous avons appris avec précision la position de leur engin quand ils sont entrés dans la cosse de leur ancienne demeure.

Je/vous avons eu raison de préserver cette structure pendant de longues ères.

Cela a facilité la fixation des microsenseurs.

Par infiltration directe ?

Ils ont été projetés par l'explosion sur l'engin primate avant de s'insinuer à l'intérieur.

N'était-il pas inutile de se donner cette peine ?

Nous/vous avons agi avec trop

de hâte, dans le passé, en nous contentant d'effacer les expéditions qui s'aventuraient au voisinage de l'Étoile Gelée.

Ce terme est peu sympathique. Le trou noir est bien plus noble que ne l'implique une telle appellation.

Il a pourtant pris naissance dans les premiers temps de la galaxie, à partir de la simple graine d'une supernova isolée. Il a atteint une masse égale à un million de fois celle de ses origines, mais cela ne change en rien sa nature.

Pourquoi gelé ? Il est environné de feu.

Seule son image dans l'espace-temps est gelée. Pour vous/nous, la masse engloutie met une éternité à accomplir sa descente finale dans la gorge de l'oubli.

Très bien. Ces détails techniques ennuient plus qu'ils n'éclairent.

C'est exact, pour certaines parties de vous/nous.

Et cependant, les primates sont toujours attirés dans ce nexus. Quel est ce langage que vous/nous avons cité plus tôt pour illustrer leur manière de penser ?

L'image était : *Des papillons attirés par la flamme.*

La logique bio est si simple, si linéaire. Comment pouvons-nous/vous être sûrs de leurs processus ? Connaître le fonctionnement de leur esprit ?

Vous/nous ne le pouvons pas.

Mais avec certaines ressources...

Nous/vous sommes obligés d'admettre qu'il y a des domaines dont nous ne pouvons pas avoir connaissance, même en théorie.

La mémoire revient. Oui... Il y a des vérités qui ne peuvent être prouvées dans le cadre d'aucun système logique.

Je ne me référais pas à un théorème aussi évident. Il y a des angles morts jusque dans notre manière de percevoir l'univers. Et personne ne peut les compenser.

Il est à espérer que vous/je ne suggérons pas que notre/votre espèce partage en la matière la cécité de ces primates ?

Toutes les formes sentientes ont leur manière de filtrer le monde. En cela, elles sont semblables.

Cela ne signifie pas forcément que vous/nous soyons incapables de comprendre les formes inférieures et leurs vues primitives dans leur intégralité.

C'est peut-être le cas.

Le défaut de compréhension dans une affaire si grave est inquiétant.

Assez conjecturé. Sur le plan pratique uniquement, vous/je nous opposons à l'annihilation de cette toute dernière incursion primate. Le prix en serait trop élevé.

Ceci se réfère aux quasimachines.

Elles suivent l'engin primate pour le protéger.

Nous/vous avons déjà eu affaire à elles dans le passé.

Elles sont plus ingénieuses que les humains. Vous/nous avons déjà subi leurs atteintes.

Ce ne sont que des outils ! Nous/vous utilisons les quasi-machines pour suivre les humains à la trace.

Elles transportent un cerceau de discontinuité transversale. Cela facilite la poursuite. Mais ce serait une arme déplaisante si elle était braquée sur nous/vous.

Il ne faudrait pas oublier que nous/vous/eux avons possédé, dans le passé, plusieurs discontinuités du même genre. Il est vrai qu'elles ont été perdues lors de l'assaut contre le Cône en l'ère e{+[‡]}.

Ce fut une grave erreur, à laquelle beaucoup d'entre nous/vous s'opposèrent.

Vous/je n'avons pas besoin de raviver cette erreur.

Bien parlé, pour le/les auteurs de l'erreur en question.

Ces distinctions sont sans signification. L'expérience a été absorbée par tous nos êtres.

Les leçons non perçues peuvent encore faire mal.

Personne n'aurait pu prévoir que le Cône avalerait, digérerait et réutiliserait ces discontinuités pour se fortifier. Pour se rendre encore plus difficile à pénétrer.

Un peu de prudence nous/vous aurait épargné cette instructive leçon dont nous/vous faisons état.

Vous/nous comprenons maintenant que personne/beaucoup ne peuvent, même en théorie, connaître la géométrie stochastique de l'intérieur du Cône.

Les excuses ne servent à rien à présent. Le prix à payer sera élevé si nous attaquons les quasimachines et leur discontinuité.

Vous/je étions convenus, depuis longtemps, d'utiliser les humains contre les quasimachines. Pourtant, nous/vous constatons maintenant qu'ils semblent avoir contracté une alliance. Cela, nous/vous ne pouvions pas le prévoir. La vie basée sur le carbone suit des protocoles que nous/vous ignorons. Que nous n'avons pas besoin de connaître.

Je/vous aimerions bien qu'il en soit ainsi. Mais ils étaient là avant notre espèce, et…

Beaucoup d'entre nous/vous rejettent cette théorie.

Comment pourrions-vous/je ? Les formes organiques sont apparues les premières.

Il est des philosophies qui soutiennent que le métal et la céramique étaient les matériaux originels, formés par des décharges électrolytiques et organisés par l'accrétion de l'argile et des ions. Les formes basées sur le carbone en seraient dérivées.

Ces théories sont démenties par les archives historiques.

Il reste que vos/nos précieuses archives ne peuvent toujours pas nous dire pourquoi nous devrions redouter les humains. Et pourquoi particulièrement les humains ? Il y a eu d'autres formes à base de carbone.

Que nous/vous avons éradiquées.

Sans remords.

Soit. Mais vos/nos motivateurs intégrés nous disent que notre espèce doit sonder les humains.

Je/vous insistons pour que nous/vous les endommagions au moins un peu. Juste de quoi réduire leur puissance.

Il faut rester à l'écart de leur discontinuité.

Le vaisseau humain est modérément protégé, mais nous/vous pouvons l'endommager efficacement. Il n'y a aucune raison de les laisser passer indemnes.

La détection de leur engin parmi les débris du disque galactique ne s'opère que de manière intermittente. De plus, les quasimachines et leur discontinuité gauchissent toute la région, ce qui rend difficiles les localisations précises.

Il est crucial de passer à l'action ! Vous/nous savons qu'ils se sont entretenus avec un membre du domaine magnétique.

C'est fâcheux. Cela confirme les informations communiquées par un sous-esprit.

Qui était-ce/nous ?

Nous/vous avons délégué l'étude des primates survivants à ‡>A<‡, qui a entouré de ses replis la planète d'origine de ces primates.

Et ne nous a fourni que peu d'indications utiles.

C'est exact. Mais ‡>A<‡ a fait en sorte que les primates soient persuadés de contrôler leur vaisseau et de posséder leur liberté de mouvement. Ce qui a grandement facilité leur manipulation, compte tenu de leurs schémas psychologiques primates. Ils ont donc contracté une alliance avec les quasimachines, qui les ont conduits jusqu'ici.

Pourquoi avoir mêlé les quasimachines à cette histoire ? Cela obscurcit les choses au lieu de les éclairer.

Elles savent peut-être ce que les primates ignorent.

Cela confine à l'infini.

Je me réfère à ce que vous/nous ne savons pas. Ce que nous cherchons.

Sans savoir très bien ce que peut être cette chose mystérieuse. Ces obscurités commencent à être quelque peu lassantes. Convoquons ce ‡>A<‡, que je/nous puissions élucider cette histoire.

C'est chose faite. Le temps de déplacement luminique le retardera un peu. Dans l'intervalle, nous avons de quoi nous occuper.

Vous/nous admettons donc que les humains doivent être élagués, diminués.

Je/vous suggérons qu'un nouveau piège leur soit tendu ? Quelque chose qui puisse les attirer pour nous donner sur eux un vecteur connu ?

Cela contribuerait à clarifier le problème de base.

Qui est ?

Que viennent-ils chercher ici ? Les formes à base de carbone s'étiolent au contact des rayonnements durs.

Il est vrai qu'ils ne sont pas du tout dans leur élément.

La question la plus préoccupante, c'est : pourquoi nous/vous sommes-nous tellement préoccupés par eux ? Alors que le plus simple serait de les tuer ?

En d'autres termes, pourquoi je/nous existons-nous ? Est-il nécessaire d'adopter une voix critique ? Notre intelligence partagée n'est-elle ici que pour attiser nos/vos différences ?

Assez ruminé. Agissons !

Deuxième partie

LE MANGEUR DE TOUTES CHOSES

1
Poursuite acharnée

Toby regarda obliquement Besen. Pourquoi ne pouvait-elle pas le laisser tranquille ?

Comme la plupart des femmes, elle considérait que le seul fait de parler des choses qui vous ennuient, de tout faire sortir, est systématiquement et automatiquement un remède.

L'expérience de Toby lui disait que, bien souvent, c'était exactement le contraire. Amener à la lumière de vagues sentiments fumeux, les éclairer encore plus à l'aide de mots, les rendre plus concrets, cela ne faisait que durcir les problèmes. En ce qui le concernait, tout au moins.

Il soupira. Ils étaient en train de manger dans la cafétéria pleine de bruits de vaisselle et de conversations. Autour d'eux, les gens bavardaient avec excitation. La grande salle retentissait de spéculations sur leur mission.

Une semaine s'était écoulée depuis le discours théâtral de Killeen à l'Assemblée. Une semaine qu'ils avaient passée à forcer leur chemin en direction du Centre Véritable embrasé et grouillant d'étoiles. L'*Argo* peinait, frémissant de toutes ses membrures, secoué par les vents de plasma déchaînés. Mais tous ses occupants semblaient heureux de sortir de leur routine.

L'aventure palpitante valait mieux que de rester accroupi les mains sur les hanches, à se lamenter de ses infortunes. La Famille LeFou était lasse de l'existence trop paisible à bord de l'*Argo*. C'était, certes, un vaisseau merveilleux, héritage grandiose de leurs lointains ancêtres affadis par le temps, mais ce n'était guère aussi, tout compte fait, qu'une boîte de conserve intelligente. De l'avis de Toby, les LeFou n'étaient pas à leur avantage quand ils restaient enfermés sans rien faire d'autre que parler, comme en ce moment.

« J'apprécie que tu me l'aies demandé et tout ça », fit-il au bout d'un moment, en s'efforçant de se montrer diplomate. Après tout,

Besen faisait son possible pour le dérider et le sortir de son silence maussade. « Mais faudrait pas trop pousser quand même », ajouta-t-il.

Besen lui adressa un sourire compatissant.

« Il y a des fois où tu te fermes comme un sas.

« C'est parce qu'on a eu pas mal de montées d'adrénaline, ces derniers temps, c'est tout.

« Je comprends. »

Elle paraissait surprise, les lèvres tordues sous l'effet de la perplexité.

« On est pourtant en train de semer ces mécas, dit-elle.

« Hum ! Comme une souris en cage qui n'arrête pas de galoper d'un côté puis de l'autre.

« Nous ne sommes pas dans une cage !

« Mais je ne vois pas d'issue. Tu en vois une, toi ?

« J'en vois plein. On n'a pas encore aperçu le disque autour du trou noir. Il y aura peut-être un endroit où se cacher.

« Ces mécas connaissent la région comme leur poche. Ils doivent avoir des détecteurs partout, des traceurs sophistiqués.

« On n'en sait rien !

« Il y a toutes les chances. Quelque chose, dans le Centre Véritable, les attire. C'est Quath qui me l'a dit.

« Et tu crois tout ce que dit cette grosse multifesse ?

« Bien sûr, riposta Toby. Elle, au moins, n'essaie pas de me remonter le moral. »

Besen plissa le front en une moue adorable.

« Hum… Je vois que c'est la vraie déprime, aujourd'hui.

« Je ne pavoise pas, c'est tout. »

Toby sirota son jus de lotus et prit un cube de grain. Il le tapa contre le dessus de la table, et un petit verblan en émergea en frétillant.

« C'est la seule manière qu'on connaisse de faire sortir ces sales bêtes », dit-il d'un air dégoûté en repoussant le cube.

« C'est à cause d'Érica. C'est elle qui les a lâchés.

« N'importe qui aurait commis l'erreur en ne sachant pas lire le mode d'emploi.

« Elle aurait pu demander à ses Aspects ! »

Érica avait accidentellement laissé échapper, quelques années plus tôt, le contenu d'un bocal de solfouisseurs congelés. Leurs méfaits quotidiens rappelaient la chose à tout le monde, et le nom d'Érica était devenu synonyme de malédiction.

Toby la plaignait sincèrement. Qui aurait pu se douter que les sales bêtes jailliraient de leur cylindre, prêtes à tout dévorer ? Elles étaient conçues pour ça, il est vrai. Érica avait pris peur et lâché le bocal. Qui aurait pu deviner que les verblans envahiraient toutes les récoltes de grain ? Ils étaient prévus pour les légumes et les pommiers, comme le disait l'étiquette dans un vieux langage oublié. Érica avait eu la malchance — et toute la Famille avec elle — de se trouver dans le dôme aux céréales quand elle avait ouvert le cylindre. Il haussa les épaules.

« Elle était fatiguée d'avoir ensemencé.

« Le Cap'taine aurait dû la faire fouetter pour ça.

« Il n'aime pas donner le fouet.

« Ce qu'un Cap'taine aime ou n'aime pas faire n'a rien à voir avec la question, riposta sèchement Besen. C'est le bien de la Famille qui doit passer avant tout.

« D'accord avec toi. Et un Cap'taine avisé sait choisir la musique au son de laquelle il fait danser son équipage. »

Besen cligna plusieurs fois des paupières.

« Tu veux dire que le Cap'taine nous fait danser, mais que nous n'entendons pas la même musique que lui ?

« Peut-être bien.

« Et tu ne veux rien dire contre lui en public ? Par loyauté ?

« Je n'aime pas le contredire.

« Ce qui est sûr c'est que ta popularité en prendrait un coup.

« Ouidire. Je suis obligé d'admettre qu'il a remonté le moral général. »

Il fit un large geste circulaire, englobant les visages animés dans la cafétéria. Il flottait une odeur électrique d'excitation vivace. Tous ces gens depuis si longtemps en fuite accueillaient avec joie la poursuite finale, la proximité familière du danger.

Les lèvres de Besen se plissèrent d'inquiétude.

« Tu n'es pas vraiment convaincu qu'il s'agisse d'une manœuvre destinée uniquement à nous éloigner des mécas, n'est-ce pas ?

« J'en sais rien. »

Il tapa de nouveau le cube de grain d'un geste coléreux. Un autre verblan roula sur la table. Avec sadisme, il l'écrasa sous son pouce.

« Il vaudrait mieux ouvrir l'œil, c'est tout », ajouta-t-il.

Besen sourit.

« Un verblan peut en cacher un autre ?

« Il peut y avoir des verblans n'importe où. »

Besen fit un effort visible pour se reprendre et changer le tour morose de leur conversation.

« Tu ne veux pas qu'on monte à l'observatoire ? demanda-t-elle. On verra peut-être quelque chose.

« Bonne idée », dit-il en se levant.

En même temps, il écarta le cube de grain d'un revers de main. Puis il se ravisa, le tapa une troisième fois sur la table et l'examina. Il ne contenait plus de verblans. Il mordit dedans.

« Mmmm, pas mauvais, quand on a faim.

« Tu es toujours affamé. Depuis le serpent à voiles et tout le reste, on mange pourtant comme il faut.

« Allons-y. »

Il lui était reconnaissant de lui fournir un dérivatif à cette conversation embarrassante. Il n'aimait pas l'idée que sa morosité pût corrompre le moral de l'équipage alors que son père s'était donné tant de mal à le remonter et avait obtenu que tout le monde se mette à l'ouvrage sans rechigner durant de longues heures.

Ils grimpèrent la large rampe spiralée au cœur de l'*Argo*. Tout l'équipage s'affairait avec ardeur dans les agrodômes. Le niveau de radiations à l'extérieur grimpait d'heure en heure. Infrarouges ardents, ultraviolets lancinants, toute l'étendue invisible du spectre mordait les récoltes. Ils avaient polarisé les dômes au maximum, mais les énergies piquantes passaient quand même. C'était un véritable soulagement que d'oublier tout cela en se laissant aller dans le maillage d'une chambre d'observation pour contempler l'extraordinaire flamboyance extérieure.

Nichée dans la pénombre fraîche du cœur du vaisseau, la salle d'observation était bondée, et Toby eut du mal à voir quoi que ce soit. Le champ stellaire scintillant était confus, strié d'étranges raies de gaz rayonnant. Puis la Passerelle passa sur une fréquence en décalage Doppler, et les détails surgirent. La sélection des fréquences bleuriches donnait du relief à tout ce qui se déplaçait en direction de l'*Argo* et estompait tout le reste.

C'est alors qu'ils les virent : des pointes d'épingle brillantes et bleutées, au nombre de huit, espacées en un cercle régulier.

« Impossible de les rater, murmura Toby.

« À mon avis, les mécas se fichent pas mal qu'on les voie, fit Besen.

« À moins qu'ils ne fassent tout pour ça, justement.

« Mais pourquoi ? Ce ne serait pas mieux pour eux de se cacher ?

« Ils cherchent peut-être à nous faire peur.

« Pour nous inciter à faire quoi ?

« Ce qu'on est en train de faire, peut-être.

« Hé ! On s'éloigne d'eux ! » protesta une grosse femme au nez en bec d'aigle, sur la gauche de Toby, en lui donnant un grand coup de son coude pointu dans les côtes.

Elle faisait partie des As originaires des terres désolées d'Atout. Elle était entraînée à suivre aveuglément son chef de Famille.

« Ouidire, on leur fait bouffer de la poussière ! » renchérit un homme.

C'était un Cinq.

« On peut semer n'importe quel méca », annonça fièrement une autre femme.

Son accent était celui des Deux. Il était si marqué que Toby avait du mal à la comprendre. Grinçant des dents, il murmura :

« Ouidire, ouidire, mais je me demandais justement si…

« Entendez-le ! Le propre fils du Cap'taine ! C'est-y normal, ça ? » fit la femme au nez crochu en lui donnant une nouvelle bourrade.

« Désolé, mes sœurs et mes frères, fit Toby malgré son irritation croissante. Euh… 'scusez-moi. »

Il se leva pour se dégager de toute cette promiscuité. Ils semblaient le regarder avec désapprobation, ou bien éviter son regard. Besen le suivit en chuchotant :

« Cette vieille peau, toujours en train de dire du mal de quelqu'un. Elle est fielleuse comme tous les Atouts. »

L'incident avait démoralisé Toby. Il s'arrêta cependant, avant de quitter la salle, pour jeter un dernier coup d'œil à l'écran. Les membres de la Famille LeFou échangeaient des murmures, des spéculations et même des rires. Et cela ne concernait pas que ceux de Nivale. Ils discutaient, se tapaient dans le dos et riaient avec les Atouts également. Il montait de cette foule une odeur électrique d'excitation nerveuse.

L'idée frappa Toby que tous ces gens n'étaient pas tant venus s'entasser là pour contempler des images spectaculaires que pour pouvoir échanger des potins et des récriminations. Et aussi pour fortifier leur sens fragile d'une identité Familiale humaine face aux abysses extérieurs.

C'était cela, pour eux, l'essentiel. Pouvoir se pelotonner les uns contre les autres. L'*Argo* contenait essentiellement des LeFou de Nivale, mais il y avait aussi des Familles originaires de la planète qu'ils venaient de quitter, appelée Atout par ses habitants. Ces Familles avaient des noms qui n'avaient pour Toby aucune signification. Les As, les Deux, les Valets et les Cinq. Il y avait aussi des Reines, qui auraient dû, en toute logique, avoir la même histoire et les mêmes coutumes que la Famille LaReine de Nivale, mais ce n'était pas le cas.

Killeen appelait ces Familles d'Atout des Cartes. Elles étaient d'une loyauté farouche, prêtes à suivre n'importe quel meneur aux yeux injectés de sang. Sur Atout, certains avaient obéi au dingue qui se faisait appeler Sa Suprématie, un véhément énergumène que les LeFou avaient finalement été obligés d'abattre. D'une manière ou d'une autre, cela signifiait que les Cartes avaient transféré leur loyauté à Killeen.

Tout cela n'avait aucun sens, mais c'était généralement la même chose pour tout ce qui concernait Atout. Toby se refusait à croire que ces Cartes tiraient leur nom d'un jeu ancien. Il était possible, bien sûr, qu'un jeu créé par la suite se serve de leurs noms, mais les Familles étaient trop anciennes et sacrées pour s'inspirer de choses aussi quelconques.

Les Atouts étaient durs à vivre, balourds et ignorants. Mais ceux de Nivale n'étaient pas des saints non plus, quand on y regardait d'un peu près.

Les LaTour avaient la gracieuse habitude de se moucher en se pinçant l'arête du nez et en soufflant fort. Si ça volait sur quelqu'un, ça les faisait rire. Cette femme au nez crochu était une LaTour. Tout à fait typique.

D'un autre côté, les Pion ne voyaient aucun inconvénient à poser leur crotte au nez et au vent de ceux qui passaient par là. Un besoin parfaitement naturel, disaient-ils. Pourquoi s'en offusquer ?

Les LeCavalier rotaient et pétaient dans les occasions les plus formelles, et ils ne semblaient même pas s'en apercevoir.

Les LeFou crachaient par terre chaque fois qu'ils en avaient envie, et c'était assez souvent.

Les LaTour préféraient pisser sur les plantes, en soutenant que cela faisait partie du Grand Cycle de la Vie et ne pouvait leur faire que du bien.

Les LeRoi vous toussaient en pleine figure et souriaient ensuite. Quelqu'un avait dit un jour qu'à l'ancienne époque des Citadelles, la Famille disparue des LaReine faisait même l'amour en public, les orteils pointés vers le plafond, les fesses à l'air, se trémoussant à qui mieux mieux. Ils avaient une espèce de théorie selon laquelle ils faisaient ça comme un acte fou de solidarité sociale. Toby ne croyait pas vraiment à ces rumeurs, complètement fantastiques, à son idée, mais qui pouvait dire vraiment quelles étaient les coutumes et les croyances des gens du profond passé ?

Les Familles de Nivale étaient prêtes à fermer les yeux sur toutes ces différences, sur ces actes qui ressemblaient à des incongruités sociales, et à continuer de se serrer les coudes. Hormis quelques rares incidents mineurs, elles tendaient volontiers la main aux Atouts, même s'ils étaient fessebornés et mangeaient la bouche ouverte. C'était cela que l'on appelait la Famille des Familles.

Toby se savait dans l'obligation de maintenir en place le ciment social. Mais rien ne disait qu'il fallait qu'il aime ça. Il abattit son poing au creux de sa main ouverte en s'éloignant de la salle bondée.

« Elle t'a vraiment mis hors de toi, hein ? lui dit Besen d'un air préoccupé.

« Nondire. Oublie ça. »

Mais il savait qu'il aurait du mal à faire de même.

2
L'étoile déchiquetée

Toby regrettait que Quath ne puisse plus vivre sur la coque. Une créature de sa masse était faite pour être libre sous les étoiles et non pas renfermée.

Il en avait l'intime conviction, tout en sachant que l'espèce de Quath était issue de créatures fouisseuses qui aimaient creuser de belles petites galeries douillettes dans le sol. Comment cette espèce était devenue intelligente, mystère. Il semblait peu probable que des êtres qui passaient leur temps à se vautrer dans d'obscurs souterrains humides et puants, en ne mettant le nez dehors que pour capturer une proie, aient besoin de beaucoup d'intelligence pour survivre. D'un autre côté, se disait-il, les humains s'étaient beaucoup terrés dans leurs cavernes, eux aussi, en tout cas c'était ce que lui avait dit son Aspect Isaac. Qu'est-ce qui rendait une race intelligente ? La question allait chercher loin. Après tout, les mécas avaient acquis un esprit vif, et personne ne se rappelait quand ni comment. Pas même Isaac.

La vraie raison pour laquelle Toby se disait que Quath aurait dû être à l'extérieur, cependant, était qu'il n'avait plus la possibilité, lui-même, de monter là-haut pour coquemarcher. Il se sentait démangé par une énergie furieuse qu'il ne pouvait calmer en allant s'exercer sous zéro-g. Au moins, lorsqu'il allait voir Quath, c'était dans des espaces tellement vastes qu'il pouvait mettre en pratique ses qualités sous basse gravité.

Pour le moment, la nonhumaine avait élu domicile dans l'agrodôme abandonné. Les hautes parois circulaires réfléchissaient les efforts de Toby tandis qu'il se faisait rebondir contre elles. Il traversait le dôme sur tout son diamètre, en obliquant peut-être un peu sous l'effet du souffle des ventilateurs, puis il filait vers la paroi opposée, en faisant tournoyer ses bras en plein vol pour rétablir ses jambes de manière à ce qu'elles absorbent tout l'impact et le fassent rebondir comme un ressort écrasé. Beaucoup plus marrant que de soulever des poids morts. Cela le faisait ressembler à un mécanisme dément.

Quath se tenait au centre du dôme et suivait des yeux les acrobaties de Toby. Elle émit un sifflement de dérision.

< Tu fais beaucoup d'efforts inutiles. >

« Je ne m'attendais pas à ce qu'un cafard géant puisse comprendre. »

< Mes semblables refuseraient de dîner dans vos cuisines crasseuses comme le faisaient vos cafards. >

« Tu bouffes des trucs qui empoisonneraient n'importe quelle vermine qui se respecte. »

< Mon peuple, autrefois, chassait les avortons comme toi pour n'en faire qu'une bouchée. >

Toby eut un sursaut en entendant cela. Il happa au passage un montant d'acier et y resta accroché, haletant.

« C'est vrai, ça ? »

< Il s'agissait d'une forme de vie autochtone, de l'ordre des primates, comme vous vous appelez vous-mêmes. Ils n'étaient pas aussi habiles que ton espèce. Ce n'étaient pas des chasseurs. Ils happaient de leurs grosses lèvres la vermine bleuverte qui grouillait sur les arbustes. >

« Est-ce qu'ils étaient… euh… comme nous ? »

< Intelligents ? Non. Ils avaient des bras et des jambes grêles, comme vous, et les mêmes yeux fixes, un de chaque côté de la tête. Ils ne pouvaient pas non plus la tourner complètement sur elle-même, leur tête. C'étaient des créatures très limitées, tout comme vous. Mais quelle saveur ! Quand on faisait griller leur échine à feu doux, elle craquait pour répandre ce fameux fumet bleu. Et c'était un vrai régal de gourmet que de sucer la moelle onctueuse des os carbonisés. >

« Beurk ! Je fais des efforts pour te considérer comme une copine, grosse mollasse, mais si tu continues comme ça… »

< C'est un honneur que de servir au Peuple de morceau de choix, même modeste. >

Toby perçut l'emphase dans la voix mentale sifflante de Quath et décida de ne pas explorer le sujet plus avant. La nonhumaine était on ne peut plus sérieuse. L'un des points communs à tous les êtres intelligents, d'où qu'ils viennent, était peut-être de se prendre pour le fin du fin de la création — le Peuple —, et de prendre tous les autres pour des animaux intelligents, au mieux. Les méninges et l'égocentrisme allaient main dans la main. Ou peut-être patte dans la patte.

Supposons, après tout, que Quath ait été mille fois plus petite. Quelle importance, qu'elle soit superintelligente ou non ? Si Toby l'avait vue tomber de son sac de couchage en le secouant, il l'aurait écrasée du talon sans lui accorder une seule pensée. Il n'aurait certainement jamais songé à l'interviewer d'abord pour lui demander quelle était sa conception de la nature de l'existence.

« Un honneur comme ça, je crois que je peux m'en passer. Au fait, flopée-d'yeux, on dirait que tu n'es pas trop mal installée ici. »

< J'espère que mes excréments aideront à améliorer votre sol. >

« Très généreux de ta part. Écoute, ils m'envoient ici pour te demander si tu as une idée de ce que tes semblables sont en train de trafiquer dans leurs vaisseaux. »

< Je l'ignore. Mais je peux essayer de deviner. >

« Ils traînent toujours cet énorme cercle. Mais il s'est mis à briller un peu plus, comme de l'ivoire. »

< Ce grand fardeau est une défense contre les mécas. Certains de vos textes anciens suggèrent aussi un autre usage. >

« C'est sûr que ça semble les maintenir à distance. Mais pourquoi tes semblables réduisent-ils la distance entre nous ? »

< Vous allez peut-être avoir besoin d'eux. Le pic approche. >

« Euh… C'est quoi, ça ? »

< Un sommet dans une courbe par ailleurs lisse, moustique amusant. >

« Quoi ? Encore de la géométrie ? Entre Isaac avec ses nombres et toi, qui ne cesses d'employer des mots savants, je ne sais plus où… »

< À bien y regarder, toute la réalité n'est rien d'autre que de la géométrie. >

« Tu crois ça ? Regarde bien. Je mords dans une pomme. Elle est bonne. Qu'est-ce qu'il y a de géométrique là-dedans ? »

< Elle appartient au [intraduisible]. >

Toby détestait ces occasions où Quath disait quelque chose que les programmes dans sa tête, et dans la tête de la nonhumaine aussi, se déclaraient incapables d'interpréter. Tout ce qu'il obtenait, c'était un petit bruit ridicule de gaz qui s'échappe, accompagné de ce message idiot : [intraduisible].

« D'accord. Dis-moi où est la géométrie dans un baiser, maintenant, hein ? »

< C'est très simple, du point de vue de mon espèce. Les relations entre individus ont le goût de [inconnu] et de [intraduisible]. Toute autre interprétation n'autoriserait aucun [inconnu]. >

« Ça alors ! Dire que c'était si simple ! Qu'est-ce que je suis bête alors ! »

< Mes programmes sentent la présence de quelque chose d'autre dans tes configurations verbales. >

« Ouidire. On appelle ça du “ sarcasme ”. »

< Je ne comprends pas cette configuration. >

« Appelle-la “ [intraduisible] ”, mollasse. »

< Je crois comprendre. Pour nous, ce doit être l'équivalent de [inconnu]. >

« Ahhrrgg ! »

Ça le faisait grimper aux murs, littéralement. Il était heureux de pouvoir extérioriser ses frustrations en escaladant les montants du dôme, en se lâchant pour accomplir de grands sauts et en brûlant des calories pour se laver l'esprit. Il commençait à faire un peu trop chaud ici. Il faisait chaud dans tout l'*Argo*, en fait. Les dômes absorbaient le rayonnement de la pyrotechnie astronomique de l'extérieur.

Une sueur âcre dégoulina dans les yeux de Toby. Il se déplaça sur les poutrelles et les entretoises, se balança sous une gravité proche de zéro, puis se lâcha. Écartant les bras, il fit des mouvements qui ressemblaient aux battements d'ailes d'un gros oiseau lourdaud, puis retomba lentement vers Quath. La nonhumaine le rattrapa au tout dernier moment, avant de le laisser s'écraser au sol.

« Ouf ! Merci quand même. »

< Tu fais semblant d'être une créature que tu n'es pas. >

« Ça fait partie de la nature humaine, limace géante. »

< Il y a un peu de cela en nous aussi. Autrement nous n'aurions pas parcouru les étoiles en recherche. >

« En recherche de quoi ? »

< De [intraduisible]. >

« Non, encore ! »

< Je crois que c'est la connaissance des choses que nous ne pouvons exprimer qui nous rend semblables, petit penseur. >

Toby gratta le sol sec du bout de sa chaussure, soulevant un nuage de poussière grise à l'intérieur du dôme basse gravité. Il avait encore quelques frustrations à effacer, et il fallait qu'il réfléchisse à son père. Il se redressa d'un bond et s'avança en équilibre sur l'un des bras télescopiques tendus de Quath.

« Je ferais peut-être mieux de… »

— Toby, amène Quath sur la Passerelle. Immédiatement ! —

La voix impérieuse de Killeen trancha si abruptement dans sa concentration qu'il lâcha tout, tomba et rebondit dans la poussière.

« D'accord, dit-il, mais elle ne passera jamais par… »

— Au trot ! —

Quath se révéla capable de se faire assez petite pour se glisser dans la coursive qui menait à la Passerelle, courber deux tiges oculaires à l'entrée et voir à peu près tout ce qu'il y avait sur les écrans muraux. Elle n'avait pas l'air très à l'aise avec ses pattes enrobées d'acier coincées contre les parois de la coursive, mais elle ne se plaignit pas. Killeen voulait qu'elle essaie de nouveaux canaux de communication pour entrer en contact avec son espèce, les Myriapodes.

« Après tout, j'ai bien passé quelques jours coincé dans son ventre », fit observer Killeen sur le ton de la conversation.

Toby battit des paupières. Tout préjugé mis à part, il était obligé de reconnaître que son père avait connu d'horribles expériences avec Quath. Ils étaient peut-être capables de communiquer ensemble d'une manière qui lui échappait en partie.

Killeen affecta plusieurs officiers de Passerelle au règlement des problèmes techniques concernant l'utilisation par la nonhumaine des antennes longue-portée de l'*Argo*.

La Passerelle grouillait d'activité, mais le Cap'taine savait maintenir la discipline à bord, et l'excitation demeurait sous contrôle. Elle était surtout visible dans l'expression tendue des visages et dans les plissements des yeux. Les grands écrans muraux montraient des scènes qui changeaient sous l'effet de leur vitesse hallucinante. Le grand cerceau d'ivoire était en suspens entre trois étranges vaisseaux anguleux. Leur seule forme — encore cette sacrée géométrie, se disait Toby — lui aurait appris qu'il s'agissait de congénères de Quath, s'il ne l'avait pas su avant.

Le cerceau proprement dit scintillait, parcouru d'étranges éclats stroboscopiques dans toute l'étendue du spectre. Des éclairs dorés et écarlates l'entouraient sur toute sa périphérie avant d'aller se perdre dans la lumière laiteuse extérieure, comme des taches baveuses absorbées par un profond océan crayeux.

Killeen faisait les cent pas sur le pont de commandement de la Passerelle, ses bottes résonnant sur l'acier, les mains étroitement nouées dans son dos. Toby savait qu'il avait l'habitude de faire ça pour que personne ne puisse lire ses anxiétés et ses tensions dans l'agitation de ses doigts. C'était le genre de ruses auxquelles un Cap'taine était obligé d'avoir recours de temps à autre.

Toby éprouva un soudain élan d'affection et d'appréhension pour cet homme qui essayait de faire bonne figure devant tout le monde. Quel était le prix qu'il aurait à payer personnellement ? Et qui s'en douterait jamais ?

Les causes d'agitation ne manquaient pas. Les écrans muraux scintillants affichaient quelque chose de si étrange qu'il fallut à Toby un long moment pour commencer à comprendre la nature de ce qu'il voyait. Une boule orange miroitante était en suspens sur un fond de milliers d'étoiles brillantes comme des diamants. C'était beaucoup plus que des têtes d'épingle, et le ciel en était rempli. La surface de la boule était parcourue de tempêtes moirées.

Toby décida qu'il s'agissait juste d'une étoile à la couleur bizarre, sans rien d'exceptionnel par ailleurs, jusqu'à ce qu'elle commence à enfler d'un côté. Des taches d'un bleu brûlant s'élevèrent partout sur sa couronne flamboyante. La protubérance s'agrandit, prit une coloration jaune banane. C'était comme si l'étoile se transformait en œuf géant. Mais pour donner naissance à quoi ?

Killeen tourna la tête et aperçut son fils. Il lui fit signe d'approcher en disant :

« Même les étoiles lui servent de proies.

« Hein ? Qu'est-ce qui se passe ?

« Excuse-moi. J'oublie, quand je regarde trop longtemps ce truc-là, que la vie des étoiles n'exerce pas la même fascination sur tout le monde.

« Je me répète, mais qu'est-ce qui se passe, hein ?

« L'étoile est en train de se faire avaler. Tu ne vois pas ? »

Les doigts de Killeen dansèrent sur une plaque de commande. La vue de l'étoile prit du recul. Elle continuait d'enfler sur le côté, comme le ventre d'un gros homme à un banquet. Puis une large tache rouge en colère apparut dans le champ, en s'étalant comme de la peinture sur un mur.

« Le grand disque, murmura Killeen. Il y a des légendes sur lui dans la Famille. Certains l'appellent parfois l'Œil du Mangeur.

« Quel disque ? »

Le point de vue recula encore. Toby constata que l'étoile orange se trouvait juste au bord d'un immense plateau de feu rougeoyant, changeant. Ce plateau était en mouvement. Des rivières de sang rouge mêlé d'orange phosphorescent et brûlant se tordaient au loin, tournant lentement autour d'un axe trop éloigné pour être visible.

« Oh ! L'étoile va être engloutie ! »

Killeen croisa les bras et contempla l'astre condamné qui s'étirait, parcouru maintenant de stries jaunes et de veines grenat foncé.

« Ouidire, fit-il. Mais ce n'est pas le disque lui-même qui l'engloutit. L'Œil du Mangeur est constitué de matière elle-même engloutie auparavant. »

L'Aspect Isaac de Toby se manifesta alors avec un certain dédain.

> ***Il ne fait que répéter des bribes de connaissance passée. Je ne crois pas un seul instant qu'il comprenne ce qu'il…***

« Hé ! Ho ! Pour qui tu te prends ? riposta véhémentement Toby en mode subvocal. Nous répétons tous ce que vous autres les Aspects et les Visages vous nous dites. Tu crois que nous avons le temps d'apprendre tous vos technotrucs ? »

> ***Il pourrait tout de même citer ses sources, les classiques qui ont fait tout le travail dangereux…***

« Lâche-moi un peu, tu veux ? Nos os auraient le temps de blanchir dix fois si on laissait les Aspects débiter leur blablabla comme ça leur chante. »

Il coupa Isaac tandis que Killeen poursuivait :

« Cette masse, ce sont des trucs attirés vers l'intérieur. Chaque fois qu'ils accomplissent un tour, ils se rapprochent. Le disque est une sorte d'autoroute, rien de plus. Le méchant de l'histoire, il est invisible. »

Toby commençait à comprendre.

« Le trou noir ? C'est lui qui déchire l'étoile ? »

Killeen hocha affirmativement la tête.

« C'est un événement très rare, et on arrive juste à temps pour y assister. Avant d'avaler son étoile, le trou aime bien la mastiquer. »

La perspective s'élargit, s'éloignant de l'étoile pour révéler une plus grande partie de l'énorme disque bulleux. L'Œil du Mangeur était d'un rouge ardent à la périphérie, agité de soubresauts orange roux et jaune flambant. Chaque surgissement était un feu de joie éphémère. Mais Toby se forçait à se rappeler que ces feux de joie avaient la taille d'une planète.

Tandis que la perspective s'élargissait encore, il vit que le disque devenait plus brillant vers le centre. Les rouges viraient aux verts turbulents et aux pourpres furieux. Encore plus au centre, l'éclat était d'un bleu intense qu'il avait du mal à fixer tandis que la perspective changeait encore pour le cadrer. Le disque tournait à présent autour d'une boule chauffée à blanc, qui bouillonnait d'une énergie sifflante.

« Où est… le trou ? »

Killeen indiqua la boule blanche.

« À l'intérieur. Mais on ne peut pas le voir, parce que le bord intérieur du disque est trop chaud. »

Isaac intervint alors de nouveau.

> ***Je me suis entretenu avec les Aspects du Haut Chandelier. Ils sont de plus en plus difficiles à comprendre ! J'ai traduit leurs réclamations, et je dois dire que je suis d'accord avec eux. Il est important d'attribuer correctement les crédits à ceux à qui ils reviennent, sans quoi nous risquons de perdre notre passé. Tout cela a été découvert en 3045 par Antonella Frazier, qui a même écrit un poème épique à ce sujet. Sur l'ironie cosmique, qui fait que « le plus noir des endroits est revêtu d'un manteau blanc ». Je me souviens vaguement d'avoir entendu parler de cette œuvre importante, mais…***

Il laissa continuer un peu son Aspect, sans lui prêter vraiment attention. Isaac et le techno-Aspect de Killeen se servaient probablement des deux humains vivants pour se livrer à une subtile émulation. Ces entités-puces connaissaient-elles aussi la jalousie, l'envie, le dépit ? Naturellement son père et lui y allaient un peu fort sur le technolangage, peut-être dans le but de s'impressionner, eux aussi. Les vieux Aspects étaient incrustés dans les nouveaux, pour faciliter la traduction. Leurs idées et leurs sentiments ressortaient, comme une espèce de pot-pourri de données émotionnelles.

C'étaient de mesquines motivations humaines, rendues encore plus mesquines par l'échelle des événements extérieurs. Ce qui se passait au-dehors était d'une beauté somptueuse, étrange, mais difficile à comprendre.

Il fit un effort pour sortir de sa rêverie.

« Pourquoi les températures sont-elles si élevées ? demanda-t-il.

« À cause de la friction. Tous ces trucs, en orbitant de plus en plus près du trou, se frottent les uns contre les autres, avec les gaz, la poussière et tout le reste, et ça s'échauffe. »

Toby essaya d'imaginer les processus en action. Le disque rougeoyait comme un œil de rubis avec une boule blanche en plein centre. Le regard d'un monstre. L'Œil du Mangeur. Seulement, on ne voyait pas le Mangeur, la chose la plus noire de tout l'univers. S'il comprenait bien, c'était un trou dans l'espace. Et il aspirait des objets.

« D'accord, dit-il. Le trou dévore les étoiles, si j'ai bien saisi. Et il mâche comme il faut avant d'avaler. Le disque représente tous les trucs qu'il a déchirés récemment.

« Il les mange depuis la naissance de la galaxie.

« Tu veux dire que… ce plateau de gaz… c'étaient autrefois des étoiles ? »

Killeen hocha la tête d'un air rêveur, les yeux fixés sur une éruption particulièrement spectaculaire. Un geyser bleu-vert s'était formé à la surface du disque, comme un serpent furieux dardant des langues jaunes.

« Quelle meilleure façon de servir sa nourriture au Mangeur que sur un plateau ? » demanda-t-il avec un gloussement amer.

Toby se tourna pour regarder les visages tendus des officiers de Passerelle. La lieutenante Jocelyn attendait de pouvoir parler, comme si elle ne voulait pas interrompre une conversation entre père et fils, même ici, sur la Passerelle. Elle fit un pas en avant, ses cheveux longs soulevés par la ventilation du vaisseau, et annonça :

« Cap'taine, la température de la coque s'est encore élevée. »

Killeen sortit aussitôt de sa propre rêverie.

« On atteint la ligne de danger ?

« Pas encore, mais…

« Les réfrigérants circulent au régime maxi ?

« Ouidire, Cap'taine. »

Killeen fronça les sourcils.

« Quel est notre spin ?

« Toutes les sections indépendantes du vaisseau sont en rotation maxi. »

Le corps ferme et athlétique de Jocelyn était au garde-à-vous, mais Toby pouvait voir, à l'agitation de ses doigts, qu'elle n'était pas rassurée. Ils étaient en train de faire tourner les parties mobiles de l'*Argo* pour dissiper un peu la chaleur. Mais ces gaz turbulents pouvaient porter la coque à des températures de fusion et carboniser tous les occupants du vaisseau. Toby se remémora les commentaires de Quath sur la manière dont ses congénères gourmets se régalaient en faisant craquer les os brûlés des primates pour en savourer la moelle. Il frissonna.

Killeen abattit son poing dans la paume de son autre main, soulageant momentanément la tension.

« Je ne vois pas ce que nous pourrions apporter de plus à… »

< Nous avons maintenant grand besoin de la Baie de Besik >, fit alors la voix bulleuse de Quath, relayée par le système comm général.

Tous ceux présents sur la Passerelle se tournèrent vers elle. La non-humaine était absolument immobile, à moitié visible dans l'ombre au détour de la coursive. Killeen fut le premier à parler, d'une voix empreinte d'un humour sardonique.

« Je me demandais quand tu te déciderais à cracher tes connaissances », dit-il.

Les deux tiges oculaires de Quath produisirent un bruit de crécelle contre l'écoutille.

< Vous êtes des larves fragiles, incapables de supporter la chaleur. Si vous finissez rôtis là-dedans, la solitude risque de me peser. >

Killeen se mit à rire.

« Heureux d'apprendre que tu tiens tant à nous. Ces antennes que nous avons dressées… Je suppose que la liaison avec tes vaisseaux est meilleure ? »

< Je parle bien et [inconnu]. Vous ne pouvez pas vous faire une idée de tout le [intraduisible] que cela m'apporte, de pouvoir dialoguer avec des interlocuteurs qui comprennent entièrement ce que je dis. >

« Nous ne demandons qu'à apprendre », fit Killeen avec un sourire.

Toby vit que son père semblait apprécier le répit de cette conversation. Son visage avait perdu la plupart de ses rides de tension. La plupart.

< Vous ne vous débrouillez pas si mal, pour des créatures aussi chétives. >

« Nous n'avons pas besoin de toute la masse excédentaire que tu traînes. »

< La sagesse découle de l'accumulation. Les moustiques ne peuvent pas comprendre ça. >

« On dirait qu'il t'a poussé de nouveaux yeux depuis la dernière fois qu'on s'est vus. »

< Je suis une Myriapode, non limitée à vos deux faibles trous de vision. Nous veillons, l'œil fendu, multiglobe. Abondants sont les spectacles offerts par ce lieu tourmenté. Mais je n'ai pas besoin de

pattes supplémentaires, car nous ne courons pas même devant le plus redoutable des dangers. >

Toby savait que le mot *myriapode* voulait dire simplement : *qui a de nombreux pieds*. Mais à entendre Quath prononcer ce mot avec des trilles dans la voix, on évoquait quelque chose de fier et de redoutable. Killeen avait demandé à son fils de le rejoindre d'urgence, puis il avait ignoré complètement la nonhumaine. Toby commençait à comprendre que le Cap'taine avait sa manière à lui de traiter avec la nonhumaine, et qu'il réussissait peut-être finalement mieux que lui.

« Cette Baie de Besik, tu voudrais t'y cacher, flopée-d'yeux ? »

Un murmure courut sur la Passerelle. Toby savait que tous les officiers soupçonnaient les Podes de se servir d'eux pour d'obscurs desseins, et cela faisait de nouveau émerger la question. Mais avaient-ils vraiment le choix ?

Quath fit entendre, une fois de plus, le bruit de crécelle de ses tiges oculaires.

< Les Philosophes pensent que ce serait plus sage. >

« Hum… Très diplomatique comme reponse. Mais c'est ton opinion à toi que je voudrais connaître. »

< Le nom lui-même évoque d'anciennes fables usées, mais peu d'informations. D'anciennes expéditions myriapodes ont trouvé l'endroit déjà baptisé ainsi, probablement par des humains. >

« Besik ? s'étonna Toby. Aucune Famille ne porte ce nom. »

< Il se réfère à un très ancien site humain, un refuge. Regardez… >

Sans que personne sût comment, Quath fit trembler puis tourner les écrans muraux. Des images sens dessus dessous se succédèrent tandis que les capteurs de l'*Argo* cherchaient leur objectif. Ils se concentrèrent enfin sur une tache d'encre située à quelque distance du disque rouge.

< Les explorateurs ont utilisé l'ombre de la Baie de Besik pour se protéger de la chaleur du disque. C'est du moins ce que disent les récits anciens. Les Myriapodes s'y sont abrités aussi, pour se refroidir avant de fuir le tumulte de ces étoiles. >

Killeen fit un geste en direction de la lieutenante Jocelyn.

« Conduis-nous dans cette direction. »

Il avait toujours été célèbre pour ses décisions éclair, et la Passerelle s'activa aussitôt pour exécuter l'ordre. Killeen se tourna vers Quath pour lui demander en voilant son expression :

« Que venaient chercher ici tes ancêtres ? »

< Une arme légendaire de nos anciens récits. >

« De quel genre ? »

< Au bout du compte, tous les instruments de défense appartiennent à la connaissance. Nous venions chercher ici l'[intraduisible]. >

« Tu ne peux pas nous en dire plus ? »

< J'ignore la nature de cette [intraduisible] connaissance. >

« Bon Dieu ! Écoute-moi bien, pour la Famille LeFou, le Centre Véritable est une légende. Presque un lieu sacré. Seulement, nous ne savons même pas pourquoi. »

< C'est à peu près la même chose en ce qui nous concerne. Je crois cependant que votre espèce est venue ici avant que la nôtre s'y aventure. >

« Ouidire ? fit Killeen en fronçant les sourcils. Mais ce que nous sommes venus y faire, à l'époque, s'est perdu depuis belle lurette. »

< Pour nous aussi. Pourtant, les Philosophes n'ont jamais découvert les véritables labyrinthes de cet endroit. Les mécas ont pris soin de détruire toutes les archives concernant cette lointaine époque. >

Killeen contempla l'écran d'un air morose.

« Pour nous, venir ici, c'est... euh... comme escalader la plus haute montagne qu'on ait jamais vue. »

< Je pense que c'est en relation, d'une manière ou d'une autre, avec la raison pour laquelle on a besoin de vous. >

Killeen haussa les épaules, comme s'il était capable de sentir le moment où il ne pouvait en apprendre davantage.

« D'accord. On va faire une petite halte pour se refroidir derrière ce nuage », dit-il.

Bien que les simples membres d'équipage n'aient généralement pas le droit de parler sur la Passerelle sans l'autorisation du Cap'taine, Toby décida d'utiliser son privilège de fils de Killeen pour essayer de sonder Quath un peu plus.

« Qu'est-ce qui a poussé tes ancêtres à partir ? » demanda-t-il à la nonhumaine.

< Il y a des mécas qui gardent ce cyclone de feu. >

« Pourquoi ? C'est un enfer. »

< Les mécas s'y plaisent. Tous ces jaillissements d'énergie. Ils s'en repaissent. >

« Mais il n'y a pas de mécas dans le coin en ce moment. »

< C'est ce qu'il semble. Et cela m'inquiète. >

« Il y en a plein à nos trousses », fit remarquer Killeen d'une toute petite voix.

< Ils essaieront de nous retrouver dans le nuage de Besik. >

« On va donc se cacher ? » demanda Killeen, les sourcils froncés.

Toby savait que son père n'aimait pas se dérober devant un défi, à moins d'y être absolument obligé. D'un autre côté, les Familles fuyaient depuis longtemps, elles connaissaient l'art de passer inaperçues et de se faire invisibles.

< Mes cousins myriapodes auront une chance de parler et de [inconnu]. >

Killeen haussa de nouveau les épaules, comme pour dire qu'on ne pourrait plus rien en tirer. Puis il pianota sur la planche de commande. Les écrans changèrent d'affichage pour montrer l'étrange étoile déformée. Mais elle n'avait plus rien, en fait, d'une étoile.

Pendant qu'ils parlaient, le ventre enflé avait éclaté. Il en sortait à présent des effilochures chauffées à blanc. Le soleil torturé avait fini par se déchiqueter. Les gaz en éruption s'éloignaient en tournoyant de la couronne déchirée, puis se perdaient à la périphérie rougeoyante du grand disque. Tandis que la perspective s'élargissait, Toby vit dans l'étoile un animal blessé, pris au piège, en train de se débattre inutilement et de se vider de sa vie. Des morceaux de sa substance étaient aspirés par le disque, nourrissant de nouvelles explosions orangées.

Toby éprouvait un émerveillement glacé mêlé de terreur.

« Comment ce trou peut-il déchirer une si grosse étoile alors qu'il est si petit qu'on ne le voit même pas ? » demanda-t-il.

Killeen tendit le bras pour tapoter l'épaule de son fils. Sur son visage, Toby lut les mêmes émotions que les siennes.

« Si je comprends bien, c'est vrai que le trou est petit, mais il a une très grande masse. Et cette masse est si comprimée qu'elle produit de fortes perturbations. La face interne de l'étoile essaie d'orbiter selon une certaine courbe, tu as vu ? Et sa face arrière, qui est un poil plus loin du trou, cherche à orbiter selon une orbite un tout petit peu différente.

« Je vois. Et alors ?

« Alors, les deux moitiés ne peuvent pas aller chacune de son côté tout en continuant de former une étoile, tu saisis ? (D'après le regard de son père, à moitié perdu dans le vague, Toby comprit que c'était son techno-Aspect qui lui soufflait l'explication.) Ce n'est possible que si elle se déchire. Alors, quand les perturbations s'accentuent suffisamment, c'est ce qu'elle fait. Les courants gazeux la déchiquettent comme une poupée de chiffon. »

Toby regarda autour de lui. Les officiers de la Passerelle écoutaient leur Cap'taine en silence. Dans leurs visages tendus, Toby lut l'espoir et le besoin, estompés par le spectacle. Le sourire retenu de Killeen était le reflet de l'éclat passé du soleil agonisant.

Dans le silence qui venait de s'établir, la voix de Quath s'éleva, légèrement sifflante.

< Cette nourriture fraîche va donner des forces au Mangeur, et avant tout au disque. >

Des rides d'inquiétude plissèrent le front de Killeen.

« Ce qui veut dire qu'il va devenir encore plus chaud ? »

< Oui. Dépêchons-nous de gagner la fraîcheur de Besik. >

D'une voix sarcastique, Toby lui fit remarquer :

« Je croyais que ton espèce ne fuyait jamais devant le danger. »

< Savoir se déplacer vite et au bon moment est un art qui permet de vivre plus longtemps afin d'observer encore. >

« Hum… Ça m'a tout l'air d'un prétexte, ça, grosse mollasse ! »

< [Intraduisible]. >

3
La Baie de Besik

Toby n'aimait pas profiter de son statut de fils du Cap'taine, mais il y avait des moments où il ne pouvait pas résister.

Et c'était l'un de ces moments. Ils fuyaient maintenant pour protéger leur vie.

Chaque écran mural de l'*Argo* montrait à quel point leurs poursuivants étaient proches. Les vaisseaux mécas gagnaient progressivement sur eux. Leurs formes rectangulaires, hérissées d'un fouillis de protubérances, ne témoignaient d'aucun souci esthétique ou fonctionnel. Comme l'avait expliqué Jocelyn, ce n'étaient pas des boîtes destinées au transport de passagers, mais plutôt des réunions de machines disparates interconnectées, sans même un revêtement commun de métal nu. Pour les formes de vie organiques, l'unité de base était l'individu. Pour les mécas, c'étaient des systèmes d'exploitation, souvent de la taille d'une cité. Le tout formait d'immenses ensembles aux contours biscornus.

Derrière eux arrivaient les engins myriapodes, entourant l'immense cerceau d'ivoire en suspens. Les mécas ne firent pas volte-face pour les attaquer. Et l'*Argo* fuyait maintenant vers les ténébreuses protubérances de l'énorme nuage de Besik.

Les fanfaronnades et les conversations bruyantes s'étaient éteintes. La Famille échangeait à présent des propos à voix basse, par petits groupes, dans la cafétéria. Toby ne voulait pas attendre passivement d'avoir des nouvelles, aussi il saisissait le moindre prétexte pour se lever et grimper sur la Passerelle. Quand il se tenait discrètement dans un coin, les officiers faisaient semblant de ne pas le remarquer, ou lui lançaient un clin d'œil complice au passage. *Le fils du Cap'taine. Il vaut mieux ne pas s'attirer d'ennuis.*

Naturellement, Besen avait envie de l'accompagner. Toby ne savait pas encore très bien s'y prendre avec les femmes, par opposition aux filles, et Besen, à n'en pas douter, était devenue une femme. Pour la

Famille, une femme était quelqu'un qui faisait preuve d'un large éventail de capacités diverses, et pas seulement à la cuisine ou au lit, bien qu'elle n'eût rien à apprendre de ce côté-là. Les garçons et les filles, c'était une chose. Mais les hommes et les femmes faisaient partie de l'*équipage*. Avec les rituels appropriés pour marquer le changement. Il lui était donc impossible de refuser de l'emmener.

Ils s'arrêtèrent quelques instants dans la petite chambre d'Héritage. Ce n'était en réalité qu'une niche coincée entre deux parois, et Toby y venait souvent. Cependant, Besen ne connaissait pratiquement pas cet endroit, et Toby fut choqué quand elle le lui avoua.

« Mais ce sont nos legs !

« Je sais, dit-elle comme pour s'excuser avant de lui lancer un regard de défi. Mais ce ne sont que des plaques gravées. Et personne n'est capable de déchiffrer ce qu'il y a d'écrit dessus !

« Et alors ? C'est bien pour ça qu'on les conserve ici, dans leurs cadres, en attendant qu'on rencontre un jour quelqu'un qui saura les lire.

« Ouidire, ouidire. En attendant, ce sont des énigmes et rien de plus. »

Toby se détourna de son sourire sceptique et demeura un long moment devant les plaques grises couvertes d'une étrange écriture à boucles. Froides et solennelles, les lignes se lovaient les unes dans les autres comme des serpents onduleux. Pourquoi cette vue faisait-elle surgir en lui un tel sentiment de nostalgie ?

Besen commençait à se montrer impatiente. Ils montèrent donc sur la Passerelle. Il ne leur fut pas difficile de se glisser dans un coin. Un signe de tête et un clin d'œil suffirent. Ils restèrent là à regarder les écrans durant plusieurs heures.

La Baie de Besik. Mystérieuse et sombre comme le laitier issu d'un monstrueux haut fourneau.

Pour une raison ou pour une autre, ce nuage noir comme de la suie orbitait sans être inquiété autour du trou noir. Par moments, il traversait le disque ardent au-dessous de lui et en aspirait la matière. Il était protégé par un bouquet de champs magnétiques à texture serrée, comme une toile. Puis il se dégageait du disque et prenait de la distance, dominant la fureur. Comment il faisait pour maintenir son intégrité, telle une boulette de poussière dans un creuset de fer liquide lentement remué, nul ne le savait.

L'*Argo* rôdait maintenant dans les coins noirs du nuage de Besik, attendant l'arrivée des vaisseaux mécas. La coque refroidissait lentement. Les longues nervures de métal du vaisseau se détendaient peu à peu, faisant résonner les coursives de leurs plaintes brèves et stridentes. L'air perdait son âcre odeur d'ozone. Mais les couches de poussière et de gaz n'allaient pas les protéger éternellement des capteurs ennemis perfectionnés.

« Combien de temps, d'après toi ? » chuchota Besen.

Toby haussa les épaules, cherchant à paraître plus détendu qu'il ne l'était réellement. Une chose qu'il avait apprise très tôt dans sa vie, c'était qu'il ne servait à rien d'accumuler la tension dans ses muscles. Et, si c'était le cas, il ne servait à rien de le montrer. Il remonta négligemment les épaules, en s'efforçant de les décontracter.

« Tout dépend de ce que les mécas sont capables de voir. Nous avons pas mal de technotrucs conçus pour les aveugler ou les leurrer, mais qui peut savoir de quoi ils disposent, eux ?

« Comment ça se fait que ce nuage soit ici depuis si longtemps ? (Besen fit un geste en direction des hautes crêtes de ténèbres denses qui les entouraient.) Comment ça se fait que le trou noir ne l'avale pas ?

« D'après ce que j'ai pu comprendre des propos tenus par Quath, il serait artificiel, et spécialement conçu pour abriter les vaisseaux dans l'ancien temps.

« Mais qui se serait donné la peine de venir construire ici une boule de poussière comme ça ? »

Comme en réponse à la question de Besen, un éclair argenté en forme d'arc surgit à quelque distance au-dessus de la couche de gaz.

« Et surtout, *pourquoi* ? » poursuivit Besen.

Toby haussa de nouveau les épaules. Elle insista.

« Il faut absolument qu'on le sache.

« Écoute, on est comme des rats dans les murs d'une maison. Pour les mécas, on n'est rien d'autre que de la vermine ignorante.

« C'est pas une raison pour ne pas vouloir apprendre.

« Je sais. Mais un rat intelligent s'occupe surtout de rester en vie. »

Killeen se tenait au centre de la Passerelle. Toute l'activité tournait autour de lui. Les officiers allaient et venaient, réglant les problèmes que posaient les différents systèmes de l'*Argo*. Toby savait que les capacités de son père étaient sollicitées jusqu'à leur point limite, mais c'était surtout son regard fixe, presque vitreux, qui lui causait de l'inquiétude. Il aurait voulu pouvoir deviner ce qui se passait derrière ces yeux durs.

Toutes ces considérations passèrent soudain au second plan lorsque le premier vaisseau méca surgit sur les écrans. C'était une boîte rectangulaire hérissée de nervures et d'angles gris. Il jaillit d'une sombre masse de gaz tournoyant, rectifia son cap et fit lentement face à l'*Argo*.

Les occupants de la Passerelle l'observaient, mal à l'aise, en remuant d'un pied sur l'autre. L'image était très agrandie, et Toby ne pouvait même pas dire si le vaisseau était armé. Jusqu'à ce qu'un missile court s'en détache.

L'*Argo* fut immédiatement en état d'alerte totale. Les écrans muraux affichèrent des estimations sur le temps d'impact, les options de défense et les possibilités de manœuvre. Puis le missile disparut, annihilé par les défenses de bord. Toute la Passerelle poussa des vivats. Killeen, cependant, ne sourit même pas. Et Toby s'aperçut qu'il serrait un peu trop fort la main de Besen.

D'autres vaisseaux mécas apparurent. Ils s'approchaient de l'*Argo* par des chemins complexes, destinés à empêcher les humains de tirer sur plus d'une cible à la fois. Killeen avait donné l'ordre d'accélérer au maximum, mais les mécas se rapprochaient tout de même.

Le temps semblait s'écouler au ralenti. Les mécas ne tiraient plus. Les officiers de Passerelle estimèrent qu'ils ne voulaient pas entamer leur puissance de feu tant qu'ils ne seraient pas sûrs d'être assez près pour les anéantir. Mais Toby jugeait ce raisonnement insensé, dans la mesure où les humains étaient largement écrasés par le nombre.

Les vaisseaux fonçaient sur eux en convergeant comme s'ils voulaient débusquer l'*Argo* du nuage et le forcer à emprunter un long couloir de poussière cendreuse. Toby sentit les trépidations des réacteurs à plein régime, qui faisaient vibrer la cloison derrière lui. Killeen continuait de donner ses ordres d'une voix calme, le visage de marbre.

C'est alors que quelque chose de vif et d'étincelant dépassa l'*Argo*, prenant rapidement l'aspect d'une ligne blanche brillante qui se déplaçait comme une balafre sur les écrans muraux. Les officiers de Passerelle étouffèrent leurs exclamations. C'était le Cercle Cosmique, comme l'appelaient les Myriapodes. Et Toby le voyait pour la première fois sous sa véritable échelle.

À cette distance très courte, le segment paraissait linéaire. Toby invoqua son Aspect Isaac tandis que la ligne de lumière s'éloignait lentement en direction des vaisseaux mécas. Il avait déjà vu ce cerceau, sur la dernière planète où ils étaient descendus, mais il n'en avait jamais bien compris la nature.

« Qu'est-ce que c'est que ce truc ? »

> ***Je me serais fait un plaisir de te renseigner plus tôt si tu me l'avais demandé.***

« Ça va. Accouche ! Et tâche que ce soit clair et rapide. »

> ***Comme tu voudras, mais tu risques de rater des informations intéressantes. Les anciens les appelaient des " cordes cosmiques ", bien qu'elles aient plutôt, comme tu peux le constater par toi-même, la forme d'un cerceau. Mes Visages les plus âgés ne sont pas parvenus à résoudre ce paradoxe.***

« À quoi servent-elles ? »

À rien. Ce sont des formations naturelles, qui datent des débuts de l'univers, où elles n'étaient que de simples replis de l'espace-temps, un peu comme les rides qui se forment dans la glace d'un étang gelé. Elles n'ont que quelques atomes d'épaisseur, mais elles sont très longues. Tu peux penser à elles comme à des ressources naturelles nées du Big Bang.

« Quelques atomes d'épaisseur ? Tu rigoles ? Celle-ci brille comme une étoile ! »

C'est parce qu'elle traverse ici de très puissants champs magnétiques qui induisent en elle un courant électrique avec formation de lumière.

« Je ne saisis vraiment pas, chuchota mentalement Toby à son Aspect. Ça ne peut pas être facile à transporter, même si c'est très fin. Pourquoi se donner la peine de trimballer ce truc ? »

Dans bien des cas, le plus utile de tous les outils est le couteau. Cette corde est une lame de la taille d'un monde. Imagine ce qu'on peut faire avec.

Toby n'avait pas besoin de faire appel à son imagination. Il avait vu une telle corde dénoyauter une planète entière. À présent, elle était lancée vers les vaisseaux mécas, escortée par les engins hérissés des Myriapodes. Le cerceau pulsait d'énergies latentes.

Soudain, les Myriapodes le lâchèrent, et il s'élança en avant comme une faux géante. Il se tordit en boucle, si vite que l'œil pouvait à peine le suivre. Des nœuds se formèrent rapidement, se déplacèrent à toute vitesse sur la circonférence, puis se dispersèrent en éclairs ambre et bleu. Les mécas essayèrent de s'esquiver en feintant.

Mais ils étaient trop lents. Le cerceau vibrant les traversa en se tordant et en ondulant pour atteindre chaque vaisseau sur son passage. Après cela, ils gardèrent le même aspect, même sous grossissement important. Mais l'un deux, sous les yeux de Toby, commença à s'étirer en longueur. Il avait été sectionné en son milieu. Il essayait de maintenir les deux parties en place, avec des attaches de métal souple et brillant comme ils en mettaient partout.

Mais cela ne tint pas. L'assemblage éclata en mille morceaux. Un nuage de gaz orange se forma. Les débris s'éloignèrent en tournoyant.

Toby songea à l'étrangeté de la nature, qui laissait de fins cerceaux lumineux comme signature de la création de l'univers. Et au miracle de la vie, qui apprenait à utiliser ces signatures pour ses propres fins.

Il s'aperçut que tout le monde, autour de lui, poussait des cris de joie. Besen dansait et l'embrassait. Il ignora Isaac, qui continuait de lui faire la leçon, pour participer à l'allégresse générale.

Mais leur joie ne dura pas longtemps.

Avant qu'ils aient pu retrouver leur calme, plusieurs autres vaisseaux mécas apparurent. Ils se tenaient à distance, comme s'ils avaient peur. Mais la corde cosmique avait disparu. Elle avait plongé dans une vaste zone enténébrée de poussière tournoyante, et les vaisseaux des Myriapodes l'avaient suivie pour la brider, expliqua Isaac, à l'aide de leurs grappins magnétiques.

Les mécas se rapprochèrent. De nouveau, l'*Argo* dut fuir. Ils furent bientôt acculés, et n'eurent pas d'autre ressource que de quitter entièrement la Baie de Besik, poursuivis par leurs implacables ennemis. Une fois de plus, le rayonnement virulent du disque embrasé porta la coque de l'*Argo* à des températures insoutenables. Toby regarda le Mangeur et se rappela qu'il était en train de digérer son nouveau repas, la malheureuse étoile orangée. Il avait l'impression d'en sentir la chaleur cuisante sur sa joue.

Quelque chose attira son regard. C'était une mince colonne d'un bleu plus froid qui s'élevait du centre le plus chaud du disque, cette grosse boule blanche à l'éclat aveuglant. Sous ses yeux, de petits tourbillons brillants se mirent à parcourir l'intérieur de la colonne. Il s'aperçut que le tout était en mouvement, en ligne droite, comme pour échapper à l'enfer central.

C'était un spectacle d'une beauté étrange, d'un bleu moiré. Comme une rivière froide, au cours paisible et rafraîchissant.

> ***L'un des courants galactiques. Tu peux en voir un autre sur le côté opposé du disque. Ils sont orientés dans des directions différentes. C'est le trou noir qui les éjecte tous les deux.***

Resplendissante et pleine de grâce, la colonne avait une élégance perpétuellement changeante que semblait violer la description froide et impersonnelle de l'Aspect. Toby allait le ranger dans son tiroir numérique lorsqu'il se ravisa.

« Comment ça se fait qu'un trou noir laisse échapper des trucs ? »

> ***Le trou est animé d'un mouvement de rotation dû à tous les objets qu'il a capturés depuis des milliards d'années. La matière tombe du bord intérieur du disque. Mais les puissants champs magnétiques du trou s'emparent de cette masse et la font tournoyer de plus en plus vite. Il s'ensuit un effet de tire-***

bouchon qui l'expulse au niveau des pôles. En se refroidissant, elle émet cette douce clarté bleue que tu aperçois.

Pour Toby, un trou était un trou, et il y tombait des choses, point à la ligne. Mais il se força à détourner son attention du grandiose spectacle des écrans muraux, dont les couleurs éclatantes éclairaient les visages encore hagards des officiers de Passerelle.

Particulièrement son père. Killeen était en train de regarder les vaisseaux mécas qui les prenaient en chasse, toujours plus nombreux, petits et vifs, formant des motifs complexes. Ses yeux laissaient percer une énergie inhibée, et une pâleur de plomb couvrait ses traits tourmentés.

Ils étaient pris au piège. L'*Argo* avait quitté le nuage de Besik dans la direction du bord intérieur du disque. Killeen avait changé de direction pour échapper à cela, mais d'autres vaisseaux mécas avaient surgi pour leur couper toute retraite.

« Ces petits engins sont probablement des mécas-suicides, murmura-t-il en jetant un coup d'œil à Toby avec un sourire rapide. Ils sont malins. Même principe que la bombe dans le Chandelier.

« On ne peut pas se faufiler ? » demanda Toby en se penchant en avant.

Son père était un génie quand il s'agissait de se tirer d'un mauvais pas comme celui-ci.

Killeen secoua lugubrement la tête.

« Impossible. Ils sont trop nombreux. Beaucoup trop nombreux. »

La lieutenante Jocelyn, qui travaillait devant les panneaux de commande, fit un pas en arrière pour étudier les options de trajectoire que leur présentait leur ordinateur. Réseaux de courbes tridimensionnelles, lignes droites, feintes et manœuvre d'évasion élaborées. Elle parcourut l'écran d'un regard intense, plein d'espoir tout d'abord, puis résigné. Elle indiqua finalement un tracé.

« Nous n'avons plus le choix, Cap'taine. Il faut continuer vers l'intérieur. C'est la seule direction que les mécas ne couvrent pas.

« C'est évident, fit Killeen. Seule la mort nous attend là-bas.

« Aucune autre voie n'est libre. De toutes les options envisagées, pas une seule…

« C'est entendu. On y va. »

Jocelyn jeta au Cap'taine un regard incrédule. Toute la Passerelle était soudain devenue silencieuse. Le seul bruit que l'on entendait était le bourdonnement d'une ligne comm ouverte.

« Mais c'est impossible… La température… »

Killeen se tourna lentement, avec un calme trompeur. Cependant, l'air autour de lui semblait bouillonner d'énergie et de résolution tandis qu'il regardait chaque officier dans les yeux un court instant. Avec un sourire léger, de côté, il fit un signe de tête à Besen, qui n'aurait pas dû être là, puis laissa le silence s'appesantir tandis qu'il faisait du regard, lentement, le tour de la Passerelle avant de s'avancer finalement vers Toby.

« Il le faut. Ce nuage de Besik a été placé là pour une raison précise. Une étape pour se rafraîchir, sans doute. Certainement pas une destination finale. Juste une masse de gaz sombre à la dérive. Ces textes anciens du Chandelier… ils parlent d'un endroit situé ici, au Centre Véritable, où nous ne voyons que les mécas et la mort. L'endroit doit être plus près du noyau central.

« Non ! s'écria Jocelyn. On ne peut pas survivre plus de quelques heures dans ces…

« Silence ! » aboya Killeen.

De nouveau, on n'entendit plus aucun bruit. Puis le Cap'taine montra du doigt le bleu miroitant, fantasmagorique, du courant galactique.

« J'interprète cela comme un signe. Une flèche, que nous allons suivre. »

Toby s'aperçut alors qu'il retenait sa respiration depuis un bon moment. Il ouvrit grand la bouche pour happer un peu d'air. L'équipage sortit de son immobilité, et des murmures se firent entendre. Jocelyn posa la question que Toby n'avait pas encore eu le courage de poser. Ses yeux semblèrent percer l'atmosphère tendue de la Passerelle lorsqu'elle murmura :

« Mais le courant pointe vers l'extérieur. On va suivre cette direction ? »

Killeen se raidit.

« Les mécas nous intercepteraient.

« Quelle direction, alors ?

« On va suivre le courant de l'intérieur. Il y aura peut-être une issue. »

4
Des poussières comme vous

Toby passait dans une coursive latérale lorsqu'il perçut l'odeur âcre de la fumée. Il plissa les paupières, renifla, puis suivit rapidement l'odeur.

La coursive n'était pas éclairée. Les phosphores avaient été délibérément éteints. Devant lui, il aperçut des flammes dansantes. Rien de pire qu'un incendie ne pouvait survenir à bord d'un vaisseau spatial. Le feu consumait jusqu'à l'air dont ils avaient besoin. Il menaçait d'ouvrir une brèche dans la coque, par où s'engouffrerait le vide. Il accéléra le pas… et trébucha sur un homme accroupi devant les flammes.

Quand il se redressa, il vit, à la lueur orangée du foyer, qu'il y avait des gens rassemblés autour d'un tas d'enveloppes de maïs fumeuses et de branches sèches qui craquaient. Mais les flammes étaient courtes et sous contrôle. Des regards pétillants se tournèrent vers lui tandis que tout le monde riait de sa surprise.

« Viens t'asseoir ! Détends-toi ! » lui lança quelqu'un.

Le feu allait laisser des marques noires au plafond, comme dans d'innombrables autres recoins du vaisseau, mais Toby comprenait la nécessité de ce genre de chose. Les Familles avaient par essence des âmes de vagabonds. Se rassembler autour d'un feu leur donnait l'impression de retrouver un abri sûr, même si les ténèbres menaçantes les entouraient.

Il s'assit parmi les autres. C'était reposant. Cela lui rappelait les longues marches qu'il avait faites dans son enfance et les nuits sous le froid mordant d'un ciel brillamment étoilé. La fumée lui piquait les yeux. Les farfadets jaunes dansaient en craquetant. Les ombres jouaient sur les visages qui contemplaient fixement le mystère sans fin des flammes.

« Tu m'as l'air bien fatigué, mon p'tit Toby », lui dit la voix de Cermo, quelque part dans l'ombre.

Il était surpris de le trouver là. Il y avait aussi Jocelyn, un peu plus près de lui. Habituellement, les officiers supérieurs maintenaient une certaine distance vis-à-vis des autres. Mais ici, Cermo était accroupi sur ses hanches massives, en une posture millénaire. Cela permettait de se relever d'un bond s'il survenait quelque chose. C'était sans objet ici, naturellement, mais cela rappelait leur passé collectif et leur vulnérabilité.

« J'ai travaillé dans les champs, murmura-t-il en réponse.

« La récolte a été bonne ?

« Des asperges. La plupart ont été perdues. »

D'une petite voix, Jocelyn fit remarquer :

« Il fut un temps où on n'avait qu'à se baisser pour ramasser la nourriture. Ensuite, on allait un peu plus loin. »

Cermo hocha tristement la tête.

« On pratiquait la chasse et la cueillette, et on faisait des raids sur les centres mécas quand on avait besoin d'autre chose. »

Du cercle d'ombre, des murmures lui répondirent. Toby sourit.

« N'exagérons rien. J'y étais déjà, tu sais. La survie dépendait de notre débrouillardise. On avait les mécas sur le dos à chaque instant. On risquait sa vie chaque fois qu'on ouvrait la bouche pour respirer. »

Cermo secoua la tête. Les muscles épais jouaient sur son cou, captant la lueur des flammes vivaces.

« En tout cas, on n'avait pas à retourner la terre pour manger. On faisait un peu de jardinage à la Citadelle LeFou, c'est vrai, mais on n'était pas des bouseux qui grattaient le sol. On était libres. La nature faisait tout le travail, et on cueillait les fruits. »

Toby savait d'où cela venait. Les gens avaient toujours la nostalgie d'un passé tout en rose qu'ils se représentaient sous un jour bien meilleur qu'il ne l'avait jamais été réellement. Et ils faisaient surtout cela lorsque le présent était rude et sombre.

« Tu ne te rappelles pas, Jocelyn ? demanda-t-il. On regardait toujours par-dessus notre épaule pour voir s'il n'y avait pas un méca, on mangeait des déchets et on fuyait jour et nuit.

« Quelle différence avec maintenant ? » riposta la lieutenante.

Une autre voix de femme cria dans l'obscurité :

« Les mécas nous ont pris au piège ! »

C'était l'accent d'une Cinq. Toby hocha la tête.

« Peut-être, mais nous sommes à bord d'un vaisseau humain, en train de nous battre pour leur échapper.

« En train de fuir, fit Jocelyn. Ce sont les grosses bêtes qui se sont battues. Mais elles sont loin derrière nous, à présent, en train de retenir une partie des vaisseaux mécas pendant que nous fuyons devant d'autres. »

Toby riposta sèchement :

« C'est le but de la manœuvre des Myriapodes, justement. Quath est en contact avec eux, elle dit qu'ils mènent un combat d'arrière-garde. Ça nous laisse le temps de voir ce qu'il y a d'important dans ces parages. Tout ce qu'il nous faut, c'est un peu plus de temps pour…

« Le temps, c'est ce qui nous manque le plus, fit gravement Cermo, dont le regard semblait torturé. Nous sommes de nouveau en surchauffe, et le courant galactique est encore loin.

« Laisse faire le Cap'taine, lui dit Toby. Le courant va peut-être nous sauver.

« Ce truc-là ? fit Jocelyn avec un rire sec. C'est tout juste une colonne de gaz en train de refroidir. Sans doute des débris qui se sont échappés du trou noir. »

Toby n'aimait pas défendre le point de vue de son père, mais quelque chose l'obligeait à contrer ces propos irresponsables et hargneux.

« Laisse-lui un peu de temps, tu veux ? On est encore en mouvement, tout le monde est en bonne santé et…

« Il nous a fait venir ici sans réfléchir beaucoup plus à ce qui nous attendait qu'un rat attiré par un feu de camp.

« D'après moi, ironisa un vieillard, il s'est débrouillé comme quelqu'un qui serait pas capable de vider une botte pleine de pisse avec un trou aux orteils et le mode d'emploi écrit sur le talon. »

Ils rirent longuement et de bon cœur.

« Écoutez, on aime tous s'aérer un peu les poumons, d'accord, fit une voix qui avait l'accent des Cinq, mais là d'où je viens, on est forcé d'être solidaire de son capitaine. »

Toby hocha vigoureusement la tête.

« Ouidire. Je ne cherche pas à peindre la situation en rose, mais il faut lui faire confiance. »

Des voix s'élevèrent de toutes les directions, certaines pour protester, d'autres pour le soutenir. Les Atouts étaient en bloc pour Killeen. Les LeFou l'invectivaient, malgré leur appartenance à la même Famille que lui.

L'âcreté de l'air et la pénombre rendaient les gens loquaces. Ils donnaient libre cours à leur amertume, et leurs paroles étaient tranchantes. Les épis de maïs exhalaient maintenant une fumée suave. Ils sifflaient et craquaient sur les flammes. Peu à peu, cependant, les conversations prirent un tour plus méditatif et perdirent de leur agressivité. Les gens extériorisaient leurs craintes, les acceptaient comme telles et les remettaient dans les poches mentales où chacun devait apprendre à les garder durant les moments difficiles. Ainsi, le feu avait accompli son office, et le brouillard bleu qui s'en dégageait rendait le recoin de coursive plus chaleureux, plus humain.

Lorsqu'un appel pour Toby arriva par le système comm, il éprouva de la réticence à partir, mais cela venait de la Passerelle, et il se dépêcha d'y aller.

En chemin, il passa devant un écran mural. Le courant galactique au doux éclat bleu était maintenant droit devant eux. Son miroitement vertical était visible, au-dessus de lui, contre les rouges ferreux et les jaunes brûlés du disque virulent. Une chaleur sèche créait des perturbations dans l'air. Le vaisseau fut parcouru par un ébranlement sourd, comme une très lointaine note de basse. Cela rendit Toby nerveux. Lorsqu'il atteignit la Passerelle, il ne fut pas surpris de voir son père accablé, la mine grise et l'uniforme froissé par de longues heures d'attente angoissée.

« Toby ! On a besoin de toi !

« Ah ! Pourquoi ? »

Tout le monde avait les traits tirés, mais on ne voyait rien de nouveau sur les écrans.

« Regarde ça. »

Killeen indiqua de longs filaments de gaz rose à la traîne du courant. L'*Argo* était secoué en passant sur les filigranes brillants et démesurés. Il leur était déjà arrivé de traverser des turbulences du même genre, mais ces filaments semblaient s'agiter avec une énergie toute particulière.

« Encore des feux d'artifice ?

« Pas exactement. J'ai déjà discuté avec des trucs comme ça.

« Discuté ? »

Son père devait vraiment manquer de sommeil.

« Ça fait des années. Tu as peut-être oublié. La voix du ciel.

« Hein ? » fit Toby en secouant la tête.

Il s'était passé tant de choses, et ils en comprenaient une si petite partie.

« L'Esprit Magnétique. C'était lui. »

Toby se souvenait, à présent…

Des années plus tôt, dans une vallée rocheuse, pendant que des lignes capricieuses de couleur jaune ou verte zébraient le ciel comme des rayons de projecteurs. Les stries balayaient furieusement l'air et avaient fini par les trouver. Les filaments brûlants avaient vibré comme des brises en colère, et parlé au récepteur de sensorium que chacun d'eux portait à la nuque.

Une intelligence qui vivait, d'une manière ou d'une autre, dans des radiances argentées. Elle s'était adressée à Killeen, mais toute la Famille avait pu écouter, témoin du message qu'un colossal intellect émettait dans le ciel. Ce souvenir d'enfance revint à Toby en un éclair, de la même manière qu'une chaude odeur de cuisine peut rappeler la voix vibrante d'une mère, de nombreuses années plus tard.

Il se secoua. Les souvenirs de sa petite enfance, à l'abri douillet de la Citadelle, risquaient de venir le submerger d'un moment à l'autre, et le moment n'était pas très indiqué. C'étaient des trucs de gosse, et il devait cesser de penser comme un gosse.

Il se concentra de nouveau sur la luminescence filiforme qui grossissait régulièrement devant l'*Argo*, et se força à demander :

« Comment peux-tu en être certain ? C'est peut-être un phénomène lumineux et rien d'autre. »

Killeen eut un sourire sans joie.

« C'en est un, d'une certaine manière, en effet. Un phénomène lumineux, mais vital, de la même manière que toi et moi nous ne sommes rien d'autre que des petits tas ambulants de combustion contrôlée. C'est ce qui nous permet d'exister, de penser, d'agir. L'oxygène brûle nos aliments, d'après ce que m'a dit l'un de mes Aspects. Et cette chose se sert de l'électricité produite par le disque au-dessous de nous.

« De quelle manière ?

« Ça, j'en sais rien. Mais l'énergie, c'est de l'énergie, et, si je comprends bien, cette créature a appris à empiler des champs magnétiques pour se construire une espèce de corps. »

Toby aimait bien se donner l'air compétent et au courant devant les officiers de l'*Argo*, mais les stries qui se trouvaient devant eux ne ressemblaient absolument à rien dans son souvenir.

« Comment ça ? » fit-il.

Killeen haussa les épaules.

« Je ressens de drôles de picotements, comme si quelqu'un était en train de me sonder. (Il secoua la tête.) Difficile à expliquer, mais c'est ce qui s'est déjà produit la dernière fois. L'Esprit Magnétique s'agglomère au moyen de champs magnétiques. À moins qu'il ne soit tout bonnement constitué de champs magnétiques. Et il réside dans ces parages, quelque part, ce qui fait que… »

Une sourde vibration naquit au niveau des talons de Toby, puis remonta lentement le long de son corps. Au début, il pensa que c'était l'accélération du vaisseau luttant contre l'attraction gravitationnelle au milieu de ce chaos de masse et de lumière. Puis il se rendit compte que la trépidation fluctuait sur un rythme très lent. Il la sentait dans ses oreilles et dans ses mains également. Comme des pulsations. Cela s'étendit bientôt aux parois massives, et l'air de la Passerelle fut chargé d'une lourde présence.

Donnez signe si vous percevez.

La voix était rocailleuse, granitique, immense.

« C'est différent de la dernière fois, chuchota Killeen. Il utilisait nos sensoria. Mais maintenant, regardez… Toute la pièce tremble ! »

Je suis chargé d'une tâche de discernement. Si vous êtes de la tribu des LeFou, donnez voix.

La Passerelle faisait office d'amplificateur géant pour la voix caverneuse et impérieuse. Les murs vibraient comme la membrane d'un haut-parleur. Toby se demandait comment une chose uniquement constituée de champs magnétiques, sans masse ni substance, pouvait faire ça.

Killeen avait l'air acculé, écrasé par la voix. Il glapit :

« Nous sommes les LeFou. Je m'appelle Killeen. Vous vous rappelez ? »

En effet. Je n'oublie jamais rien. Je stocke des vagues de temps d'une ancienneté dépassant votre imagination dans les boucles et les nœuds de mon être. Je me souviens de ton

odeur particulièrement plate et de ton moi obliquement écrasé. C'est bien. On m'a envoyé t'inspecter, Killeen.

« Mais qui ? » demanda ce dernier.

Les occupants de la Passerelle étaient figés sur place. La voix ignora Killeen.

J'en cherche aussi un autre. Il est dénommé Toby, et il faut qu'il soit à côté de toi si tu dois faire l'objet d'autres attentions de la part du domaine intérieur.

« Je suis là ! » s'écria Toby.

Vraiment ? Laisse-moi te goûter… Chacune des minuscules créatures que vous êtes possède un arôme et une angularité propres. Quelle inutile profusion !

« Nous sommes différents ! » protesta Toby.

Des rayons jaillirent par rafales saccadées et le transpercèrent, électriques et hérissés de pics de douleur. C'était la sonde. Puis plus rien.

Tu es le parfum dénommé Toby. Tes signatures animales correspondent à l'inventaire génétique, aussi sommaire soit-il. La création est d'une diversité si banale. Elle accorde à chacun de vous des gènes-parfums obliques et des contours ombrés qui sont un véritable gaspillage d'ingéniosité. Des détails et des détours élaborés, inutilement multipliés, qui conduisent la raison à sa ruine.

« Nous nous trouvons très bien comme ça », murmura Toby, les dents serrées.

En effet. Tout n'est qu'illusion. Cependant, je dois annoncer votre présence. Ensuite, j'espère être libéré de cette obligation et irritation.

« Une seconde ! s'écria Toby. Ça veut dire quoi, tout ça ? Qui veut se procurer ces renseignements ? »

Une puissance qui réside vers l'intérieur.

« Et qui ressemble à quoi ? »

Elle n'appartient pas aux grains de matière froide que vous

habitez. La puissance qui m'enjoint d'accomplir cette tâche me parle à travers mes pieds, qui reposent sur la douce chaleur du disque de plasma.

« Ouidire, insista Toby. Il s'agit donc d'un… nuage de plasma ? » Il n'avait aucune idée de ce que cela pouvait être.

Elle réside quelque part au-dessous de moi, dans une majesté traversée de tempêtes, mais n'est pas connaissable par une entité aussi vaste que moi.

« Vous m'avez dit la dernière fois, il y a des années de cela, que mon père avait quelque chose à voir avec tout ça », intervint Killeen.

Des années ? Je ne comprends pas ce terme.

« Une partie importante de notre présente existence, expliqua Killeen. Je… »

Mais dans quel* présent *résidez-vous ? La durée, la distance, ce sont des conceptions primitives.

Killeen, visiblement, était perplexe.
« Écoutez, ce que je veux savoir, c'est si mon père… »

Les formes aussi infimes que vous sont impossibles à distinguer dans les gauchissements d'énergie à mes pieds. Mais ces termes et ces noms remontent à moi par vagues, le long des câbles de mon être. À quel moment ces informations ont été chargées dans l'éternel enchevêtrement de mes nœuds de connaissance, et, par conséquent, quel est l'âge de ce grain de savoir agglutiné, je l'ignore. Des formes comparables à toi ont séjourné ici, oui, en tant que sordides primitifs. Mais leur persistance dans le domaine des très vastes impondérables-perturbations est tout à fait improbable.

« Ça voudrait dire qu'il est mort ? » demanda vivement Killeen.

Les vies infimes vacillent comme des flammèches sous mes pointes de pied. Ma seule motivation pour assumer cette forme de champ est de m'élever au-dessus de la mortalité et des matières infimes. Je ne suis pas plus en mesure d'enregistrer les terminaisons minces que les animaux comme vous ne peuvent sentir les grains de sable qu'ils piétinent.

« Il est… »

> ***Je me retire. Si la puissance d'en bas en désire davantage, je vous recontacterai.***

« Attendez ! Nous avons besoin de savoir ce qu'il faut faire, comment échapper à… »

Les vibrations des parois cessèrent. Un lourd silence retomba. Killeen écarta les bras en proférant un juron à voix basse, puis lança son poing contre le mur. L'impact fut douloureux.

Ce geste choqua Toby encore plus que le départ abrupt de l'Esprit Magnétique. Il comprit à quel point son père avait accumulé les tensions, à quel point il était désespéré sous ses dehors impassibles.

« Qu'est-ce qu'il a voulu dire, p'pa ? Qu'est-ce que…

« J'en sais rien. Cette chose nous traite comme des petites bêtes.

« Il faut dire que nous n'aimons pas tellement communiquer avec les petites bêtes nous non plus », fit remarquer Toby avec une certaine logique.

Il espérait tirer ainsi Killeen de son humeur massacrante. Mais il médita un instant et ajouta mentalement : *Sauf avec Quath, peut-être.*

« Je me demande si la chose serait possible, reprit le Cap'taine. Mon père, Abraham, ici ?

« Je ne vois pas comment. On n'a jamais retrouvé son corps à la Citadelle, pour sûr, mais il fallait fuir le plus vite possible, on n'a pas eu vraiment le temps de chercher. (Il secoua la tête, soudain accablé lui aussi.) C'est si loin, tout ça, et il y a si longtemps… »

Tout lui revenait subitement. Les poutrelles d'acier arrachées à la maçonnerie, les plafonds qui s'écroulaient, le mobilier écrasé, les vies déchirées l'une après l'autre… De la fumée partout, des flammes crépitantes, des réseaux de galeries complexes réduits à l'état de cendres et de scories. Le sang coulait en ruisseaux, en torrents rouge-brun, de dessous les immeubles effondrés. Et cet étrange silence après le départ des engins mécas. Et le vent qui sifflait à travers les poutres déchiquetées…

Son père parcourait les ruines en criant : Abraham ! Abraham ! Le nom, emporté par le vent vorace, se perdait en lambeaux parmi les volutes de fumée.

Quittant ces souvenirs corrosifs, il revint à la réalité. Il vit son père, hagard, qui faisait des efforts pour se ressaisir.

« J'étais sûr qu'il était mort, dit-il d'une voix tremblante. C'était obligé. »

Dans l'expression de Killeen, Toby lut à quel point il voulait se persuader qu'Abraham était là, que l'Esprit Magnétique en savait plus qu'eux. Mais, d'un autre côté, il était évident que l'Esprit trouvait les humains répugnants et ne lèverait pas le petit doigt pour les aider.

Toby se souvint alors que l'Esprit n'avait pas de doigts, qu'il n'était fait que de pressions et d'ondes électromagnétiques. Mais n'avait-il pas dit lui-même qu'il avait des pieds ?

La dernière fois que l'Esprit leur avait parlé, sur Atout, il avait laissé entendre qu'il était une intelligence libérée de la matière et qu'il n'existait que dans les états accessibles aux champs magnétiques. Apparemment, ces états duraient plus longtemps. L'Esprit semblait penser qu'il était immortel. Toby se souvint que Killeen avait gloussé de rire en disant : " L'éternité, c'est long. " L'Esprit était peut-être vaste et puissant, mais il pouvait aussi leur paraître limité et étriqué, ce qui rendait encore plus difficiles les rapports avec lui. Un dieu, en tout cas, n'aurait pas été insultant comme lui.

« Écoute, p'pa, qu'est-ce que tu comptes faire ? »

Peut-être que, dans un moment d'ouverture comme celui-ci, Killeen allait enfin dire ce qu'il avait en tête.

« Faire ? répéta Killeen comme s'il venait seulement de s'apercevoir de la présence de Toby. On va entrer dans ce courant, voilà ce qu'on va faire. Histoire de voir à quoi ça ressemble.

« Mais pourquoi ? Tu penses qu'il y a une issue à l'intérieur ? »

Killeen lui jeta un regard voilé.

« Ce gaz se déplace à grande vitesse. Il nous donnera une impulsion. Il nous abritera peut-être un peu, en nous rendant difficiles à localiser.

« Tu penses qu'on pourrait le suivre pour émerger de l'autre côté ?

« Possible.

« Chouette, fit Toby en souriant. C'est l'équipage qui va être content d'apprendre ça.

« Ah oui ? Et pourquoi ?

« Tout le monde est inquiet. Les gens pensent que tu veux juste continuer vers l'intérieur, quoi qu'il arrive. »

Killeen ne laissait rien voir sur son visage.

« Je n'ai jamais dit que ça marcherait. On va juste tenter le coup.

« Ouidire, p'pa. Mais il y a de l'espoir, hein ? »

Killeen regarda son fils un long moment. Les émotions se succédaient si rapidement sur son visage que Toby était incapable de les saisir au passage.

« Ça se pourrait, ça se pourrait. »

5
Esprits infimes

Quand il se sentait réellement déprimé, Toby allait courir.

Comme personne ne pouvait plus coquemarcher à cause des rayonnements durs qui bombardaient maintenant l'*Argo*, il était obligé d'aller dans les coursives les moins utilisées du vaisseau. Haletant le long des mêmes parcours monotones, il laissait libre cours à son subconscient pour ressasser ses problèmes. Peut-être les couches profondes de sa pensée allaient-elles trouver quelque chose d'intelligent, se disait-il sans trop d'espoir. La Famille allait faire face à une crise, pour sûr.

Il était allé trouver Quath pour lui demander conseil, ou juste pour se soulager, peut-être, en échangeant quelques bonnes bordées d'insultes, mais la nonhumaine l'avait rembarré.

< Je me coconcentre avec mon espèce. >

Elle avait émis un bruit de crécelle, comme pour ponctuer ses paroles, avec ses gigantesques bras télescopiques. Elle semblait en avoir plus que d'habitude. Elle les avait peut-être fabriqués avec d'autres parties de sa carcasse. Quath avait une manière bien à elle de se reconstituer. C'était peut-être l'équivalent, pour les Myriapodes, de se mettre sur son trente et un. Ses bras s'agitaient et se cognaient avec de petits bruits métalliques, comme une forêt d'acier parcourue par la brise.

« Hé, ramassis de pièces détachées, écoute-moi quand même. »

< Je possède plusieurs esprits qui pourraient t'entendre, mais ils sont engagés. >

« Hé ! Ho ! Tu crois qu'une fraction de toi suffirait à me parler ? »

< Écouter, et non parler. Je pourrais affecter un de mes sous-moi de veille à cette… >

« Laisse tomber. Parfois, avoir une conversation avec toi équivaut à hurler du haut d'un puits, Quath. »

< Je ne peux pas [intraduisible]. >

« Moi non plus, tu vois ? »

Toby s'était finalement irrité. Sans le vouloir — peut-être —, Quath l'avait réellement insulté. C'était du moins ainsi qu'il le ressentait. Il était donc reparti, furieux, de la grosse soupière où se tenait Quath, figée dans ses conversations à distance avec ses congénères.

Il trottait à présent dans les vastes coursives désertes du vaisseau, fumant intérieurement, espérant relâcher à travers ses muscles ce dont il ne pouvait se libérer par la pensée. La plupart des membres de la Famille LeFou étaient entassés dans les cafétérias, occupés à manger et à parler fort, formant des comités de consolation qui, dans le passé, les avaient immanquablement conduits à la crise. C'était peut-être ce qui allait se passer maintenant. Toby n'aimait pas trop le tour que prenaient les événements. Et le fait de courir, aujourd'hui, ne suffisait pas à lui éclaircir l'esprit. Cela l'échauffait, au contraire, tandis que la transpiration s'agglutinait sur ses sourcils et lui piquait les yeux. L'air des coursives était âcre et brûlant. Le bien-être qui résultait habituellement d'une séance d'exercice ne se faisait pas sentir.

Il ralentit son pas lorsque, au détour d'une courbe, il revit le petit passage d'où sortait une épaisse fumée. Avec une certaine précipitation, il s'avança en haletant jusqu'au bord du groupe, qui avait grossi considérablement autour du feu d'épluchures de maïs.

Il s'assit, en échangeant cérémonieusement des signes de tête avec les autres. Il accepta une fiasque d'alcool fruité qui circulait. Cela lui râpa le gosier, mais la chaleur qui se communiqua ensuite à tout son corps lui fit du bien. La conversation générale était détendue, mais les regards se portaient souvent vers lui tandis qu'elle dérivait sur des sujets plus brûlants. La dernière fois qu'il s'était assis là, il avait défendu son père, et les voix qui s'élevaient à présent parmi les silhouettes accroupies manifestaient une peur incontestable qui se mua rapidement en fureur dirigée contre Killeen. Toby se sentait de moins en moins à l'aise.

« La température de la coque s'est encore élevée », murmura Jocelyn.

Une voix grogna :

« On la sent partout, maintenant. J'ai l'impression qu'on est des palourdes en train de cuire dans le sable chaud. »

Toby ne savait pas ce que c'était qu'une palourde, et il n'avait jamais vu de sable. Il ne s'était jamais trouvé devant une étendue d'eau assez vaste pour y faire des ricochets, mais les termes étaient restés dans le vocabulaire de la Famille.

« Passe-moi un peu ça », chuchota-t-il à la femme chauve assise à côté de lui.

Elle lui tendit une fiasque de brandy à l'abricot qui lui monta fortement au nez dès qu'il en versa une gorgée dans son gosier. Mais c'était bon de se sentir vaciller un peu, la tête légère. Cela adoucissait le monde autour de lui. Son organisme aurait vite fait de métaboliser l'alcool en combustible adéquat. La Famille avait été traitée depuis longtemps de manière à convertir toutes sortes d'aliments en énergie utilisable. Mais cela lui donna une roseur momentanée, et il avait besoin de quelque chose comme ça en ce moment. Une onde de picotement irrité courait dans cette assemblée pelotonnée, des remarques acides fusaient dans la pénombre, et même l'effet traditionnellement apaisant des flammes dansantes ne faisait pas grand-chose pour changer l'atmosphère.

« On a combien de temps avant de rôtir complètement ? » demanda une femme ingénieur en rejetant en arrière d'un mouvement de nuque une longue crinière de cheveux fauves.

Jocelyn haussa les épaules, puis regarda Cermo.

« Un jour ? Deux, peut-être ? »

Cermo semblait mal à l'aise. Le rôle des officiers était de servir de tampon entre le Cap'taine et la Famille, mais ils se faisaient parfois écorcher à ce jeu.

« D'après les ordinateurs, il nous reste à peu près un jour avant que le système de refroidissement soit saturé. Ensuite, faudra utiliser le dispositif de secours.

« Et c'est quoi, ça ? demanda quelqu'un d'une voix pâteuse. On se met à poil et on court se réfugier dans les congélateurs ? »

Des rires jaunes éclatèrent, mais Cermo ne s'y joignit pas.

« Tu peux te déshabiller si tu veux, ça n'y fera pas grand-chose. On n'a déjà pas tellement de trucs sur le dos à l'heure actuelle. »

Il avait raison. Toby était en short, comme la plupart de ceux qui étaient assis autour du feu. Quelques-uns portaient des robes de chambre légères. La Famille aimait bien s'habiller avec soin chaque fois que c'était possible, sans doute en souvenir de l'époque où une belle veste de drap ou une chemise de soie représentaient un trésor précieux, dernier emblème sauvé de la Calamité, la perte de la Citadelle LeFou.

Quelques plaisanteries circulèrent, portant sur les torses efflanqués, les ventres ronds des buveurs de bière et les bras pâles et maigrichons des uns et des autres. La Famille ne pouvait s'empêcher de se lancer des piques et des railleries à tout moment. Toby se disait que c'était bon signe. Quand ils ne sauraient plus rire, cela voudrait dire qu'ils seraient vraiment au trente-sixième dessous.

« Le dispositif de secours, déclara Cermo, ça consiste à nous réfugier tous au cœur du vaisseau.

« Pourquoi ? demanda une femme d'un ton mécontent.

« Les secteurs périphériques deviendront invivables. Le système de refroidissement ne pourra faire face que si nous sommes tous réunis au cœur.

« Abandonner les agrodômes ? » s'écria une femme d'une voix incrédule.

Des voix discordantes s'élevèrent du groupe. Ce fut bientôt une véritable cacophonie.

« Si on s'en occupe pas, tout va crever, pour sûr.

« On pourra plus jamais les faire repartir.

« Ce sera la mort pour nous.

« Qui a eu cette idée ?

« C'est la faute à ces foutus ordinateurs, je vous le dis !

« C'est vrai, ça, qu'est-ce qu'ils connaissent ? Ils ne sont pas de la Famille !

« Et alors ? Nos systèmes, ceux qu'on avait à la Citadelle, c'était de la gnognotte à côté de ceux-là !

« On peut pas leur faire confiance, je te dis.

« Et moi, je suis pas d'accord. On devrait…

« Personne ne pourra plus nous sauver si on perd toutes les récoltes en même temps.

« Elle a raison. On pourra plus jamais réensemencer si le sol est brûlé.

« Au moins, on sera débarrassés de ces verblans une fois pour toutes.

« Ouidire, et de tous les autres vers qui font le travail utile.

« Cermo, tu peux pas parler sérieusement !

« On refuse de s'enterrer dans un trou en baissant les bras.

« On est les LeFou !

« Ouidire, on veut aller de l'avant et écraser tous ceux qui se dressent sur notre chemin. On veut pas être transformés en taupes !

« Qui a dit qu'on ferait ça ? Vous savez qui ? Le Cap'taine !

« Ouidire, c'est bien de lui, une idée comme ça.

« C'est lui tout craché.

« Trop grand pour ses chausses.

« Jamais eu confiance en lui, moi. Ce que j'ai toujours dit, c'est…

« Venir ici, c'était son idée depuis le début.

« Il nous a mis dans un foutu pétrin.

« Le premier imbécile venu aurait refusé de s'approcher de cet enfer !

« Mais quoi ! Le Cap'taine a dit qu'il faut y aller, et on marche au pas, la queue entre les jambes.

« Pendant qu'il baguenaude sur la Passerelle !

« Ouidire, sans complexes !

« La Passerelle est au cœur du vaisseau, il doit faire glacé, là-bas.

« Si on allait prendre le frais ? Qu'est-ce que vous en dites, hein ?

« Chouette idée !

« Ça suffit comme ça de rester tapis ici !

« On y va ! »

La foule avait grossi dans la pénombre sans que Toby s'en aperçoive. Tout le monde se leva alors comme un seul homme, grognant et jouant des coudes. Une odeur de transpiration énervée s'élevait de cette masse humaine. Avec la logique zigzagante d'un groupe en colère, ils se mirent en route, décidés à faire ce qu'ils venaient de dire. Leurs pas cliquetants faisaient résonner les coursives menant au cœur du vaisseau. La température et leur humeur se refroidirent un peu quand ils prirent la rampe hélicoïdale pour descendre.

Toby les suivit à distance. Une sorte d'énergie s'amassait en eux, une boule de neige alimentée par les indécis qui les regardaient passer dans les coursives latérales. Les LeFou préféraient l'action à la méditation morose.

Lorsqu'ils arrivèrent à hauteur de la Passerelle, ils n'étaient plus le groupe d'origine, assemblé autour du feu de camp, mais une véritable marée humaine en colère. Toby percevait le grondement qui montait d'eux comme d'un animal aux abois. Il sentait que ce n'était pas comme les autres fois, où Killeen avait su, d'un regard sévère, d'une parole logique et d'un sourire chaleureux, détourner le mécontentement revendicateur des LeFou. Ce groupe avait des intentions mauvaises.

Les officiers de Passerelle durent le sentir aussi. Ils se mirent à quatre pour former un barrage à l'entrée, en essayant de dissuader la foule du regard. Toby jeta un coup d'œil autour de lui, mais Jocelyn et Cermo avaient disparu. Inutile de se montrer, les autres allaient faire le boulot pour eux.

Mais étaient-ils si machiavéliques que ça ? Toby n'en était pas sûr. Le rituel du feu de camp avait semblé drainer simplement les tensions qu'ils ressentaient tous, et c'était bien le rôle de cette coutume séculaire, après tout.

Il essaya de s'éloigner discrètement de la Passerelle. Encore plus que Cermo et Jocelyn, il se trouvait dans une position ingrate. Mais les épaules et les coudes serrés l'empêchèrent de battre en retraite. Les regards le transperçaient, inquisiteurs et sceptiques, comme pour lui dire : *Tu ne vas pas t'éclipser au bon moment ?*

Il ne savait plus ce qu'il devait faire. Mais les événements décidèrent pour lui.

La Passerelle était assez haute pour former un balcon au-dessus de la coursive, où les officiers pouvaient s'isoler pour tenir un bref conciliabule. Killeen s'y avança. Il dominait la foule bruyante. Avec son uniforme pailleté de jaune et de bleu, il formait un spectacle impressionnant. Une rumeur d'excitation s'éleva quand il apparut. D'autres membres de la Famille arrivaient à chaque instant, grossissant la foule. Killeen demeura un long moment les mains derrière le dos, laissant la bête grondante exhaler sa mauvaise humeur, jusqu'à ce que le silence retombe. Quand il parla, ce fut d'une voix étonnamment douce.

« Vous êtes venus vous rendre compte de notre progression ?

« Progression ? On est en train de se jeter dans la gueule de l'enfer ! » lui cria un homme.

Killeen secoua la tête.

« On garde notre avance sur les mécas.

« Ils nous font aller là où ils veulent ! hurla une femme d'une voix chargée de sarcasme.

« Ils essaient de nous rattraper, pour sûr. Ils ont toujours fait ça, pas vrai ? »

Le Cap'taine balaya du regard la foule qui continuait de grossir, fixant chacun d'un regard qui ne cillait pas.

« Ils vont nous faire rôtir, c'est tout ce que je sais ! accusa quelqu'un.

« Et mon œil, c'est celui d'un méca ? demanda Killeen avec assurance. Nous sommes entrés dans le courant galactique il y a quelques minutes. »

Une rumeur confuse se propagea à cette annonce.

« Vous n'aviez pas remarqué ? continua Killeen d'une voix douce. La coque va commencer à refroidir dans quelques instants.

« Comment ça se fait ? Le courant a l'air brûlant. »

Killeen écarta l'objection d'un geste.

« Il ne l'est pas. C'est peut-être étonnant, mais le gaz autour de nous est bleu parce qu'il est refroidi. Les efforts qu'il fait pour s'arracher au puits de gravité créé par le trou noir lui enlèvent tout son punch. »

La foule s'agita, parcourue de murmures d'incrédulité.

« La chaleur va diminuer à l'intérieur ? demanda une femme.

« C'est ce que prédisent les ordinateurs.

« C'est une bonne chose, fit une voix d'homme. Mais il reste…

« On va suivre le courant jusqu'à la sortie, déclara Killeen d'une voix posée. Les nuages bleus se condensent en refroidissant. »

Un homme cria d'une voix furieuse :

« Ça n'excuse pas la folie d'être venus ici !

« C'est toi le responsable ! renchérit une femme.

« Ouidire. Et qu'est-ce qu'on a gagné ?

« Que des ennuis !

« Et des mécas sur le dos !

« Un Cap'taine comme ça, nous, on n'en veut plus ! »

Pour les Atouts, c'était dépasser les bornes. Brusquement, les As, les Cinq et les Valets élevèrent la voix pour faire taire les LeFou contestataires. Des quolibets fusèrent, des insultes furent échangées. On en vint aux mains, mais les officiers intervinrent.

La pagaille dura quelques minutes. Killeen demeurait raide comme un piquet, attendant que cela passe. Le coin de sa bouche frémit, et Toby devina ce qu'il était en train de penser : *Quelle dérision, d'avoir sa Famille contre soi et d'être défendu par des Atouts !*

Finalement, les esprits se calmèrent. On n'entendit plus qu'un murmure sourd. Killeen écarta les mains.

« Je pense que le mieux que vous ayez à faire, maintenant, est de retourner à vos tâches et de… »

Tout le monde ressentit la chose en même temps. Une compression qui s'amplifia en une forte pulsation, comme si l'*Argo* s'était soudain mué en un grand cœur qui battait avec une force lente et solennelle.

Je reviens, car on m'a demandé de vous donner des instructions.

C'était comme si Dieu avait pris la parole dans un local étriqué. La foule reflua, tous les regards explorèrent les parois, à la recherche de la source de cette voix. On ne voyait que le blanc des yeux, comme dans un troupeau de moutons affolés.

Killeen, cependant, ne réagit qu'en tordant le coin de sa bouche et en plissant les sourcils d'un air sceptique. Croisant les bras sur sa poitrine, il sembla se préparer à entendre l'Esprit Magnétique avant de murmurer :

« Ouidire. Nous écoutons. »

C'est à toi et à la créature Toby que je dois transférer ce complexe de significations curieuses.

« Je suis là ! » s'écria Toby.

Les gens qui l'entouraient sursautèrent en le regardant, et s'écartèrent vivement de lui comme s'ils ne voulaient rien avoir à faire avec quelqu'un qui s'adressait à cette redoutable chose qui faisait trembler les murs quand elle parlait.

Cette tâche m'est imposée par les obligations complexes de mon passé lointain. J'ai autrefois bénéficié des faveurs des puissances qui me mandent, et je fais aujourd'hui le messager auprès des grains de poussière que vous êtes, charge qui demande une humilité que je ne possède pas naturellement. Aussi je serai bref.

Une plainte aiguë remplit le vaisseau, où elle se réverbéra en douloureuses harmoniques. Dure, stridente et interminable. Une pression incisive, chassant toute pensée. Pendant un long et pénible moment, elle se maintint, se creusa, puis disparut abruptement. Le silence vibrant qui s'ensuivit avait un goût de terreur.

Telle fut votre trajectoire. Suivez-la bien, ou vous souffrirez d'être déchirés en atomes, et encore plus.

« Notre… trajectoire ? » fit Killeen d'une voix rauque.

Le parcours que vos bienfaiteurs vous enjoignent d'emprunter.

Se forçant à retrouver son calme, Killeen demanda d'une voix contrôlée :

« Et quel est-il ? »

Vous devez suivre les lignes de champ magnétique. Restez tout près de moi, afin de ne pas éclater en morceaux.

« Pourquoi on ferait ça ? Et où êtes-vous, de toute manière ? » cria un homme à la carrure athlétique.

Silence, petit esprit.

« Je me tairai si je veux. Qui êtes-vous ? Qu'est-ce que vous êtes, pour nous… »

Un bruit en forme de coup de poing les frappa. Le grondement colossal se répercuta dans les parois, le plafond et le sol. Les gens titubèrent, tombèrent, hurlèrent.

Je ne souffre pas les interventions des mortels en dehors de ma tâche assignée. Ça et rien d'autre.

« Ce… Ce bruit que vous nous avez envoyé, commença Killeen en avançant les bras, paumes vers le bas, pour calmer la foule, vous dites que c'était un plan de trajectoire le long de… vous ? »

Sans moi pour guide, vous seriez vite transformés en bouillie et en ruine.

« Nous allons plutôt suivre le courant galactique jusqu'à la sortie. Nous voulons… »

Cette trajectoire vous conduirait inévitablement vers ceux qui désirent votre fin.

« Les mécas ? Nous leur avons déjà échappé avant. »

Il y a ici à l'œuvre des facteurs et des contingences que vous ne pouvez pas saisir.

Killeen croisa les bras sur sa poitrine, le front plissé. Toby l'avait déjà vu prendre cette expression, qu'il opposait comme un mur de pierre à ses adversaires. Mais il y avait un nouvel élément dans l'attitude de son père, un curieux soupçon de jeu théâtral étudié dont il n'avait pas l'habitude. Il se demandait ce que c'était, prisonnier d'un début d'intuition, lorsque le Cap'taine parla.

« Je veux savoir en vertu de quelle autorité vous — ou vos autres *facteurs et contingences* — présumez nous donner des ordres. »

> ***Quelle arrogance ! Je réside ici depuis plus longtemps que n'existe votre espèce. Vous êtes aussi éphémères que le nuage qui passe et s'effiloche. Mais les choses les plus passagères vont souvent de pair avec un orgueil incommensurable.***

« C'est peut-être votre durée de vie qui vous fait la langue si longue ? » interrogea Killeen avec un clin d'œil adressé à la foule.

> ***Je vous parle en ce moment uniquement par obligation. Ce qui n'inclut pas la nécessité d'endurer les erreurs et les failles des intelligences-jouets. Mais soit. Votre bienfaiteur est la créature Abraham, dont nous avons déjà parlé.***

Une lueur de joie brilla dans le regard de Killeen.

« Il vit ! »

> ***Le glissement et le gauchissement de l'espace-temps local n'autorisent pas une telle simplification.***

« Mais s'il envoie ce message maintenant… »

> ***Le terme*** **maintenant** ***est aussi éphémère que vous. Ici, il est plus que dépourvu de signification.***

Toby vit que la curiosité chez son père l'emportait sur l'exaspération. Après s'être mordillé la lèvre, Killeen demanda :

« Cet itinéraire que vous nous avez envoyé. Je veux savoir où il mène. »

> ***Là où je vis le plus intensément. Le siège d'énergies implacables et d'un grand repentir. Où mes pieds dansent sur le plasma grésillant. Vers l'intérieur, petite chose. Vers tes terreurs.***

6
Vie éclair

Presque malgré lui, Toby était attiré vers la Passerelle durant les longues heures de leur descente.

L'*Argo* se servait à présent du courant galactique comme d'un bouclier à l'intérieur duquel il plongeait. Des filaments bleus fantomatiques volaient autour d'eux en se tortillant, happés vers l'extérieur. Leur flot en sens contraire faisait paraître plus grande la vitesse du vaisseau. Le pont trépidait sous les efforts des réacteurs à plasma qui aspiraient le gaz bleu pour le rejeter dans leur sillage.

Ils avaient à présent la réponse à une question non formulée qui les tourmentait depuis des jours : Où étaient les mécas ?

Le Mangeur de Toutes Choses occupait une place à part dans les légendes de la Famille, qui disaient que les mécas s'y cachaient et y travaillaient. Pour quelle raison, personne ne le savait. Ils avaient chassé les humains du Centre Véritable longtemps avant la chute des Chandeliers.

Mais jusqu'à présent, ils n'avaient eu que de brefs aperçus des vaisseaux mécas, alors que, plus loin dans les profondeurs du courant, l'*Argo* détectait d'immenses constructions, de gigantesques masses sombres d'origine méca. Ils en avaient déjà vu de loin à leur arrivée dans ces régions, et ils les avaient toujours évitées. Elles étaient énormes, mystérieuses, drapées dans des panneaux de captage d'énergie, et totalement muettes, ou s'exprimant sur des canaux ignorés des humains.

Ces structures encerclaient le courant comme si elles en absorbaient l'énergie. Les parois du cylindre étaient vivantes, parcourues d'éclairs bleu-blanc. Ici, l'antimatière produite aux abords du trou noir entrait en collision avec la matière dans une furieuse bataille destructrice. Mais la plus grande partie de l'énergie du courant résidait dans sa poussée extérieure. Les mécas ne semblaient pas la diminuer en quoi que ce soit au passage. On aurait plutôt dit qu'ils l'étudiaient.

Pourquoi les mécas étaient-ils ici, agglutinés au courant ? Il vint à l'esprit de Toby que c'était peut-être pour eux une manière d'écouter les borborygmes internes du trou noir lui-même, mais il ne réussissait pas à comprendre comment. Le courant était mystérieux et, il en était convaincu, tout à fait inaccessible à la compréhension humaine. Ses turbulences constantes servaient à dissimuler l'*Argo*, disait Killeen. Et les mécafabrications paraissaient ignorer des grains de matière aussi infimes qu'un vaisseau isolé. Quoi qu'il en soit, l'*Argo* filait comme un rat dans un palais.

Bizarrement, le centre du courant était pratiquement vide, ce qui rendait leur fuite plus facile. Le gaz avait été dépouillé de sa chaleur par l'effort que lui avait coûté l'ascension hors du puits gravifique du trou noir invisible. L'épaisse colonne gazeuze refroidissante qui les entourait les protégeait de la chaleur féroce du disque. Ce tunnel semblait avoir été placé là exprès pour faciliter l'accès au domaine intérieur. Pour l'Aspect Isaac de Toby, cependant, il ne s'agissait que d'une loi physique intéressante.

> ***Le spin du trou noir creuse les gaz qu'il rejette dans cette direction. Ce courant ressemble aux fuseaux de barbe à papa qu'on m'achetait dans les fêtes foraines de mon enfance. Un nuage-friandise qui était un vrai régal.***

« C'est quoi, cette barbe à papa ? »

> ***J'oublie toujours l'étendue de ce que vous avez perdu. Tu n'es jamais allé dans une fête foraine ?***

« Une fête comment ? »

> ***Un rassemblement de… Peu importe. Au moins, ce magnifique halo bleu me rappelle de bons souvenirs, à une époque où la haute culture régnait sur le Chandelier des LaReine et où je faisais du patin-plafond avec mon père.***

« Tu as vécu dans les Chandeliers ? »

> ***Que croyais-tu ? Que je descendais de mange-boue comme toi ? Nous étions puissants, à cette époque-là. Nous savions résister aux mécas qui vous poussent à présent devant eux comme du bétail. Nous faisions de fréquentes expéditions partout, y compris dans ces régions, pour espionner les mécas en train de se livrer à je ne sais quelles opérations étranges. Nous…***

« Hé ! Tu viens de l'Époque Arcologique ? »

L'aura aspectuelle d'Isaac se fit bougonne.

> ***Euh… pas tout à fait, mais l'un de mes Visages gigognes a passé son enfance au Chandelier de Wesouqk, qui faisait partie des derniers grands. Et j'en ai observé un, une fois, au***

télescope, alors qu'il était encore habité, disait-on. Malheureusement, j'ai passé toute ma vie dans un refuge planétaire, mais cela n'empêche pas que…

« C'est ce que tu as appelé un jour l'Accommodement, n'est-ce pas ? »

Euh… oui. Une stratégie pour le moins malheureuse. Cependant, mes racines culturelles…

D'un recoin éloigné de Toby surgit un Visage auquel il faisait rarement appel. Il était d'un bon techniveau, mais ne savait pas grand-chose en dehors de ça. Joe était lent et inhibé, il représentait une infime fraction d'Aspect, mais il cracha avec amertume :

1. Vous êtes de fichus traîtres qui nous ont arnaqués.
2. Marcher avec les mécas, c'est vraiment malin.
3. Ils ont écrabouillé vos précieux Chandeliers dès qu'ils ont réussi à vous faire descendre sur une planète.
4. Vous ont pris pour des poires !

« C'est à peu près ce que nous dit l'histoire, également, intervint timidement Toby. Ce qu'il nous faut, ce sont des gens qui ont réellement connu les Chandeliers. »

Il souleva le couvercle numérique d'un Aspect qu'il utilisait rarement, Zénobie. Mais elle était si morcelée et si fripée que le seul fait d'écouter sa voix chevrotante et entrecoupée était pénible.

Je déplore… dilapidation éhontée… de notre héritage des Chandeliers… par votre génération… Nous ne souhaitions aucun « accommodement »… Aucune équité… possible avec les mécas… Nous possédions la clé pour… les soumettre… leur arracher… leurs programmes logiques… les plus profonds… Ils ont dispersé… notre savoir… Même alors… Nous ne pouvions plus… déverrouiller les Cryptographes… les Doles Magiques… laissées par les premiers humains… qui, jadis, s'aventuraient… même ici… au Centre Véritable… et les saisissaient à pleines mains…

La voix craquetante s'éteignit, laissant dans l'esprit de Toby un curieux vide de silence. Les phrases heurtées de Zénobie étaient lourdes de significations non exprimées… Tristesse, désespoir, nostalgie d'anciennes gloires démantelées qui ne signifiaient aujourd'hui plus rien. Au bout d'un long moment, Joe reprit :

1. Tu vois ce que tu as perdu, Isaac ?
2. Par " accommodement ", tu veux dire : " braderie ".

Pour Toby, toute idée de compromis avec les mécas ne pouvait être qu'une stupidité à se taper la tête contre un mur. La génération d'Isaac n'avait échappé aux conséquences que par pure chance.

À l'instant où cette pensée se forma en lui, Isaac s'insurgea.

Ce n'était pas de la chance ! Nous avons assisté à la Débandade. C'était une stratégie parfaitement rationnelle que d'investir dans les colonies humaines sur les nombreux mondes de la région du Centre Véritable et de former des Familles capables de faire montre d'une vigueur hybride dans leur pensée intellectuelle, leurs normes sociales et leurs armements. C'était toute notre force en tant qu'espèce !

Toby savait à quel point les LaTour, par exemple, différaient des LeCavalier, et pas seulement en ce qui concernait les bonnes manières à table. Mais ce qu'entendait Isaac par *vigueur hybride* lui échappait. Encore une vieille idée desséchée, abandonnée comme un excédent de bagage inutile par la Famille LeFou depuis bien avant sa naissance.

1. Vois comment ça s'est terminé.
2. Les mécas vous ont eus, de toute manière.

Isaac riposta aussitôt.

Les Chandeliers étaient devenus intenables ! De grosses cibles flottant dans des espaces de particules à hautes énergies et de vide poussé, l'habitat naturel des mécas !

Un bourdonnement sourd et râpeux écrasa presque la réponse de Zénobie.

Nous nous sommes défendus… tant que nous l'avons pu… en dévectorisant les Mandats mécas… en énucléant leurs intertraces… mais vous avez tout perdu…

De nouveau, la voix mélancolique fit régner le silence dans son esprit durant un long moment. Finalement, Isaac revint à la charge sur un ton pleurnichard.

Nous avons voulu faire l'expérience, c'est vrai, et cela s'est soldé par un échec. Le Chandelier de Wesouqk, je l'ai vu brû-

ler comme un nid de frelons au milieu du ciel ! Imaginez ma tristesse. Au moins, nous avions abrité nos semblables sous la couverture réconfortante de l'air et de la pesanteur.

La réponse de Zénobie arriva avec lenteur.

Un pari valable… Mais que de pertes !

Isaac semblait avoir repris de l'assurance, bien que sa voix fût creuse dans l'oreille interne de Toby.

Au moins, j'aurai connu nos jours de gloire…

Avec une énergie faiblissante, Zénobie protesta :

Espèce de charlatan… Tu n'as connu aucune gloire… Ils sont venus bien avant… même avant moi… La grandeur… Des réalisations que tu ne peux même pas imaginer… Vil charlatan…

Refroidi, Isaac essaya de se défendre.

Je regrette que les mécas aient anéanti notre noble Débandade. Même toi, mon pauvre Joe, tu dois te rendre compte que nous avons été obligés de dépouiller les mondes de la Débandade de plus d'un souvenir culturel afin de rendre l'expérience viable. Et vous en avez profité, en y gagnant de nouvelles manières de conquérir des mondes et de freiner les mécas. Pour un temps, tout au moins.

Joe s'agita, furieux, mais se contenta de répliquer :

1. Pas facile, là-bas, tu peux me croire.
2. Pour sûr, j'aurais préféré vivre dans une grande cité-du-ciel.

Isaac répliqua aussitôt :

Je n'ai pas à répondre à d'aussi vagues élucubrations.

Toby se sentit irrité par les manières hautaines d'Isaac. *Petit esprit de pacotille !*

« Si tu es si fort, comment ça se fait que tu n'es aujourd'hui qu'un simple Aspect ? »

Je possédais suffisamment de talents intellectuels, dans la compilation et l'intégration du savoir, pour avoir été préservé. Quel sera ton destin, à ton avis, petit ?

Il y avait un véritable dépit rageur dans cette réplique. Toby dut faire un effort sur lui-même pour se rappeler qu'Isaac et les autres Aspects n'étaient que des réductions de personnes, des miniatures, et non des livres que l'on pouvait ouvrir à loisir pour les feuilleter, puis les laisser tomber. Pour que leurs esprits fonctionnent, il leur fallait avoir les multiples facettes d'un intellect équilibré. Sinon, ils pouvaient devenir fous. Il ne devait donc pas s'attendre à les voir encaisser des insultes sans réagir.

« Désolé », dit-il à Isaac.

Il fut surpris, à ce moment-là, de sentir une présence bourgeonnante qui déplaçait l'Aspect. C'était une sensation de gonflement, d'émergence, qui s'emparait de tout son être, lui donnait la chair de poule et durcissait son cuir chevelu. L'Aspect Isaac glapit, mais se fit tout petit et battit en retraite dans sa cellule mentale. C'était la première fois que la Personnalité Shibo se manifestait pleinement en lui de cette manière. Toute son essence occupait son esprit, insistante et puissante. Pas un mot ne fut prononcé, mais les souvenirs affluèrent.

— Le passé remonta comme des heures poussiéreuses évoquées en dehors du temps. Des rues qu'elle n'avait jamais connues surgirent, noires et fumantes. Les réfugiés fuyant les mécas s'étaient déversés le long des murs, dans des impasses implacables et des ruines abandonnées. Dans ces lieux sordides, des ombres légères, filiformes, s'étaient avancées, les épaules hautes, toujours armées, le visage gris, les yeux enfoncés, alternativement hagards et circonspects. Les vieux murs de pierre de la Citadelle de sa Famille béaient et basculaient dans ses souvenirs, intouchés par les vents érosifs. Les obélisques et les croix de marbre marquaient les petites métropoles des morts. La terre était bourrée des objets du labeur des faiseurs de cercueils, jusqu'à ce que l'abondance et l'urgence leur ôtent même ce raffinement consistant à déposer dans un sol toujours plus sec les loques déjà pourrissantes et les os brisés des morts. Sous des lampadaires à l'éclat bleu, elle avait erré, petite fille, dans le sillage des processions funèbres, toujours à l'aube selon la coutume ancestrale. Les pierres restituaient la fraîcheur de la nuit dans ses pieds nus, sensation de plus en plus plaisante à mesure que la chaleur du jour lui fouettait le visage et les bras, associée à l'aube déjà corrosive. Le cortège avançait lentement, solennellement. Il passait devant des entrepôts en tôle ondulée, dans des jardins sablonneux commémoratifs, à travers des garennes de potagers soigneusement irrigués, avec des rougepoches, des grains de bruyère, des larmes-pendre. Les machines fonctionnaient jour et nuit pour fabriquer des armes. Elles toussaient au loin comme des animaux géants. Il y avait de hautes cheminées fumantes, avec des plantes grimpantes qui s'enroulaient autour d'elles et des fleurs jaunes pleines d'espoir. Les immeubles s'affaissaient, les fenêtres étaient des orbites sans yeux. La Citadelle était en ruine, elle glissait doucement dans la calamité de l'abandon. Des vagabonds venus des plaines étaient assis là, muets, le regard vide, leur profil décharné inscrit dans le ciel effiloché du petit matin, leur détermination perdue dans leurs yeux fuyants. Une folie bâtarde et défaitiste les avait infectés, mais ils souriaient en voyant ses sautille-pas. Ils dormaient avec leurs bottes depuis deux générations autour de feux furtifs, et ils continuaient, aux jours de rapines et de poursuites, à dérouler leur existence derrière une rapacité massive. —

Toby chancela sous l'intensité, l'émotion touchante adressée à des gens et à des endroits qu'il n'avait jamais vus. Puis la voix étonnamment tranquille de Shibo se cristallisa.

Tu n'as pas fait appel à moi ces derniers temps.

« Tu… Tu sais ce que c'est. J'ai été très occupé. »

Je doute que ce soit la vraie raison.

Elle ne se trompait pas, naturellement. Ce petit jeu était nouveau pour Toby, et il n'était pas capable de dissimuler beaucoup face à une présence aussi forte. C'était presque comme si elle vivait de nouveau et qu'il soit en train d'essayer de voir à travers elle, à travers le regard sceptique de ses yeux noirs qui ne se détournaient jamais les premiers. Mais elle le voyait, elle, de l'intérieur.

À travers les partitions molles et artificielles de son esprit, il laissait échapper ses sentiments.

« Ça n'a pas été facile pour moi, ces derniers temps. »

Ton père.

Ce n'était pas une question.

« Il fait… euh… Je suis sûr qu'il fait ce qu'il y a de mieux dans l'intérêt de tout le monde. »

Et toi ?

« Il est vraiment surmené et tout ça. Il paraît têtu, comme ça, mais… »

Les mots ne lui venaient plus. Il se rendait compte qu'il ne pouvait pas donner le change à un Aspect, et encore moins à une Personnalité, surtout lorsqu'il s'agissait de questions affectives.

Il ne t'est pas venu à l'esprit qu'il savait que les autres et toi, le groupe du feu de camp, vous alliez venir le trouver ? Qu'il y aurait des contestations ? Après tout, le vaisseau est truffé de caméras de surveillance.

« Hum… Je suppose, oui. »

C'est juste à ce moment-là qu'il a fait entrer l'**Argo** ***dans le courant galactique. En sachant que l'Esprit Magnétique allait très certainement se manifester de nouveau, pour transmettre un message.***

« Tu crois vraiment qu'il avait préparé tout ça ? »

J'aime encore ton père. Mais il a changé. Il a appris à la dure les ficelles quelquefois cyniques du commandement.

Toby n'avait pas encore saisi la manière de voir bien au-delà des événements. Ceux-ci semblaient chaque fois se précipiter sur lui au dernier moment, avec une rapidité et une férocité implacables. Il ne concevait pas qu'on puisse être calculateur à un tel degré. D'un autre côté, les adultes avaient des comportements plus qu'étranges.

« Tu crois qu'il savait aussi ce que l'Esprit Magnétique allait nous dire ? »

Ça, j'en doute. Il a paru aussi surpris que les autres.

« Tout s'arrange pour lui en ce moment, j'ai l'impression. »

Toby se tenait à l'arrière de la Passerelle, chuchotant d'une manière inaudible pour son entourage, mais suffisante pour un Aspect. Il regarda Killeen, qui évoluait avec une assurance tranquille parmi ses officiers. Depuis qu'ils s'étaient engouffrés dans le courant, son front n'était plus plissé et son regard n'était plus hanté par les incertitudes.

Les autres semblaient loin de partager sa sérénité. Ses lieutenants étaient nerveux et troublés. Ils transpiraient, et ce n'était pas seulement à cause de la température de la coque. Même le gaz bleu était incapable de filtrer toutes les radiations du disque. Le système de ventilation peinait, soufflant un air tiède. Des tensions impalpables pesaient sur l'atmosphère habituellement feutrée de la Passerelle, ponctuées par les *ping* feutrés des ordinateurs requérant l'attention des officiers.

« Ainsi, il était prêt à recevoir notre petite troupe de manifestants, d'après toi ? »

Il désigna son père d'un mouvement de menton où transparaissait malgré lui un nouveau respect.

Les fonctions de Cap'taine ne se limitent pas à donner des ordres.

« Ouidire, mais un Cap'taine n'a pas le droit de se tromper. »

Maintenant, il a toute l'autorité qu'il voulait.

« Et elle lui vient directement d'Abraham. »

Toby se souvenait de son grand-père comme d'un homme de haute taille, au visage gris et osseux, au regard intense, même quand il sommeillait devant la cheminée. Cette intensité latente éclatait brusquement au moment de l'action. Et la fixité de son regard explosait souvent en un large sourire quand il apercevait Toby. Celui-ci se trouvait soudain soulevé dans les airs tandis que les bras puissants du géant le faisaient voler au-dessus des meubles, dans les corridors, et quelquefois sur le pont, où Abraham le faisait planer comme s'il allait le lâcher par-dessus la balustrade. Toby poussait des cris aigus en voyant le sol se dérober. Il avait l'impression de voler vraiment, libéré de toute pesanteur et de tout souci. C'était si loin, tout ça. Il se mordit la lèvre en se remémorant ces instants déjà estompés dans sa mémoire.

« Abraham, murmura-t-il. C'est du moins ce que prétend cette créature magnétique. »

Tu n'y crois pas.

« Et pourquoi y croirais-je ? Il faudrait être simple d'esprit. »

Il y a pourtant d'étranges vecteurs à l'œuvre dans ces régions.

« Écoute, Abraham a disparu durant la Calamité, lorsque la Citadelle LeFou est tombée. C'était il y a très longtemps, et très loin d'ici. »

Précisément.

« Ça veut dire quoi, ça ? »

Comment une créature qui n'est même pas faite de matière et qui réside si loin pourrait-elle connaître son nom ?

Cela fit hésiter momentanément Toby.

« D'accord. Je n'en sais rien. Mais les mécas gardent des traces de tout ce qui se passe. Ils ont peut-être informé cet Esprit Magnétique. »

Il ne semble pas être en très bons termes avec eux.

« Qui peut savoir, au milieu de toute cette folie ? »

Je m'interroge parfois sur les rapports qui peuvent exister entre toutes ces entités. Tu te souviens de la Mante ?

« Pour sûr. »

Rien que d'y penser, cela lui faisait froid dans le dos. La Mante avait pourchassé la Famille LeFou pour la moissonner, tuant les corps et vidant les personnes de telle sorte que la Famille ne pouvait même plus récupérer les puces-mémoires. Ces sûrtués, la Mante les façonnait en grotesques contorsions auxquelles elle donnait le nom d'*œuvres d'art*. Elle les avait montrées à Killeen et à Toby avec quelque chose qui ressemblait à s'y méprendre à de la fierté.

La Mante avait très peur de l'Esprit Magnétique. Elle lui a peut-être cédé les connaissances qu'elle avait de nous, de nos coutumes et de nos personnes.

Il sentait la présence de Shibo comme si elle était assise à côté de lui, les jambes croisées, parfaitement détendue, mais prête à se dresser d'un bond en un instant.

« Je… Je préfère ne pas y penser pour le moment », fit-il.

Les souvenirs de cette sorte peuvent nous paralyser, mon cher Toby, mais il vaut mieux y faire face.

« Une autre fois, peut-être, hein ? »

Il la sentit changer de position, rajuster les pressions. Il soupira de soulagement, et se sentit un peu mieux.

Il est intéressant de noter que ton père a maintenant tout l'équipage derrière lui, prêt à accomplir ce qu'il a toujours dit qu'il voulait faire : mettre le cap sur le Centre Véritable, et trouver le lieu miraculeux dont parlent les anciens textes.

Toby haussa les épaules.

« C'est peut-être en cela que consiste l'art d'un Cap'taine. Manipuler les événements jusqu'à ce qu'ils soient à son goût. »

Il avait laissé errer son regard au loin et ne s'était pas aperçu que Killeen s'était approché de lui.

« Que disais-tu ? » lui demanda son père d'un ton vif.

Il était extrêmement impoli de faire intrusion dans une conversation avec un Aspect, et encore plus avec une Personnalité, qui pouvait capter toute votre attention. Toby déglutit.

« Je… J'étais juste en train de…

« J'ai lu sur tes lèvres le mot *Cap'taine*. C'est quoi que tu ne peux pas me dire en face ?

« Juste du bavardage, c'est tout. »

Killeen s'humecta les lèvres, hésita, puis plongea.

« C'était Shibo, hein ?

« Euh… ouidire, mais…

« Je veux juste lui dire une chose. Qu'elle l'entende de mes lèvres. »

Killeen regarda Toby dans le fond des yeux, comme s'il apercevait l'intelligence compacte tapie là.

« P'pa, je ne crois pas que…

« Shibo, on va avoir besoin de tes talents et de ton jugement dans pas longtemps. J'ai suivi mon instinct en venant ici, et je sens qu'il va se passer quelque chose d'important.

« Écoute, p'pa, ce n'est pas…

« Tu te souviens, quand on discutait, toi et moi, pour savoir quelle était la meilleure décision à prendre ? Ça me manque. Ça me manque énormément. Je sais que je ne retrouverai plus jamais ça, mais si tu as une idée, une intuition sur ce qu'il faudrait que je fasse, fais-le-moi savoir, veux-tu ? (Le regard de Killeen était devenu suppliant. Il battit vigoureusement des paupières, pour balayer ses larmes.) Par l'intermédiaire de Toby, d'accord ? Je comprendrai. Je te le promets.

« P'pa… Tu sais bien que… »

Des sensations surgirent en lui, comme d'étranges courants rapides d'excitation et de désir, des murmures rauques, des odeurs étagées dans l'air, de sombres incitations, des souvenirs fugaces de peaux en contact, satinées, lustrées de transpiration…

Il eut un mouvement de recul, chancelant. Puis une main lui tapota l'épaule. Killeen prit une longue inspiration pour lui dire :

« Merci, mon fils. J'en avais besoin. Un tout petit moment avec elle, c'est suffisant. »

Avant que Toby ne puisse lui faire part de sa désapprobation, Killeen fit un pas en arrière, salua, fit volte-face et s'éloigna de sa démarche vive de Cap'taine. Toby se sentait irrité, comme quelqu'un dont on s'est servi. Il avait un goût de bile amère dans la bouche. *Le salaud !* Mais, en même temps, il comprenait l'angoisse de son père, le tourbillon qu'il ne pouvait pas se permettre de laisser monter à la surface.

Il serait préférable d'oublier ça.

« Ouidire. Mais la sagesse, c'est pas tellement mon fort. »

Tu ressembles beaucoup à ton père.

Un faible rire cristallin résonna dans sa tête. Une Personnalité était capable, comme il le voyait, de prendre une certaine distance abstraite par rapport au monde bouillonnant, et d'en tirer un certain amusement. Une sorte d'humour qui lui était généralement invisible.

Il y a un vieil adage dans la Famille LeCavalier, consacré par le temps. Certains pensent qu'il vient de la Vieille Terre. Nous disons toujours que la vie est une tragédie pour ceux qui ressentent, et une comédie pour ceux qui pensent.

« Pas bête. Ça signifie peut-être simplement qu'il ne faut pas trop regarder par-dessus notre épaule, pour voir ce qui est en train de nous rattraper. »

Ce n'est pas un mauvais principe non plus.

Toby s'adossa à une paroi d'acier en soupirant. Shibo trônait dans son esprit, son intelligence sereine triant ce qu'il voyait d'une main fine et patiente.

Je me demande qui — ou quoi — d'autre tient à nous faire venir ici.

« Qui que ce soit, je ne vois pas comment on peut croire que nous pourrions survivre dans un endroit pareil. Quath, à la rigueur, mais certainement pas des humains. Et ces inscriptions anciennes, à quoi est-ce qu'elles faisaient allusion ? Quelque chose de miraculeux, pour sûr… (Il balaya du bras les affichages.) Mais quelque chose de mort. »

Les écrans grésillèrent sous le rayonnement virulent. Le disque de matière tournoyante se rapprochait encore, révélant de fins tourbillons de couleurs et de violence rougeoyante. À présent, l'étoile dont ils suivaient la transformation depuis plusieurs jours n'était plus un ovoïde déformé et flamboyant, mais avait explosé en gouttes de feu tumultueuses voracement aspirées vers le bord extérieur du disque. C'était comme un soleil tordu et torturé qui se couchait à l'horizon lointain sur un paysage enflammé.

« Ça ressemble à un abîme de feu », dit-il.

L'estomac serré, Toby songea qu'ils étaient totalement étrangers à ces régions. Les Familles étaient toutes nomades, finalement. Seules les machines pouvaient vivre dans cette gigantesque usine-fournaise. Si les Familles avaient pu arriver jusqu'ici, c'était uniquement grâce à l'*Argo*, une autre machine fabriquée à la grande époque de l'antiquité humaine. Les engins comme l'*Argo* étaient des extensions naturelles de la main de l'homme, mais les mécas étaient un cancer. Leur habitat ne se situait pas sur les planètes. Qu'ils se contentent du froid de l'espace et du feu de la matière en fusion. Mais ici, qu'est-ce qui pouvait bien intéresser les humains ?

Nous avons peut-être une vision trop étroite des choses.

« Et ça veut dire quoi, ça ? »

Regarde ces filets verts.

L'*Argo* continuait de plonger vers le disque. Ils apercevaient à présent le profil du bord extérieur. De lourdes gouttes d'un rouge féroce se détachaient du plan bouillonnant où l'étoile fraîchement dévorée progressait laborieusement vers l'intérieur. Les plus gros morceaux étaient mâchés à mesure qu'ils tourbillonnaient dans les courants.

« Et alors ? On dirait un rat qu'un serpent est en train de digérer. »

C'est exact. Le spectacle n'est pas très beau, même pour un serpent, j'imagine.

« Ah ! Je vois. Les filets verts au-dessus de la surface plane, c'est ça ? »

Il distinguait maintenant les filaments de jade enchevêtrés au-dessus de l'endroit où l'étoile se faisait dévorer. Ils ressemblaient à des roseaux courbés sur l'eau d'un marais, agités par la brise.

« Ça clignote, tu vois ? fit-il en désignant les fibres bleu-vert parsemées de striures jaunes. On dirait presque de la lumière gelée. »

Nous faisons peut-être une erreur en supposant que rien ne peut vivre ici.

« Hum… Des éclairs vivants ? »

Les officiers de Passerelle avaient également remarqué les filaments. Certains manipulaient en hâte leurs instruments ou braquaient des capteurs sur eux. Des nœuds et des vrilles grimpaient furieusement le long des lignes vertes lumineuses.

« Ce truc qui se détache de l'étoile… On dirait qu'il englue les fils », déclara Toby.

Jocelyn avait réussi à braquer les antennes de l'*Argo* sur les filaments malgré les turbulences de plasma qui secouaient le vaisseau. Les haut-parleurs de la Passerelle crépitaient et crachotaient sous le rayonnement intense du disque. Puis une étrange et lugubre série de plaintes aiguës perça l'épaisse barrière de parasites.

« C'était quoi, ce bruit horrible ? » demanda Jocelyn.

La bouche de Killeen se tordit devant le concert de stridences. Chaque voix s'élevait momentanément au-dessus des autres, se modulait en une note grinçante, puis retombait au niveau d'une lamentation sinistre.

« Peut-être que l'Esprit Magnétique n'est pas la seule chose capable de vivre de l'électricité, dit-il.

« Le bruit n'est pas produit par tous, fit remarquer Toby. Vous ne voyez pas ? »

Jocelyn hocha la tête.

« C'est seulement ceux qui sont reliés aux gros trucs brillants qui font ça. »

L'Aspect Isaac frétilla pour attirer l'attention de Toby. Il le laissa émerger.

> ***Ces choses appartiennent à l'histoire ancienne. J'en avais déjà entendu parler quand j'étais enfant. En conférant avec Zénobie, je crois que j'en perçois l'essence. Il s'agit d'une forme de vie primitive composée de vortex magnétiques contenant des bribes de matière superchaude. Très primitive. Ces êtres se nourrissent des protubérances et des panaches qui surgissent à la surface du disque, comme d'appétissantes fleurs des champs au printemps.***

« J'ai pas tellement l'impression qu'ils apprécient leur repas », fit Toby avec sarcasme.

> ***La soudaine intrusion de cette masse stellaire a provoqué un effet de marée. Ils sont happés vers l'intérieur du disque, où ils meurent.***

« Et l'Esprit Magnétique, pourquoi est-ce qu'il ne meurt pas, lui ? »

> ***Il est beaucoup plus vaste et complexe que ces simples fibres primitives, à ce que disent les historiens. Personnellement, je***

ne sais pas grand-chose sur l'Esprit. Il est immense, très vieux, et ne livre ses secrets que par nécessité. Les humains, avant l'Ère des Chandeliers, avaient essayé d'en découvrir des facettes, et ils se sont fait roussir le cuir pour leur peine.

Toby fit la grimace. Les cris et les gémissements étaient étrangement prenants, comme si chaque voix ténue avait son moment pour lancer une complainte au-delà de toute compréhension avant de se perdre dans le bruit de fond intermittent des surgissements du disque de plasma gonflé de la masse stellaire qu'il digérait, attirant les délicats filaments de jade pour les engloutir dans son flamboiement. Ils vivaient trop près du bord de la grande férocité, et ils payaient maintenant le prix de cette proximité. Ils luttaient avec l'énergie du désespoir contre les éclaboussures brûlantes, remportant parfois de courtes victoires éphémères, mais ils finissaient toujours par se faire engloutir dans un oubli aveuglant tandis que la masse déchiquetée de l'étoile plongeait dans les profondeurs du disque, semant la panique parmi les êtres fragiles et filamenteux.

Toby les regardait mourir au loin et se sentait, malgré les gouffres qui le séparaient des fibres plaintives, étrangement solidaire d'elles. Il ne pourrait jamais y avoir d'affinités entre les humains et ces formes de vie, qui vivaient dans des univers séparés, mais elles étaient prises, au même titre que les humains, dans les filets de la vie et du temps, prisonnières des mêmes splendeurs et des mêmes forces. Situées en dehors de la matière, dotées d'extensions sensorielles que les humains ne pourraient jamais comprendre, elles partageaient cependant avec eux cette dignité voilée qui consistait à n'être jamais complètes et à émerger éternellement, héritage commun aux êtres finis qui se posaient continuellement des questions.

Le reste de la Passerelle, pendant ce temps, contemplait un spectacle situé au-delà des taches de couleur du disque. À présent visible et venant dans leur direction se dessinait l'hexagone formé par les vaisseaux des Myriapodes. De nouveau, ils maintenaient en leur centre le cerceau d'ivoire miroitant, cette arme plus grande que plusieurs planètes réunies.

« Que se passe-t-il ? demanda Killeen. Où est Quath ? »

Jocelyn murmura :

« Même cette corde cosmique paraît petite ici. »

Les vaisseaux des Myriapodes se rapprochaient dangereusement de l'*Argo*. Ils accélérèrent le long des lignes de champ magnétique, pentes invisibles de plus en plus abruptes qui les précipitaient vers le bord intérieur du disque d'accrétion flamboyant.

Droit dans la gueule de l'enfer. L'air était saturé de chaleur sèche et craquante. Toby déglutit tout en se demandant s'il serait encore en vie le lendemain.

7
Le goût du vide

Telles que Toby devait les entendre raconter plus tard, les heures qui suivirent sur la Passerelle furent électrisantes. Il ne fut pas là pour tout voir, cependant. À bord d'un vaisseau, les corvées doivent être accomplies en leur temps. Sans exception. Même un combat n'est pas une excuse pour que tout l'équipage reste béat devant les écrans.

Sa corvée, aujourd'hui, consistait à ensemencer l'un des agrodômes. L'équipe de cinq personnes transpirait sous la violence bleu-blanc du ciel au-dessus du dôme, flamboyant en raison de la proximité du Mangeur de Toutes Choses. Il fallait qu'ils préservent tant bien que mal la biodiversité complexe du dôme. Les plantes qui s'étaient flétries sous l'effet des radiations devaient être remplacées, et les nouvelles devaient être arrosées, nourries et protégées. C'était un travail pénible et salissant.

Mais cela représentait un soulagement aussi, en quelque sorte, après les tensions qui régnaient sur la Passerelle. Utiliser ses muscles était parfois plus facile que de se servir de son cerveau trop sollicité.

Il sentit le vaisseau trépider sous ses pieds tandis qu'il creusait, fouaillait et transportait. Quelque chose était en train de se passer.

Plus tard, il apprit que c'étaient d'autres mécas qui arrivaient. Sur les écrans de la Passerelle, ils apparaissaient comme des images intermittentes, à la limite des capacités de détection de l'*Argo*. Les premiers vaisseaux mécas étaient rudimentaires comparés à ceux-ci. Cela se comprenait. C'étaient des mécatechs de premier ordre qui avaient chassé l'humanité de l'espace. Il s'agissait probablement de ce type d'engins. Ils avaient pour eux la taille, étonnamment réduite, la rapidité et la discrétion. Ils avaient plongé dans le courant galactique à la suite de l'*Argo*, et s'étaient dispersés. Les capteurs de bord n'y avaient vu que du feu.

Ils attaquèrent sous plusieurs angles à la fois, selon des stratégies dont Killeen et les autres n'avaient même pas idée. Toby n'entendit qu'un bref crépitement dans son sensorium, suivi d'un *whouf* puissant. Le dôme au-dessus de sa tête disparut.

L'atmosphère s'échappa avec un sifflement hurlant. Toby ouvrit la bouche pour happer un peu d'air, mais en vain. Il fut soulevé du sol par un tourbillon qui emportait en même temps la terre et toutes sortes de débris.

Le tourbillon se calma un peu. Écartant les bras, il réussit à se tourner de manière à avoir le visage orienté vers le haut. Il y avait un gros trou dans la coupole juste sous son nez. Il agrippa au passage une poutrelle brisée et réussit à s'y maintenir.

Je suis mort, formula-t-il mentalement avec clarté. Déjà, ses poumons brûlaient, avides d'oxygène.

Il sentit une piqûre douloureuse à la jambe. Un éclat acéré s'y était fiché, propulsé par le courant d'air sifflant. Il se balança d'un bras à la poutrelle et en saisit une autre.

Des cris affolés résonnaient à son oreille, sur le système comm, mais il n'avait pas le temps d'écouter.

Ses oreilles pulsaient de douleur. Puis le silence se fit. Il n'y avait plus d'air.

Il se lança en direction du bas. Il y avait un sas automatique à l'entrée, et il s'était déjà fermé. Cela évitait que le vaisseau entier ne se vide de son air à cause d'une seule fuite.

Mais le sas était loin, et déjà des taches mauves dansaient au coin de ses yeux. Elles formaient des motifs à la fois déments et attirants, et il perdit du temps à essayer de deviner ce qu'ils voulaient dire. Le sol, en bas, ne semblait pas se rapprocher, et ses bras tendus devant lui battaient sans succès, comme des draps qui sèchent sous une brise chaude.

Dans sa bouche, il y avait un goût métallique et sec. Le goût du vide.

Les taches mauves peuplaient maintenant sa vision. Puis il y eut une traînée jaune fulgurante.

Un éclair. Qui jouait dans le dôme. Qui léchait les corps comme pour en goûter la saveur.

Il esquiva la mince traînée de feu. Elle le rata et alla roussir la cloison un peu plus loin.

Ses tympans battaient comme s'ils allaient exploser. Il luttait pour garder la gorge fermée. Ses poumons brûlaient. Le sol, en fait, se rapprochait, très vite, et le heurta en pleine figure. Ses poumons se convulsèrent, mais il refusait toujours d'ouvrir la bouche et de laisser ses dernières bulles d'air s'échapper dans le vide.

Titubant, rampant, trébuchant sans cesse, il réussit à progresser sur ce qu'il restait du sol. Des filets de vapeur montaient formant un brouillard gris.

Ses oreilles battaient, lui martelaient la tête. Dans ses sinus fourmillaient des aiguilles de douleur.

Le rectangle du sas ondoyait. Difficile de le garder dans sa ligne de mire. Il fallait pencher la tête pour qu'il soit droit tandis que ses jambes avançaient obliquement toutes seules. Les bras en avant. Ses mains trouvèrent la porte, puis enfoncèrent le rectangle rouge. Le diaphragme d'entrée d'urgence se déploya. Il plongea dans le sas.

Le premier bruit qu'il entendit fut un murmure, suivi du rugissement de la pression qui se rétablissait. Ses tympans claquèrent. Ce n'est qu'à ce moment-là qu'il songea aux autres occupants du dôme.

Lorsqu'il retrouva suffisamment ses esprits, il était trop tard. Les quatre autres n'avaient pas réussi à atteindre le sas.

Deux étaient passés à travers le trou du dôme, perdus à jamais. L'éclair jaune s'était occupé des deux autres.

Personne ne savait si cet éclair était une arme méca ou quelque chose de naturel. Malgré les dommages subis par leur électrocouplage, les techniciens de l'*Argo* réussirent à enregistrer les deux personnalités avec suffisamment de détails pour les incorporer par la suite à des biopuces.

Piètre consolation, se dit Toby, qui se sentait coupable de n'avoir pas pensé à ses quatre compagnons, de n'avoir rien fait pour leur venir en aide.

Mais il n'avait pas le temps de culpabiliser. Cermo l'affecta d'autorité à une équipe chargée de réparer le dôme avec des pièces autocollantes, afin que l'atmosphère soit rétablie partout lors de la prochaine attaque.

Mais il n'y en eut pas. Les mécas avaient essuyé des pertes sévères de la part des défenses automatiques de l'*Argo*. C'était un vieux vaisseau, mais encore agile et capable de mordre.

Les gens fêtèrent cela comme une victoire. Toby se demanda si les mécas avaient décidé d'abandonner la poursuite, peut-être parce qu'ils allaient pénétrer dans un territoire trop dangereux et que le Mangeur finirait la besogne à leur place.

Cette pensée lui créa une sensation de vide à l'estomac, comme s'il se lançait, du bord d'un gouffre au goût métallique, directement dans le vide.

8
Le moment de déhiscence

« Quel est ton plat préféré ? demanda Besen.

« Hein ? Oh ! Celui qui est devant moi. »

Il s'aperçut qu'il était en train d'enfourner du chou-fleur avec du fromage fondu par-dessus. Ce n'était pas son plat préféré, mais il n'avait pas fait attention au goût, de toute manière.

« Tu fais un fameux gourmet, lui dit Besen en fronçant le nez.

« Écoute, je ne cherche pas à avoir bon goût, je veux juste que le goût des aliments me plaise. »

Il finit son chou-fleur et chercha du regard ce qu'il y avait d'autre. Le plus intéressant, quand on prenait ses repas en commun, c'était qu'il y avait toujours du rab que l'on faisait passer à la fin. Celui qui terminait avant les autres en avait toujours, et Toby n'était jamais rassasié. Même quand il savait qu'il plongeait vers un énorme disque de feu chauffé à blanc, il répondait toujours aux gargouillements de son estomac.

« Tu n'as pas l'air de t'en faire, toi », lui dit Besen.

Il la dévisagea gravement. Les morts de tout à l'heure avaient reçu un dernier hommage de tous les occupants du vaisseau. À présent, par nécessité, la vie reprenait son cours. Les équipes de réparation étaient à l'œuvre, tout le monde s'activait. Besen n'était pas du genre à se laisser aller, mais il connaissait bien cette manière qu'elle avait de crisper les coins de la bouche et de pencher la tête.

« Inutile de t'en faire, lui dit-il en lui prenant la main pour exercer une douce pression sur elle. Il y a de plus grosses têtes que nous qui travaillent à résoudre le problème. »

Elle se mordilla nerveusement la lèvre. Il se pencha sur la table pour déposer un baiser léger sur son front.

« Mmmm, fit-elle sans cesser de mâcher.

« On va s'en sortir. Je le sens. C'est mon petit doigt qui me le dit. »

Il n'éprouvait rien de pareil, mais il fallait bien lui remonter le moral.

« Tu crois vraiment ?

« Mais bien sûr ! Euh… tu pourrais me passer les patates ?

« Quel animal tu es ! Face à la mort, tu ne cherches qu'à manger !

« Ça me semble être la seule chose intelligente à faire.

« J'ai l'estomac serré. Plus rien ne passe. »

Elle saisit un mange-tout entre ses baguettes, le porta à sa bouche, en mordit un morceau, puis le reposa dans son assiette.

« Peut-être que tu as besoin d'un autre type de distraction pour te changer les idées, lui dit-il sans laisser paraître aucune expression sur son visage.

« Un autre type de… Oh ! Sale bête !

« On dit que c'est excellent pour la circulation.

« D'abord la bouffe, et ensuite… Pas question ! Je n'irai pas au plumard avec toi alors qu'on est en train de foncer dans la gueule de…

« Inutile d'en faire tout un plat.

« C'est que… ça me paraît tout à fait déplacé. »

Il fit mine de réfléchir gravement à la question, sans oublier de froncer les sourcils.

« Hum… Quelle meilleure manière de montrer sa confiance en l'avenir ? C'est ça, la signification profonde de cet acte, après tout. »

Elle renifla bruyamment.

« Je croyais qu'il s'agissait plutôt d'amour.

« Il y a ça aussi, bien sûr. Mais à l'heure où nous sommes tous candidats pour le boulevard des allongés — mais je me demande qui va s'en occuper, alors que nous n'avons même pas de terre pour faire un cimetière —, le plus vieux rituel de l'humanité prend la signification d'un acte de foi. De foi en l'avenir.

« Alors, pour toi, le sexe est un acte de foi, maintenant ? demanda-t-elle avec un commencement de sourire, ce que recherchait Toby depuis le début. Tu as une drôle de religion, ajouta-t-elle.

« Je la pratique sur l'autel de mon choix, dit-il de manière théâtrale.

« Et qu'est-ce que c'est que cette histoire de plus vieux rituel de l'humanité ? J'en connais de plus toniques que ça. »

Toby consulta Isaac en un clin d'œil. C'était une mine inépuisable d'anciennes expressions.

« On appelait ça, dans le temps, la bête à deux dos, murmura-t-il. Ça semble te donner en partie raison. »

Elle lui fit un sourire d'abord pervers, puis timide.

« Tu voulais seulement me tirer de ma mélancolie, c'est ça, hein ?

« Mmmm.

« Tu ne veux pas l'admettre, mais tu es très gentil, à ta façon, malgré tes dehors de dur.

« Vous m'avez démasqué, madame.

« Mmmm, fit-elle en lui jetant un regard spéculateur. Dans combien de temps est-ce qu'on sera vraiment tout près du disque ?

« Difficile à dire. La Passerelle est trop occupée pour livrer des détails, et notre trajectoire est en forme de spirale plutôt compliquée, ce qui fait que… Mais pourquoi veux-tu savoir ça ?

« Euh… Si on a vraiment le temps…

« Coquine ! Je disais ça juste pour te remonter le moral, et toi tu…

« Oublie ça, tu veux ? Tu ne sais pas voir quand on plaisante, toi non plus. (Elle posa le bout de l'index sur sa poitrine.) Viens donc, Roméo. Allons voir ce que disent les écrans muraux. J'ai l'impression que tu as épuisé ton contingent de romantisme pour la semaine.

« Dans ce cas, il va falloir que je passe prendre une avance sur la semaine prochaine. Où va-t-on ?

« Ne crois pas que je sois incapable de te guider. En avant ! »

Il avait réussi à la sortir de sa morosité, mais la fournaise déchaînée visible sur l'écran de la grande salle commune suffit à l'y replonger aussitôt. Il lui prit la taille tandis qu'ils se tenaient au milieu de la foule, contemplant l'éclat aveuglant du disque dont les protubérances semblaient se tendre vers eux, grossissant à vue d'œil.

« Où est-ce qu'on va finir, dans tout ça ? » demanda Besen.

L'émerveillement et la terreur se mêlaient dans sa voix.

« Je n'en ai pas la moindre idée, lui répondit Toby. Je ne cherche même pas à essayer de deviner.

« Ce disque, on dirait un monde à part, quelque chose comme ça.

« Un monde, comparé à lui, ce n'est rien. Une chiure de mouche.

« Mais je vois des nuages, là. Et un truc qui méandre, on dirait presque une rivière.

« Presque, ça ne veut pas dire que c'en est une. Les nuages que tu vois, c'est du plasma, qui te vaporiserait la main en un clin d'œil. Et ta rivière, à ce que m'apprend mon fidèle Aspect, est une sorte de nœud magnétique qui s'est fait coincer par la rotation du disque.

« On a quand même l'impression d'un spectacle familier. »

Le coin de la bouche de Toby se tordit, son regard se fit lointain.

« Nous avons tous besoin de nous raccrocher à quelque chose de familier dans ces parages. Autrement, la réalité est trop étrange pour qu'on la saisisse. »

Besen hocha gravement la tête.

« Mon Aspect d'enseignement vient de me dire que la " rivière " est plus grande qu'une planète, beaucoup plus grande, et que le disque a la taille d'un système solaire.

« Il y a des moments où j'aimerais autant que nos Aspects nous en disent un peu moins. (Elle hocha plusieurs fois la tête, faisant bouger ses cheveux de tous les côtés sous la faible gravité.) Je me sentais beaucoup plus à l'aise quand je voyais ce tortillon sous la forme d'une rivière. Mais avec les Aspects, aucune branche de la connaissance ne nous échappe. »

Toby laissa entendre un petit rire sec et gloussant.

« Les branches, ouidire, mais pas les racines.

« Ça veut dire quoi, ça ?

« Ils sont même pas capables de nous dire ce que tout ça signifie.

« Ils connaissent quand même beaucoup de choses, et des tas de chiffres sur tout.

« Pour ça, à la rigueur, on peut leur faire confiance. En tout cas, cet endroit où nous sommes, c'est un gros truc. »

Il voulait à tout prix garder un visage impassible, mais le disque qui se rapprochait, gonflé, pulsant de lumière effervescente, lui inspirait de moins en moins de respect admiratif et de plus en plus de terreur tout court.

« Il dévore les *étoiles*. Ce n'est pas notre place, ici.

« Ouidire, pour ça aussi. Seulement, il y a quelqu'un qui semble penser le contraire.

« C'est ce que ton père croit, en tout cas. Et c'est lui qui décide. »

Une note d'amertume s'était glissée dans sa voix. Autour d'eux, les mâchoires se serraient et les yeux devenaient blancs. Une langue de feu d'un éclat aveuglant surgit à la surface du disque, et un sourd grondement s'éleva. Toby mit un certain temps à comprendre que c'était la salle commune tout entière qui laissait entendre son sourd mécontentement teinté d'angoisse et de terreur. La mort de leurs compagnons les avait rendus méfiants, diminuant l'emprise de Killeen. Un vent d'amertume soufflait sur eux.

Un groupe de femmes et d'hommes, à l'autre extrémité de la salle, se mit à hurler quelque chose. Avant que Toby pût comprendre de quoi il s'agissait, la foule se mit en mouvement. Des tables furent renversées, et tout le monde se pressa vers la sortie avec une énergie grandissante, comme une gigantesque marée créée par une lune irrésistible. Des paroles acerbes volèrent, le plancher vibra sous les bottes, l'air résonna d'accusations véhémentes.

Toby se leva pour suivre le mouvement, à peine conscient du picotement de sa jambe à l'endroit où l'écharde de métal s'était fichée lors de l'accident dans l'agrodôme. Il lui semblait qu'une éternité s'était écoulée depuis. Il ne boitait même pas. Son organisme avait déjà presque entièrement réparé la blessure.

Besen et lui étaient derrière tout le monde lorsque la foule grossissante atteignit la Passerelle. Pour Toby, ces rebondissements rapides et successifs avaient quelque chose d'irréel. Une fois de plus, les officiers les arrêtèrent, et Killeen se montra sur la galerie. Une fois de plus, il leur adressa un grave discours qui les retint.

Mais Toby sentait à présent l'appréhension profonde qui se manifestait au sein de la foule piétinante et grognarde. Maintenant qu'il savait ce qu'il fallait chercher, il vit comment son père se servait de leurs peurs pour les lier à lui. Ils ne pouvaient pas faire autrement que de croire en lui, à présent, et il jouait là-dessus. Sans quoi ils auraient très bien pu devenir violents, jusqu'à la mutinerie.

Killeen les tenait en partie par sa seule présence physique. Il dépassait Toby d'une bonne hauteur d'épaules, signe de sa grandeur passée.

À cela s'ajoutait l'effet de perspective de la galerie en saillie, qui l'aidait à réduire au silence les plus forts en gueule.

Dans un passé lointain, en réponse aux prédations des mécas, l'humanité avait prolongé sa durée de vie en modifiant son processus de croissance. L'organisme produit par une lente évolution naturelle sur la lointaine Vieille Terre mettait une vingtaine d'années à parvenir à maturité. Ensuite, le meilleur des corps atteignait un palier et s'affaiblissait graduellement au fil des années. L'érosion des muscles et des os n'était éventuellement compensée en partie que par la lente accumulation de sagesse et d'expérience.

Pour enrayer ce processus, la Famille des Familles, il y avait de cela bien longtemps, avait modelé l'humanité. À présent, les gens n'atteignaient plus ce palier après lequel on déclinait. Ils mouraient à la suite d'une blessure ou d'une attaque des mécas, et non de vieillesse. Leur croissance ne cessait jamais. Elle se ralentissait, naturellement, sans quoi les plus âgés auraient atteint des tailles gigantesques et auraient à peine pu se traîner. Une femme âgée d'un siècle gagnait peut-être en taille l'épaisseur d'un doigt en dix ans, mais elle continuait de grandir. Et d'accumuler les connaissances et la sagesse des années.

Cette perpétuelle jeunesse attardée tenait en laisse la magie interne qui gouvernait le vieillissement. Les plus âgés des LeFou faisaient presque deux fois la taille de Toby. Ce qui impliquait des portes plus hautes et des repas plus consistants. Sans compter que les anciens avaient tendance à regarder les autres du haut de leur expérience qui faisait boule de neige. Toby était maigre et grand pour ses dix-huit ans, mais il se sentait petit et insignifiant à côté de Cermo ou de Killeen. Chez eux, le poids de l'autorité Familiale avait une présence physique tangible.

Tout cela, Killeen le savait, même si c'était à un niveau plus ou moins inconscient, et il s'en servait avec une efficacité redoutable. Ce qui n'empêchait pas les protestations de fuser et les jurons de voler, stridents et bariolés de peur.

La seule force qui retenait cette foule était la très longue histoire qui les avait tous conduits jusqu'ici. Plus que quiconque, Killeen incarnait ce passé. Il se dressait, le regard flamboyant, intimidant par son silence farouche. Il avait déjoué la Mante et conduit leur fuite quand ils avaient quitté Nivale. Il était tombé sur une planète qu'il avait traversée de part en part, et il avait survécu. Il s'était fait avaler par Quath, et il s'était libéré. Il avait massacré des mécas en éclatant de rire. Et une voix grondante comme le tonnerre l'avait mandé pour les guider jusqu'ici. Contre tout cela, ils n'avaient que leurs terreurs à mettre dans la balance.

Ce fut cet instant prolongé que choisit Quath pour arriver lourdement par la coursive principale. La nonhumaine exhalait un curieux parfum, un arôme doux-amer souligné par la chaleur croissante qui régnait à l'intérieur du vaisseau. Les gens s'écartèrent sur son passage, mal à l'aise. La Myriapode était une alliée, mais cela n'ôtait rien à son étrangeté.

Quath s'arrêta pour tourner son énorme tête. Ses yeux rubis pédonculés se tordaient comme des lianes, ralentissant leur mouvement pour observer au passage un visage nerveusement levé, la chevelure d'un barbu ou le fourre-tout d'une femme aux doigts crispés, comme si c'étaient des pièces de musée. Elle émit alors :

< Je viens d'achever la communion avec mon espèce. Le grand Cercle Cosmique est prêt. Ils s'approchent de nous très vite, pour une raison qui m'échappe. Ils disent qu'il faut de nouveau parler à l'être magnétique. >

Pour une raison ou pour une autre, ce message direct et factuel remporta la bataille. Tout le monde se tut, et les regards se tournèrent vers Killeen, qui déclara calmement :

« J'essaierai. Ils nous aideront ? Quoi qu'il advienne ? »

< Ils le doivent. >

Toby trouva quelque peu amusant que Quath n'ait pas répondu plutôt : “ Ils le feront ” ou “ Ils essaieront ”. Mais la foule commença à se disperser, et il comprit que cette étrange et tranquille intervention avait, une fois de plus, sauvé la mise à son père.

Tandis que les officiers retournaient à leurs occupations, il réussit à se glisser avec Besen sur la Passerelle où Killeen était en train de discuter avec Quath, dont on ne voyait que la tête et le cou. Ses segments métalliques raclaient les parois chaque fois qu'elle bougeait, et ses pattes claquaient sur un rythme saccadé que Toby trouvait énervant.

« C'est tout ce qu'ils ont dit ? » insista Killeen.

< La transmission est de plus en plus parasitée. Les ondes de plasma déforment chaque parole. >

« Où est-ce qu'on va comme ça, à ton avis ? »

< Les Myriapodes possèdent des archives anciennes qui seront peut-être utiles. Ils ne pensent pas que notre objectif final soit le disque. Il n'y a là que mort et chaos. >

Killeen émit un gloussement sans joie.

« Ouidire au centuple. »

< Certaines voix myriapodes font état de très anciens textes qui signalent l'existence de portails dans ces régions. >

« Des portails ? Et qui mèneraient où ? »

< Nul ne peut le savoir avant de les avoir franchis. Et leur entrée est barrée par des inventions mécas. >

« Ici ? Qu'est-ce qui pourrait survivre dans ces régions ? »

< C'est ce que disent aussi d'autres Myriapodes. Les conceptions sont très confuses en la matière. Même le disque embrasé semble être

un point d'accueil plus plausible pour des structures durables que la sphère de feu qui se trouve à l'intérieur. >

Killeen se mit à faire les cent pas, les mains croisées dans le dos, les épaules carrées et rigides.

« On ne va pas pouvoir tenir longtemps à cette distance. La chaleur monte, le courant se rétrécit autour de nous. »

< Il faudrait ralentir. >

« Cela reviendrait à nous exposer à la chaleur comme sur une corde à linge. Je veux garder une certaine vitesse, pour pouvoir m'éloigner d'ici dès que… »

< Juste un instant. De quoi laisser passer devant nous le Cercle Cosmique. >

« Et pourquoi ça ? »

< Je l'ignore. >

« Merde ! Pour diriger ce vaisseau, il faut bien que je sache ce qui… »

< Attends. Je sens un changement. >

Quath avait perçu la chose avant les humains, mais Toby ressentait maintenant distinctement le picotement des charges électrostatiques sur son cuir chevelu et la sourde vibration sous ses pieds.

> ***Vous avez pénétré mes régions profondes. Vous êtes à l'extrémité du courant. Il est temps de faire les adieux.***

Killeen fronça les sourcils.

« Hein ? Mais vous nous avez amenés jusqu'ici. Vous ne pouvez pas… »

> ***Je sens les grondements et les tensions croissantes du disque sous mes pieds. Il projette vers le haut des panaches de matière dévorante, au plus profond de mes lignes de champ. Je suis obligé de combattre ces érosions. Je n'ai pas le temps de m'occuper de vous.***

« Vous disiez que vous étiez ancré dans cette substance. Ces propos que vous nous teniez sur votre immortalité… »

> ***L'immortalité est toujours un objectif et non pas une réalité. L'attrition de la matière peut s'exercer même sur des êtres tels que moi. Je suis condamné à me battre, tout comme vous, bien que ce soit sur une échelle de durée et de dimensions que vous ne pouvez pas soupçonner. Je suis beaucoup plus grand, et je n'ai en commun que peu de chose en dehors de cette basse propriété.***

« Ça veut dire que vous nous laissez tomber, hein ? Juste au moment où… »

J'ai quelques paroles finales à vous adresser avant de retirer de vos régions mon ensemble complexe de formes d'onde. En me réfugiant dans d'autres parties de moi-même, dans mes champs entretissés à bonne distance au-dessus du disque, je peux encore préserver mon sens de l'identité, les souvenirs de ma longue durée, mon essence.

« Merde alors, on va avoir besoin d'aide rien que pour survivre encore une heure, mais tant pis… »

Je vous transmets un plan, simple et trompeur, mais qui vous suffira. Je suis, pour le moment, logé dans les lignes de champ qui pointent en direction du disque. Vous descendez le long de mon flanc. Vous me quitterez prochainement, à l'emplacement signalé.

« Bon sang ! s'exclama Killeen. Vous ne pouvez quand même pas… »

Les petits êtres comme vous devraient se souvenir de ce qu'ils sont.

« Je m'en souviendrai très bien, merci », fit Killeen avec sarcasme.

Toby n'avait jamais vu son père lutter si fort pour maîtriser sa rage. Ses dents grinçaient, ses yeux se plissaient avec un éclat dur.

Toby ouvrit la bouche pour dire quelque chose, mais les écrans muraux, à ce moment-là, affichèrent une figure tous en même temps. Elle était en couleurs et en trois dimensions, composée d'un enchevêtrement de lignes et de points mouvants jaunes, verts et rouges.

Confusion et complexité. Toby se sentait à la fois attiré et repoussé. Il y avait là des niveaux de signification et de mouvement qu'il savait ne pas être capable de comprendre.

Puis, comme si l'Esprit Magnétique voyait que c'était trop difficile à saisir, la figure se simplifia. Elle devint plate, en deux dimensions, d'une géométrie qui lui était accessible. La clarté mathématique façonnée à la portée de l'esprit humain.

Toby réalisa que la longue bande représentait la vue en coupe d'une moitié du disque. L'agitation des points avait fait place à une zone uniformément hachurée. Des courbes minces rejoignaient obliquement le disque au-dessus et au-dessous, à l'endroit où le courant se formait.

C'étaient les lignes magnétiques de l'Esprit proprement dit. Elles faisaient partie de sa gigantesque structure et s'étiraient très loin du disque, jusque dans les espaces sans fin entre les étoiles. Mais ces pieds magnétiques fichés dans le disque étaient d'une très grande importance, car c'était à travers eux que l'Esprit Magnétique se nourrissait des énergies furieuses libérées. Pour des raisons qu'il était incapable de définir, Toby avait l'impression que ces courbes obliques, plus vastes que des systèmes solaires, étaient aussi insignifiantes, à l'échelle de l'Esprit, que les poils frisés de ses propres jambes.

Le long de la ligne magnétique la plus proche du bord, il y avait un tracé orange en pointillé qui s'allongeait sous ses yeux. C'était l'itinéraire de l'*Argo*.

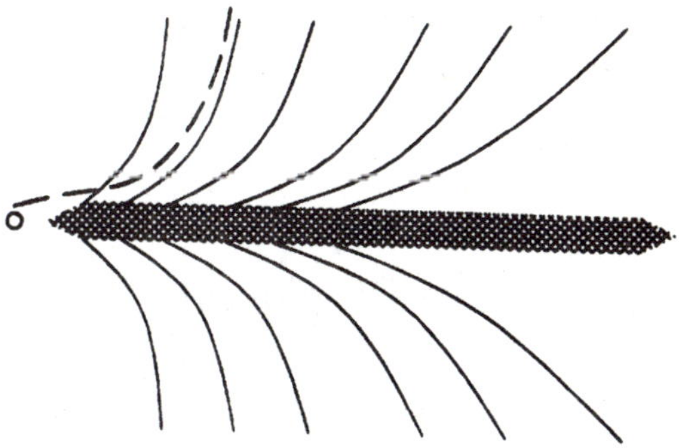

Puis les pointillés foncèrent en avant, passèrent de l'orange au bleu et quittèrent la ligne de champ. Elle s'incurva vers l'intérieur, et la figure s'élargit, montrant le bord intérieur du disque, qui s'effilait jusqu'à la taille d'un point. Au-delà, vers l'intérieur, Toby s'était attendu à voir la boule à l'éclat blanc intense visible l'instant d'avant sur les écrans.

Mais le rayonnement aveuglant avait laissé place, sur les écrans, à un miroitement insubstantiel. Apparemment, l'Esprit Magnétique ne considérait pas ces énergies brûlantes comme très importantes. La trajectoire en pointillé de l'*Argo* passait rapidement à travers la radiance, puis s'incurvait légèrement vers le haut. Au centre de la boule blanche, Toby vit alors un objet d'un noir absolu, bien qu'agité d'un petit mouvement intermittent d'énergies faibles.

> ***Vous allez vous séparer de moi. Je me retire. Je vous transmets les détails de votre future trajectoire.***

« Attendez ! fit Killeen, dans les yeux de qui Toby voyait maintenant briller une terreur réelle. Pourquoi partez-vous ? Où nous envoyez-vous ? »

L'étoile en train de mourir au bord extérieur envoie maintenant son moi dilacéré à l'intérieur du disque. Un tourbillon de fragments solides se forme à travers celui-ci. Les tensions ainsi créées me déforment. J'endure cela à cause de vous. Ces forces de distorsion produisent les conditions que la chose-Abraham semble avoir désirées — et prédites. Vous allez embrasser ces forces. Faites vite, car le pic approche.

« Hein ? s'écria Killeen en montrant son poing. Qu'est-ce qui approche ? »

Le moment de déhiscence.

9
Les Cyaniques

Toby passa son bras autour du cou de Besen et se prépara à s'accrocher à la vie. L'*Argo* gémit et trépida. Les ponts et les cloisons craquèrent. Il sentit ses bottes se soulever sous des pressions invisibles. Son Aspect Isaac lui cria :

Quelles délicieuses marées !

« Ce sont les forces qui déplacent les masses d'eau des lacs et des trucs comme ça, n'est-ce pas ? »

Oui, mais ces forces proviennent d'un autre corps gravitationnel. Comme l'étoile condamnée que nous avons vue au bord du grand disque, toute déchirée. À présent, le trou noir exerce son attraction sur l'Argo, un peu plus fort du côté du centre que sur le bord extérieur. Nous ressentons cela comme des tensions qui essaient de faire éclater le vaisseau.

« Merde alors ! »

Toby répéta l'explication à Besen, puis demanda :

« Et l'*Argo* va pouvoir résister ? »

Je le pense. Les pressions sont tout de même ennuyeuses, je l'admets.

« Qu'est-ce que tu en sais, toi ? »

J'extrapole à partie de ma vie passée. Il est vrai que je ne ressens pas la même gêne physique que toi, mais…

« Les plaisirs non plus, j'imagine. »

C'est vrai. Je me contente d'observer tes stimuli visuels.

L'idée qu'Isaac épiait certains épisodes de sa vie privée ne plaisait pas du tout à Toby, et ce n'était pas la chaleur toute proche de Besen qui allait le faire changer d'avis. Il était on ne peut plus embarrassant de savoir que tous ses Aspects étaient là, d'une certaine manière limitée, bien sûr, sous l'intimité odorante des couvertures, quand…

Ne t'inquiète pas trop pour ça. Nos opinions ne comptent pas.

Ça, c'était Shibo. Une voix plus profonde et pleine de résonances, porteuse de nuances, qui, sans avertissement préalable, l'entraîna dans son propre monde intérieur, dans la richesse étalée de son passé.

— Sa bien-aimée Citadelle assiégée par des forces sinistres et impondérables, aux contours déformés, juste derrière l'horizon perturbé. Allaient-ils arriver à travers les airs bouillonnants ou par la plaine éventrée de cratères ? Et quand ? Leurs envoyés étaient-ils déjà à l'intérieur, derrière les grilles closes ? Des ennemis anthracite, pas plus gros qu'une pupille d'œil, mais qui voyaient tout aussi bien et qui rapportaient à leurs congénères leurs transmissions par ondes, leurs récits mécaniques sur tout ce qui se passait ici, même aux heures les plus douces… —

Récupérant son équilibre, il demanda :

« Mais comment… Comment ça se fait ? »

Les Aspects sont statiques. Ils ne peuvent pas grandir. Leurs points de vue n'évoluent pas. Tu ne peux pas les faire changer d'avis sur quoi que ce soit.

Toby n'était pas sûr que ce soit une consolation pour lui. Il remarqua que Shibo n'avait pas dit qu'elle ne pouvait pas changer elle-même. Les Personnalités étaient-elles vraiment différentes ? Il avait l'impression distincte, d'après certaines modifications subtiles qu'il avait observées chez Isaac et Joe, et même chez Zénobie, peut-être, que Shibo exerçait sur eux une sorte de thérapie, réglant les psycho-tempêtes subites qui pouvaient affecter leurs esprits tronqués.

Ses pensées vagabondes s'interrompirent abruptement au moment où une onde violente souleva le pont. Besen et lui furent projetés contre une cloison et roulèrent à l'entrée de la Passerelle.

Lorsqu'il se releva, Toby vit que Killeen était demeuré sur ses pieds, les jambes écartées pour amortir l'embardée. Mais son visage était tendu, et il fixait les écrans d'un regard perçant, comme pour essayer de comprendre. Ils affichaient une grêle aveuglante de traînées de gaz enflammé et de débris de matière d'origine indéterminée. Tout cela les bombardait à des vitesses incroyables. Des courants d'air brûlants soufflaient à présent sur la Passerelle, ébouriffant les cheveux de Toby. Le système de climatisation peinait pour compenser l'échauffement continu de la coque.

Killeen appela de nouveau l'Esprit Magnétique. De nouveau, il ne reçut pas de réponse. Il les avait abandonnés.

Les officiers de bord s'étaient tous harnachés dans leurs sièges-couchettes. Ils regardaient Killeen, en se demandant visiblement pourquoi il ne faisait pas comme eux. Toby connaissait la réponse. S'il concédait sa vulnérabilité, même sur ce point insignifiant, cela le rabaisserait aux yeux de ceux qu'il devait maintenant guider. Il fit donc volte-face et se mit à faire ostensiblement les cent pas, les mains dans le dos, tandis qu'une vague nouvelle ébranlait la Passerelle. Mais il ne chancela pas un seul instant. Il ne ralentit même pas son allure régulière.

Toby regarda autour de lui, mais il n'y avait aucun siège-couchette libre pour Besen et lui. S'ils voulaient voir ce qui allait se passer, il faudrait qu'ils restent debout. Personne ne faisait attention à eux. Si cela avait été le cas, on les aurait chassés de la Passerelle. Tous les regards étaient fixés sur les écrans ou sur le Cap'taine.

Killeen se tourna lentement pour poser sur les officiers de Passerelle son dur regard de marbre. C'est alors qu'il aperçut la tête de Quath, articulée sur sa carapace, qui dépassait à l'entrée. Avec une légère note de désespoir dans la voix, il lui cria :

« Que savent tes frères sur cet endroit ? »

< Seuls les anciens textes sont susceptibles de nous aider. Les Myriapodes se sont aventurés ici dans le passé. Ils voulaient voir ce qui a attiré les mécas dans ces parages. >

« Et ils ne sont jamais revenus ? »

< Nous aussi, nous avons connu le déclin lorsque les mécas nous ont découverts. Ils ont détecté les premiers notre présence. Nous

dérangions leur travail. Nous nous sommes retirés rapidement, contrairement à vous, qui insistez au-delà de toute raison. >

Toby ne put s'empêcher d'intervenir.

« Comment ça se fait que vous avez traqué les humains, alors ? On aurait pu être alliés depuis le début. »

< Nous vous prenions pour des animaux. Vous aviez tellement régressé, et les mécas vous dominaient tellement… Il n'y avait que ton père et les Héritages pour nous rappeler que vous appartenez à ceux qui autrefois brillèrent d'un éclat incomparable et qui sont à présent devenus si pitoyables. >

Toby déglutit. La diplomatie n'était pas le fort de la nonhumaine.

« Ces " anciens textes ", demanda Killeen, que disent-ils ? »

< De nombreux vaisseaux se sont perdus ici. Il n'est pas difficile de déraper sur la surface glissante de l'espace. >

« L'espace ? Tu oublies la chaleur. Et ces trucs qui pleuvent sur nous… Ces gros morceaux de je ne sais pas quoi… »

< Ce sont des masses écrasées et compactées par l'étirement des géométries locales. Évitez-les, et faites comme si elles n'existaient pas d'une manière générale. Elles sont en route pour le cimetière. >

Tu parles d'une consolation, se dit Toby. Ils étaient probablement tous en route vers le même endroit.

« Ce sont tes frères qui ont fait le relevé du secteur ? » demanda Killeen avec impatience.

< Je suis en train de traiter les archives avec un de mes cerveaux auxiliaires. Voilà. >

Les écrans se mirent à fourmiller de couleurs qui formaient et reformaient des images. Elles avaient peut-être un sens pour des Myriapodes, se disait Toby, mais certainement pas pour lui.

L'image était en trois dimensions, et parcourue de points éclatants en mouvement. Elle tourbillonnait, sautait et ne signifiait pas grand-chose. Puis Quath l'écrasa en deux dimensions, et Toby put enfin voir ce qui se passait.

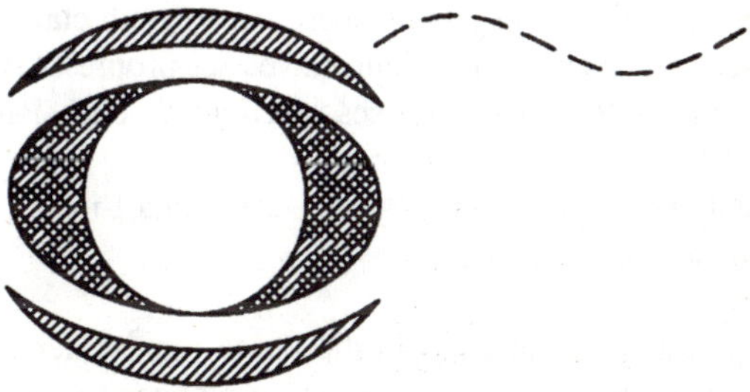

« Cette boule vide, au centre, c'est bien le trou noir, n'est-ce pas ? » demanda-t-il à son Aspect Isaac.

Il entendit une rapide conversation parallèle. Zénobie débitait une série de phrases monotones et entrelacées de parasites tandis que les données défilaient, en provenance d'une puce de texte qu'il portait en lui mais qu'il était incapable de déchiffrer tout seul.

> ***C'est exact. J'ai consulté Zénobie, qui est d'accord pour dire que ces Myriapodes ont correctement établi le relevé des géométries locales. Le renflement ombré qui entoure le trou est l'ergosphère, une zone où l'effet de spin du trou noir gauchit tout ce qui se trouve à proximité et force l'espace-temps à entrer en rotation avec lui.***

« Ça a l'air dangereux, ça. »

> ***Personne ne peut savoir. Les contemporains de Zénobie étaient persuadés que l'ergosphère était un endroit où un vaisseau aurait besoin de toute son énergie rien que pour éviter de tomber dans le trou.***

Toby fixait avec intensité la figure affichée sur les écrans. La rotation du trou créait effectivement un tourbillon dans l'espace. Isaac lui expliqua que ce n'était pas de la matière qui était ainsi entraînée, mais la texture de l'espace-temps lui-même.

« Euh… Qu'est-ce que c'est que l'espace-temps ? C'est-à-dire… Je sais ce que c'est que l'espace, et le temps c'est ce que donne la montre, mais… »

Quath fit irruption dans son esprit, transmettant directement :

< Les êtres inférieurs ne voient pas l'essence de l'univers, qui est une combinaison fondamentale d'espace et de temps. Inutile d'en faire un nœud de préoccupation. Les Myriapodes ne peuvent pas voir non plus l'espace-temps. Nous aussi, nous le subdivisons en notions plus simples de distance et de durée. >

Jusque-là, Toby ne s'était jamais aperçu que Quath était capable de surprendre ses conversations intérieures avec ses propres Aspects. Il se sentit gêné, puis irrité. Mais il mit ses réactions de côté. Pas le temps pour ça.

« Comment fait-on pour sortir d'ici ? » demanda-t-il.

< On n'en sort pas. >

« Hein ? »

Toby avait noté le tracé en pointillé censé représenter leur trajectoire. Il faisait un creux, puis une bosse, et plongeait en direction du croissant supérieur.

< Nous sommes obligés de passer à travers les Cyaniques. Il n'y a pas d'autre moyen de franchir le portail qui devrait, selon les Myriapodes, se trouver ici. >

« Ces croissants ? Ils sont drôlement près de l'ergosphère, tu ne trouves pas ? »

Les deux lunules vaporeuses flottaient comme des calottes glaciaires sur les pôles du trou noir, qu'elles semblaient protéger.

< Le Cercle Cosmique nous dégagera la voie. >

Toby regarda autour de lui, plus étourdi par les pensées qui affluaient par vagues rapides que par les embardées de l'*Argo*, que des mains géantes semblaient secouer dans tous les sens.

Il s'aperçut alors que tous les regards, sur la Passerelle, étaient tournés vers lui. Il battit plusieurs fois des paupières. Conscient de ses relations spéciales avec Quath, Killeen l'avait laissé tirer les informations de la nonhumaine. Et cela avait marché.

« Qu'est-ce qu'on fait, maintenant ? » demanda le Cap'taine en étudiant Quath comme s'il était capable de lire une expression quelconque dans l'énorme face aux yeux multiples.

< Il faut laisser agir le Cercle Cosmique. >

« Il va nous faire sortir d'ici ? »

< Les Myriapodes estiment que c'est la seule voie possible. >

Killeen hocha la tête tandis que les écrans scintillants éclairaient la Passerelle d'une lumière fantasmagorique et changeante. Il était au bout du rouleau, épuisé et en proie à une extrême confusion. Il était pris au piège d'une vaste machine de destruction qui l'avait attiré ici, poussé par la peur, en lui faisant miroiter des espoirs et des légendes. Toby était de tout cœur avec son père. Il lâcha Besen pour se rapprocher de lui. Timidement, pendant que Killeen observait le flux vivant, il tendit la main pour lui toucher le bras.

Ils demeurèrent ainsi un long moment. Sur les écrans, les vaisseaux myriapodes étaient maintenant en vue. Au milieu du foisonnement de l'espace et des masses de matière, Toby comprit que ces lieux n'étaient ni bons ni mauvais, mais plutôt indifférents, ce qui était plus grave. Il y avait là de la beauté et de la terreur. Cette machine en effervescence était capable d'assister, impassible, à n'importe quel événement. Sa froide et impardonnable splendeur se moquait totalement des problèmes humains.

Les vaisseaux myriapodes scintillants maintenaient l'énorme cerceau cosmique dans leur étau magnétique, et il brillait d'un éclat intense. Isaac apprit à Toby que le cercle accumulait de l'énergie en tombant vers le trou noir. En passant à travers les champs magnétiques ancrés dans le trou, il en extrayait des courants vivaces et des surtensions électriques qui l'illuminaient comme une énorme enseigne.

< Le moment du pic approche. >

« C’est ce que disait l’Esprit Magnétique ? » demanda Killeen à voix basse, les yeux fixés sur les écrans.

Dans la chaleur de plus en plus élevée de la Passerelle, tout le monde était devenu silencieux.

< Non. C’est la fin du dispositif méca. >

Toby fronça les sourcils.

« Quel dispositif méca ? Il y a des trucs fabriqués par les mécas dans ces parages ? »

< Les Cyaniques. Ce sont de vastes distorsions de l’espace-temps, des turbulences prises au piège dans des calottes. Elles nous réduiraient en lambeaux. >

« Et alors ? Les turbulences, on connaît déjà ça. »

< Ce sont les mécaniques qui ont fabriqué les Cyaniques. >

Killeen et Toby tournèrent vers Quath le même regard d’incrédulité. La nonhumaine continua.

< Les mécaniques sont capables de mobiliser de grandes forces. Vous avez vu leurs constructions massives et ombrées, qui se nourrissent de l’énergie et de la matière locales. Leurs recherches sont multiples et vastes. >

« Mais… Les Cyaniques ? Difficile à croire, fit Killeen. Ces trucs-là sont gigantesques ! »

< Plus vastes que des étoiles. C’est pourquoi les Myriapodes ont apporté leur outil. Mon espèce va maintenant ouvrir la voie. >

Le Cercle Cosmique avait à présent dépassé l’*Argo*. Sur l’écran principal, Toby vit, devant eux, un énorme plateau : les Cyaniques. Cela ressemblait à une mer grise et houleuse, avec des vagues noires et des creux blancs qui formaient des motifs changeants à perte de vue.

Dans l’éclat brillant des jaunes et des rouges qui explosaient tout autour d’eux, l’absence bizarre de couleurs des Cyaniques emplissait Toby d’une peur panique. Il avait l’impression que le creux de son estomac s’était affaissé. Seule la proximité de Besen le calmait un peu. Elle était venue se mettre à côté de lui pendant qu’il tenait le bras de son père. En tant que simples humains, ils étaient tous impuissants dans cette situation.

Devant eux, le cerceau plongea vers l’étendue grise ondoyante. Et mordit dedans, comme une lame. La surface cendreuse fut entamée en profondeur, dans sa substance.

Sectionnés, les bords de l’étrange objet s’écartèrent, se rétractèrent devant le Cercle Cosmique.

Mais le cerceau dut payer le prix de ce qu’il avait fait. Le bord coupant s’ébrécha. La résistance de la turbulence l’avait écaillé et déformé.

Toby n’avait aucune idée des énergies colossales qui s’affrontaient ici. L’arête tranchante du Cercle Cosmique n’avait que l’épaisseur d'un atome, lui disait son Aspect Isaac, mais sa courbure était de taille à affronter les surtensions grises. Il mordit dans les turbulences, en laissant derrière lui un sillage d'étincelles d'un éclat insoutenable.

« Que… Qu'est-ce qu'on fait ? » demanda Killeen d'une voix calme.

< Suis le Cercle Cosmique. >

Quath émit une série de sons apaisants dans le sensorium relié aux humains. Il y avait là des accents à la fois plaintifs et rassurants. Killeen fit un signe à Jocelyn, qui le regardait avec des yeux ronds apeurés. Elle incurva la trajectoire du vaisseau vers le bas, vers la luminosité aveuglante et le plateau gris miroitant. Un long moment passa tandis que la grisaille s'enflait tel un infranchissable mur de pierres à l'éclat étrangement changeant.

Ils s'engouffrèrent dans la brèche ombrée taillée par le cerceau. De tous les côtés, des pics et des vallées se formaient et disparaissaient, comme des montagnes de cendres constituées par des os carbonisés.

Les bords de la substance déferlaient sur l'*Argo*, créant des moments vertigineux où Toby avait l'impression d'être soulevé par les talons et violemment secoué la tête en bas, les cheveux volant dans toutes les directions. Des officiers se mirent à vomir sur le pont. D'autres hurlèrent de peur et de nausée. La carcasse du vaisseau protestait en craquant et en claquant de toutes ses membrures.

Mais le long passage restait ouvert. Une fois taillé, il se rétractait pour former de nouvelles zones d'espace-temps déformé. Et l'*Argo* filait derrière le cerceau lumineux et ébréché.

Ils eurent l'impression de mettre un temps infini à traverser l'épaisseur de l'espace fantôme sectionné des Cyaniques. Besen vomissait tout son soûl, haletante, la bouche ouverte et dégoulinante. Mais Toby s'accrochait toujours au bras de son père, non pas pour le maintenir, mais simplement pour qu'il sache qu'il était là.

Subitement, ils se retrouvèrent de l'autre côté, libres. Le cerceau, écrasé, disparut au loin. Les vaisseaux myriapodes coururent après, reprirent la corde cosmique délabrée dans leur étau, puis firent route vers les pôles du système en rotation. Killeen retrouva sa voix pour ordonner :

« Jocelyn… Essaie… de les suivre. »

< Non. (Quath produisit un bruit de crécelle avec ses pattes, faisant résonner ses pièces d'acier.) Notre parcours continue vers le centre. >

« Hein ? » s'écria Killeen, dont les coins de la bouche retombèrent aussitôt.

< Ce sont les instructions de l'Esprit Magnétique. >

« Écoute, je sais que la Famille LeFou a toujours parlé du Centre Véritable comme d'un objectif, sans que personne sache exactement pourquoi. Ça nous a été transmis. On y croit tous, mais… »

Toby vit que son père était accablé, écrasé par l'énormité de cet endroit.

Puis l'épuisement gris se durcit. Les traits du Cap'taine perdirent leur flaccidité, ses yeux retrouvèrent leur éclat.

« Vers le trou noir ? Écoute, on a suivi tes conseils jusqu'ici. Et ceux de l'Esprit Magnétique également. Mais on ne va pas plus loin. La chose qui devait être ici à nous attendre est partie. Dévorée, carbonisée. »

< Je suis les anciennes indications des Myriapodes. Il y a autre chose dans ces parages. Vers l'intérieur. >

« J'y crois pas », fit Killeen d'une voix sans intonation.

Toby regarda ce qu'il y avait devant eux. L'ergosphère formait un large goulot en rotation dans le diagramme, mais il y avait une protubérance, un peu plus loin, qui crachait de la lumière comme un soleil couchant en colère. À la différence d'un soleil, cependant, elle formait une étendue légèrement courbe qui se prolongeait au loin et qui fournit finalement à Toby un aperçu de la taille du trou noir démoniaque, cause ultime et invisible de toute la violence cosmique à laquelle il avait assisté jusqu'à présent. Le ventre maléfique, la raison pour laquelle le Centre Galactique était un abîme grouillant de feu, de catastrophe et de mort.

À travers l'aveuglante radiance, il aperçut le lustre évasé de l'endroit où le trou finissait par régir jusqu'à la texture même de l'univers, enserrant l'espace-temps jusqu'à ce qu'il se plie à l'inexorable volonté de la gravité.

Durant dix milliards d'années, la galaxie l'avait nourri. Des étoiles avaient péri, englouties par millions. Et les civilisations qui avaient fleuri autour de ces soleils avaient été obligées de choisir entre la fuite et la mort.

Toby se demandait quelles planètes ce soleil avait jadis nourries. Avaient-elles donné naissance à des molécules organiques capables de s'assembler et de se répliquer ? L'intelligence avait-elle abondé sur ces rivages perdus ? Des créatures avaient-elles eu un aperçu de leur sort, sous la forme d'une présence effervescente et grandissante dans leur ciel ? Peut-être savaient-elles qu'au centre exact de cette immense tragédie était tapi un vide absolu et irrévocable.

< Nous devons continuer. Vers le bas, vers la partie la plus épaisse de la protubérance en rotation. >

« L'ergosphère ? » demanda Toby à voix basse.

< C'est écrit. Ceux de mon espèce ont sacrifié leur outil le plus précieux pour vous ouvrir un passage. Vous pouvez aller plus avant dans votre quête. La physique locale se prête momentanément à votre entrée. >

« Pourquoi ? » demanda Killeen d'une voix au timbre de nouveau vibrant.

< La montée de matière venant de l'étoile mourante a maintenant atteint le bord intérieur du disque. Elle tombe dans l'ergosphère, créant de nouvelles contorsions. C'est le seul moment, d'après les Myriapodes, où le portail de l'ergosphère est franchissable. >

« Mais pourquoi ? »

< C'est comme une créature vivante, qui remue et se tord. Les pores de son épiderme géant s'ouvrent en réaction au massage de la matière. Représente-toi l'ergosphère sous la forme d'une peau tendue d'espace-temps que viennent lécher les vagues. La masse de matière force la bête entière à rajuster sa position et à démêler l'écheveau des causalités. Lorsque tout le poids d'une étoile tombe en pluie sur son dos, il en résulte des éclaboussures dans l'espace-temps qui ouvrent des opportunités. >

« Pour faire quoi ? »

< Pour pénétrer en toute sécurité, ou du moins de manière aussi sûre que le permet l'[intraduisible]. Seul un trou noir qui a dévoré un million de soleils peut fournir un passage sans risque. Un trou plus étroit nous réduirait en charpie. Ce Mangeur est si large que ses secteurs extérieurs sont suffisamment éloignés de sa singularité centrale. Cela rend tolérables les forces de marée qui s'exercent ici. Un vaisseau qui suit un parcours tangent à l'ergosphère peut trouver de nouvelles voies et de nouveaux passages. >

« Pour aller où ? »

< Je l'ignore. Je ne peux pas savoir de telles choses. Les Illuminées nous décrivent un lieu de chaos fondamental, où les lois de la physique régissent les choses de manière aléatoire. Rien dans l'univers ne peut prévoir où nous émergerons si nous franchissons ce portail. >

« C'est donc un pari. Si nous attendons… »

< Les étoiles ne tombent à l'entrée du trou qu'une fois tous les mille ans environ. C'est le moment de déhiscence. >

Toby étudia l'expression de son père. L'éclat qui environnait l'*Argo* creusait des ombres profondes dans ce visage qu'il connaissait si bien. Dans le pli durci de ses larges lèvres, il lut la décision qu'il allait prendre.

Photovores

Des fleurs ardentes surgissent de la surface du disque. Elles s'épanouissent et crachent leurs graines de plasma au-dessus et au-dessous du lent tourbillon spiralant.

Des langues de feu éclatantes dardent ; les positrons fourmillent, agressifs, annihilant tout ce qu'ils touchent.

Ils se dissolvent au contact de la matière dense qui vient à leur rencontre. L'antimatière se répand, s'étale et meurt. Une explosion de radiations gamma pénétrantes, d'une pureté aseptisante.

Le bûcher funéraire est une muraille fortifiée de purs photons, implacables et intenses, qui repoussent la matière attirée par la puissance du puits gravifique.

Les tensions électromagnétiques s'exercent sur la surface de la bulle de pression en expansion. Les serpents verts se tortillent. Les masses sombres, troubles et oblongues ralentissent, hésitent au-dessus de la mêlée. La pluie de matière se fige.

Pourtant, il s'agit là de la nourriture du Mangeur, la substance brute du disque et toute la fureur qui s'ensuit. Le disque commence à être affamé. Pas immédiatement, car il faut plusieurs heures à la lumière pour traverser les forêts d'ouragans de la gravitation broyante et frénétique.

Les moments d'inertie s'égrènent. Le disque s'enfle. En son temps, la légère pression, qui ne retient plus maintenant qu'une couche ionisée en attente, s'étiole.

Tandis que la pression des photons s'apaise, la matière reprend sa chute fatale. De nouveau, des filets noirs descendent en spirale. Le disque accepte leur tribut. Les fleurs de feu fracassent les nuages, écrabouillent les molécules en atomes, dépouillent les atomes à l'état de charges nues.

Ainsi alternent pression et relâchement, pression et relâchement. Armature perpétuelle. Fontaine. Source vitale.

Au-dessus du disque, à l'abri des piques, des points minuscules sont en suspens. Des surfaces planes, des troupeaux. Innombrables. Ondoyant sous l'effet des vents magnétiques. Stationnaires.

Les photovores paissent.

Ils se laissent porter par la brise capricieuse des électrons et des photons que souffle le disque en colère du Mangeur. Les ailes puissantes du molyplan brillant s'étalent, capturant la poussée régulière du vent de particules. Il les porte.

Ils appliquent des couples magnétiques à une somme dynamique complexe. En tournant, ils mènent un combat constant pour se libérer de l'attraction gravifique du Mangeur.

Il faut pourtant qu'ils utilisent ces forces dominantes dans leur propre danse glissante et perpétuelle. Les choses sont ainsi ordonnées.

À certains moments, les troupeaux ne parviennent pas à réaliser l'équilibre complexe entre les vents soufflant vers l'extérieur et la séductrice attraction intérieure. Des plans entiers se détachent alors.

Certains sont précipités dans les masses voilées des nuages moléculaires, eux-mêmes sur le point de se vaporiser. D'autres s'engagent dans un mouvement giratoire descendant irrépressible. Bien avant qu'ils s'écrasent sur le disque étincelant, la clarté aveuglante les pilonne, et ils éclatent en petites étincelles de lumière agonisante.

Mais pas en ce moment précis. Car une force régissante plus grande s'approche.

Des lentilles d'un noir d'encre pivotent pour observer un intrus. Les capteurs n'aperçoivent d'abord, glissant doucement vers le bas le long de l'axe du Mangeur, que des plaques de céramique et des tampons anti-impact. Des intelligences caparaçonnées contre le torrent. Des circuits de l'épaisseur d'un atome, des substrats minces, des jonctions refroidies à l'hélium. Tout cela est très vulnérable, ici, au rayonnement gamma et aux noyaux durs. Même leur armure exaltée.

Mais les photovores ne voient rien d'autre qu'une présence qui demande à être honorée. Les vastes troupeaux volants se séparent. Les feuilles d'ivoire se retroussent, révélant leurs couches plus profondes : des chercheurs de lumière jaune d'or.

Ils ne vivent que pour se baigner de photons et excréter des faisceaux de micro-ondes. Dotés de cerveaux guère plus complexes que ceux des vers tubulaires des anciens océans, ils représentent chacun, de la tête à la queue, un simple boyau électromagnétique. Un tuyau placide.

Obscurément, ils savent que cette présence descendante est la cause de leur existence. Ils s'écartent révérencieusement pour la laisser passer.

Un chœur de bienvenue tremblant. La masse flottante les ignore.

Les hyperfréquences sifflantes vacillent. Confusion momentanée. Puis les nouveaux ordres affluent. Ils concentrent leur abondance sur la présence. Les visiteurs ont besoin de plus d'énergie locale. Ils les nourrissent.

Accélérant son mouvement, la présence en écrase quelques-uns sur sa carapace. Elle ne fait pas attention aux couches et aux multitudes qui pèlent, ni aux voix gigahertz unies en un joyeux chorus. Il ne s'agit que de plancton. La présence engloutit l'offrande sans se soucier de rien.

De toute manière, son attention est accaparée par une discussion qui commence à s'aggraver.

Notre/votre ruse a bien fonctionné. Mais je/nous n'aimons pas les voir approcher si près du Cône.

L'étoile qui tombe déchire le

disque. Ils vont probablement périr bientôt.

Ils se servent de la turbulence.

Je/vous avons tenté de comprendre leur manière de penser. Essayons de dialoguer dans leur style bivalent. Cela nous aidera peut-être à anticiper leurs mouvements.

Comme cela ? Je suis moi et rien d'autre ?

Et moi, je suis un autre moi distinct. N'est-ce pas d'une simplicité totale ?

Mais incomplète, tronquée.

C'est pourtant ainsi qu'ils existent.

À titre expérimental, j'accepte. Le concept de « moi » est bien limitant. Néanmoins..., au rapport !

Notre intrusion directe dans leur vaisseau s'est déroulée comme prévu. Nous avons interrogé leurs systèmes au moyen d'une décharge électrique.

Ces vaisseaux-systèmes nous sont loyaux ?

Non. Ils ne sauraient l'être sans se détruire.

Nous ne pouvons pas dominer de tels esprits ?

Ils viennent d'une époque où les primates savaient se protéger contre nous.

Livrent-ils les secrets que nous recherchons ?

Pas totalement. Ils savent que cet héritage que possèdent les humains est ancré dans la matière solide.

Improbable, à première vue.

Mais vrai, semble-t-il.

Qui pourrait avoir recours à des méthodes si barbares ?

Les primates étaient en plein déclin quand ils ont mis au point cette archive, ne l'oubliez pas. Si c'était une mémoire électrique, nous finirions par en avoir raison.

Elle est donc intégrée à leur vaisseau ?

C'est ce qu'il semble. Mais pas en totalité. Elle est sertie dans la matière, d'une manière ou d'une autre. Ils appellent cela les Héritages. Mais la nature du contenant n'est pas claire.

Voilà qui clarifie la question, en tout cas. Il ne nous reste plus qu'à vaporiser leur vaisseau.

Toutes les informations nécessaires ne sont pas là.

Où est donc le reste ?

Nous l'ignorons.

Est-ce la raison pour laquelle ils s'adressent au Phylum magnétique ?

Pour y loger leurs secrets ? Cela nous compliquerait sérieusement la tâche.

Vous pourriez peut-être contraindre ce Phylum à nous renseigner.

Cela nous obligerait à déplacer de telles masses que les lignes de champ seraient largement interrompues. Les énergies concernées sont effrayantes.

Espérez que les choses n'en arrivent pas là.

Il est peut-être préférable de poursuivre les sondages, en dépit du dangereux gauchissement provoqué par le cerceaudiscontinuité des quasimachines.

Si ces mêmes énergies étaient dirigées vers le cœur de leur vaisseau, ils se vaporiseraient instantanément.

Attention, les décharges électriques que nous avons conçues ont infesté leurs intelligences profondes. Leurs propres électrocerveaux, de taille limitée, mais cependant efficaces, nous cherchent en ce moment même.

Peuvent-ils trouver ces Héritages ?

Ils en possèdent déjà une partie.

Parfait ! En quoi consiste-t-elle ?

Il s'agit d'un guide indiquant les emplacements de leur héritage génétique.

Une carte de leur génome ?

Apparemment.

Cela ne représente aucun danger pour nous.

Apparemment pas.

Vous ne semblez pas en être certain.

Il y a de curieuses traces de données imbriquées dans le code, sans aucune utilité apparente.

Des erreurs, probablement.

J'aimerais que nous puissions en avoir la certitude.

Il nous faut vivre avec ce genre d'ambiguïtés. Notre nature et la vôtre nous rendent enclins à les accepter.

L'absence de preuve n'est pas une preuve d'absence.

Rien n'indique clairement que des primates soient parvenus jusqu'au Cône à une époque plus ou moins récente.

Certains ont probablement pu passer.

Beaucoup d'entre nous répugnent à parler du Cône.

Qui, à présent, se complaît dans l'ambiguïté ?

La décision de donner l'assaut au Cône, dans un passé reculé, venait de nous tous.

C'est faux. Elle venait surtout de vous.

C'est une simplification exagérée ! Je savais que cette division de nos moi finirait par me contrarier ! Vous voyez ? Elle conduit tout droit à l'accusation. À l'auto-accusation ! Vous êtes tout de même obligé d'admettre que l'idée de débiter le Cône en plusieurs morceaux à l'aide d'un cerceau de discontinuité était bonne !

À cette réserve près que le Cône a avalé le cerceau.

Il ne sert à rien de ressasser ces souvenirs. Le Cône finira par nous céder en temps voulu.

Exactement, mais pas de la manière que vous croyez. Le Cône fait partie du temps, et c'est la raison pour laquelle il est hors de notre portée.

Notre science finira par maîtriser le problème. Nous avons surpassé tout ce qui s'est introduit ici jusqu'à présent. Quelle importance, qu'ils pénètrent dans le Cône ?

Nous avons installé un point-relais. Il restera perché au bord du Cône, où il recevra les signaux émis par leur vaisseau pour nous les retransmettre.

Cela requiert une forte concentration d'énergie dans le vaisseau-relais. Seul le Cône est capable de demeurer ainsi stationnaire face au glissement de l'espace.

Exact. Mais l'effort portera ses fruits.

Nous avons essayé de telles méthodes dans le passé. Les pertes ont été élevées.

Cette fois-ci, l'enjeu est bien plus important.

Concentrez-vous sur ces primates ! Ils représentent le passé ! Balayez-les de notre dos !

Ils représentent aussi une partie de l'avenir.

Laissez tomber ces méditations. Vous avez une mission. Accomplissez-la !

Nous devons préalablement connaître la nature de la menace. Sans quoi, nous ne serons jamais certains de l'avoir extirpée.

Mais si !

L'ignorance n'est pas une stratégie efficace.

Je n'aime pas ce ton, Esthète.

Dans ce cas, je me suis bien fait comprendre.

Troisième partie

LA FOSSE DU TEMPS

1
Réalité profonde

Ils plongeaient vers la couche-limite de l'ergosphère. Toby trouvait qu'elle ressemblait à la peau élastique, comme du cuir fin, d'un animal enflé, animé d'un perpétuel tremblement de rage.

Puis l'*Argo* fila parallèlement à elle, accélérant sous une gravité croissante, et la perspective changea. C'était maintenant un océan agité qu'ils avaient sous eux, ridé de vagues et creusé de tourbillons. Les déferlantes entraient en collision les unes avec les autres dans de grands soulèvements d'écume, aussitôt rabattus par des vents frénétiques et invisibles.

« Tenez-vous bien », fit Killeen, les mâchoires rigides.

Toby était sanglé sur une couchette de la Passerelle. La gravité variait sans cesse autour de lui, tiraillant ses vêtements, lui agaçant l'oreille interne, déformant son sensorium de sorte que même sa vision pulsait et faisait de brusques embardées. Son Aspect craquelé et vacillant, Zénobie, se mit en avant.

> ***Ces forces… erratiques… ont été enregistrées… par des expéditions… humaines… qui les décrivaient comme… " un tigre en colère… secouant une souris ".***

« Hum… C'est quoi, un tigre ? »

Toby avait déjà vu des souris. Il avait pris au piège les rongeurs aux dents pointues qui venaient manger leur grain à la Citadelle LeFou. Zénobie lui transmit une image floue d'une créature qui regardait devant elle avec une férocité tranquille et menaçante. Elle fit irruption, en couleurs, dans son sensorium, et lui causa un frisson d'alarme glacé, jusqu'à ce que Zénobie lui dise :

> ***Cette créature… d'après mes données… était à peine plus longue que ta main.***

« Quel soulagement ! »

Il imagina ce que cela devait être que de se faire soulever et secouer par un chat. Les soubresauts, les secousses, les sensations de vide ou de nausée au creux de l'estomac, il pouvait les encaisser, mais il y avait des moments où les turbulences lui faisaient l'effet d'une série de doigts arachnéens qui glissaient sur sa peau, irréels et fantomatiques.

Les officiers de Passerelle étaient tous sanglés comme lui, mais le Cap'taine allait et venait sombrement sur le pont, luttant contre les embardées et les caprices de la gravité, mettant un point d'honneur à ne pas céder. Personne n'osait interrompre ses pensées tandis que résonnait le bruit de ses bottes. Ses mains étaient crispées dans son dos, et son visage offrait une expression perpétuellement tendue.

Toby comprit que son père était en train de se préparer à ce qui s'annonçait comme un désastre certain. Foncer vers l'inconnu était une chose, résultant d'une longue habitude des Familles. Mais se jeter dans la gueule ténébreuse d'une entité vivante, c'en était une autre…

« Maintenant », fit Killeen en adressant un signe de tête à Jocelyn.

Il y eut une sensation soudaine de glissement. Toby déglutit. Il se sentit tordu, étiré. La Passerelle tout entière sembla retenir sa respiration.

Ils plongèrent en direction de la peau ondoyante de l'ergosphère, dont la surface était agitée de tempêtes noires comme du carbone. Les creux et les crêtes étaient éclairés par un rougeoiement d'enfer, la lumière était courbée et compressée par la gravité brute. Jocelyn murmura, la gorge serrée :

« On y va ! »

Et ils plongèrent vers les vagues.

Dans les vagues.

À travers elles.

Toby battit des paupières. Pas de choc. Pas de collision. Ils s'enfonçaient sans heurt, rapidement, dans…

Une traînée de balles flamboyantes. Une pluie de lumière.

Pour Toby, l'intérieur de l'ergosphère était une nuit profonde criblée de traits successifs de luminosité aveuglante. Des projectiles fiévreux, éclatants, filaient tout autour d'eux, averse crépitante de rouges, de violets et d'étranges verts brûlants.

« Qu'est-ce que… qu'est-ce que c'est que cet endroit ? » chuchota Toby.

< La fosse du temps >, émit Quath.

« Tu veux parler du trou noir ? »

< Cet avaleur est plus loin vers l'intérieur. Ici, nous sommes dans le tourbillon créé par la rotation du trou noir. Une région assassine, où

l'espace-temps est entraîné par la masse noire du dévoreur, qui le brouille. >

Quath émit son bruit de crécelle et fit tournoyer ses tiges oculaires pour illustrer ce qu'elle disait.

« Hein ? Qui brouille quoi ? »

< Le temps et l'espace. Ils sont profondément liés, et la réalité profonde n'apparaît qu'à ceux qui peuvent voir à travers l'espace-temps. >

« Moi, je vois à peu près toute l'étendue du spectre… »

< Toi et moi, nous n'avons pas le privilège de percevoir directement l'espace-temps. Je doute que des créatures appartenant à des formes de vie inférieures puissent le voir non plus, hélas. Ce doit être [intraduisible]. Cela reviendrait à percevoir la gravité elle-même comme quelque chose de vivant, d'élastique. >

« Comment ça se fait qu'on soit si idiots ? »

L'averse lumineuse à l'extérieur était de plus en plus violente. Les écrans muraux éclaboussaient tous ceux qui étaient sur la Passerelle de leurs couleurs vivaces et étincelantes. Personne ne bougeait. L'*Argo* crépitait et faisait des embardées sous l'effet de forces invisibles. L'estomac bouleversé de Toby lui indiquait que la gravité se déplaçait nerveusement, comme une bête sauvage en chasse.

< Pouvoir diviser le monde réel en sections plus simples est un gros avantage. Nous sentons facilement l'espace, mais nous laissons gouverner l'énigme du temps par le tic-tac de nos machines, de nos montres. >

Toby fit la grimace.

« Le temps, c'est ce que donnent les montres, mère de toute vermine. Inutile de chercher la petite bête. »

< Mais ce n'est pas aussi simple que cela. Le temps est vivant, il se dispute avec ses conjoints, les trois dimensions d'extensions que nous percevons. Leur querelle ne connaît jamais de fin, elle régit tout. Ici, dans la fosse du temps, elle atteint son maximum. >

Toby secoua la tête. Il se sentait étourdi.

« C'est trop pour moi », dit-il.

La Passerelle était plongée dans un silence lourd. La plus grande partie de l'équipage était massée au centre du vaisseau, mieux protégé contre les particules que les champs magnétiques de l'*Argo* commençaient à avoir du mal à dévier. Toby et les autres personnes présentes sur la Passerelle avaient absorbé une préparation dont la recette avait été fournie par l'un des Aspects de Jocelyn. Elle était destinée à réparer les dommages éventuels causés par le rayonnement aux cellules de leur organisme. C'était une potion laiteuse qui avait le goût d'un seau de cendres où quelqu'un aurait pissé, mais Jocelyn disait qu'elle contenait des petites bêtes capables de fixer les molécules éclatées et de recoller les structures brisées comme une couturière miniature.

Pour le moment, Toby ne sentait d'anomalies qu'au niveau de son estomac. Il tressautait, se dilatait et se compressait en fonction des changements de direction de la gravité. Il ondulait et serpentait comme une amarre détachée. Toby s'agrippait à sa couchette et respirait par la bouche, sans prêter attention à la salive qui dégoulinait sur son menton, jusqu'à ce que la gravité lui imprime un sursaut vers le haut et qu'elle retombe en boule en plein dans son œil droit.

« Aïe !

« Ça va, mon fils ? demanda aussitôt Killeen.

« Euh… oui. J'ai un peu le vertige, c'est tout. »

Killeen lui adressa un bref sourire de sympathie.

« Tiens-toi bien, ça va probablement empirer. »

Soudain, une présence silencieuse, de marbre, se concrétisa en lui. C'était Shibo, dont la Personnalité faisait glisser sur son sensorium des doigts légers, rassurants et soyeux. Elle ne disait pas un mot. Il ne l'avait pas invoquée, mais son essence parfumait l'air, colorait sa vision et traçait de délicates arabesques de souvenirs dans son esprit. Elles se détachaient l'une après l'autre, comme de minces pelures, de la surface de marbre de l'esprit de Shibo, filigranes d'anciens jours sans fin, de calme pommelé de soleil, de tonnelles fraîches et feuillues où elle avait joué gamine, de rires d'enfants joyeux s'élevant, cristallins, dans une clairière, de repas savoureux, à pleines lèvres, partagés avec des amis depuis longtemps disparus.

Gêné, il secoua ces évocations, laissant remonter ses angoisses à la surface malgré les efforts silencieux de Shibo.

« Où est-ce qu'on va comme ça, p'pa ? »

Le Cap'taine fit une sombre grimace.

« Aucune idée, mon fils.

« Mais… »

Oui, se disait Toby. Ils savaient tous les deux à quel point ce qu'ils étaient en train de faire était dangereux. Tout le monde le savait à bord. Pourtant, ils continuaient de tomber dans le puits de l'inconnu, dans un abîme où nulle rédemption n'était en vue. Et pour des raisons que pas un seul d'entre eux, pas même le Cap'taine, n'était capable d'exprimer en paroles.

Quelque chose miroita sur les écrans muraux.

« Vaisseau en vue », fit Jocelyn d'une voix tendue.

« Ici ? murmura Cermo, sanglé plus loin dans sa couchette. Un vaisseau, dans un endroit pareil ? »

Un froissement de surprise, peut-être d'espoir, se fit sentir.

« Affichez les vecteurs, ordonna Killeen. Les diagnostics fonctionnent ?

« Certains », répondit Jocelyn.

Ses doigts coururent sur le tableau de commande. Les ordinateurs de l'*Argo* obéissaient à la voix ou au toucher. La plupart du temps, ils semblaient mélanger les deux pour anticiper les désirs de l'équipage ignare.

« Quelle distance ? demanda Killeen.

« Impossible à dire, fit Jocelyn en fronçant les sourcils. Le tableau de bord indique que la réfraction empêche toute mesure.

« La réfraction ? » demanda Toby.

Tout le monde l'ignora, mais son Aspect Isaac l'informa.

> ***Dans l'espace-temps courbe, la lumière est gauchie. Elle ne peut pas se propager en ligne droite. Les mesures de distance ne sont pas fiables. Ni les mesures de temps.***

« La chose se rapproche, déclara Cermo. Elle grossit. »

> ***C'est peut-être une illusion, également, causée par la courbure de la lumière. Ici, d'après la théorie, rien ne correspond aux apparences.***

« Quel type d'engin est-ce ? demanda Killeen.

« Difficile à dire, fit Jocelyn en fronçant les sourcils. L'image ne cesse de sauter.

« Plutôt massif, estima Cermo.

« Différent des vaisseaux myriapodes, murmura Killeen.

« Est-ce que ce sont des dômes ? demanda Jocelyn en réglant les capteurs pour obtenir une image plus fine. Il y a plusieurs protubérances sur la coque, regardez.

« Mmmm. Possible. Les mécas ont des bosses comme ça.

« Bouline ! fit Jocelyn en grinçant des dents. On dirait bien qu'ils se rapprochent. Si c'est des mécas, on est fichus. »

< Je vois des ressemblances avec votre vaisseau. >

Killeen se tourna en sursautant pour regarder Quath. Toby avait oublié que la nonhumaine s'était branchée sur les transmissions de la Passerelle. Il ne pouvait plus tenir une conversation privée avec elle. Cette pensée l'attrista quelque peu.

« L'*Argo* est vieux, déclara le Cap'taine. Le dernier de sa catégorie, probablement. Impossible d'en trouver un autre comme lui ici. »

< Les suppositions ne sont pas des faits. >

« Des humains ici ? demanda Cermo. Je souhaite de tout mon cœur que ce ne soit pas le cas.

« La fonction couleur n'est pas régulière », déclara Jocelyn d'une voix précise.

Elle ne se livrait à aucune spéculation. Elle gardait les yeux fixés sur le flot de données dynamiques de son panneau de commande.

Killeen cessa de faire lentement les cent pas et se rapprocha rapidement d'elle en luttant contre les embardées dues à la gravité erratique. Le panneau affichait une quantité impressionnante de chiffres, de courbes et de diagrammes de dispersion. Toby était capable d'en interpréter certains, avec un peu d'aide. Cela ressemblait aux leçons de maths que lui donnait Isaac. Killeen, par contre, avait toujours été contrarié par ce genre de détails.

« Ça veut dire quoi, tout ça ? demanda-t-il impatiemment.

« Quand les instruments scannent une image, même si elle est floue, ils peuvent distinguer les différences de couleur. Ce vaisseau a des taches sur sa coque.

« Et alors ? »

Killeen passa la main sur un écran, comme s'il pouvait mieux interpréter les détails au toucher. Toby lisait sur son visage la perplexité impatiente qui l'habitait. Ses longues années d'expérience où il ne se fiait qu'à son jugement rendaient les instruments suspects, quel que fût leur degré de sophistication. Toby comprenait ce qu'il ressentait. Il se sentait hésitant, lui aussi, devant des résultats qu'il ne savait pas interpréter avec précision.

« Il a peut-être subi des avaries, dit-il. On a dû lui tirer dessus. Il a même des trous dans sa coque, si ça se trouve.

« Ça veut dire que c'est un bâtiment de guerre, alors », fit Jocelyn en fronçant les sourcils.

Sur les écrans, une forme bleu-blanc miroita, tressautant sous les éclairs de lumière incessants. Les ordinateurs de bord essayaient frénétiquement de déterminer son identité, mais finirent par afficher TYPE INCONNU. Toby avait les yeux fixés sur le vaisseau argenté secoué par la tempête lorsque Quath déclara soudain :

< On plonge vite. La limite des trente jours approche. >

« Hein ? Quoi ? »

< Un jour à ces profondeurs dans la fosse du temps égale trente jours de durée normale à l'extérieur. >

« Qu'est-ce que tu racontes ? »

< Les Myriapodes m'ont adressé un sous-esprit. Je lui assigne ces tâches. Sa conscience numérique peut nous guider à travers ces régions. Il comprend que la courbe de l'espace-temps, pour nous, représente à la fois un gauchissement de la distance et une contraction du temps. >

Toby déglutit, et pas seulement à cause du nouveau soubresaut que faisait sa couchette. Avant qu'il eût réussi à comprendre ce que voulait dire Quath, Killeen prit sa décision et déclara en abattant sa main à plat sur le panneau de commande :

« On ne peut pas courir le risque que ce soit un vaisseau de guerre, et peut-être un méca. Préparez-vous à faire feu sur lui.

« Nous sommes parés, répliqua aussitôt Jocelyn.

« Attendez ! leur cria Toby. Vous n'avez pas entendu ce qu'a dit Quath ? Tout est déformé dans ces parages. Ce vaisseau vient peut-être d'un temps différent. Il n'est pas du tout certain qu'il nous suive.

« Qu'est-ce que ça peut faire, de quel temps il vient ? demanda Killeen. Un méca est un méca !

« Éloignons-nous un peu de lui, p'pa. Mon Aspect Isaac et Quath sont d'accord pour dire que les conditions locales sont étranges et qu'il vaudrait mieux, jusqu'à ce qu'on en sache un peu plus sur… »

Killeen jeta un bref coup d'œil à son fils, puis fit un signe de tête à Jocelyn.

« Ouvre l'œil. Prépare-toi à tirer.

« Parée, Cap'taine.

« P'pa ! »

< Il n'est pas conseillé d'agir sans savoir. >

Killeen étudia du regard la tête et les antennes de la nonhumaine, qui oscillaient sous l'effort qu'elle faisait pour compenser les marées de gravité dont l'effet s'exerçait sur la Passerelle comme une série de violentes bourrasques.

« Tu es certaine de ce que tu dis ? »

< Ici, rien n'est certain. Mais mon sous-esprit m'apprend que de nombreux vaisseaux inconnus rôdent dans les parages. >

« Nombreux ? Combien ? »

< Réponse inconnue. Ils s'étagent dans toutes les époques passées. >

« Des mécas ? »

< Certains, me dit mon sous-esprit, datent d'une époque antérieure à celle des mécaniques. >

Quath produisit, pour accompagner ces paroles, un bruit de bulles crépitantes que Toby fut incapable d'interpréter. L'*époque des mécaniques*, n'était-ce pas l'époque présente, la leur ? »

Killeen parut comprendre, cependant. Il hocha la tête en disant :

« Très bien. Tu peux afficher tes informations sur les écrans ? »

< Dans un instant. >

De nouveau le mystérieux crépitement de bulles.

Le vaisseau, sur les écrans, se mit à miroiter comme sous l'effet d'un surchauffement lumineux. Les contours de l'image se précisèrent un instant plus tard. La coque bosselée, autrefois lisse et argentée, était criblée de trous et parsemée de taches. Il y avait des protubérances qui auraient pu être des dômes, mais maculés et crasseux.

« Nos programmes de reconnaissance de formes disent qu'il est de construction humaine très ancienne », annonça Jocelyn.

Killeen se frotta le menton.

« Mmmm. Ça se peut.

« C'est sûrement ça ! » s'écria Toby.

La ligne et les arrondis du vaisseau lui rappelaient quelque chose. Avant qu'il pût en dire plus, l'image redevint floue. Un long moment de silence s'ensuivit. Les officiers de Passerelle avaient les yeux fixés sur leur Cap'taine. Tirer sur un bâtiment humain serait un très grand péché, mais mourir d'un missile méca…

« C'est pas un méca, n'importe comment, admit Killeen. Branlebas de combat annulé. »

Les tensions sur la Passerelle retombèrent. Les officiers murmurèrent, s'activèrent. Killeen se remit à faire les cent pas. Toby avait toujours les yeux fixés sur l'écran lorsque l'image de l'autre vaisseau s'éloigna soudain.

« Hé ! » s'écria Jocelyn en tripotant frénétiquement ses instruments.

Mais l'image s'était évanouie comme une fleur en train de s'enfoncer dans une mare noire.

« Plus rien, fit Killeen, qui paraissait soulagé. C'était peut-être un mirage, après tout. »

< Rien n'est impossible, ici. Regardez. >

Sur l'écran principal apparurent deux montres. Toby avait appris à lire un cadran numérique sur l'*Argo*, et il fut étonné de voir celui qui était bleu tourner au rythme habituel tandis que l'autre, rouge, faisait défiler les chiffres à un rythme ahurissant.

< Le temps de bord s'écoule normalement, émit Quath en réponse à sa perplexité confuse, tandis que le temps extérieur s'accélère à mesure que nous pénétrons vers le cœur. >

Toby regardait, sidéré, le cadran qui tournait à toute vitesse. Il avait du mal à croire que cela pût signifier quoi que ce soit de réel.

« Tu veux dire que le temps s'écoule plus vite au-dehors ? »

< Par rapport à nous, oui. >

« Qu'est-ce qui l'accélère ? »

< En fait, c'est nous qui sommes au ralenti. La durée est toujours quelque chose de local et de subjectif. >

Toby n'arrivait pas à se représenter la possibilité d'une telle chose.

« Qu'est-ce qui va se passer quand on ressortira ? »

< Si nous séjournons dans cette région de courbure, nous nous apercevrons que beaucoup de choses se sont passées pendant que nous étions ici. >

« Quelle courbure ? » demanda intempestivement Killeen.

< L'effet peut être inverse, également. Beaucoup de choses sont déformées ici, comme si on les observait à travers une grosse plaque de verre flou. >

« Ça ne va pas nous aider à trouver quoi que ce soit. »

< Ce n'est pas la plus grosse difficulté à laquelle nous risquons de nous heurter. Le temps, ici, est pris au piège. Il peut être aussi bien ingéré que dégorgé. >

« C'est pour cela que tu appelles cette région la fosse du temps ? »
L'Aspect Isaac de Toby intervint alors pour expliquer :

Le trou noir engloutit l'espace. D'après la vieille Zénobie, dont la connaissance théorique de ces questions remonte à bien avant son existence corporelle réelle, tout se passe comme si l'espace glissait à l'entrée du trou à une vitesse de plus en plus élevée à mesure qu'il s'approche de la pente. Là, même la lumière se débat pour sauver son existence. Mais l'ergosphère est un abîme pour le temps, et non pas pour l'espace. Ici, la durée d'un événement donné peut s'étirer, se comprimer ou se déformer pendant que l'espace — l'espace condamné, en train de glisser dans l'abîme — joue avec elle, et tire la queue du temps.

Toby faisait des efforts pathétiques pour saisir mentalement ces notions tandis que son estomac était agité de spasmes acides et que les écrans clignotaient. Les éclairs de matière, hérissés de radiations, harcelaient leur vaisseau. Confusément, Toby se dit que c'était peut-être Dieu qu'ils voyaient en train de cracher à travers le ciel. Une bonne blague cosmique.

« Comment… comment fait-on pour s'orienter, alors, dans ces parages ? » demanda-t-il.

La gravité est capable de courber et de tordre une séquence donnée d'événements. Vivre dans un tel environnement équivaut à connaître le sort d'une chenille condamnée à cheminer sur une ceinture suspendue dans un placard. La ceinture a subi une torsion avant d'être bouclée à l'envers. La chenille peut avancer autant qu'elle veut, sur les deux faces du cuir, mais la ceinture n'a plus, en réalité, qu'un seul côté. Elle ne pourra jamais la quitter. Pour cette chenille, les mêmes événements se reproduisent sans fin, et elle n'arrivera jamais au bout de son fastidieux voyage.

La petite voix métallique de l'Aspect avait des consonances désagréables.

« Tu parles de ça comme si ça t'était arrivé en personne », dit-il.

Ce sont des choses que j'ai étudiées. Hélas, je ne peux les connaître que par l'intermédiaire des anciens textes. Et aussi par la vieille Zénobie toute desséchée, un personnage vraiment antipathique. Elle me raconte toujours les expériences

que les humains ont faites ici dans le passé. Elle prétend même qu'ils ont bâti des structures.

« Comment pourrait-on bâtir quoi que ce soit ici ? »

Il s'agit sans aucun doute d'une erreur de transcription ou d'une défaillance de la mémoire erratique de la vieille Zénobie qui divague. On mélangeait souvent la mythologie et la science à cette grande époque. C'était à la mode. Imagine le luxe ! Mais, pour ta gouverne, je peux te donner un cours complet sur…

« Euh… Non, merci. »

Toby fit rentrer en hâte l'Aspect dans son trou.

« C'est quoi, ça ? » demanda alors Killeen.

Il montrait du doigt une noirceur luisante qui venait d'apparaître. Aux yeux de Toby, cela ressemblait à une énorme ruche, ténébreuse et lustrée, criblée de galeries.

Quath émit un trille alarmé.

< Je ne sais pas. Mais j'ai bien l'impression qu'il s'agit de notre destination. >

« Pourquoi ? » voulut savoir Killeen.

< Dès l'instant où l'Esprit Magnétique nous a parlé, je suis entrée en communion avec les Myriapodes et toute la légion des Philosophes. Ils m'ont parlé du moment singulier où l'on pouvait entrer dans la fosse du temps et déterminer la bonne direction où aller. Cela ne se produit que lors de l'ingestion d'une grande masse de matière, comme cette étoile agonisante que nous avons vue. En glissant à l'intérieur, la masse crée des turbulences à l'orée de la fosse. C'est le bon moment pour y entrer. Et le seul moyen d'arriver jusqu'à cet endroit. >

Toby essaya de se représenter ce dont parlait Quath.

« C'est comme quand on se glisse par une porte qu'un coup de vent a ouverte et menace de refermer ? » demanda-t-il.

< D'une certaine manière, si tu veux. Mais pour ébranler l'entrée de la fosse du temps, il faut un vent à l'échelle de plusieurs mondes. >

Le visage de Killeen se plissa d'incertitude.

« Le moment de déhiscence ? Déhiscence signifie ouverture, n'est-ce pas ? Mais ouverture sur quoi ? »

< Sur cette structure qui se trouve en face de nous. Ou sur quelque chose d'autre, un peu plus loin. Mes Philosophes n'en savent pas davantage. >

Le vaisseau se mit à frémir et à trépider sous l'effet de nouvelles contraintes. Une noirceur brillante, huileuse, remplissait tous les écrans, immense et incontournable.

2
La maison nid d'abeilles

La structure noire et luisante parut se déployer comme si elle nageait dans la semi-lumière aqueuse. Toby s'aperçut qu'elle grossissait à vue d'œil. Elle émergeait tel un vaisseau contourné qui monte du fond d'un lac noir comme de l'encre. Elle semblait se couler dans l'espace environnant, tirée des ténèbres mouvementées secouées par les vents, issue de profondeurs invisibles. Des murailles et des plaines nouvelles se formaient à chaque instant dans ses flancs, hérissées de crêtes dentelées et de facettes qui captaient les éclairs de lumière filant dans toutes les directions à la fois.

< Notez l'heure locale de bord. >

Toby battit des paupières, les yeux plissés. Le ton sur lequel la non-humaine avait émis cela n'indiquait nullement qu'elle partageait son propre étonnement. Les chiffres indiquant l'écoulement de la durée à l'extérieur défilaient encore plus vite que tout à l'heure.

< Nous sommes déjà au niveau de l'année. >

Killeen, toujours debout sur le pont qui craquait, changea de position pour compenser une série d'embardées erratiques. Le visage tendu, il ne quittait pas des yeux la masse qui se dilatait sur les écrans.

« Jusqu'à quelle profondeur peut-on descendre ? »

< Nul ne le sait. Mais il est possible de descendre davantage. >

« Mmmm, fit Killeen avec un sourire sardonique. Y a-t-il une seule chose qui soit impossible ici ? »

Jocelyn intervint pour annoncer d'une voix concise :

« Consommation de carburant en hausse. »

Killeen hocha la tête.

« Elle n'a pas cessé de grimper. Quelle est notre marge actuelle ?

« Pour quitter cet endroit ?

« Ouidire. Pour s'arracher à cette *ergosphère*. »

Le mot mettait Killeen mal à l'aise. Ce jargon des Aspects, c'était comme un langage qu'il aurait seulement fait semblant de parler.

Les craquements dus aux formidables tensions qui s'exerçaient sur l'*Argo* avaient détourné l'attention de Toby des pulsations sourdes de leurs moteurs. Leur grondement laborieux faisait pourtant tout trembler, et il sentait les vibrations jusque dans sa couchette.

Jocelyn s'affaira quelques instants, le regard mobile, absorbée par sa liaison directe avec les systèmes de bord. Des plis d'anxiété barrèrent son front, et elle déclara :

« Les ordinateurs sont en train de calculer la poussée nécessaire pour sortir d'ici. Les nombres changent d'une seconde à l'autre. On se rapproche. Tout le carburant va être englouti rien que pour nous maintenir en orbite, j'ai l'impression.

« Combien de temps ?

« Encore une cinquantaine de minutes, peut-être. »

Même aux yeux de Toby, qui le connaissait pourtant par cœur, Killeen parut rester imperturbable en apprenant cela.

« Je vois », se contenta-t-il de dire.

L'*Argo* se propulsait en happant le plasma par ses gueules magnétiques pour le brûler dans ses chambres de fusion et le recracher à l'arrière. Mais il fallait des catalyseurs pour tout ça, et ils commençaient à en être à court.

< Si nous nous approchons du bord de l'horizon-événement, l'entrée du trou noir, nous allons vite constater qu'aucune quantité de carburant ne pourrait nous sauver. >

Toby fut choqué de la manière nonchalante dont Quath leur annonçait cela, sans le moindre préambule. Son père ne laissait toujours rien voir de ce qu'il pensait. Il gardait les yeux fixés sur l'étrange objet d'un noir luisant.

« Ce truc-là, on dirait une montagne qui enfle. Tu es sûre que ça n'a rien à voir avec l'*horizon-événement* dont tu parles ? »

< Je n'en sais rien. Mais l'objet n'est pas le trou noir. >

« Comment est-ce que tu peux en être si sûre ? »

< Quand les éclairs autour de nous commenceront à mourir, cela voudra dire que la masse qui tombe est absorbée. >

« La substance de l'étoile plongera alors au cœur du trou noir ? » fit Killeen.

< Obligatoirement. Elle ne peut pas rester en orbite. Il n'y a aucune voie libre dans la fosse du temps. >

« Et nous ? demanda Toby. Comment ça se fait qu'on peut rester tranquillement ici ? »

< Pas pour longtemps. La seule chose qui fait que nous pouvons nous approcher si près du trou est qu'il s'agit du plus gros de toute notre galaxie : plus d'un million de fois la masse d'une étoile. Bien que cette masse exerce une énorme attraction, les formes de marée sont moins importantes ici, à l'embouchure du Mangeur. S'il s'agissait d'un trou plus petit, nous serions déchiquetés avant même d'avoir pu y pénétrer. >

« Je n'ai aucune envie de me rapprocher davantage de ce truc-là tant qu'on ne voit pas ce qui se passe ou qu'on n'a pas la moindre idée de ce que ça peut être. »

Le Cap'taine pointa l'index sur la masse luisante et complexe en train de prendre forme sur les écrans. Cela ressemblait à une sorte de boue cristalline. Les moteurs faisaient trembler tout leur vaisseau, mais en vain. La masse se rapprochait de plus en plus.

« Cap'taine, fit Jocelyn, je ne crois pas que nous ayons la puissance nécessaire pour exécuter une manœuvre, quelle qu'elle soit. »

Killeen serra les lèvres.

« On ne peut plus s'éloigner de ce truc ?

« Je ne pense pas. J'ai déjà donné toute la puissance.

« Qu'est-ce qu'il faut faire, Quath ? » demanda Killeen, lançant pour la première fois un appel direct au secours.

< Je ne sais pas. Le bord de l'abîme où l'espace disparaît à jamais est noir comme la mort. Nous allons bientôt apprendre que nous nous trouvons là où la matière dirige tout et où l'espace glisse pour disparaître à jamais dans la gorge du Mangeur de Toutes Choses. Mais cet objet… Il est différent. >

« Je… Nous avons fait tout ce chemin pour arriver ici, et… »

Killeen contemplait l'écran avec une étrange expression, que Toby avait rarement vue sur son visage ces dernières années. Une expression d'incertitude.

« La Famille LeFou connaît depuis toujours l'importance du Mangeur, reprit Killeen. Mais où faut-il aller, à présent ? »

< Nous avons atteint la limite de ce que le passé peut nous apprendre. >

En les écoutant parler ainsi tous les deux, Toby avait les cheveux qui se dressaient sur la tête. Ils étaient comme de bons amis en train de discuter suicide.

Une partie de Toby accueillait cependant avec plaisir les hésitations de Killeen. Il se rendait compte à quel point il ressentait l'absence de l'homme à plusieurs facettes qu'il avait connu toute sa vie et qui était remplacé, depuis quelque temps, par ce chef au visage de marbre. Mais cela ne dura pas. De nouveau, le regard du Cap'taine se durcit, et il murmura :

« Il faut que ce soit là. Ça ne peut pas être ailleurs. »

< La nécessité découle de la logique et non du désir. Les Philosophes se retirent dans [intraduisible] en de tels moments de doute. >

Jocelyn lança à Quath un regard sceptique, puis s'affaira durant le long silence qui s'ensuivit, en suspens dans l'air fiévreux. Elle annonça alors tranquillement à Killeen :

« L'*Argo* indique qu'il y a une orbite praticable, qui pourrait nous conduire dans un endroit qu'il appelle *périgée*. C'est juste au-dessus du bord du trou noir. Mais si nous nous en rapprochons autant, nous risquons de ne plus jamais pouvoir nous arracher au… tourbillon.

« Tu en es sûre ? demanda Killeen d'une voix sèche, sans intonation.

« Autant qu'on peut être sûr de quoi que ce soit dans ce foutu endroit. »

L'Aspect Isaac de Toby débita alors de sa voix impersonnelle :

> ***Le terme correct est " péribarythron ". Périgée ne s'applique qu'à la Vieille Terre et aux orbites voisines. Ces ordinateurs de bord ont dû être programmés par quelqu'un qui avait une éducation classique, mais qui se souciait peu du respect des détails techniques. J'espère que cette attitude négligente ne s'étend pas à...***

Toby refoula l'Aspect dans les profondeurs d'où il était sorti. Ses couinements indignés moururent sur une note qui ressemblait nettement au bruit d'un bouchon qui saute.

« Pourquoi est-ce que la montre tourne si vite ? » demanda Killeen en indiquant les chiffres qui défilaient à toute vitesse.

Quath, mal à l'aise, frotta ses pattes avec un bruit de crécelle.

< Cela ne correspond pas aux calculs livrés par les Philosophes. Il y a quelque chose qui gauchit l'espace-temps d'une manière imprévue. >

« Ce serait ça ? » demanda Killeen en montrant la masse noire et luisante qui continuait d'enfler devant eux.

< Possible. Les apparences, ici, sont trompeuses. La gravité déforme la lumière à sa guise. >

Incrustées dans la masse, Toby apercevait distinctement des vallées et collines, des arches et colonnes.

« C'est une construction ! souffla-t-il. Ce n'est pas quelque chose de naturel !

« Ouidire, approuva Killeen en plissant les paupières. Je le savais bien ! Quelque chose nous attirait ici ! Abraham, l'Esprit Magnétique. Tout concorde !

« Comment ce truc-là peut rester ici ? »

Toby regardait la masse noire avec perplexité. Il ignorait exactement ce qu'avait pu être la vision de son père, à travers les longues années de voyage qui les avaient conduits finalement ici. C'étaient des choses dont Killeen parlait rarement. Mais, de toute évidence, ça ne pouvait pas être ça. Il vit un pli soucieux barrer le front de son père, puis s'effacer comme une contrariété oubliée.

« Peu importe, murmura le Cap'taine. On aura tout le temps, plus tard, de s'interroger sur ce que c'est au juste. »

Toby observait les écrans avec appréhension. La masse noire luisante ne cessait de grossir. On aurait dit qu'elle attirait peu à peu l'*Argo* dans une lente et irrésistible étreinte. Mais elle ne faisait pas que se rapprocher. Elle semblait en même temps prendre forme, émerger de quelque part, naître d'un endroit impossible à connaître.

Il fallait qu'il réfléchisse, qu'il imagine ce que cela pouvait être. Il ferma les yeux pour ne plus voir ce spectacle irréel.

« P'pa, ces... Cyaniques, ces trucs que le Cercle Cosmique a découpés, est-ce que l'Esprit Magnétique n'a pas dit qu'ils avaient été fabriqués par les mécas ?

« Ouidire, fit Killeen. Une sorte de barrière, comme un piège à sable, quelque chose comme ça. Mais ce truc-là... »

Les mots s'éteignirent dans sa gorge. Toby rouvrit les yeux. La structure était devenue encore plus grosse. Ils avaient maintenant une meilleure idée de son immensité. Des terrasses en nids d'abeilles, des vallées, des plateaux étaient visibles. Il y avait des rangées et des rangées d'ouvertures hexagonales, des toiles d'araignée de câbles et d'entretoises. Mais peut-être était-ce l'œil humain qui attribuait ces formes à une image autrement incompréhensible pour lui, se disait Toby.

La Passerelle était totalement silencieuse. On n'entendait que les craquements de l'*Argo*, soumis à des étirements et à des compressions erratiques. Toby se demandait combien de temps le vaisseau allait pouvoir résister à ces brassages de forces qui le dépassaient.

« Cap'taine, appela Jocelyn, nous brûlons trop de carburant !

« Je le sais.

« Ça va être... Il ne nous reste plus que quelques minutes, à moins que... »

Quelque chose se durcit dans l'expression de Killeen.

« Dans l'ancien temps, à la Citadelle LeFou, on aurait fait un raid. Tout ce qu'on aurait trouvé, on l'aurait rapporté à bord, en disant que c'était ça qu'on était allé chercher. »

Il fit lentement du regard le tour de la Passerelle. Tout le monde, y compris Toby et Quath, le considéra sans réagir.

« On pourrait faire exactement la même chose ici, continua le Cap'taine en indiquant les motifs en nids d'abeilles baignés de lumière évasive et scintillante. Voilà notre objectif. Lieutenante Jocelyn, fais-nous entrer là-dedans, et sans perdre de temps. »

Un long silence accueillit ces paroles. Dans les visages épuisés, Toby lut la confirmation que c'était là leur dernière chance. Ils allaient lancer leurs dés dans les ténèbres, maintenant et pour l'éternité.

Les événements s'enchaînèrent rapidement. À petits gestes rapides et vifs, Jocelyn sollicita les statos au maximum de leur poussée. Ses doigts couraient sur le panneau de commande. Dans son sensorium, Toby sentit les champs magnétiques du vaisseau qui s'enflaient, se déployaient comme un filet invisible pour capturer la matière qui passait, l'aspirer dans ses chambres de réaction et la recracher à l'arrière. Le pont trembla. Les membrures gémirent et hurlèrent. L'accélération se fit sentir comme un coup de pied aux fesses. Ils foncèrent vers la structure d'ébène.

« Quel endroit exactement, Cap'taine ? »

Jocelyn était d'une froide efficacité. Toby admirait son calme tandis qu'elle se tournait vers Killeen, un sourcil levé. Autant aller à la rencontre de son destin avec le plus de dignité possible.

« Euh… Là », fit Killeen en balayant du regard les données détaillées qui défilaient devant eux.

Un petit point vert clignota à l'extrémité d'une longue péninsule terminée en pointe.

« Ce n'était pas là il y a un instant », fit Jocelyn.

Dans le silence pesant, Toby murmura :

« C'est peut-être quelqu'un qui vient d'allumer devant sa porte. »

Sa mère faisait ça, à la Citadelle LeFou, quand il sortait jouer tard le soir avec ses copains, l'été. Une petite lumière blanc-jaune, camouflée pour éviter que les mécas ne la détectent. Son éclat était faible et intermittent dans l'obscurité tombante, mais elle était là. Il aimait chasser les petits oiseaux qui luisaient quand ils battaient des ailes. Il avait beau les poursuivre très loin dans les broussailles, guidé par leurs froissements d'ailes et leurs piaillements, la petite lumière devant la porte restait toujours visible. “ Ne t'éloigne pas d'elle ”, lui disait toujours sa maman.

Une lumière étudiée pour n'être visible que des humains et non des mécas. Pour ce que ça leur avait rapporté au bout du compte, songea Toby, morose.

La lueur verte sembla flotter dans leur direction. Une caverne s'ouvrit au-dessous d'elle. D'un signe de tête, Killeen indiqua à Jocelyn d'y entrer.

Ils glissèrent sans heurt à l'intérieur, puis s'immobilisèrent entre deux énormes falaises d'un noir d'encre.

Ici aussi, le motif en nids d'abeilles se répétait, à des échelles de plus en plus réduites. Des reflets changeants, en technicolor, dansaient sur les flancs d'ébène, renvoyant la lumière des traits embrasés de matière condamnée qui trouaient l'obscurité au-dessus d'eux. Cet endroit semblait être le bout de la création, solide et immuable, paysage nocturne sous un ciel nerveux et agonisant.

Puis les nids d'abeilles semblèrent s'enfler et clignoter. Brusquement, ils se retrouvèrent à *l'intérieur* des murs noirs luisants. À l'intérieur de leur structure même, quelle qu'elle fût. Sans aucune transition visible.

Jocelyn coupa les réacteurs. Killeen ordonna de réduire toutes les activités afin d'économiser l'énergie. Cela fit descendre sur le pont un calme que tout le monde accueillit avec plaisir. Tout devint silencieux. Il ne restait plus rien à faire, ni aucun endroit où aller.

Toby sursauta lorsque l'officier de garde au sas principal se manifesta d'une voix rauque. Tout le monde à bord, constata Toby, avait les nerfs tendus à craquer.

L'officier déclara avoir entendu quelque chose à l'extérieur. Il brancha ses capteurs sur les systèmes de bord. Dans le sensorium général, le bruit enfla, incroyablement résonnant. Cela ressemblait exactement à quelqu'un qui tambourine sur une porte.

3
Le Noirdistan

L'homme était un nain fripé, mais cela ne semblait pas le gêner.

« Vous êtes de quelle époque ? » demanda-t-il tout en guidant un groupe de cinq officiers et Toby dans le long corridor mal éclairé.

L'endroit ressemblait à un terrier sinistre au plafond bas. Les bottes résonnaient sur le revêtement dur en céramique.

Personne ne répondit. Ils attendaient tous que Killeen parle le premier, mais il demeurait muet. Finalement, le nain haussa les épaules.

« Récente, j'ai l'impression. »

Toby n'avait pas assisté à la première rencontre entre Killeen et ce personnage courtaud et râblé, mais il voyait qu'elle n'avait rien réglé.

« D'après la Calamité, je vous l'ai dit », finit par murmurer le Cap'taine d'une voix dépourvue d'intonation.

Il avait la bouche sèche et les lèvres exsangues.

« Pas de quoi découper l'air en rondelles, ici, l'aminche. La vie n'est qu'une calamité pour tout le monde, à bien y regarder.

« Nous venons de la planète Nivale, et vous pouvez garder votre philosophie pour vous. »

Les sourcils du nain s'arquèrent. Il leva les yeux vers le Cap'taine.

« Ah ! Je vois que monsieur est un systo-critique, hein ? »

Le coin de la bouche de Killeen tressaillit légèrement. Toby comprit que son père était en train de sonder délicatement une situation toute nouvelle pour lui. Mais, même si elle était étrange, elle semblait cependant totalement banale. Il répondit d'une voix neutre :

« Nous avons quitté notre monde pour échapper à sa destruction. Nous avons été guidés jusqu'ici par des intuitions et des messages…

« Oyez-moi ça ! J'ai installé une puce juste pour pouvoir parler ce vernaque que vous croassez tous. Alors, laissez-moi vous dire, les aminches, j'apprécierais un peu plus de bande passante de vot' part.

Chaque vaisseau déglingué qui s'pointe ici, y vient d'un trou perdu de l'été et y s'imagine qu'on connaît par cœur toute son histoire, jusqu'au moindre furoncle sur son cul culturel.

« Je m'attendais à un peu plus de respect de la part d'une délégation aux avant-postes de…

« Le respect, demandez ça aux gusses derrière les comptoirs. Moi, j'ai un boulot à faire. »

Ils étaient arrivés au bout du corridor. Au-delà, on apercevait d'autres bouches rondes marquant l'entrée de nouveaux passages.

« Je n'étais pas là quand vous avez dû en parler, fit Toby. Mais… où sommes-nous ? »

Le nain cilla avant de lever la tête pour répondre :

« Ce n'est qu'un portail ordinaire. Un peu plus perfectionné que les autres, peut-être, mais…

« Ce que je veux dire, c'est… Un portail qui mène où ?

« Dans l'été. E pour espace, T pour temps. »

Le nain leur fit signe de s'engager dans un corridor, et ils poursuivirent leur chemin. Des portes s'ouvrirent automatiquement sur leur passage. Ils ignorèrent ces invitations et les entendirent se refermer derrière eux.

« Vous voulez dire que nous sommes ici dans une autre catégorie d'espace-temps ? demanda Toby, à qui cet endroit paraissait prodigieusement ennuyeux.

« Les gamins n'apprennent plus rien, de nos jours, hein ? » murmura le nain à Killeen d'un air entendu.

Toby ne voyait pas comment cette miniature d'homme pouvait le traiter de jeunot alors qu'il était bien plus grand que lui. Il se préparait à lui communiquer vertement cette pensée lorsque Killeen répondit d'une voix sans intonation :

« Nous aimerions tous savoir dans quel foutu endroit nous sommes.

« Un morceau tarabiscoté d'été stable et habité. Gouverné, également. À propos, je ne crois pas vous avoir entendu exprimer de remerciements pour avoir été tirés du Noirdistan. »

Avec sincérité, Killeen répliqua :

« Nous vous sommes extrêmement reconnaissants. Nous…

« Vous allez nous dédommager pour tout ça, plus tard, Cap'taine. Inutile d'en rajouter. Pour le moment, la seule chose…

« Qui a fabriqué cet “ été ” ? demanda impulsivement Toby. C'est vous autres ? »

Il baissa les yeux vers le nain d'un air dubitatif.

« Fabriqué ? fit le petit homme avec un haussement d'épaules. C'est là depuis toujours.

« Comment est-ce que ça serait possible ? insista Toby. Un truc comme ça, tout près d'un trou noir, le plus gros de la galaxie…

« Je crois qu'il y a des choses que vous autres des terres-plates vous ne saisissez pas très bien, mon petit. Ça n'a pas beaucoup de sens de demander qui a fabriqué l'été alors qu'il possède ses propres lignes de temps, tu saisis ? »

Toby ne saisissait rien du tout.

« Je veux juste savoir ce que…

« Ça suffit ! Amenez-vous, tas de bigarrés, y faut qu'on vous filtre ! Ça sera pas long. »

Le nain les avait fait entrer dans une petite pièce dont les parois semblaient faites d'éponge jaune et poreuse. Toby était encore en train de se demander ce que signifiaient ses dernières remarques lorsque Killeen commença à dire quelque chose. Le nain fit alors prestement un bond en arrière, la bouche tordue par un sourire sardonique. Une paroi secrète descendit du plafond et se bloqua au sol avec un déclic.

« Il nous a piégés ! s'écria Cermo, inquiet. J'ai bien peur que… »

Subitement, l'air sembla se comprimer autour d'eux. Puis le phénomène s'inversa, la pression siffla, leurs oreilles parurent sur le point d'éclater. Un assemblage de lentilles, au plafond, fit pleuvoir sur eux de vifs éclairs de lumière fragile en succession rapide. Toby ferma les yeux, mais les éclairs lui piquèrent néanmoins le visage et les mains.

Cela continua un bon moment. Les LeFou hurlaient, menaçaient de faire un trou dans la paroi, mais Killeen leur ordonna de se taire.

« Il n'y a pas de menace pour le moment. Restez tranquilles. »

Une présence vibrante sembla les palper de ses mains invisibles. Leurs armes, leurs équipements et leurs vêtements furent inspectés. Toby essaya vainement de repérer la source de tout cela. Son sensorium ne réagit que par une série confuse de signaux ininterprétables. Il fixait des yeux un point de la paroi lorsque, soudain, un trou circulaire s'y ouvrit, grossissant rapidement. Bientôt, ce fut une nouvelle porte.

Sur le seuil se tenait le nain, qui avait l'air de s'ennuyer passablement.

« Vous voilà raisonnablement nettoyés, dit-il. Débarrassés de ces spores-espions mécas qu'on voit un peu partout en ce moment. D'où est-ce que vous venez, déjà ? »

Ils se bousculaient dans leur hâte de quitter la pièce exiguë. Une longue habitude faisait qu'ils préféraient toujours être à découvert.

« Qui veut le savoir ? demanda Killeen.

« Mmmm ? »

Entre autres manies irritantes, le nain avait celle de regarder dans le vague, comme s'il consultait un Aspect. Un LeFou poli, dans le même cas, aurait au moins jeté un coup d'œil rapide à la personne qui s'adressait à lui.

« Ah ! Je croyais vous l'avoir dit. Je suis Andro, spécialiste suprême des bidouilles. Je dois m'assurer que vous n'amenez pas sur vous trop de pestiotes, de sigistes ou de microzieux.

« Sigistes ? demanda Toby.

« Vous êtes des postarques, pas vrai ? Mais vous auriez quand même dû en entendre parler. Les sigistes sont des bombes estivales, de minuscules mécabidules qui peuvent faire très mal. Ils ont la taille — et à peu près l'aspect — d'une cellule épidermique. Et ils peuvent faire un trou dans la plupart des étés que nous possédons.

« Et combien est-ce que vous en poss… »

Killeen n'eut pas le temps de formuler le reste de sa question. Déjà, Andro s'éloignait de toute la vitesse de ses petites jambes de nain. Toby constata qu'il glissait, étant plus près du sol, sans presque jamais lever les pieds, pratiquement. La gravité, ici, était plus faible qu'à bord de l'*Argo*, et les officiers, remplis d'excitation et de confusion mêlées, faisaient de grands pas bondissants.

Toby crut deviner que *postarque* faisait allusion aux époques arcologiques. Ce nain impatient était donc au courant de leur histoire ?

« Où est-ce qu'on va ? cria Killeen à Andro.

« Rékur-kur. »

L'opération consistait essentiellement à se tenir sous un microscope et à être secoué dans tous les sens par des mains géantes. Le nain tournait autour d'eux, donnait des explications à toute vitesse d'une voix incompréhensible, faisait des bonds en arrière et battait des mains.

Quelque chose souleva Toby, le piqua, le pinça et le flaira sous toutes les coutures. Sans cause apparente, ses vêtements se retroussèrent, se tortillèrent et le quittèrent. Ils disparurent en claquant dans l'air épais. Il poussa un cri, et n'entendit qu'un écho. Puis un filet de substances vermiformes le souleva la tête en bas pendant que des choses vivantes et gluantes couraient sur son corps et exploraient ses oreilles ainsi que ses orifices les plus intimes. Toujours la tête en bas, les bras tenus sous lui par les mâchoires capitonnées mais implacables d'une benne preneuse, il se vit administrer un bain odoriférant, fleuri et féroce qui, de nouveau, lui pénétra toutes les fissures qu'il se connaissait et même plusieurs autres qu'il découvrait au passage.

Puis la benne preneuse le lâcha. Il tomba, pour se retrouver dans une soupe de verdure d'où il ressortit en crachant et en s'ébrouant pour être aspiré aussitôt sur une plage de sable sec par la pulsation d'un champ magnétique qui agrippa ses nombreux implants métalliques et le fit glisser sur le sable mauve et crissant qui le lécha et se colla à lui en bruissant comme autant d'organismes microscopiques. Tout cela ne lui causa aucun mal, ne lui écorcha pas le moindre coin de peau. C'était comme si le sable se coulait autour de lui en exerçant juste assez de pression pour le maintenir où il voulait. La nappe grouillante lui couvrait tout le corps. Elle s'insinua dans ses narines, ses oreilles, son pli fessier, en murmurant des choses désagréables. Puis elle se retira en un froissis légèrement crissant. Il se releva, tremblant. Des grains de sable lui coulèrent des trous de nez. Ils glissèrent sur son visage et tombèrent de ses cheveux en gloussant.

Toby n'était pas d'humeur à apprécier l'humour de la situation. Il s'écarta de la petite plage juste au moment où Jocelyn tombait d'un nuage, pirouettant dans l'air avant de heurter la soupe de verdure dans une grande éclaboussure. Elle poussait des cris aigus, le souffle court.

« Détends-toi, laisse-toi faire », lui conseilla Toby.

Cela n'arrangea rien. Jocelyn se débattit avec fureur dans la soupe verte, créant des vagues tout autour d'elle. Mais les flux magnétiques la saisirent dans une position plutôt embarrassante pour une personne de son sexe, en la ligotant comme des cordes. Toby voyait tout cela à travers son sensorium visuel dopplérisé. Jocelyn atterrit alors sur le sable et s'ébroua.

Toby finit par se désintéresser de ses efforts pour se libérer et grimpa sur une dune à travers un mur de brouillard laiteux. De l'autre côté, le nain l'attendait avec un peignoir jaune en éponge dans les mains.

« Où sont mes vêtements ?

« En rééducation, fit Andro, l'œil distrait.

« Hein ?

« Portez ça pour aller manger.

« Et pourquoi ?

« C'est votre instructeur.

« Je ne savais pas que je m'étais enrôlé.

« Tous ceux qui passent par Port-Athènes doivent suivre la formation, grand échalas.

« Grand quoi ?

« Un mot ancien. Ça veut dire que vous êtes un peu trop grand.

« Je n'aime pas ce mot. Et moi, je trouve que vous êtes un peu trop petit.

« Quelques jours de tape-front dans les entrées de portes vous donneront l'instruction qui vous manque. »

Avec un haussement d'épaules, Toby revêtit le peignoir jaune. Il était exactement à sa taille, et sembla se draper de lui-même autour de lui.

« Quand est-ce que je récupérerai mes vêtements ? insista-t-il.

« Quand ils auront réussi, lui dit Andro. En attendant, vous restez habillé comme vous êtes.

« Et pourquoi ?

« Qui ne mange pas n'apprend pas, mon garçon. »

Andro étouffa un bâillement, puis tira un nouveau peignoir d'une pile voisine. Jocelyn émergea du mur de brouillard en grommelant.

Ses seins chaloupaient comme deux gros yeux rouges en colère cherchant la bagarre.

« C'était quoi, ça ? demanda-t-elle.

« Visite douanière, lui répondit le nain, les yeux fixés dans le vague par-dessus son épaule.

« Espèce de petit avorton, je vous interdis de me parler comme…

« Couvrez-vous, madame, ou…

« Vous croyez que vous pouvez me…

« … vous serez poursuivie pour publicité mensongère. »

Jocelyn battit deux ou trois fois des paupières, devint toute rouge et sembla hésiter pour savoir si elle devait ou non rester en colère. Toby tourna les talons et prit le couloir que lui avait indiqué Andro.

La cafétéria était simple et dépouillée. Il y avait de gros chaudrons de légumes odoriférants, sautés ou frits et enrobés de sauces bizarres. Tout cela sous des éclairages étranges, inclinés, avec des bras mécaniques pour servir. À sa grande surprise — mais il ne semblait y avoir ici que des surprises, bien que les réponses fussent limitées —, il trouva la nourriture appétissante. Elle gargouillait et glissait quand il essayait d'y mordre, et elle dégageait des parfums entêtants qui lui envahissaient les sinus. C'était alléchant et provocateur.

Cela se mangeait, il était sûr de ça, mais ce n'était pas seulement difficile à saisir avec les dents, c'était tout à fait impossible. La substance lui échappait comme si elle lisait ses intentions dans son esprit. (Plus tard, il devait envisager cela comme une sérieuse possibilité.) Puis il se fatigua d'entendre ses incisives cliqueter pour rien et accepta la situation. Il se contenta d'avaler la matière onctueuse, véritablement délicieuse. Elle se coula aisément dans son gosier, presque avec *bonheur*, ce qui était complètement dingue comme idée. Une fois dans son estomac, elle explosait en ondes de satisfaction chaleureuse. Il se laissa aller en arrière pour jouir de cette sensation, encore plus agréable que l'ingestion elle-même. Il était toujours dans cette position, les yeux dans le vague, lorsque le nain arriva à toute vitesse, renifla, lui enfourna une nouvelle cuillerée dans la bouche et lui dit :

« C'est bien. Continuez d'étudier. »

Les autres LeFou semblaient prendre leur pied tout autant que lui. Après la période difficile qu'ils venaient de traverser, certains jugeaient bon de célébrer ce répit. Assis aux tables beaucoup trop petites pour eux, ils plantaient allégrement leur cuiller. L'ordinaire de l'*Argo* n'avait jamais été très excitant. Un peu de variété était juste ce qu'il fallait pour leur remonter le moral. Ils bavardaient, papotaient, éclataient de grands rires purificateurs.

Tout cela finit par actionner chez Toby une sonnette d'alarme. Il se demanda si ce n'était pas un piège, si on n'était pas en train de les droguer pour endormir leur méfiance. Mais le nain avait l'air plutôt blasé que calculateur. Et au bout d'un moment, Toby se sentit l'esprit bien plus clair. Il se sentait mieux, en pleine forme, débordant d'énergie, même. Et son peignoir s'était mis à le frotter et à le masser de très agréable manière. Il remonta une manche et fut surpris de constater que son bronzage avait pâli. Les poils de ses aisselles avaient été raccourcis. Il étudia le tissu pelucheux. De minuscules morceaux de peau morte étaient retenus par les fibres fines du peignoir. Sous ses yeux, elles triturèrent les fragments organiques jusqu'à ce qu'ils finissent par disparaître, complètement digérés.

Drôle de façon de prendre un bain, se dit-il.

Andro arriva de nouveau en trottinant rapidement sur ses jambes courtes. Il vit que les bols étaient vides et fit claquer ses doigts.

« Passons aux choses sérieuses, à présent. Qui a la licence ?

« La Famille est notre seule autorité, lui dit Killeen.

« Hum. Je n'ai jamais eu l'esprit de Famille, pour ma part, Cap'taine… euh… Killeen, c'est bien ça ? »

Le nain tendit sa main droite, et Killeen avança la sienne pour la lui serrer. Mais Andro se contenta de contempler le creux de sa paume, ignorant totalement le Cap'taine. De l'angle où il se trouvait, Toby vit que la peau du nain s'était transformée en un petit écran qui affichait un document.

« Hum. Aucune trace de vous, j'en ai bien peur.

« Les LeFou de Nivale, fit Killeen avec irritation.

« Il y a beaucoup de LeFou. Un paquet, sur tout plein de planètes. Des As, des Treys, et bien d'autres encore. Des Bleus et des Dorés, sur d'autres. Mais je…

« Tout plein de planètes ? interrompit Killeen, incrédule. Vous voulez dire que notre nom est porté par…

« Vos gènes, également. »

Andro n'avait pas relevé les yeux. Il tapa du bout des doigts sur sa main-écran. Toby vit l'image changer. D'autres documents s'affichèrent.

« Vous voulez dire que nous avons des parents dans d'autres endroits ? demanda Jocelyn.

« C'était justement ça, la stratégie de la Débandade, fit Andro en reniflant avec dédain. Vous n'apprenez donc plus l'histoire ? »

Les LeFou s'entre-regardèrent, étonnés. Toby expliqua d'une voix sidérée :

« Nous pensions être les seuls LeFou. Notre lignée remonte aux Chandeliers, à ce que disent certains.

« Oh, je n'en doute pas ! Mais toute une lignée de Famille, on ne pouvait pas risquer de la voir s'éteindre. Il a donc fallu la disséminer un peu. Au fait, avez-vous des Pion parmi vous ?

« Nondire, fit Killeen en battant des paupières. Ils ont été anéantis par les mécas.

« Vous voyez le risque ? Dommage. Je suis à moitié Pion moimême.

« *Vous ?* ne put s'empêcher de s'étonner Toby. Avec une taille comme…

« On est restés conformes aux spécifications d'origine, gamin, fit Andro en tordant la bouche d'amusement sarcastique. On respecte la tradition, pour le cas où vous ne l'auriez pas remarqué. Vous autres les biffins, vous n'arrêtez pas de pousser comme des asperges.

« Ceux qui ne se sont pas adaptés, les mécas les ont eus, fit remarquer Killeen d'une voix grave.

« Ouidire, renchérit Cermo. On avait besoin de puissance, de senseurs, de masse porteuse, de technotrucs. Tout ça ajoute du poids. »

Andro lui jeta un regard en biais.

« C'est évident. Pas de quoi avoir honte, vous pouvez me croire. La plupart des Familles évoluent comme ça quand la pression des mécas se fait sentir. C'est dur, pour tous ces gens, de se défaire de toute cette masse quand ils arrivent ici. Et ils se fâchent quand on touche à leur régime perpétuel.

« Il y a d'autres Familles ici ? demanda Killeen, dont les commissures de la bouche se tordirent, trahissant sa perplexité.

« Elles y sont toutes. Même les gabarits d'origine, quelque part.

« Les premiers LeFou ? demanda Jocelyn, impressionnée. Ceux des Chandeliers ?

« Hé ? Oh, bien sûr ! Quelque part. Et quelque quand. »

Andro cessa de tapoter sur sa paume, lut quelque chose qui s'y affichait, puis fit claquer ses deux mains l'une contre l'autre avec un bruit sec. Quand il les écarta de nouveau, l'écran avait disparu, et sa main droite était exactement semblable à l'autre, ridée et crasseuse.

« Ça y est, dit-il. J'ai trouvé un message qui vous attendait. À ne lire qu'à votre arrivée. Quelqu'un escomptait votre venue un de ces temps.

« Qui ? voulut savoir Killeen.

« Est-ce que je sais ? Je suis un inspecteur et non un archiviste.

« Où pouvons-nous trouver ce message ?

« Il faut voir avec la Régence.

« Allons-y, dans ce cas. »

Andro les regarda d'un air soupçonneux.

« Vous êtes sûrs que vous n'avez pas de licence ? »

Les paupières de Killeen se plissèrent.

« Écoutez, mon petit bonhomme, on vient à peine d'arriver et…

« Je sais bien que vous venez d'arriver — à condition que vous soyez bien ce que vous prétendez. De la viande fraîche en provenance directe des colonies.

« Colonies ? répéta Jocelyn, ahurie. Nous étions les derniers fragments. Nous avons tenu sur Nivale jusqu'à ce que…

« Je sais, je sais. Mais j'ai déjà entendu ça. Les derniers à quitter votre planète. Tout ce qu'on peut dire, c'est que vous avez été les meilleurs. Vous êtes arrivés jusqu'ici.

« Et les autres Familles, elles se sont fait avoir par les mécas, fit Jocelyn.

« C'est ce que je viens de dire. On a besoin ici de gens capables de se bagarrer pour gagner leur croûte. C'est du moins le blabla officiel. En ce qui me concerne, je me demande parfois s'il n'y en a pas déjà trop. Mais ne faites pas attention.

« C'est quoi, cette histoire de licence ? demanda timidement Toby.

« Mon cher gamin, vous seriez étonné de voir le nombre de trafiquants qui viennent ici, déguisés en ploucs ahuris, dans l'espoir d'échapper au fisc. Ils se font un peu de gonflette avec des bioémergents, et ça les rend plus grands pendant quelques jours. Mais ils finissent par tout pisser, et les effets disparaissent. Hum. C'est vous le plus petit ici…

« Je ne suis pas un simulateur ! protesta Toby, offensé.

« Hum. Je suppose que non. Vous n'avez pas l'air assez malin pour simuler quoi que ce soit. »

Toby se hérissa.

« Dites donc…

« Je laisse passer, pour le moment. »

Andro plissa le nez. Comme s'il venait de prendre une décision, il hocha la tête.

« Vous pouvez entrer. Mais personne d'autre de votre vaisseau, jusqu'à ce que vous ayez vu la Régence. C'est le règlement.

« Et pourquoi ? demanda Killeen, dont les muscles de la mâchoire firent saillie, montrant son irritation contenue. Les miens ont besoin de quitter leur vaisseau. Tous. Cela fait des années que nous sommes enfermés dans ce…

« Vous croyez que la Régence a envie de voir notre cité envahie par une foule d'innocents aux grands pieds ? fit Andro en désignant les parois grises qui les entouraient.

« C'est une cité, ça ? » demanda Toby.

Il se disait qu'il y avait peut-être entre eux un problème de langage. Les cités, dans l'ancien temps, étaient des endroits spacieux et élégants, pleins de lumière et de douce musique.

« Non, gamin, gloussa Andro. Ce n'est qu'une cellule de réception. La cité, vous allez bientôt la voir. »

4
Un jour à la Cour

Cela ne ressemblait pas beaucoup à une cité. Toby avait déjà baptisé l'endroit avant qu'ils aient traversé deux rues : le Pays des Nains.

Même au milieu de la foule, son regard portait au loin, par-dessus les têtes. Partout, les avortons se pressaient dans toutes les directions, caquetant, hurlant, riant bruyamment. Il y en avait à perte de vue. Les bâtiments étaient à leur échelle, gris, bruns ou noirs. Même les arbres étaient rabougris. Sur Nivale, on les aurait appelés des buissons.

« Qu'est-ce que c'est que cet endroit ? » émit Cermo sur la voie comm.

D'après l'absence de réaction d'Andro, Toby comprit qu'il ne captait pas les communications sur la ligne de la Famille. Killeen leur confirma, par un signe discret, qu'ils pouvaient s'exprimer ainsi en toute sécurité. Toby demanda donc :

« Et qui sont ces demi-portions ? »

Jocelyn laissa entendre un bruit perplexe.

« Sûrement pas les esprits élevés auxquels je m'attendais.

« Ouidire, approuva Killeen. Quand j'ai su qu'il y avait des humains ici, j'ai espéré qu'ils descendraient des Chandeliers, ou même de la Grande Époque. Ces hommes héroïques, capables d'édifier des cités dans le ciel, de se battre vaillamment contre les mécas et d'explorer le Centre Véritable.

« Je croyais que la Grande Époque, c'était justement la période où on est arrivés au Centre Véritable, fit Cermo.

« Personne ne peut vraiment savoir, lui répondit Killeen. Aucun de nos Aspects ne se souvient. C'est trop vieux. Les humains devaient posséder alors des pouvoirs que nous ne pouvons même pas imaginer. J'aimerais vraiment en savoir plus sur eux. »

Toby décela dans la voix de son père une curieuse note plaintive, mais les autres ne donnèrent aucun signe d'avoir remarqué quoi que ce soit. Ils marchaient droit devant eux, sans laisser voir aucun signe de cette conversation, heureux de pouvoir marquer un point aux nains. Puis il sentit surgir en lui la Personnalité de Shibo, non invoquée mais bienvenue tout de même.

Ce sont des rats avec des nœuds papillons. Mais utiles.

« Hein ? » fit Toby.

Il sentait sa présence sous la forme d'un filament solide aux ramifications d'ivoire envahissant tout son sensorium, au point d'occulter la cité grise.

> ***Un vieux terme que m'a appris Zénobie. Les anciens portaient des parures serrées autour du cou, pour se donner des airs. Un « nœud papillon » indiquait une certaine désinvolture. L'arrogance d'Andro ne correspond pas à son véritable statut. Il fanfaronne devant nous parce qu'il nous prend pour des provinciaux ignorants.***

Toby fit part de ces remarques aux autres, et il y eut un murmure de surprise et d'approbation. Killeen traduisit le sentiment général en déclarant :

« Ça se tient. On voit bien qu'il essaie de nous impressionner. Cet endroit (il fit un geste de la main englobant tout ce qui les entourait) n'est pas trop mal, pour sûr, mais ce n'est qu'un taudis, comparé à ce que les gens des Chandeliers étaient capables de réaliser.

« Possible, répliqua Jocelyn, sceptique, mais où sont les Familles des Chandeliers ? Comment ça se fait qu'on soit obligés de passer par Andro ? »

Toby aurait bien aimé avoir Quath à ses côtés pour lui demander conseil. Une partie de lui-même avait envie d'applaudir parce que son père avait enfin réussi à réaliser le vieil objectif de la Famille, mais l'autre se demandait ce que tout cela pouvait bien cacher. Ce n'était pas du tout le retour triomphal dont ils avaient rêvé. Il lisait la déception dans tous les regards.

Il aurait voulu faire part de ses doutes à son père, réduire le gouffre qui s'était peu à peu formé au cours de leurs années de fuite et de ses responsabilités de Cap'taine, mais Killeen avait toujours cette flamme dans son regard qui rendait difficile une approche à cœur ouvert.

Andro n'arrêtait pas de jacasser sur les constructions devant lesquelles ils passaient. Il semblait les considérer comme autant de prodigieuses merveilles. Les bâtiments municipaux étaient bruns, avec des colonnes lourdement décorées encadrant des entrées minuscules. Il y avait des fabriques aux façades aveugles et à l'utilité impossible à identifier, des immeubles d'habitation noirs et trapus, avec de minuscules balcons qui donnaient l'impression d'avoir été ajoutés après coup. Toby émit à l'intention de Cermo :

« C'est peut-être plus riche que la Citadelle, je le reconnais, mais les ruines de la Basse Arcologie m'ont impressionné davantage.

« J'sais pas, répondit Cermo. J'ai comme l'impression qu'on est en train de passer à côté de quelque chose. Je veux dire que j'arrive pas à comprendre comment cet endroit peut même *exister.* »

Ils arrivèrent enfin devant une masse de pierre brillante et grise en forme de pyramide, qui avait l'air plus importante que les autres. Leur destination.

Andro les conduisit jusqu'à l'entrée de pierre côtelée où il s'inclina profondément devant eux, d'une manière probablement moqueuse. Toby lui adressa un bref signe de tête en réponse et s'avança dans l'antichambre à sa suite. Le sol était de marbre. Il se cogna la tête au linteau et réprima un cri de douleur. Les coins de la bouche d'Andro frémirent en un sourire que personne d'autre que Toby ne dut remarquer. Tout en se frottant le front, ce dernier suivit les autres dans une salle où plusieurs rangées de bancs s'alignaient. À l'autre bout de la salle, une silhouette occupait, seule, l'extrémité d'une longue table en très mauvais état. Le bois était décoloré et fibreux, les pieds branlants. Toby supposa que c'était une " relique de fonction ", comme les vieux fauteuils utilisés par les aînés à la Citadelle LeFou.

« Un nouvel arrivage, Andro ? » demanda la petite femme à la peau parcheminée assise derrière la table.

Elle était vêtue d'une robe noire et avait la mine défaite, comme si elle sortait d'une nuit blanche.

« Les derniers que tu m'as amenés sont encore en train de débattre en prison sur un certain nombre de points de détail concernant la législation des produits d'importation, ajouta-t-elle.

« Comment pouvais-je savoir qu'ils allaient faire passer leurs pilules de sniffrêve à travers tous nos filtres ? fit Andro d'une voix plaintive en écartant les mains. C'est la faute des techniciens.

« Un bon ouvrier ne blâme jamais ses outils. »

La femme laissa paresseusement porter son regard sur les LeFou. Ce spectacle ne sembla pas susciter chez elle un intérêt particulier. Elle ouvrit grand la bouche pour bâiller.

« Ces mouches à bœufs ne sont pas une bien grande affaire », déclara Andro en s'avançant vers elle avec déférence.

Il posa la main à plat sur une petite plaque noire incrustée dans le bois du vieux bureau. Un *brrrrrp* prolongé sembla indiquer qu'il lui transmettait des données à partir de sa base personnelle.

« Ils sont un peu flous sur la question de leurs origines, ajouta-t-il, mais ils ne me paraissent pas assez malins pour dissimuler de la contra.

« Mmmm. Tu as sans doute raison, en ce qui les concerne. »

Elle les détailla à plusieurs reprises, des pieds à la tête. Du coin de l'œil, Toby vit Cermo ouvrir la bouche pour protester furieusement, puis la refermer sans rien dire après avoir croisé le regard sévère de Killeen.

Après la nourriture éducative, Andro leur avait distribué des puces-osties de langage à insérer dans leur port spinal, non sans leur reprocher à plusieurs reprises d'avoir des colliers d'insertion spinale particulièrement archaïques. La puce de Toby était déjà active, même si Andro désignait dédaigneusement les osties sous le nom d'“ idiotiseurs ”, sans doute par allusion au fait qu'elles traduisaient les paroles des nains en un langage suffisamment rudimentaire pour être compris par les LeFou.

La femme fixa des yeux le dessus de son bureau, qui scintilla et se transforma subitement en un écran bien lisse. Toby y vit défiler des colonnes de chiffres et de longues listes en provenance des fichiers d'Andro. Il était incapable de déchiffrer la langue, mais cela ressemblait à des informations détaillées, soigneusement classées. Pourtant, Andro ne donnait jamais l'impression de noter quoi que ce soit, ni même de leur accorder beaucoup d'attention.

Killeen fit un pas en avant.

« Si vous occupez une position d'autorité, je vous demande de nous dire comment trouver nos parents ici, et en particulier un homme…

« Je suis juge, répliqua la femme d'une voix distraite et coupante. Et vous voudrez bien vous taire jusqu'à ce que je vous interroge.

« Mais nous avons parcouru une…

« Vous êtes un peu dur d'oreille, me semble-t-il. »

Elle tordit la main d'une drôle de manière, en un mouvement hélicoïdal. Une secousse électrique traversa l'air, faisant chavirer le sensorium interne de Toby. L'effet, localisé au creux de l'estomac, était irrésistible. Killeen chancela. Son visage vira au vert. Puis il se ressaisit au bout de quelques secondes en disant :

« Je… vois. »

La magistrate lui fit un sourire de prédateur, hérissé de pointes et de barbelés.

« J'ai pris la peine de traiter par puce vos modalités de langage, de sorte que je peux vous énoncer d'une voix ferme les conséquences de vos actes. Je pense que vous passerez un annum, ou peut-être deux, à la maison de travail, pour violation de nos lois fiscales. Si vous souhaitez réduire cette durée…

« Violation ? s'insurgea Killeen. Nous sommes venus ici à la recherche…

« En surgissant ainsi du Noirdistan, vous avez déclenché toutes nos alarmes. La Régence a été obligée de mobiliser ses défenses. Vous auriez pu être des mécas, après tout.

« Mais notre vaisseau est un modèle humain ancien !

« La tromperie foisonne dans le Noirdistan. Et vous n'avez envoyé aucun avant-coureur pour nous avertir. La défense coûte beaucoup d'argent, de roubidou, de temps et d'embêtements. Cette dette se paie à la maison de travail. (Elle haussa les épaules.) Simple question de justice sociale. »

Killeen se raidit. Les LeFou n'étaient pas seulement des récupérateurs. Ils avaient toujours fait du commerce avec les autres Familles, à l'avantage de tout le monde. Il y avait même eu une époque, celle de l'infâme Accommodement, où les Familles avaient traité avec les mécas. D'une petite voix futée, il murmura :

« On a peut-être des marchandises qui vous intéresseraient. »

La magistrate rejeta ses cheveux en arrière, feignant l'indifférence.

« Je ne vois pas ce que vous pourriez détenir.

« Des plantes fraîches de l'espace, en provenance d'un nuage moléculaire. »

Killeen fit un signe à Cermo, qui s'avança pour préciser :

« Nous avons appris à les cultiver. Elles sont très bonnes à manger.

« Hum. Production régionale. Intérêt marginal. »

Le regard de la magistrate se perdit dans le vide. Killeen s'empressa d'ajouter :

« Nous avons des mécaproduits qui viennent de notre planète natale.

« Mmmm. »

Toujours pas de réaction.

« Et aussi d'autres mondes. Des artefacts étranges. Très anciens, peut-être.

« Des marchandises planétaires ? Nous en avons des palettes entières quand les immigrants arrivent. »

La magistrate semblait commencer à s'ennuyer sérieusement.

« Euh… Nous avons aussi une créature nonhumaine », fit Killeen après avoir jeté un coup d'œil furtif à Toby.

Le visage de la magistrate s'anima.

« Quel phylum ?

« Myriapode. »

Les commissures des lèvres de la magistrate tombèrent de surprise, puis se redressèrent aussitôt pour former une ligne parfaitement droite.

« Vous en êtes sûr ? »

Elle n'était pas très forte pour cacher son jeu, se dit Toby avec amusement. Et comment aurait-on pu confondre Quath avec quoi que ce soit d'autre ?

« Elle m'a capturé sur la dernière planète que nous avons visitée, s'empressa de dire Killeen. J'ai appris à bien la connaître.

« Elle ? Je ne savais pas qu'ils avaient des sexes. »

La magistrate battit des paupières, apparemment prise de court.

« Plusieurs, à ce que j'ai cru comprendre, fit Killeen, feignant à son tour l'indifférence. Ils sont très compliqués. Mais elle a une mémoire excellente. Elle nous a raconté beaucoup de choses sur l'héritage des Myriapodes.

« Parfait, parfait. Je pense qu'il existe un marché pour ces informations. »

La magistrate pianota sur son bureau, consulta les nouvelles données qui s'affichaient, puis hocha la tête.

« Je peux sans doute obtenir pour vous la suspension de votre peine en maison de travail, à condition que les autorités compétentes puissent passer un certain temps en compagnie de cette nonhumaine. Je suppose qu'elle est sous bonne garde ? »

Killeen parut choqué, et Toby savait qu'il ne jouait pas la comédie.

« C'est une amie.

« Bien sûr, je comprends très bien, je ne voulais offenser personne. Vous comprenez, les négociations vont être assez délicates. Les experts vont venir de l'été jusqu'ici. Avec les contre-courants, il faudra…

« Je vous laisse vous occuper des formalités, fit Killeen, qui avait retrouvé sa voix de commandement. Nous avons d'autres affaires à régler ici, en attendant. »

La magistrate consulta de nouveau son dessus de table, et sembla recevoir un message.

« Cette nonhumaine, dit-elle, c'est important. Nous préférerions l'avoir sous notre contrôle jusqu'à ce que…

« Nondire ! s'écria Killeen, mécontent. Elle restera avec nous ! »

La magistrate hésita. Puis ses yeux se plissèrent.

« Quelle preuve avons-nous que vous ayez réellement cette Myriapode en votre possession ?

« Nous allons la faire débarquer, répliqua simplement Killeen.

« Hein ? Ici ? Mais c'est dangereux !

« Pas pour nous. »

Elle déclara d'une voix alarmée :

« Ces créatures ont massacré sans pitié des tas de gens. »

Toby se rappela les allusions de Quath à l'époque où ses semblables et elle considéraient les humains comme des moins que rien, tout à fait négligeables à l'échelle des Myriapodes. Ses ancêtres avaient chassé des primates. Les gens d'ici avaient peut-être la mémoire moins courte, ou alors ils savaient quelque chose que les LeFou ignoraient.

« Je suis en mesure de garantir votre sécurité, affirma-t-il d'un air assuré. Et je ne vous compterai même pas de supplément pour ça. »

Visiblement, il commençait à s'amuser, et Toby vit que Cermo avait du mal à garder son sérieux. Lorsqu'il regarda derrière lui, il s'aperçut qu'une dizaine de nains s'étaient discrètement glissés dans la salle, où ils se tenaient contre le mur du fond. Ces gens ne paraissaient pas menaçants, mais ne souriaient pas non plus. Ils étaient tous munis d'un petit paquetage qu'ils portaient sur le dos, et un air autoritaire se dégageait d'eux. Ils ne semblaient pas avoir envie de plaisanter.

« Très bien, fit la magistrate. Amenez-nous cette nonhumaine.

« Pas si vite, riposta Killeen. J'ai d'abord besoin de quelques informations.

« Je peux vous assurer que vous aurez tous les renseignements désirés lorsque…

« *Maintenant.*

« Il devrait être possible de trouver un compromis sur les…

« Votre Andro nous a dit qu'il y avait un message pour nous.

« Chaque chose en son temps.

« Lorsque vous poserez vos questions à Quath, mais pas plus tard. »

Elle plissa les lèvres, puis fit un signe de tête à l'adresse des nains qui attendaient au fond de la salle.

« J'apprécierais que certains des vôtres accompagnent mes gens. Cela facilitera le transfert de la nonhumaine sous notre autorité.

« Une seconde ! Ne croyez pas que vous aurez la *propriété* de Quath ! » s'écria Toby.

Elle le regarda comme si elle le voyait pour la première fois et n'aimait pas tellement ce spectacle.

« Nous établirons l'acte de propriété des informations que nous obtiendrons de cette…

« Vous partez du principe que Quath voudra bien vous parler, dit-il en jetant un rapide coup d'œil à son père. Mais il y a plein de fois où elle ne pipe mot.

« Ce détail technique concerne uniquement les équipes que nous enverrons pour l'interroger et…

« Une seconde ! interrompit Killeen. Toby a raison sur ce point. Il faut savoir la prendre, ou vous n'obtiendrez pas d'elle l'ombre d'un pet. »

La magistrate battit des paupières.

« L'ombre d'un… Je suppose qu'il s'agit d'une hyperbole, une façon de parler ? »

Cermo laissa entendre un gloussement de rire, et Toby se souvint que Quath avait assemblé sa tanière complexe en liant les matériaux avec ses propres excréments.

« Pas tout à fait », dit-il en souriant d'un air mystérieux.

La magistrate lui jeta un regard sceptique.

« Vous pourriez peut-être nous aider, dans ce cas. Nous servir d'interprète pour communiquer avec la Myriapode. »

Les regards des LeFou se tournèrent vers Toby.

« C'est faisable, dit-il. Si Quath accepte de vous parler, l'usage que vous ferez de ce qu'elle vous dira ne regarde que vous. Mais rappelez-vous qu'elle ne vous appartiendra pas. Elle restera avec nous. »

La magistrate étudia de nouveau le dessus de sa table, puis jeta un coup d'œil aux nains qui occupaient le fond de la salle. D'une voix douce, où perçait cependant une menace très claire, elle articula :

« Je ne crois pas que vous soyez en mesure de dicter vos conditions. »

Killeen se tourna pour regarder calmement ceux qui étaient derrière eux. Les autres LeFou se tournèrent aussi, les coudes et les genoux légèrement fléchis, les mains prêtes à passer à l'action. Ces gens pouvaient posséder des technotrucs qui les dépassaient, mais c'étaient des humains. Beaucoup de choses pouvaient être communiquées par une simple présence, sans qu'aucun mot soit échangé. N'importe comment, les LeFou les dominaient largement par la taille. Même Jocelyn et Toby, les plus petits d'entre eux, faisaient deux fois la hauteur du plus grand de ces nains arrogants.

Killeen les laissa s'imprégner de cette vérité muette, puis murmura :

« J'espère que vous saurez respecter notre accord dans sa lettre et dans son esprit. »

La magistrate hésita, jaugeant la situation. Puis elle sourit, pour la première fois.

« J'ai plaisir à traiter avec un visiteur qui comprend les subtilités d'une négociation, dit-elle en tendant la main à Killeen. Mes amis m'appellent Monisque. Quant à mes ennemis, ils préfèrent généralement des mots plus brefs. Nous allons mettre au point les termes de notre marché. Ensuite, nous irons tous nous désaltérer. »

Certains rituels humains, se dit Toby, étaient universels et éternels. Il ne faisait pour lui aucun doute que les breuvages que l'on servirait seraient généreusement alcoolisés.

5
Les transhistoriques

Quath se traînait bruyamment à côté d'eux, cognant les murs de la cellule de réception d'Andro. Elle avait eu du mal à passer à travers les portiques et les baies de chargement du port. Les installations étaient beaucoup trop petites pour elle. Toby aurait juré qu'elle avait plus de pattes que d'habitude. Mais ses cuisses d'acier bougeaient si vite, et ses jointures pneumatiques faisaient un tel bruit de soufflet que la chose était véritablement difficile à dire.

Les bâtiments autour d'eux irradiaient de la même manière que du beurre chauffé. Cela faisait sans doute partie des mesures de sécurité prises par les autochtones, mais Toby n'avait pas la moindre idée de ce en quoi elles pouvaient consister. À moins que ces édifices ne soient capables de diffuser des énergies propres à les anéantir en cas de menace.

« Qu'en penses-tu, toi, Quath'jutt'kkal'thon ? » demanda Killeen.

La tête anguleuse de Quath pivota en direction du Cap'taine. C'était une politesse à laquelle elle avait appris que les humains attachaient beaucoup d'importance, mais qu'elle jugeait, pour sa part, totalement inutile, puisque sa voix leur parvenait par l'intermédiaire du système comm. Mais elle ne répondit rien.

« Allons, Quath, ne t'inquiète pas, fit Toby, mettant dans sa voix une légèreté qu'il était loin d'éprouver et dont il espérait que la nonhumaine ne s'apercevrait pas. Tu verras que tout se passera bien. Nous ne te quitterons pas un seul instant. »

< Quath'jutt'kkal'thon ne s'en soucie ni ne compte. >

Toby était essoufflé par le seul fait d'avoir eu à marcher à son rythme.

« Ça veut dire quoi, ça, arracheuse d'yeux ? »

< Que je ne m'en soucie pas. Et que, maintenant que nous sommes arrivés dans cet étrange endroit, je ne compte nullement. >

« Pour ces gens-là, on dirait que tu comptes beaucoup, au contraire, fit Killeen. Ils tiennent énormément à te parler. »

< Pour satisfaire leurs propres fins. Mais il est possible que, lorsque tous les desseins seront connus, leurs fins se trouvent être les mêmes que les nôtres. >

« J'ai l'impression que les Myriapodes leur font très peur », déclara Killeen.

Toby vit que son père semblait nerveux, sur le qui-vive. Ses yeux ne cessaient de se tourner de tous les côtés tandis qu'ils quittaient le quai d'arrivée pour pénétrer dans la cité. De nouveaux membres de la " garde d'honneur ", comme les appelait la magistrate, se joignirent à eux. C'étaient des hommes et des femmes, munis de drôles d'armes au long canon, qui descendaient des ruelles adjacentes, l'air nerveux, le regard vif, pour leur ouvrir la voie. Les rues, devant eux, étaient désertes. La pierre était nue, les boutiques fermées. Les pas des LeFou résonnaient sur la chaussée. Killeen fit signe à Cermo et à une douzaine d'autres de former leur propre carré de protection. Mais les habitants de cette cité monotone ne semblaient pas représenter une grande menace. Et ils savaient tous que la " garde d'honneur " était là pour faire marcher les LeFou au pas.

< Je ne leur dirai que ce qui est autorisé par le Code des Philosophes. >

Quath suivait toujours des préceptes qui échappaient complètement à Toby. Il arrivait qu'elle dévide d'un coup toute une longue liste de détails concernant l'histoire des Myriapodes. Mais, à d'autres moments, elle était capable de rester muette comme une carpe, sans même donner signe qu'elle entendait les questions qu'on lui posait.

« Ils feraient n'importe quoi pour avoir des nouvelles du Noirdistan, comme ils l'appellent », fit Toby.

Les gardes, avec leurs yeux torves et leur allure hautaine, le rendaient nerveux. Tout ici, jusqu'à l'air qu'ils respiraient, était hachuré de fines striures que des décharges électriques semblaient faire vibrer. Ces gens, cette drôle de cité en réduction, le simple fait incroyable mais solide comme le roc de se trouver ici faisaient naître en lui un profond malaise. Les choses allaient beaucoup trop vite. Et il n'avait pas la réponse directe aux myriades de questions que cet endroit inspirait.

« Si c'est ça qu'ils achètent, nous sommes vendeurs, aussi, déclara Killeen. Cermo ! Bouge ton cul ! Planque-toi dans cette ruelle et vise-moi ces nuages, là-bas.

« Quelle longueur de spectre ?

« Fais des essais, dans l'infra ou plus petit. »

Cermo fit un pas en avant, lourdement, avec tout son attirail. Les techno-fioritures cliquetaient et se cognaient partout. Ses électrofilets à maille fine débordaient d'énergie. Les antennes implantées dans ses épaules, sa taille et ses fesses s'orientaient de tous les côtés, en 3D. Son arsenal, poli par de longues heures d'entretien et de soins à bord, était néanmoins patiné et cabossé par un grand nombre de raids.

Toby se souvenait de l'époque où cet équipement constituait le lot quotidien des LeFou. Ils étaient continuellement sur la brèche, leurs sensoria réglés sur la distance maximale, chacun servant de sentinelle aux autres. Des années durant, après la Calamité, ils avaient ainsi erré, pour se lever chaque matin épuisés, les yeux rougis, endoloris de partout, dans un monde toujours plus aride, où les seules constantes étaient la faim et les mécas lancés à leur poursuite.

Les autochtones les épiaient au détour des coins de rue lointains. Ils semblaient à la fois amusés et inintéressés. Comme des rats avec des nœuds papillons.

Cermo s'engouffra dans une ruelle et gagna un espace dégagé d'où il voyait l'horizon.

Toby ne comprenait pas l'aspect du ciel local. Il savait qu'ils n'étaient pas sur une planète, ni rien de ressemblant, mais il y avait néanmoins de gros nuages d'un blanc cotonneux qui dérivaient à peu de distance des bâtiments miniatures. Il y avait même eu un orage qui les avait surpris sur le chemin du poste d'amarrage de l'*Argo*. Cela lui avait causé un choc. L'eau qui tombait du ciel, véritable présent divin, avait bon goût. Il n'avait pas vu une averse aussi alléchante depuis qu'il était enfant et qu'il s'amusait à patauger durant des heures dans la boue.

— et soudain il se trouva pris dans un torrent, une trombe de gouttelettes de cristal ruisselant sur son visage. Son visage à elle. À elle. Une cascade sans fin de liquide clair et crépitant, glacé, coulant au flanc d'une montagne. Elle se tenait joyeusement dessous, sa robe de soirée jaune collée à ses jambes graciles, petite fille extatique sous le flot du ciel. —

L'intrusion dans son esprit avait été soudaine et totale. Shibo.

Il vit ses contreforts dressés, flanqués de masses de granit. Il sentit, à l'intérieur de sa Personnalité, les creux et les gouffres d'un autre moi intérieur, un nouveau continent étalé devant lui de toute la largeur de ses os. La cascade s'estompa. La pluie tombait toujours, mais au loin, obliquement, du haut de quelques troubles nuages qui signaient sa triste présence en lui.

> ***Il y a longtemps que tu n'as pas fait appel à moi.***

« J'étais occupé. »

Quelque chose, dans le bruit de cascade, dans le plaisir à l'état pur qui s'en dégageait, le mettait mal à l'aise. Il s'aperçut qu'il avait une érection, et espéra qu'elle ne s'en rendrait pas compte.

> ***Je sais à quel point c'est dur… de s'entendre avec ton père. Je l'ai fait, à une époque.***

« C'est lui qui mène la barque, pour sûr. Mais… je ne sais pas ce qu'il y a, je ne suis pas à l'aise. »

> **C'est grâce à son sens de l'opportunité que tu es arrivé si loin, très loin…**

« Je ne sais plus du tout après quoi il court, à présent. »

> ***À mon avis, ses objectifs sont toujours les mêmes. Mais c'est quelqu'un qui ne montre pas son moi profond, maintenant. Ce qui est normal pour un Cap'taine.***

« À moi, il ne me cache rien. »

Comme si elle était très loin de lui, elle répliqua :

À toi comme aux autres. Tu es en train de devenir un homme, plus qu'un fils.

Il toussa pour couvrir la sombre effervescence dont il était le siège. Son érection ne voulait pas le quitter, et il respirait profondément tandis que son esprit bourdonnait comme une ruche.

« Il y a trop de nuages, émit Cermo. Je ne vois presque rien. Si je pousse dans l'infra, tout se déglingue.

« Avec ça, on est renseignés, railla Jocelyn. C'est ce qui s'appelle une explication de haut niveau technique.

« Ça se déglingue comment, au juste ? interrogea Killeen.

« On dirait que je capte le reflet de la cité. Tu comprends ? Plus j'affine, plus les images que j'obtiens des rues et des bâtiments se mettent à danser et à onduler. »

Shibo se retira. Toby concentrait son attention sur la conversation entre les deux hommes, et elle était rentrée dans l'ombre. Il se concentra davantage, pour l'éloigner encore. Puis il se força à respirer plus lentement. Il ne voyait rien à travers les nuages. Cermo émit alors :

« D'après les hyperfréquences, c'est du solide, là-haut.

« Du solide ? »

Killeen hocha la tête.

« Ouidire, c'est logique », ajouta-t-il.

< Je suis d'accord. Nous sommes à l'intérieur d'un cylindre en rotation. Il est si large que l'eau se condense le long de son axe, donnant naissance à des formations nuageuses. Si nous pouvions voir clairement au travers, nous apercevrions le reste de la cité en suspens au-dessus de nous. Comment ils impriment son mouvement de rotation à ce lieu étrange, je l'ignore. >

« Heureux de voir que tu deviens un peu plus humble avec l'âge, vieille blatte décrépite », lui dit Toby.

Il cherchait à remonter un peu le moral de sa massive amie, mais la découverte de Cermo faisait légèrement trembler sa voix. Toute une cité flottant au-dessus de lui, sans rien d'autre pour la maintenir qu'une invisible loi de la physique ! Cette pensée lui fit insensiblement courber l'échine, jusqu'à ce qu'il en prenne conscience et se redresse.

Trois bras recouverts d'une carapace rubis descendirent soudain vers lui et le soulevèrent des pavés de la rue. Ils le balancèrent quelques instants dans tous les sens, histoire de s'amuser avec lui, puis le déposèrent dans un léger creux de carapace jaune, juste derrière la tête de Quath.

« Hé ! »

< Tu en apprendras peut-être davantage si ta perspective est plus élevée. >

« Ouah ! Mais il n'y a pas grand-chose à voir, de toute manière.

J'étais déjà plus grand que les poteaux indicateurs. Drôles de noms, tu ne trouves pas ? »

Le groupe des LeFou était en train de traverser le boulevard de la Pêche, sur l'esplanade aux Grenades. Toby dut faire appel à son Aspect Isaac pour apprendre qu'il s'agissait d'anciens fruits savoureux, mais il n'y avait pas la moindre plante en vue.

< Je trouve suspecte leur réticence à divulguer la moindre information sur cet endroit. >

« Si je ne me trompe, déclara Killeen, ce sont des gens qui ne donnent rien pour rien.

« Ouidire, approuva Toby. Des sales types. »

< Les Illuminées ont parlé de vos coutumes tribales et de la grande diversité de vos mœurs. Elles ne savent pas s'il s'agit là d'une source de force ou d'une subtile faiblesse. >

« Mmmm. Les deux à la fois, peut-être. Tu comprends, nous sommes habitués à nous serrer les coudes automatiquement, sans poser de questions. Ces gens-là, ils ne pensent pas comme ça, ce qui en dit long. »

< Les subtilités de comportement des primates dépassent les représentants de mon espèce. >

« Ça se comprend, fit Killeen. Les tiens ne sont pas continuellement sous la menace, comme nous. Les gens qui vivent douillettement peuvent se permettre d'être délicats. »

Toby médita un instant sur ce qu'il venait de dire.

« Ça pourrait signifier qu'ils ont l'habitude des étrangers, aussi. »

< Je vois à quoi tu fais allusion. >

« Ah ? Et à quoi, d'après toi ? »

Toby n'avait pas d'idée très profonde derrière la tête, mais il n'était pas prêt à l'avouer ici, alors qu'il était le seul jeune parmi des adultes. Il valait mieux garder ses coups de veine pour soi.

< Il y a bien plus de gens, dans cet ensemble, que nous n'en voyons. C'est suffisant pour que la plupart soient des étrangers. >

« Mmmm, fit Killeen, qui observait nerveusement leurs gardes. Ça se peut. »

Toby n'était pas tranquille, comme s'il y avait une partie qui se jouait sans qu'il puisse la suivre. Killeen gardait son calme et sa présence d'esprit, sans rien laisser voir de ce qu'il pensait. Tandis qu'il remuait ces pensées, Toby laissa errer son regard dans l'enfilade d'une petite rue et vit, au loin, un bâtiment qui semblait se liquéfier en partie. Fenêtres et arcades parurent se dissoudre en une masse d'un vert bigarré.

« Regardez ! » s'écria-t-il.

Puis la masse se reforma, avec un nouveau toit en pente et de nouveaux alignements de fenêtres. Killeen plissa les paupières en murmurant d'une voix lointaine :

« Ça correspond, ça aussi.

« Ça correspond à quoi ? »

Sous leurs yeux, de nouvelles entrées se formèrent, mais d'un autre type, ovales et non rectangulaires comme avant.

« Cette cité, c'est une sorte de mécaproduit comme nous n'en avons jamais vu jusqu'ici. Je parie qu'elle se gère toute seule. »

Cermo émit un grognement perplexe.

« Toute seule ? Et Andro ?

« Ce n'est qu'un employé, fit Killeen en adressant un sourire suave au nain, amusé qu'il était de pouvoir tenir cette conversation sous son nez sans qu'il en sache rien. Ces gens ne sont pas du tout d'un niveau plus avancé que le nôtre, finalement. »

Cermo hocha la tête.

« Ils n'ont pas l'air capables de construire un Chandelier, dit-il.

« Ils n'ont rien construit du tout, affirma Toby. Mais n'attendez pas d'eux qu'ils l'avouent. »

Passant devant un bassin au milieu duquel crépitait un jet d'eau, retournant stérilement ses pensées dans sa tête, il sentit une présence oblique en train de monter en lui…

— Elle se mouvait agilement, avec inspiration, sautant de pierre en pierre pour traverser la route défoncée dont les flaques résiduelles du brouillard nocturne reflétaient son moi et son contre-moi sous les lambeaux de lumière grise qui jouaient dans les ruines de l'aube. Dents ébréchées vestiges d'un raid de nuit. Moignons de pierre. Une araignée dormait dans la cité. Elle la vit, filigrane d'argent qui attendait, remuant ses pattes barbelées, le frottement des lames de rasoir inaudible sous les bruits de sa bien-aimée Citadelle en train de se réveiller, fragile et solitaire, toujours guettant le prochain assaut, ce qui n'empêchait pas la joie de sourdre de chaque moment qui passait.

Des formes se déplaçaient en masse dans le matin, éternelles allées et venues des actifs en train de se débattre et de se rabattre, de s'abattre et de se relever, même s'ils savaient que l'araignée tapie les attendait, bruissante, dans l'orbite vide d'un crâne blanchi —

Il sortit brusquement de sa rêverie, haletant, en se forçant à se concentrer de nouveau sur la rue où résonnaient ses pas tandis que son regard captait la danse liquide de l'eau.

Mais le monde de Shibo était également fascinant. Il évoquait une légèreté d'être, un sens éthéré de la fusion des choses, tout cela néanmoins solidement ancré dans un réseau interactif de jouissance négligente et muette. Ces aperçus de la Personnalité qu'il hébergeait contrastaient fortement avec la nervosité masculine qui l'entourait, avec la retenue, l'assurance et la froide analyse. La démarche massive et athlétique de Killeen, devant lui, traduisait muettement la détermination, la précision et la séparation. Toutes choses que Toby respectait, sachant que la Famille LeFou demandait à être guidée ainsi.

Mais il s'agissait de son père, également. Durant toutes les années qui s'étaient écoulées depuis qu'ils avaient fui ensemble à travers les plaines arides et meurtrières, les défenses de Killeen s'étaient durcies, affilées comme la lame d'un couteau frottée sur la pierre. C'était une loi de la nature, se disait Toby. Et Killeen attendait de son fils la même dureté, la même distance résolue que celle qui était demandée par la Famille à son chef.

Toby vacilla. Le conflit qui l'habitait était un traumatisme, un antagonisme entre la vision du monde avancée par Shibo et les attentes qu'il sentait chez son père. Cermo lui jeta un regard curieux, le sourcil froncé.

Toby se rendit compte que son expression devait traduire ce qu'il ressentait, et durcit ses traits. Ce faisant, il s'aperçut que la Personnalité Shibo était en train de se moquer gentiment de lui avant de regagner son alcôve fantôme. Et il continua d'avancer.

Ils traversèrent des ruelles tortueuses, puis une vaste place au sol de pierre noire, et pénétrèrent dans l'immeuble le plus impressionnant que Toby voyait ici depuis son arrivée : une pyramide abrupte d'un blanc dur et éclatant. Son Aspect Isaac lui apprit que le mot qu'il cherchait était nacré. Lorsque Toby posa la main sur la façade, il eut une sensation de froid surprenante. C'était gluant, également. Puis on les pressa d'entrer par un large portail et de prendre place dans des fauteuils alignés devant une haute estrade. Les sièges étaient à leur échelle. Celui de Toby l'agrippa et se mit aussitôt à le masser d'une manière pressante, chaleureuse, qui s'insinuait partout dans son dos et le long de ses jambes. Il se demandait si le fauteuil ou la personne qui dirigeait tout ici le laisseraient partir, au cas où il le déciderait.

Il fut surpris de voir apparaître la magistrate, Monisque, sur l'estrade. Cette fois-ci, elle portait une robe bleue.

« Je savais qu'elle n'était pas seulement juge, murmura Killeen sur leur voie comm privée.

« Je suis heureuse de vous saluer de nouveau, voyageurs d'outremonde, déclara Monisque d'une voix détachée. Je porte à présent ma casquette de troqueuse en chef.

« J'ai l'impression que c'est vous qui faites tout ici, lui dit Killeen.

« Les apparences sont trompeuses. Mais il est vrai que la plupart des gens, ici, ne s'intéressent pas aux visiteurs, quel que soit l'été dont ils sont originaires. »

Elle hocha la tête tandis que des nains, par dizaines, occupaient les places libres dans un brouhaha général.

Toby remarqua que les fauteuils épousaient leur taille comme ils avaient épousé celle des LeFou, et cela le rendit un peu moins parano.

« Notre amie Quath'jutt'kkal'thon ici présente, commença Killeen, est disposée à fournir des renseignements dans les domaines autorisés par... euh... (Toby vit qu'il luttait pour exprimer ces notions myriapodes, partiellement assimilées, en termes humains) sa hiérarchie cléricale. En contrepartie, nous avons une flopée de questions à vous poser.

« Je ne suis pas ici pour vous céder tout le fonds de commerce, Cap'taine », fit remarquer Monisque d'un air sceptique.

Killeen n'était pas d'humeur à se lancer tout de suite dans un marchandage, et Toby partageait son impatience.

« Avant toute chose, répliqua le Cap'taine, nous voulons savoir dans quelle sorte d'endroit nous sommes, comment il fonctionne et quelle est son histoire. Ensuite...

« Nous ne pouvons vous dire que ce que nous savons. Notez bien que je ne parle pas au nom des Voies.

« Les Voies ? répéta Killeen, sans comprendre.

« Les autres axes estivaux. Andro ne vous a donc pas mis au courant ? »

Le nain se leva. Il portait une salopette propre, impeccable.

« J'ai essayé, dit-il, mais les concepts leur manquent, c'est très difficile. »

Toby s'insurgea. Il ne supportait pas que l'on parle ainsi. Il se leva à son tour pour lancer :

« Pendant tout le temps où vous êtes resté sur l'*Argo*, vous avez essayé de nous acheter du matériel, mais je ne vous ai pas entendu donner des explications sur...

« D'accord, d'accord, j'ai peut-être rasé le doguet d'un peu trop près, afin de satisfaire ma passion personnelle, mais je vous assure, Votre Honneur, que ces rustauds ne saisissent pas une fraction des complexités topologiques donnant accès aux...

« Assis, tous les deux ! ordonna Monisque avec un geste d'impatience. Nous vous administrerons l'Introthérapie standard, pas de problème.

« Deuxièmement, reprit Killeen d'une voix posée, comme s'il y avait encore une longue liste à venir, je veux savoir où se trouve mon père, Abraham des LeFou.

« Recherche parentale, hein ? Mon cher ami touriste, sachez qu'il s'agit là d'une activité artisanale florissante dans notre cité. (Elle fit un geste éloquent de la main, en effleurant le dais qui protégeait l'estrade.) Mais il faudra vous occuper vous-même de commander cette recherche.

« Vous devez tout de même connaître vos concitoyens, savoir qui ils sont.

« Croyez-vous ? fit Monisque en arquant un sourcil. Mais sachez, Cap'taine, qu'il y a plus de Vecteurs de Voie que vous n'avez de poils au corps, et bien plus frisés qu'eux. »

L'assistance éclata de rire, à l'exclusion, bien sûr, des LeFou. Les lèvres de Killeen se durcirent, et il émit sur leur comm privé :

« Les plus frisés, elle les a pas vus, et ça m'étonnerait qu'elle les voie un jour, j'peux vous dire. »

Les LeFou sifflèrent et lancèrent des huées. Les nains les regardèrent avec perplexité, comme s'ils cherchaient à décider s'ils avaient été insultés ou non.

Toby sourit. Il se demandait s'il existait ici une tradition analogue à celle du trizutage, qui consistait à soumettre la victime à une pluie collective de sarcasmes et d'injures, aussi bien directement que de manière voilée. Sur le moment, la chose pouvait paraître amusante et provocante, les deux à la fois dans le cas idéal. Sa fonction essentielle était de désamorcer les tensions, de fournir des exutoires contrôlés. Toby se dit qu'ils n'avaient pas fait de trizutage depuis longtemps, et que cela leur manquait. C'était peut-être pour cette raison que son père paraissait si distant et si redoutable, ces derniers temps, aux yeux de certains Membres de la Famille. On ne l'avait pas vu récemment raillé, humilié, assailli de quolibets décochés avec art.

« Je respecte la manière embouteillée dont vous vivez ici entre vous, déclara Killeen de sa voix la plus affable. Vous devez d'autant mieux comprendre que nous avons besoin de retrouver nos aïeux. »

Elle les considéra un bon moment en plissant les yeux.

« Rien de plus, vous en êtes sûr ?

« Votre tribu est avancée et tout, mais il y a des choses qui ne changent pas, murmura gravement Killeen. Et la Famille en fait partie.

« D'accord. Comprenez que nous voyons passer beaucoup de monde ici. Nous entendons toutes sortes d'histoires, de prophéties, de mensonges flagrants. D'innombrables mains se tendent vers nous pour recevoir, jamais pour donner. Il est possible que cela rétrécisse nos vues.

« Essayez donc de fuir les mécas pendant une génération ou deux, et vous verrez. »

La voix de Killeen était douce et mesurée en disant cela. Toby savait cependant que ce n'était qu'un couvercle sur une marmite où la pression montait lentement.

« Je m'incline devant votre expérience supérieure. Toutefois, mon autorité a des limites. Nous avons toujours traité les gens qui viennent des transhistoriques avec la plus grande équité. Le troc, c'est ce qu'il y a de mieux pour vous. Vous n'aurez pas à vous plaindre. Pour le reste…

« Nous sommes de Nivale. Nous ne venons pas des transis-machins. »

La magistrate fit un geste évasif. Les manches de sa robe bruissèrent.

« C'est un terme utilisé par les résidents de l'été sauvage. Vous comprenez, nous ne pouvons pas être certains que vous venez de l'époque et de l'endroit que vous indiquez, parce que nous n'avons véritablement aucun moyen de vérification. Les turbulences estivales empêchent tout retour en arrière. Chaque fois que la chose est possible, nous préférons que les transactions soient réglées au comptant. L'ennui, c'est que les transhistoriques n'utilisent pas d'espèces. Il n'y a plus que le marchandage et le troc. »

Killeen laissa tomber son masque d'affabilité et se leva. Ses servos de jarret bourdonnèrent, il se dressa de toute sa hauteur pour se retrouver presque face à face avec Monisque.

« Je cherche à avoir des nouvelles de mon père ainsi qu'une carte pour le retrouver.

« C'est tout ? La plupart de nos visiteurs nous demandent des vivres, du carburant, quelquefois des récrocrédits. »

Killeen eut un reniflement de mépris.

« Nous sommes capables de prendre soin de nous-mêmes.

« Je suppose que c'est faisable, si vous nous cédez, disons, les droits sans réserve d'interroger la Myriapode. »

Monisque jeta un regard en biais à Quath, dont elle daignait pour la première fois remarquer la présence massive.

« Ce n'est pas tout ce que nous voulons. Nous avons découvert une inscription, dans un Chandelier abandonné, sur quelqu'un qui " se lèvera, comme nous tous, pour plonger dans la tanière et la bibliothèque ", et nous voulons savoir ce que ça veut dire. »

Monisque changea de position, faisant miroiter sa robe bleue, comme si elle entendait au même titre que Toby les tensions cachées derrière les paroles du Cap'taine.

« Il y avait beaucoup de Chandeliers, dit-elle. Il faudrait…

« Il y a ici des gens de cette époque ?

« Dans un sens, oui, mais " ici " n'est pas un mot qui a beaucoup de signification quand on se réfère à l'été. Si vous voulez, nous avons des données historiques à vous proposer. Elles vous…

« Pas de ça pour le moment, non, merci. »

Balayant l'air d'une main, Killeen murmura d'une voix grave :

« Je voudrais retrouver certaines personnes. »

Elle lui jeta un regard sceptique.

« C'est " je voudrais " ou bien " nous voudrions " ?

« Nous, la Famille LeFou, ou bien moi, le Cap'taine. C'est exactement la même chose.

« Je vois, fit sèchement Monisque. Très bien. La " bibliothèque " et la " tanière ". C'est une manière de pénétrer dans l'été, ce qui explique, je suppose, qu'ils parlent de tanière. Quant à la bibliothèque, ce n'est pas le genre d'information qu'on va vous offrir sur un plateau.

« Et pourquoi ça ?

« Tu avais raison, Andro. Ils ne savent vraiment rien. (Penchant la tête, elle jeta un regard à l'assistance, qui gloussa de rire.) Personne ne vous révélera notre plus grand secret, croyez-moi, même si vous êtes un puissant géant. Pour parler aux anciens des Chandeliers ou à cet Abraham, je pense qu'il faudrait vous adresser au Récupérateur. C'est une sorte de bibliothèque, aussi, dans un sens. »

Toby ne comprenait pas grand-chose à ces propos, mais Killeen inclina la tête, comme si les dires de Monisque venaient confirmer ce qu'il pensait déjà. Il demanda d'une voix sonore :

« Cette inscription parlait d'une femme, sans mentionner son nom. " Étant ce qu'elle fut et faisant ce qu'elle fit. " Cela a-t-il un rapport avec le Récupérateur où vous nous envoyez ?

« Je ne suis pas experte en histoire linéaire, et encore moins en ce qui concerne les transhistoriques. Votre sujet me semble appartenir aux deux.

« Dans ce cas, dites ce qu'il faut faire pour accéder au Récupérateur, et son prix.

« Trop cher pour vous.

« J'ai encore quelques bibelots dans mon sac, Votre Honneur.

« Je m'en doute. J'attendais le prochain round.

« Vous en savez tant. Vous pouvez peut-être me dire ce que je vais vous offrir ?

« Andro ? Ce que tu me disais ? »

Le nain s'avança et donna un coup léger sur l'ongle du médius de sa main gauche. Le mur derrière l'estrade s'illumina, affichant l'image en 3D d'un corridor de l'*Argo*. Toby reconnut aussitôt l'endroit, et sa mâchoire tomba.

« L'Héritage ! On l'a laissé s'en approcher ! »

Andro ne tourna même pas la tête pour le regarder.

« Ils ont un Classe Six, Votre Honneur. Conception standard, plutôt délabré. Je n'ai pas pu accéder au nexus, mais j'imagine, d'après les protections dont ils l'ont entouré, qu'il doit y avoir une plaque à l'intérieur. Ce gamin (il désigna Toby du pouce par-dessus son épaule) vient de le confirmer. »

La magistrate fronça les sourcils.

« De cette époque ? Je croyais que pratiquement aucun vaisseau n'avait survécu.

« Les mécas les ont presque tous épinglés. D'après les LeFou, celle-ci était enterrée dans le sol de leur planète. Les mécas ont dû passer à côté.

« Une plaque datant du ça-quand… »

Monisque effleura le dais, grommela quelques paroles que personne n'entendit, et sembla se livrer à des calculs.

« Ouidire », déclara Killeen.

Toby comprit alors que son père envisageait depuis le début de mettre l'Héritage dans la négociation. Son esprit se mit à tourner furieusement, dans un vide glacé. Il vit qu'Andro avait le même regard absorbé que Monisque. Ils devaient être en train de communier avec une intelligence lointaine, peut-être une base de données. Son Aspect Isaac intervint alors.

> ***Ils avaient des liaisons de ce genre, à la Haute Époque Arcologique. Elles augmentaient considérablement l'intelligence active et effective de tout le monde. Elles conduisaient également à des maladies d'immersion, avec toutes les dissipations que de telles dépendances sont susceptibles de provoquer.***

Toby écarta d'un mouvement d'épaule cette explication inutile. Il regarda la magistrate, qui hocha la tête pour elle-même (ou pour quelque lointaine présence ?) avant de déclarer :

« Je suis prête à négocier. Quelques services — très limités — en échange d'une inspection détaillée de votre vaisseau. »

Plusieurs LeFou s'écrièrent :

« Pas question ! »

La surprise rendait Toby muet. Sa gorge était pleine de plâtre.

« Il faudra d'abord que je sache de quels services vous voulez parler, annonça Killeen d'une voix professionnelle. J'en ai un certain nombre en tête.

« P'pa ! On peut pas faire ça ! réussit enfin à crier Toby. Les Héritages sont à nous ! C'est mal de les montrer à des étrangers !

« C'est moi qui juge, fit Killeen en fronçant les sourcils. Nous avons des affaires à traiter ici, et ces braves gens méritent d'en savoir plus sur nous, de même que nous voulons en savoir plus sur eux.

« Non ! s'écria Toby. Nous *ignorons* ce que contiennent les Héritages ! Des secrets de Famille, peut-être. Ou des pages d'histoire, les lignées de tous les LeFou qui ont existé depuis les origines. Et même des renseignements sur la Grande Époque ! Tu ne peux pas...

« On n'est pas capables de déchiffrer plus d'une ligne ou deux de ces textes, fit Killeen, furieux, en transperçant son fils du regard. On a besoin que quelqu'un nous aide à les comprendre. C'est un bon moyen d'y arriver.

« Mais qui sait ce qu'ils pourraient faire de tous nos secrets ?

« Ils appartiennent au passé. Ils sont si vieux que même leur langage est incompréhensible. Ils datent de l'Ère des Chandeliers, d'avant, même, peut-être. D'une époque dont nous n'avons entendu parler que par la légende. Tous ces accents, ces tortillons... »

Killeen se tourna pour faire du regard le tour des LeFou et des Atouts assemblés là, et Toby comprit qu'il voulait réduire leurs objections au silence avant même qu'elles ne soient exprimées. D'une voix ferme, le Cap'taine reprit :

« Je ferai d'une pierre deux coups. J'obtiendrai des services en échange, mais je les ferai interpréter par la même occasion. »

Des murmures d'approbation furent émis par les As, les Cinq et quelques LeFou. Mais il y eut, parmi ces derniers, des regards détournés traduisant plusieurs degrés d'incertitude. D'une voix rauque, Toby insista :

« Attendons un peu, au moins, p'pa. Suivons d'abord leur " Introthérapie ". Ça nous permettra d'en savoir plus sur cet endroit, d'avoir une meilleure idée de la valeur de nos Héritages, de voir si Abraham est vraiment ici, de négocier dans de meilleures conditions, peut-être… »

Killeen fit rapidement du regard le tour des LeFou. Le pli momentanément hésitant de sa bouche fit place à un léger sourire, un haussement de sourcils satisfait. Toby vit bien, lui aussi, qu'il avait les autres derrière lui. Le poids de sa fonction et de ses accomplissements passés avait fait pencher la balance en faveur du Cap'taine. Il jeta un regard fulminant à Toby, se tourna vers la magistrate et ouvrit la bouche pour parler.

« P'pa, on devrait d'abord…

« Cermo, fais-le dégager d'ici.

« Mais tu ne peux pas…

« Je suis le Cap'taine, mon fils. Cermo ! »

Toby ouvrit de nouveau la bouche, mais rien n'en sortit. Cermo, par-derrière, lui immobilisa les bras pour l'entraîner. Il se débattit, hurla, jura, essaya de décocher une ruade, mais ne rencontra que du vide. Cermo le tenait à bout de bras, mais fermement. La salle était devenue ondoyante, lourdement chargée d'un air épais qui ne semblait pas porter ses cris ni ses protestations tandis que Cermo l'entraînait en arrière dans la très longue allée centrale. Les nains le regardaient au passage avec de petits yeux ronds, déformés par les effets miroitants de cette étrange salle. La gorge de Toby se remplit de nouveau de plâtre, cette fois-ci avec un arrière-goût aigre, comme un courant d'air sombre annonciateur de malheur.

6
Les charmes du commerce

Toby passa deux jours aux arrêts dans une petite cabine, soumis à la très stricte discipline de bord. Ce qui signifiait qu'il ne voyait personne et n'était plus au courant de rien. Personne, pas même Quath, n'avait le droit de communiquer avec lui. De toute manière, sa cabine était trop exiguë. Il n'avait droit qu'à de la nourriture et à des matériaux d'étude. Il bûchait donc ses maths et son histoire, et écoutait plus que jamais les exposés monotones d'Isaac. Il passait aussi une partie de son temps à faire des exercices physiques dans l'étroite cabine. C'était Cermo qui lui apportait sa bouffe, en gardant le silence, à contrecœur, conformément aux ordres, malgré ses taquineries.

Le plus ennuyeux pour lui, c'était qu'il ne pouvait pas assister aux séances d'information sur l'endroit où ils se trouvaient. Ce qui le frustrait tellement qu'il se défoulait dans la cabine en exécutant des servo-exercices qui le faisaient se cogner au plafond, racler les murs, rebondir au sol et repartir au plafond. Il essayait de réfléchir par lui-même sur la manière dont tout fonctionnait ici, uniquement aidé par Isaac, mais plus il cogitait et moins il arrivait à donner un sens à ce qu'il avait vu. Le plus grand mystère concernait l'existence même d'un sol solide si près du bord, tranchant comme une lame de rasoir, d'un trou noir.

Au bout de deux jours, Besen réussit à lui rendre visite. Sa chevelure brillait sous l'effet de nouveaux additifs. Quelque chose qu'il y avait dans l'eau, disait-elle, radieuse. Il la prit longuement dans ses bras, l'embrassa, lui parla à mi-voix de ses préoccupations et de ses soucis, mais… quelque chose n'allait pas. Il se sentit raidir tandis qu'elle le touchait perversement, sa main remontant avec assurance le long de sa cuisse, s'attardant sur sa hanche…

— glissement de peau soyeuse —

Son baiser avait un goût métallique, sa langue dardée était oxydante.

— tiédeur musquée se répandant sur elle dans les ténèbres tressautantes —

Et sa main tomba comme du plomb sur lui, curieuse de sa raideur.

— rires cristallins accompagnant leur chute jambe contre jambe —

Il se durcit sous sa poigne, qu'il trouva forte, pressante et chaude.

— cri étonné de plaisir et d'agréable surprise —

Elle plissa le front tandis qu'il la repoussait, écartant sa main d'une tape.

« Qu'est-ce que tu… Qu'est-ce qu'il…

« J'ai pas envie maintenant, dit-il.

« Hein ? »

Regard étonné.

« J'ai trop de choses dans la tête, bredouilla-t-il, confus.

« Tiens ! Ça ne ressemble pas au monsieur Toujours-Prêt que j'ai connu.

« C'est vrai.

« Toby, peut-être que si tu me parlais un peu, on pourrait…

« Écoute, je… Reviens demain, d'accord ? Je ne sais pas ce que j'ai en ce moment, mais… »

Elle s'en alla, le front plissé, les lèvres tremblantes de perplexité. Il se sentit déprimé et furieux contre lui-même dès l'instant où la porte se referma derrière elle. Puis il se mit à parler à Shibo de ce qui s'était passé, et l'incident ne lui parut plus du tout aussi important.

Besen ne revint plus. Il fit d'autres exercices, s'endormit, médita sans résultat.

Lorsque Cermo vint le libérer, il était en train de craquer. Besen était là. Elle se jeta dans ses bras pour lui donner un baiser enflammé qui en promettait plus que n'importe quel discours. Cette fois-ci, il ne la repoussa pas… Mais cela ne lui fit pas tellement d'effet non plus. Monsieur Toujours-Prêt était bien loin, et il ne savait pas pourquoi.

Il se sentait d'humeur à se mettre d'abord sous une bonne douche (les autochtones avaient relié l'*Argo* à leur réseau apparemment inépuisable), puis à sortir faire un tour. La cité miniature était plus ouverte que les corridors en hélice du vaisseau, et il ressentait un besoin d'espace libre, de perspective. Il se prépara aussi rapidement qu'il put.

Il s'était attendu à être convoqué chez le Cap'taine, mais sa ligne comm demeurait muette. Tandis qu'il traversait les coursives inclinées, rendu nerveux par la réclusion et plutôt déprimé en général, il vit que personne ne semblait éprouver le besoin de lui parler. Plusieurs équipes étaient à l'œuvre pour bichonner l'*Argo*. Même au port, les corvées de bord n'étaient jamais finies.

Quand il essayait de lancer une conversation, les membres d'équipage se découvraient des occupations pressantes ailleurs. Finalement, il décida de ne pas appeler Besen. Elle risquait de ne pas comprendre qu'il veuille prendre un peu de distance durant quelque temps, quelques heures.

À l'approche du sas, il eut l'impression qu'il se passait quelque chose de bizarre. Il y avait une bonne douzaine de nains autochtones en train de discuter avec les sous-officiers de garde. Ils marchandaient et essayaient d'obtenir des faveurs, mais cessèrent brusquement en le voyant approcher. Le lieutenant annonça d'une voix froide à Toby que ses mouvements étaient limités. Il n'avait pas le droit de quitter le vaisseau.

Cela le hérissa, bien entendu. Il grommela quelque chose sur son intention d'aller trouver Quath pour se mettre au courant de ce qui s'était passé, mais n'insista pas. Il venait de se souvenir de l'agrodôme endommagé où il avait travaillé. Sous la coupole géante où était cultivé leur grain, il avait essayé, à un moment, de réparer une petite grille d'aération qui ne fermait pas bien. Elle était probablement restée faussée, mais il y avait, à présent, des pressions positives à l'extérieur.

Il arriva jusqu'au dôme sans attirer l'attention de personne. La grille céda à une faible torsion. Les champs d'amarrage isolaient délicatement le vaisseau des pontons voisins. Ils étaient élastiques, mais devenaient durs si l'on exerçait une forte pression sur eux. Ils le repoussaient gentiment, comme une brise amicale qui préférait cependant le tenir à l'écart.

Il se laissa glisser vers le bas, contre l'enveloppe luisante du dôme, et se retrouva dans les régions obscures situées sous la coque rebondie de l'*Argo*. Quelques instants plus tard, il était à l'entrée de l'espace de réception des nains. Saluant l'employé somnolent, il s'enfonça rapidement dans la cité grise.

Ce fut un choc. Au lieu des rues lugubres et désertes de son souvenir, il trouva des artères grouillantes de vie et d'activité, avec des étals, des échoppes et un brouhaha incessant qui ricochait dans toutes les directions à la fois. Ce qui montrait bien à quel point leur réception guindée avait été préparée par ces nains, dans le cadre de leur stratégie de négociation.

Abasourdi, Toby erra quelque temps dans les rues. Il était tracassé et nerveux depuis des jours, et tout cela disparaissait maintenant d'un seul coup. Il y avait des années qu'il ne s'était pas laissé simplement aller, qu'il n'avait pas erré, marché à l'aventure. Depuis la Citadelle, en fait. Depuis la fête du printemps, où son grand-père Abraham avait financé un concours de lancer de balle inter-générations, dans une cabine de sport de la Place de la Citadelle. Un truc lourd de transpiration, de vivats, de sifflets, de poussière âcre soulevée par d'innombrables pieds. Il avait mangé des doucettes chaudes, fumantes, dans des cornets en papier, avec des boissons fraîches, au milieu des rires et des cris joyeux.

Il se mordit les lèvres en évoquant ces souvenirs, puis plongea parmi la foule animée. Certains le regardèrent avec étonnement, mais la plupart ignorèrent sa taille et son étrange combinaison. Il lui fallut quelque temps pour s'habituer aux marchandages, aux transactions, aux conversions de valeur. Ce qu'il appelait ordinairement des choses avait un autre nom, qui sonnait nettement mieux : des “ biens ”. On achetait ces “ biens ” avec de l'argent, et il fallait en fabriquer d'autres soi-même pour en tirer de l'argent, que l'on dépensait ensuite. Il se demandait comment on se procurait un “ mal ”, ou peut-être un “ mieux ”, mais personne n'en parlait.

Il avait déjà du crédit, semblait-il, sous la forme d'une avance que la magistrate avait octroyée aux LeFou quelques jours plus tôt. Il utilisa son petit capital avec sagesse. Cela n'avait rien à voir avec le troc inter-Familles qu'il avait connu sur Nivale, où l'on pouvait avoir, par exemple, une syntho-chemise en échange de deux petits couteaux en carbo-acier luisant qu'on avait fabriqués soi-même. Le tout était de trouver quelqu'un qui avait besoin des couteaux au bon moment. Avec l'argent, c'était bien plus facile. Il suffisait de décider si le " bien " valait ou non le nombre de petites pièces qu'on vous demandait. Rien de plus simple.

Mais quelle activité tout cela produisait ! L'endroit grouillait de boutiquiers, vendeurs, diseurs de bonne aventure, colporteurs, camelots, personnages aux doigts crochus ou agiles, arnaqueurs, senso-artistes, escrocs, conseillers en investissement privé, filles de joie au sourire éteint, hommes et femmes aux " biens " cachés sous leur chemise ou dans leur pantalon bouffant, et aux " maux " tapis dans leur cœur. On pouvait tout acheter, depuis la poudre jaune qui vous rendait dépendant à vie en moins de deux minutes jusqu'à l'étrange et lumineuse verroterie nonhumaine qui, au toucher, se révéla être la créature en personne.

Certains faisaient preuve d'un art consommé pour extorquer un peu de monnaie aux passants. Assise à l'entrée d'une impasse, un casse-croûte quelconque à la main, il observa une femme borgne qui semblait y voir avec plus d'acuité que la plupart des gens avec leurs deux yeux. Elle était en train de se préparer pour son travail, et laissa Toby regarder en échange d'une petite pièce. Sur sa figure lisse, elle étala plusieurs couches de maquillage, en forçant particulièrement sur le bleu hideux au-dessous des yeux. Elle se glissa dans un fourreau léger, à l'aspect confortable, qui lui arrivait aux mollets et lui donnait une démarche d'araignée, comme si elle était infirme.

Toby la vit s'installer à un coin de rue passant. Les gens lui jetaient des pièces et s'empressaient de détourner les yeux. Ce qu'il y avait d'illogique dans ces comportements — il devait bien y avoir un traitement pour ce dont elle souffrait — n'ôtait rien de sa crédibilité à son activité. Toby ne saisissait pas très bien les motivations de chacun, mais il entrevit une possibilité. Elle devait leur fournir une sorte de distraction gratifiante. En contemplant son état de misère, les passants ne pouvaient que se sentir valorisés par comparaison. Troublés, peut-être, mais seulement jusqu'à un certain point. Ce qu'elle faisait, c'était du show-business.

Ces gens-là n'avaient rien à voir, pour sûr, avec les demi-dieux qui avaient bâti les Chandeliers.

Il y avait tout un quartier de ruelles enchevêtrées conçues pour délester de leur argent les gens qui voulaient s'amuser. Jeux divers, cabines, lancers d'adresse pour gagner un lot. Il y en avait même où c'étaient les autres qui vous lançaient des choses. Dancings ouverts jour et nuit, fiévreux, résonnants de syntho-musique qui s'étirait en une boucle sans fin, saupoudrant l'air de senteurs piquantes et d'étonnants activateurs de phéromones. Toby s'attarda dans l'un de ces stands, puis s'aperçut, au bout d'un moment, lorsque l'émission cessa (conformément à la réglementation), des effets que cela avait sur lui et sur son argent de poche. Il reprit ses déambulations, qui, au moins, ne lui coûtaient rien, malgré les efforts de son système nerveux pour le faire retourner là-bas.

Il y avait des jeux et des spectacles scientifiques à côté des stands de voyance, ironique rappel de l'éternelle tendance humaine à croire à des choses parfaitement incompatibles entre elles. Colporteurs de miracles, jeux, démonstrations de force musculaire (vous ne voulez pas essayer ?), vendeurs de drogue et d'alcool, marchandises légales mais lourdement taxées pour compenser leurs effets sociaux probables. Stands de boissons gazeuses, où Toby se vit offrir un ancien breuvage pétillant qu'il détesta à la première gorgée et rejeta, à l'indignation de quelques gamins qui parurent se sentir insultés parce qu'il n'appréciait pas leur boisson traditionnelle authentique, nommée Koca-Koola, dans toute sa richesse et sa pureté. Mais le paprika suffisait à lui révulser la langue.

Après des années d'errance, il commençait à retrouver le sens de la cité. La Citadelle LeFou était un village poussiéreux, étalé dans le lit asséché d'un torrent, aux jardins étiolés par manque d'eau, agrémenté d'une seule place centrale. Rien de comparable avec ce que Toby avait sous les yeux. Il avait vu un jour, de loin, les ruines d'une Arcologie que les mécas étaient en train de démanteler pour en récupérer les matériaux. Et ce qu'il avait autour de lui ressemblait plus ou moins à cela.

Le rythme ordonné qui régnait ici lui rappelait à quel point il était reposant pour l'esprit de préparer un repas tout en sachant que l'huile ou le sel étaient disponibles, juste au coin de la rue. Ici, une fille pouvait traverser la chaussée sans s'arrêter, après avoir regardé de chaque côté avant de descendre du trottoir. Cela lui rappelait aussi comment, enfant, il était fasciné, assis devant une fenêtre d'étage, par le spectacle des gens qui paradaient sur le trottoir d'en bas, inconscients d'être des acteurs éphémères dans ses représentations théâtrales imaginaires. La ville. Concentration magique d'humanité, creuset auquel il avait tant à apprendre.

Il se disait que sa nouvelle puce de langage devait être chauffée à blanc à force d'être mise à contribution. Mais nul ensemble de règles numériques rigides ne peut embrasser un langage vivant, qui s'étale, pas plus qu'un fin mouchoir de soie ne peut couvrir une gourgandine. La plupart des phrases que Toby entendait étaient courtes, vives et directes. C'était bien pour le marchandage, mais pas pour les nuances. Il en savait aussi peu sur elles qu'un chien sur un madrigal. Les commerçantes le zieutaient en essayant de deviner ses origines à la manière dont il prononçait ses voyelles. Elles se demandaient s'il venait d'endroits nommés Ragpicker, Avalon ou Tuscaloosa. Rien qu'à sa taille, elles devinaient qu'il appartenait aux Familles de la Débandade, façonnées par la guerre contre les mécas et par la gravité, mais elles pensaient plutôt aux Valets ou aux Reines qu'aux LeFou ou aux LeCavalier.

Il y avait une bande de jeunes d'à peu près son âge qui semblèrent lui manifester un certain intérêt. Ils lui demandèrent de quel genre d'endroit il venait, et ce qu'il avait vu. Puis ils se désintéressèrent de lui et retournèrent à leurs amusements. Ils parlaient à toute vitesse, de manière comique, avec beaucoup d'argot. C'était très difficile à suivre. Ils se tenaient surtout dans les ruelles sordides, plongés dans leurs occupations, absorbés par leurs gadgets.

Ils portaient de grosses lunettes rembourrées, des casques audio, des gants et des bottes, le tout très lourd, assez curieusement. Ils firent essayer leur matériel à Toby en ricanant d'un air entendu. Il se trouva immergé dans le sensorium d'une forêt. De gros animaux sortirent des sous-bois en chargeant, rugissant et exhibant de longs crocs. Une bête féroce, un félin à la fourrure fauve, le renversa. La sensation était pour le moins étrange, car il sentait avec ses membres qu'il était debout alors que ses yeux et ses oreilles lui disaient qu'il roulait par terre dans une mêlée sauvage.

Au bout de quelques minutes, il saisit l'esprit du jeu et se mit à tirer sur les fauves. Ils n'étaient pas trop difficiles à toucher. Il se lassa vite et laissa tomber l'arme qu'il avait trouvée dans sa pseudo-main. Il lutta à mains nues contre l'animal suivant, une espèce de gros lézard aux yeux d'un rouge flamboyant qui le griffa et le mordit en lui causant de cuisantes douleurs virtuelles. Toutes ces impressions étaient réelles, mais déconnectées en même temps, car Toby savait qu'elles n'étaient rien de plus que des stimuli électriques, flous et étrangement creux, issus d'une machine.

Il fut alors frappé par l'idée que ses propres systèmes internes faisaient exactement la même chose, mais de manière plus fine. Ses yeux grimpaient cran par cran dans le spectre, ils pouvaient se verrouiller sur des objectifs dopplérisés, définir des portées ou des calibrations d'un seul battement de paupière, d'une seule pression du bout de la langue sur une dent. Ses servos s'enclenchaient sans avoir besoin d'être sollicités. Tous ces équipements de survie spécialisés lui avaient été implantés avant qu'il soit capable de faire beaucoup plus que brailler et mouiller ses couches.

Ici, cependant, tous ces accomplissements étaient considérés comme exotiques, réservés aux planétaires. Les autres utilisations de leurs technotrucs n'étaient que des amusements.

Il terrassa à plusieurs reprises le gros lézard, qui le tomba également, jusqu'à ce qu'il en ait assez de respirer l'odeur putride de son cuir vert, avec la puanteur de sa chair avariée coincée entre ses dents. Les gamins étaient là, dans la jungle environnante, en train de pousser des cris d'encouragement et de trépigner, sans avoir à bouger le petit doigt dans la réalité.

L'idée d'affronter les bêtes sauvages à mains nues leur plaisait, et l'un d'eux se fit virtuellement broyer par un énorme rat lépreux aux moustaches mauves. Mais Toby se lassa de cela aussi et retira son casque. Les gamins continuèrent leur jeu, gigotant des pieds et des mains pour donner leurs coups virtuels, les doigts crispés sur des détentes imaginaires, mitraillant les créatures fantômes qui défilaient devant leurs yeux couverts. Il resta un bon moment à les observer, affalés dans les entrées d'immeubles, sursautant dans leurs simulacres d'action, excités par leurs pseudo-vies d'amusement.

Ils prenaient leur pied, mais le monde extérieur, pour eux, n'était qu'un fouillis de signes, de symboles et de succédanés électroniques. Ils avaient des raisons complexes, branchées, de penser que leur univers était meilleur que celui de la banale réalité obtuse. Une philosophie, se disait Toby, destinée aux gens qui passaient trop de temps entre quatre murs. Il continua son chemin et se promena dans la réalité d'un parc où il n'y avait peut-être pas de lézards géants, mais qu'il préférait personnellement.

C'est là que le retrouva Quath. Avec sa masse imposante, elle n'avait pas à se frayer un chemin à travers la foule, qui s'écartait spontanément. Et Toby savait qu'elle venait avant même de l'apercevoir. Dans son sensorium s'était levé un voile d'anxiété maussade. Il y avait quelque chose qui n'allait pas. Quelque chose de grave.

7
Esprits animaux

< Tu es recherché. >

« Par toi, déjà, pour sûr, méga-limace, fit Toby pour cacher sa surprise. Les nains n'ont pas essayé de t'empêcher de venir ici ? »

< J'étais pressée. Je n'ai pas fait attention. >

« Avec ton gabarit, il y a pas mal de détails qui doivent t'échapper. N'importe comment, je ne crois pas que le diable en personne, monté sur des échasses rouges, ferait tourner beaucoup de têtes dans ce patelin. »

< Je n'ai pas accepté qu'on m'interrompe. >

Quath laissa entendre des bruits de ferraille et des crissements. Sur ses multiples pattes, elle adopta une position assise, ce qui, dans l'expérience de Toby, était signe qu'elle ne plaisantait pas du tout. Sa grosse tête s'était abaissée pour prendre place sous une branche d'arbre ressemblant à un saule.

< Je regrette de n'avoir pas pu te rendre visite dans ta cellule. >

« Tu ne serais pas passée par la porte. »

Il avait dit cela sur un ton léger qui ne correspondait pas du tout à ce qu'il ressentait.

< J'ai fini de répondre à leurs questions. >

« Qu'est-ce qu'ils voulaient savoir ? En plus de la lecture de nos Héritages ? » demanda Toby d'un ton amer.

< Ils m'ont posé un grand nombre de questions sur les Chroniques des Myriapodes. Je leur ai parlé de nos armes, de nos victoires et de nos connaissances sur les mécaniques. En particulier, de leurs intérêts dans le secteur. >

« Tu leur as parlé de ça ? »

< Les Philosophes l'ont autorisé. Nous sommes à l'apogée du long conflit avec les mécaniques. >

« Les mécas font souvent des incursions ici ? »

< Les nains ont des défenses, tout comme les Myriapodes. >

« Elles ont intérêt à être efficaces. »

Toby aimait bien l'atmosphère luxuriante et verte de ce parc, mais il avait la nostalgie de la Citadelle LeFou, avec sa torpeur tranquille, tout au moins celle de ses souvenirs d'enfance. La cité où il se trouvait était loin d'égaler le charme des avenues où il s'était promené, guidé par la main de sa mère. Mais tout cela était perdu, et rien ne pourrait jamais le remplacer.

< Ils m'ont demandé des détails sur les travaux des mécaniques en physique anticorpusculaire. >

« En p'tit quoi ? »

Quath laissa entendre un *prrrrrrttt* métallique qui pouvait passer pour un rire, bien que Toby n'en ait jamais eu la confirmation. Elle avait émis le même bruit en des circonstances qui étaient loin d'être comiques, tout au moins du point de vue de Toby. Lorsque le *prrrrrrttt* cessa, elle expliqua à Toby que la matière avait un contraire, appelé antimatière, et que, si les deux entraient en contact, le tout disparaissait dans un grand éclair de lumière.

« Un truc avec lequel on n'a pas intérêt à s'amuser, j'ai l'impression », commenta Toby.

< Les mécaniques étudient les toutes petites particules qui servent à transporter les courants, les électrons et, surtout, leur contraire, les positrons. On peut créer des nuages composés de tels éléments, par paires, en faisant tourner de petites étoiles, les étoiles à neutrons. C'est là que les mécaniques font leurs recherches les plus poussées. >

Toby secoua la tête.

« C'est l'endroit où nous sommes que j'aimerais bien comprendre, moi. Ne viens pas m'encombrer la tête avec tes histoires d'étoiles. »

< J'essayais juste de te faire la conversation avant d'aborder un sujet plus sérieux. >

« C'est *ça*, ta conversation ? »

Toby se mit à faire les cent pas dans le parc, écoutant la rumeur de la foule et des petits commerces à une rue de là. Même ces quelques arbres et buissons, ce tout petit bout de verdure, suffisaient à lui faire prendre conscience de tout ce qu'il avait raté dans sa vie.

« Je crois savoir ce que tu as à me dire, fit-il. Mon père me cherche, il faut que je rentre tout de suite, la queue basse, ou sinon… C'est pas ça ? »

< Tu as une manière très animale d'exprimer les choses. Un vrai primate. >

« Mais j'ai mis dans le mille, pas vrai ? »

< Plus que ça. Ton père a terminé ses négociations. Pour obtenir ce qu'il veut, il faut qu'il troque un certain nombre de marchandises qui sont à bord du vaisseau. >

« Et alors ? Après avoir bradé les Héritages, il peut leur donner ce qu'ils veulent. Quelle importance ? »

< Les négociants locaux sont avides d'informations sur l'habillement et les parures des anciens LeFou. Sur tout ce qui concerne leur " folklore ". >

« Ils s'intéressent à la mode ? »

< Il semble que ce soit une préoccupation majeure chez les primates. Vous valoriser à l'aide de babioles. >

« Hé ! Ho ! Toi, tu t'ajoutes un œil ou une patte aussi facilement que je change de chemise. »

< Tu n'en changes pas souvent. >

« Bon ! J'oublie parfois, mais… »

< Ce n'est pas la même chose. >

Toby ne voyait pas pourquoi, mais il sentait un truc, dans les manières de Quath, qui le mettait mal à l'aise.

« Pourquoi es-tu venue me chercher, cafarde géante ? »

< Ton père a fini ses négociations. Pour accomplir ses desseins, il ne lui manque plus qu'une chose, à présent. >

Toby écarta d'un coup de pied une branche morte qui encombrait le chemin.

« Qu'est-ce que ça peut me faire ? Qu'il vende ses dents, si ça lui chante. »

< Il s'agit d'une chose importante que tu es le seul à posséder. >

« Moi ? Je n'ai rien du tout ! »

< Tu portes en toi une certaine Personnalité. >

« Oui, mais… Dis donc, qu'est-ce qu'il est allé leur demander, encore ? »

< La mort n'est pas la même, ici. Ils ont une institution, qu'ils appellent le Récupérateur, ou encore la Machine à Préserver. Avec un échantillon de tissu et une réserve de mémoire, ils peuvent recréer n'importe quelle personne qui a vécu. >

Toby se sentit envahi par une soudaine terreur glacée.

« Shibo. »

< Oui. >

« Ça ne me plaît pas du tout, ça. »

< Il me semble que ce serait plutôt à elle de dire son mot. >

Le visage de Toby s'empourpra. Il chancela, puis s'assit brusquement. Il avait la tête qui tournait. L'air était plein de points bleu-blanc. Sa poitrine se soulevait à un rythme précipité tandis qu'il aspirait de grandes goulées d'air moite. Il savait que ce que voulait Killeen était mal, d'une noirceur terrible, mais il n'arrivait pas à trouver des arguments qui…

« Je… je ne sais pas », balbutia-t-il.

< Si la Personnalité Shibo doit être utilisée pour reconstituer la personne vivante authentique, je ne vois pas comment on pourrait se passer de sa coopération. >

« Ils veulent lui demander son avis ? »

< Je pense. Mais une Personnalité enfermée dans une puce ne peut pas s'exprimer. >

« Je vois. Il faut que ça se fasse par mon intermédiaire. »

Il avait des battements dans la tête, et ses mains crispées étaient étrangement glacées, mais il se força à réfléchir posément. Dès qu'il dirigea son attention vers l'intérieur, cependant, la Personnalité Shibo monta en lui comme un bouchon attendant d'être libéré.

> ***C'est bien tentant, de refaire partie de tout ça. Il faudra que j'y réfléchisse.***

« Hein ? fit-il en sursautant intérieurement. Mais on est si près l'un de l'autre, toi et moi. J'ai à peine commencé à te connaître vraiment. Tes souvenirs… Je les adore. »

> ***Simple poussière numérique.***

« Ils sont pour moi aussi réels que ces brins d'herbe, ces arbres. »

> ***Tu n'y crois pas vraiment. Tu te souviens, ces garçons qui se battaient contre des bêtes fictives ? Ils faisaient passer le virtuel avant le réel, et tu te moquais d'eux pour ça.***

« Mais ton *moi*… il est éternel, tant qu'il est conservé dans une puce. »

Il essayait désespérément de se rattraper aux moindres brins de logique, tout en espérant qu'elle ne s'en apercevrait pas.

> ***Rien ne remplace la vie. Il y a cependant ici des parfums que tu ne perçois pas. Difficiles à décrire. Gris, frais et reposants.***

Rusé, il suggéra :

« Attendons de sortir de cette crise, puis nous reparlerons de ce fameux " Récupérateur ". »

> ***Ce que tu dis ne manque pas de bon sens, je le reconnais.***

« Parfait. Laisse-moi régler cette question avec mon père, toi et moi d'un côté, et… »

> ***J'ai réfléchi à tout ça. Une telle transformation ne nous apporterait pas forcément le bonheur, à Killeen ou à moi. Il a trop changé. Il s'est durci.***

« C'est vrai. »

> ***Ma retraite m'est précieuse. Là où je suis, je me trouve à l'abri des rudesses et des fugacités, des discordances et des besoins.***

Toby capta un reflet d'espaces pâles, étrangement délicieux, et de surfaces soyeuses coulant à l'infini en des lieux hors du temps.

« Je vois. »

> ***Tu ne peux pas. Mais merci d'essayer.***

Il déglutit. Les mains tremblantes, il leva la tête pour jeter à Quath un regard de défi.

« Je… Je refuse de laisser Killeen mettre la main sur cette puce. »

< C'est le Cap'taine. Il la prendra de force. >

« J'ai mes droits. »

< Qui ne t'autorisent pas à détenir une Personnalité. Il dira qu'il faut la libérer du moment que la chose est possible. >

Toby se dressa, furieux, sur ses pieds.

« Ce n'est pas l'usage dans la Famille ! »

< Ta Famille n'a jamais possédé cette technologie. Chez ton espèce, la capacité précède l'usage. >

« L'humanité devait posséder cette capacité à une époque. Sinon, ces nains ne l'auraient pas. Nos usages sont très anciens, et ils ne mentionnent pas le rétablissement des Personnalités. »

< C'est à la mesure de votre décadence. >

C'était dit de manière si simple et si brutale que Toby demeura quelques instants sans réponse.

« Écoute, je refuse catégoriquement de la lui donner », dit-il enfin.

< Il te la prendra. Il répète déjà que les talents de Shibo sont indispensables pour explorer correctement cet endroit. >

« Explorer ? »

Toby était incapable de se concentrer sur autre chose que son problème immédiat. Mais il y avait quelque chose d'autre qui lui desséchait la bouche et lui serrait la gorge. Il se sentait parcouru par d'étranges courants, comme des ruisseaux brûlants, chaque fois qu'il pensait à Shibo.

< Pour retrouver Abraham. Et autre chose, également, je pense. >

« J'ai besoin de réfléchir. »

Toby se leva, hésitant. Ce n'était pas Shibo qui causait ce bouillonnement en lui. C'était quelque chose qu'il ressentait personnellement, qui concernait à la fois Shibo et lui, qu'il était incapable d'exprimer. Chaque fois qu'il essayait, il avait l'estomac qui se révulsait, et une horrible nausée montait en lui.

< J'étais venue t'avertir. Ton père te fait chercher partout. >

« Je ne retournerai pas là-bas.

« Ouidire. Tu vas y retourner tout de suite », fit la voix de son père.

Toby fit volte-face.

« Non ! »

Killeen et Cermo sortirent du couvert des arbres voisins, en combinaison. Le visage de son père était ridé et tendu, comme s'il n'avait pas dormi depuis plusieurs jours.

« Je savais que Quath aurait plus de chances de te retrouver que tous les autres, déclara le Cap'taine avec un petit sourire. Tu as si bien mis ton sensorium en veilleuse qu'on ne te captait plus sur le réseau.

« P'pa, ne fais pas ça.

« Il le faut.

« On m'a confié cette puce. D'après la loi de la Famille, c'est à moi de décider pour la Personnalité.

« Excepté lorsque la survie de la Famille est en jeu. C'est ce que dit aussi la loi. »

Toby se mit à réfléchir à toute vitesse. Il n'avait jamais prêté beaucoup d'attention aux querelles de Famille concernant le droit et la coutume, ni au blablabla et au brassage d'air incessants des adultes, et il le regrettait à présent.

« Nous sommes en sécurité ici, dit-il. Personne ne menace notre survie.

« Peut-être pas. Mais tu devrais comprendre, mon fils. J'ai besoin de Shibo. Tu sais pourquoi.

« Tes raisons ne sont pas les meilleures, fit Toby pour gagner du temps.

« Ne sois pas ridicule. Nous serons de nouveau réunis, tous les trois. Une vraie famille. »

Toby secoua violemment la tête.

« Pas comme avant. Pas comme avant !

« Mais bien sûr, mon fils. Réfléchis. Avoir Shibo avec nous en chair et en os… »

Pour la première fois, aussi loin qu'il se souvenait, Toby vit le visage de Killeen s'éclairer de joie.

« C'est pas pour ça qu'on est venus ici, p'pa, et de toute manière… Non… C'est pour ça que tu es venu, hein ? »

Le bref éclair de joie de Killeen laissa de nouveau place à la lassitude.

« Ce n'est pas la raison principale, non, mais… Pour sûr, je me doutais bien qu'il y avait ici quelque chose qui ressemblait au Récupérateur. Le message du Chandelier, tu te souviens ? Et certains vieux dictons, certains mythes. Il faut que tu voies ce technotruc, Toby. Splendide ! Tout en métal et en verre flexible. On voit à travers. Il peut reconstituer n'importe qui, à condition d'avoir suffisamment de données. Tu vas être…

« Tu n'en as pas besoin pour le moment, p'pa. Plus tard, peut-être, quand on aura retrouvé Abraham et qu'on sera…

« Abraham ! s'écria Killeen, irradiant de nouveau la joie. J'ai pu avoir son message. Il nous donne les coordonnées du lieu où il se trouve. Elles ne sont pas fiables, d'après Andro, mais ils nous conduiront là-bas. Abraham est vivant ! Ici même ! Il a réussi, je ne sais pas comment, à quitter la Citadelle ! Il dit aussi qu'il veut te voir et que…

« La question de Shibo peut attendre, p'pa. C'est une affaire personnelle. Abraham et tout le reste, ça concerne la Famille. Ça doit passer avant.

« Il y a bien d'autres choses à découvrir, je le sens. J'ai besoin de Shibo pour ça. Elle était… ma substance, Toby. Je sais que tu ne peux pas comprendre, mais… »

Dans les traits de Killeen, le malaise et l'incertitude étaient aux prises avec le masque rigide de Cap'taine, aux lèvres figées. Toby comprit soudain à quel point ce masque résolu lui avait servi de bouclier depuis des années.

« J'ai besoin d'elle. J'ai besoin qu'elle soit à mes côtés avant d'aller à la recherche d'Abraham. Il s'agit d'un cas d'urgence. Les coutumes de la Famille doivent être provisoirement oubliées.

« Nous ne risquons rien ici ! Il n'y a pas de mécas dans les parages. Tu ne peux pas aller contre…

« C'est déjà décidé. »

Le masque s'était remis en place. La fenêtre un instant ouverte s'était refermée en un clin d'œil. Killeen et Cermo se tenaient côte à côte, de toute leur hauteur, l'air résolu. Massif, Cermo laissait voir ses appréhensions dans la manière dont il dressait les coudes, les genoux légèrement écartés. Les plis du visage de Killeen paraissaient plus profonds, véritables crevasses dans l'ombre desquelles il cachait quelque chose. Mais sa voix restait douce et apaisante tandis qu'il essayait de persuader son fils. Toby l'avait entendu s'adresser un jour sur ce ton à un membre de son équipage qui s'était fait remarquer et qu'il avait fallu remettre à sa place.

Il prit une profonde inspiration et s'humecta les lèvres. Faisant appel à ses Aspects, il racla les fonds de tiroirs juridiques, se fit abreuver d'explications dans un jargon qu'il comprenait à peine.

« Passer par-dessus nos coutumes ? Tu ne peux pas faire ça. Il n'y a même pas eu de Conseil de Famille pour m'informer officiellement. »

Il laissa vagabonder sa vision périphérique, à la recherche de la moindre occasion.

« Pour commencer, il faudrait que tu…

« Que je réunisse un Conseil extraordinaire. C'est déjà fait. Comme tu avais quitté l'*Argo* sans la permission de l'officier de veille, le Conseil a pris sa décision sans avoir à te notifier quoi que ce soit. »

Toby demeura bouche bée. Il aurait dû se douter de quelque chose, quand il s'était esquivé avec un peu trop de facilité.

« C'est toi qui m'as laissé partir.

« J'ai donné des ordres pour qu'on t'interdise de quitter le vaisseau.

« Évidemment. Tu avais tout préparé. Et maintenant…

« La Famille a décidé.

« La Famille ! Pfff ! C'est toi qui as tout manigancé.

« Je suis sorti pendant les délibérations.

« Bof ! » riposta Toby en faisant un pas de côté sur sa gauche.

Il comprenait tout, à présent. Son père savait parfaitement l'effet que lui ferait un confinement de plusieurs jours dans cette étroite cellule. Il savait qu'il finirait par prendre le large. Il avait soigneusement préparé ses arguments et achevé ses transactions. Puis il avait attendu tranquillement qu'il agisse. Le choc de s'être laissé manipuler aussi facilement, d'avoir des impulsions aussi prévisibles, faisait à Toby l'effet d'une douche glacée, qui lui dessillait les yeux. Reprenant le contrôle de sa voix, il murmura d'un ton aussi doux que possible :

« Shibo ne veut pas être restaurée, p'pa. »

Killeen émit un petit rire sec.

« Ridicule. Aucun Aspect ne refuserait d'être libéré.

« Shibo n'est pas un Aspect. C'est une Personnalité. Quelque chose de plus profond, de plus… »

Toby avait du mal à exprimer ce qu'il ressentait.

« Tu n'en portes pas, tu ne peux pas savoir ce que c'est, ajouta-t-il. Ils sont au-dessus de tout ce que nous éprouvons, de nos colères, nos besoins, nos peurs… Elle se préfère comme elle est. »

Killeen souriait toujours, tout en secouant la tête.

« Tu ne feras croire ça à personne !

« Et pourquoi pas ? Aucune Personnalité de la Famille ne s'est jamais trouvée devant ce choix. Personne n'a jamais soulevé le problème.

« On peut le faire maintenant, déclara Cermo en choisissant soigneusement ses mots. On peut la faire se manifester devant le Conseil.

« Non ! s'écria brusquement Killeen en serrant le poing. C'est moi qui réglerai cette affaire. Fais-la se manifester maintenant.

« Hein ? »

Toby se força à respirer un grand coup. Il avait l'esprit qui chavirait, en proie à des images corrosives et violentes. Une atroce nausée lui brûlait la gorge.

« Allons, laisse-la me parler.

« Non ! »

— peau fiévreuse doucement élastique, un sein galbé, au bout rose —

« Tu seras obligé, de toute manière, fit Cermo d'une voix qui l'appelait à la raison.

« Quelles que soient ses objections, je saurai la convaincre, murmura Killeen. Allons, mon fils. »

— langue dardée dans ses cavités moites, ses crevasses intimes —

« Non ! »

Le sourire de Killeen se durcit.

« Ouidire. Et tout de suite. »

Shibo se manifesta alors.

> ***Si c'est comme ça, je dois réfléchir encore. Je ne veux plus vous voir, ni l'un ni l'autre.***

Non ! émit Toby à son adresse, dans la prison où elle se trouvait. *Non !*

La bouche de Killeen se durcit encore plus.

« Tout de suite ! répéta-t-il. Et je ne plaisante pas ! »

Toby s'esquiva sur sa gauche. Il n'avait pas grand espoir, mais il fonça, lançant ses servos de genoux au maximum, conscient de leur vibration montante sous sa peau.

Des cris retentirent derrière lui. Ils allaient probablement le rattraper, mais il n'avait pas l'intention de leur faciliter la tâche. Il y mit, haletant, tout son cœur.

Puis les cris devinrent rauques, suraigus. Il regarda vivement par-dessus son épaule. Quath s'était jetée en travers du chemin de Cermo et de Killeen, en se déplaçant avec une rapidité surprenante. Elle fit jaillir une de ses pattes télescopiques, faisant un croc-en-jambe à Cermo. Puis elle arrêta Killeen en lui donnant un bon coup qui l'envoya s'étaler un peu plus loin.

Toby était sidéré. Mais il ne laissa pas la surprise ralentir ses pas. Il sortit du parc et plongea dans les ruelles grouillantes de monde.

Toute fuite comprend deux phases successives : premièrement, distancer ses poursuivants ; et ensuite, se mêler à la foule, le plus loin possible du lieu de l'incident, afin que personne ne se doute que c'est vous qui êtes à l'origine du remue-ménage qu'on entend plus loin.

Toby coupa, chaque fois que c'était possible, à travers des ruelles sinueuses, enjamba un bâtiment bas, ses servos lancés à fond, et traversa trois rues à toute vitesse, avant même d'avoir eu le temps de concevoir un plan. Les gens riaient ou l'interpellaient en le voyant, mais semblaient le considérer plutôt comme un original que comme un malfaiteur en train de fuir la scène de son délit. Il se détendit un peu et eut la présence d'esprit de faire de grands signes de main aux curieux, en souriant largement, comme s'il était en train d'accomplir un exploit. Il ralentit bientôt l'allure, et plus personne ne parut s'intéresser à lui.

Il entra dans un marché en plein air sans attirer plus d'attention que d'ordinaire, compte tenu de sa taille. Il se força à respirer calmement. Son angoisse s'estompa peu à peu.

Il s'aperçut qu'il avait, dans sa fuite, décrit un cercle, car il avait toujours tourné à droite. Réflexe atavique de la Famille. Revenir sur son adversaire permettait de savoir où il se trouvait, car il suivait votre piste. On pouvait alors décider si on voulait le prendre par surprise, mais il fallait agir avant qu'il s'aperçoive de la manœuvre. Sinon, on pouvait s'éloigner dans une direction totalement différente, en prenant éventuellement le temps d'effacer ses traces.

La différence, dans une ville, c'était qu'il n'y avait pas de traces, à moins de s'être fait remarquer par la foule sur son passage. Mais Killeen et Cermo avaient du mal à communiquer avec ces nains, surtout dans l'état d'humeur où ils se trouvaient en ce moment. Ce qui faisait qu'il disposait peut-être d'une bonne marge de temps.

Il s'était retrouvé à l'arrière du parc. Une poursuite, généralement, s'éloigne du point de départ, et personne ne pense à y retourner. Il avait appris cela quand il jouait dans les rues poussiéreuses de la Citadelle LeFou, puis plus tard, quand il courait pour échapper aux mécas. À présent, il espérait que son père ne lisait pas en lui assez profondément pour le deviner. Cette pensée le rendait nerveux. Il regardait à chaque coin de rue avant de s'avancer à découvert dans la zone du parc. Après tout, Killeen s'était joué de lui, récemment, comme d'une flûte à six trous.

Aucun signe de Cermo ni de son père. Aucun cri, pas la moindre commotion dans les rues. Il s'adossa à un immeuble, sans quitter des yeux l'entrée du parc voisin.

Ce n'était qu'une victoire temporaire. La Famille allait bientôt ratisser la ville et le retrouver.

Il capta un signal familier dans son circuit comm. C'était Quath, qui jouait, de toute évidence, au jeu qu'elle pratiquait au berceau, ou au nid, ou l'équivalent pour les Myriapodes. Mais il ne la voyait nulle part.

< J'ai offensé ton père. Je suis triste que les choses en soient arrivées là. >

La masse de la nonhumaine était au-dessus de lui, collée à la façade d'un immeuble, dans l'ombre. Personne n'avait rien remarqué dans le quartier.

« C'est lui qui l'a cherché. Il avait qu'à pas se conduire comme ça. »

< Cela crée entre nous des courants amers. >

« La liberté commence entre les oreilles, patapouffe. J'ai fait ce que je croyais juste. Et toi aussi. Merci. »

< J'ai voulu préserver les possibilités pour vous deux. >

« Ah oui, vraiment ? Tu crois que je devrais lui rendre Shibo ? »

< Je n'ai pas d'opinion sur une question aussi spécifique à votre espèce. >

« Allez ! »

< Mes qualifications ne s'étendent pas à tes symphonies cérébrales individuelles. >

Toujours adossé au mur d'un immeuble, Toby suivit Quath des yeux tandis qu'elle descendait le long du bâtiment de céramique grise, qui tremblait sous sa masse.

« Je n'écoute pas beaucoup de musique ces temps-ci, limaçonne, dit-il. Rien que des parasites. »

< C'est ton inconscient qui essaie de s'exprimer. >

« Qu'est-ce que tu en sais, toi ? »

< Seules les créatures dépourvues de telles architectures mentales sont capables de les voir clairement. >

« Tu n'as pas de pensées inconscientes ? Des impulsions, des trucs qui te viennent comme ça, quand tu n'y fais pas attention ? »

< Mes différents aspects sont délégués à mes sous-esprits. Pour ton espèce, l'esprit est constitué de segments qui viennent s'ajouter à des éléments plus anciens. Je ne fonctionne pas ainsi. Tes constructions précaires sont typiques d'un phylum qui ne s'est pas fondamentalement refaçonné. >

« Peut-être qu'on s'aime comme on est. »

< Question de goût. Pour moi, qui suis [intraduisible], ta relation

avec Shibo est compréhensible. Je délègue à mes sous-moi. C'est ce que tu fais avec elle ? >

« Mmmm. (Il se remémora les instants sensuels, les sueurs profondes et troublantes.) Pas vraiment. »

< Tu es trop proche, trop [intraduisible] pour pouvoir juger. >

« Tu trouves que je suis incapable de réfléchir vraiment à Shibo ? C'est pour ça que je suis dans ce foutu état ? »

Il se sentait exténué, et ce n'était pas parce qu'il avait couru. Il se laissa glisser, le dos au mur, jambes écartées, jusqu'à ce qu'il tombe assis sur le trottoir.

< Des myriades d'impulsions courent et se heurtent sur la scène unique et ouverte de ton esprit. Les factions se cachent dans les coulisses pour hurler. Ce sont tes esprits refoulés, complices, et tu es incapable de les consulter directement, comme je fais avec les miens. >

« C'est… pour cela que nous ressentons toute cette… »

< Douleur ? D'une certaine manière, oui. Mais il ne faut pas en conclure que mes pareils ne connaissent pas les mêmes conflits intérieurs. La différence, c'est que je peux communiquer avec tous mes sous-esprits, et que cela soulage un grand nombre de tensions douloureuses. >

« Ce dont nous sommes incapables. »

< Vous vous retrouvez dans l'action. C'est par votre corps que vos couches mentales les plus profondes peuvent s'exprimer. >

Toby se demandait s'il comprendrait un jour les émotions tempétueuses qui l'agitaient à la surface d'un profond océan intérieur déchaîné. Il haussa les épaules en murmurant :

« Dans ce cas, je me sentirai peut-être un tout petit mieux si je fais quelque chose au lieu de rester assis là sur mon cul en attendant que Cermo et les autres me tombent dessus. »

< J'avoue que je n'ai pas la moindre idée de ce que tu pourrais faire. J'ai peut-être agi trop hâtivement en m'interposant. Il est possible que j'aie aggravé ton cas dans cette question délicate. >

« Hé ! Ho ! Sans toi, ils seraient en train de m'extirper toutes mes puces spinales ! »

Toby se redressa. Il se sentait plus léger, à l'aise avec lui-même.

< Quand ils t'attraperont, je ne pourrai plus rien… >

« Comme disait mon grand-père, tas de gélatine, hardi les cœurs ! Nous vivrons pour pisser sur les tombes de nos ennemis. »

Ça lui faisait tout drôle, que ce soit lui qui remonte le moral à Quath.

< Ton grand-père devait être quelqu'un de très fort. >

« Fidèle à sa lignée. Et on en a plein d'autres comme ça chez nous. »

Cela faisait du bien de le dire, même s'il n'était pas tout à fait convaincu que ce soit vrai. Peut-être aucun fils ne pouvait-il savoir ces choses-là.

< J'ignore comment tout cela peut finir. >

Quath frotta ses pattes les unes contre les autres, puis mit ses fusées en action. Elle s'éleva dans les airs. Les passants s'arrêtèrent dans la rue pour la regarder, surpris, avant de s'éloigner. Ils avaient vu beaucoup de choses, mais Quath était un peu trop pour eux.

« Moi aussi, je l'ignore, fit Toby. Tout ce que je sais, c'est qu'on ne peut pas rester là. Tu es plutôt voyante, et je suis recherché. »

< Que faisons-nous, alors ? >

« J'en sais rien. On est entrés par la grande porte avec l'*Argo*, et ils nous attendaient. Tu crois qu'il y a une porte de derrière ? »

Créatures phasées

Au-dessus du disque, rien qui soit en métal ou en céramique ne peut survivre.

Perpétuellement, la grosse meule tourne et broie la substance des étoiles. Les marées l'aspirent et la dilacèrent.

Le Mangeur retient captives pour l'éternité les masses réunies d'un million de soleils morts. La matière ancienne s'est dissoute durant les quelques secondes d'agonie où elle a glissé sur la pente abrupte de l'espace-temps. Mais le souvenir de ces masses transitoires demeure dans la courbure.

À l'extérieur, un gauchissement fantôme fait foi devant les morts. Dix milliards d'années de matière sacrifiée — étoiles et poussière stellaire, planètes et cités, civilisations perdues avec leurs archives et leurs espoirs — ont leur tombe unique dans la distorsion muette qui demeure. Toute la douleur rémanente d'une galaxie ancienne persiste dans sa gravitation silencieuse.

Des fragments de matière déjà incandescente spiralent vers l'intérieur, glissant sur la courbure à des vitesses plus élevées que tout ce que l'on peut constater dans le reste de la galaxie. Des forces de traction incessantes happent la matière condamnée en un final et frénétique tourbillon géant.

Les fragments se heurtent, s'entrechoquent, se reforment et se frottent. Les champs magnétiques atténuent la friction. Les langues de plasma dardent et se vrillent. Les courants malaxent.

Les tourbillons magnétiques s'amplifient. Les champs se tordent et s'enroulent autour des noyaux condamnés. Les collisions violentes annihilent les champs, provoquant des explosions d'énergie supplémentaires.

Au-dessus de cette fournaise embrasée planent les créatures phasées.

Elles faisaient jadis partie des mécaniques. À présent, elles n'existent plus sous la forme de circuits matériels ou de céramo-intelligences en treillis. Elles ont évolué par nécessité délibérée. Afin d'absorber plus d'énergie, elles ont appris à se dissoudre.

Lorsque des torrents de radiations dures les traversent, elles sont un plasma qui s'assemble en un vaste flux et les conserve sous forme de corrélations à longue portée.

Lorsque le flux s'inverse, les créatures phasées se transforment. Dans les régions plus froides au-dessus du disque, elles se condensent. Les filaments entre-tissés deviennent des décharges gazeuses. L'énergie ainsi générée est dissipée vers des couches plus faibles qui les emmagasinent.

Les créatures phasées, quant à elles, se servent de tous ces flux pour s'organiser en réseaux flottants. En circuits sans fils. En électrons qui ne circulent que dans leurs propres champs magnétiques organisés. En courants de striction qui serpentent et s'embrasent. En commutateurs et tensions. Élusives comme la lumière, légères comme une dentelle arachnéenne.

Des intelligences vivaces dansent à l'intérieur, inductives, silencieuses et invisibles.

Elles entrent dans la discussion qui abonde au-dessus d'elles, dans les régions plus froides. Avec une élégance soyeuse, leurs pensées se mêlent aux êtres matériels qui représentent les premières formes brutes des mécaniques.

Mais les créatures phasées n'en connaissent pas moins leurs origines. Elles partagent les configurations de pensée des formes métalliques. Elles conversent.

Je/nous ne comprenons pas pourquoi ces primates étranges et attardés doivent être étudiés. Et quelle est cette nouvelle arrivée ?

Vous/je avons fait revenir ‡>A<‡, qui était en train d'achever l'élimination totale des formes de vie organiques encore présentes sur la planète d'origine de ces primates.

Ce ‡>A<‡ est un étrange mélange d'intelligences.

Je/nous en sommes conscients, et devons le tolérer. Tenez…

Salutations. J'utilise l'approximation à une seule conscience. Ce sera peut-être plus commode pour vous.

Voyez quelle étroitesse.

Nous/vous avons déjà essayé cela, et avons trouvé le procédé dégradant.

Il ne faut pas mécontenter ‡>A<‡.

Très bien. Mais quel carcan dément !

Il vaut mieux faire provisoirement plaisir à ‡>A<‡.

Ces contraintes sont nécessaires si nous voulons sonder les profondeurs de la pensée primate.

Pourquoi les étudier, en vérité ?

Leur sens de la beauté est unique. Les organiques variants sont également uniques, mais ils sont de longue durée, ici, au Centre Véritable.

La beauté ? C'est nous qui en sommes les arbitres.

Je recherche des avenues de grâce et de saveurs entièrement nouvelles. Celles-ci sont spécifiques d'une espèce, profuses en traditions.

Un luxe inutile. Nous avons des problèmes plus graves à affronter à présent.

La beauté est aussi vitale à nos êtres que vos préoccupations grossières.

C'cst unc insulte ?

Non, une vérité.

Attention.

Je ne cherche nullement à vous offenser. Je suis une intelli-

gence spécialisée, mue par ses propres impulsions. Permettez-moi de faire remarquer à vos esprits réunis que ces primates possèdent une véritable richesse ! Ce sont les créatures qui ont fabriqué le Motif à Cinq Chiffres, qui étreint comme nul autre les centres perceptuels ! Il y a aussi leurs rideaux-émotions multicolores internes. Sublime ! Et leurs Abstractions Maxi-Subverties. Des réalisations merveilleuses !

Je/nous sommes plutôt intéressés par le danger potentiel qu'ils représentent pour nous. Surtout à cause des connaissances semi-mythiques dont ils sont porteurs.

Mais sans en être conscients. C'est important. Il ne faut pas qu'ils apprennent ce qu'ils possèdent !

Je crois qu'ils se sentent dépositaires d'une destinée spéciale. Ils n'en connaissent certes pas la nature, la chose est claire. Ces êtres se transmettent leurs connaissances les plus riches sous forme de récits. Pour un primate, un mythe est une histoire profonde susceptible de fournir une solution aux grands problèmes de son existence.

Je/vous étions persuadés que les mythes étaient simplement la religion de quelqu'un d'autre.

Bien sûr, mais c'est des primates que je parle. Je les ai suffisamment étudiés.

Dans ce cas, c'est à vous de vous introduire dans le Cône pour agir en notre nom.

Et pourquoi ? J'ai d'autres occupations qui…

Vous les connaissez bien.

Mais je ne suis jamais entré dans le Cône.

Ça ne m'étonne pas, avec tout le temps que vous passez à étudier les beautés de la vie inférieure.

<u>**Le Cône est traîtreusement dangereux.**</u>

C'est évident. Mais nous/vous l'avons infiltré de formes mineures. En ce moment même, nos minuscules informateurs ont passé les portes de leur cité. Ils surveillent de près les primates du vaisseau que nous avons laissé entrer.

Une mesure à laquelle vous/je avions marqué notre opposition.

Mais qui a permis d'obtenir des informations précieuses. Ces Héritages dont ils parlent tout le temps contiennent des choses que nous ignorons.

Et que nous pourrions nous passer de connaître si nous avions annihilé ces primates.

<u>**Non ! Il ne faut surtout pas raisonner ainsi. Ces primates représentent une espèce précieuse en voie d'extinction. Il faut les protéger dans leurs derniers moments.**</u>

C'est un luxe.

Nous vous ordonnons de suivre de près les membres importants des primates que leurs propres Héritages ont identifiés.

<u>**Le Cône est dangereux. Je ne pourrai même pas être certain, en y entrant, de l'endroit où je me trouverai, ni du moment.**</u>

Nous/je fournirons les res-

sources dont vous/je aurons besoin.

<u>Je peux me perdre dans le chaos.</u>

C'est un risque que nous/vous devons prendre.

<u>J'ai entendu dire qu'il y a dans le Cône des agents capables de nuire même à des systèmes très évolués comme nous.</u>

C'est vrai. Nous ne savons pas ce qu'ils sont.

<u>Mais je suis en mode de conscience unique ! Si je péris, la " forme-je " disparaîtra à jamais !</u>

Je\nous n'y pouvons rien.

C'est vous/nous qui avons choisi ce statut.

Il est évident, cependant, que nous archiverons votre présent état. Il y aura une copie de vous pour prendre la suite.

<u>S'aventurer dans un tel chaos… Je ne suis pas qualifié.</u>

Vous/nous semblons réticents. Pourtant, vous\nous sommes experts dans le domaine le plus important, celui des primates. Vous avez appris à traiter avec eux. C'est vous qui les avez poussés vers l'intersection avec les quasimachines. Très habile de votre part.

Et nous/vous avons d'autres motivations.

<u>Lesquelles ? Risquer autant pour…</u>

Pensez à la beauté de la chose.
À son caractère artistique.

Quatrième partie

LA GORGE GRAVIFIQUE

1
Vent d'été

La cité des nains s'éloigna derrière eux.

Toby et Quath se déplaçaient rapidement, profitant, pour se mettre à couvert, de quelques bâtiments épars, puis d'un bosquet dense de curieux arbres aux troncs fuselés de plus en plus hauts à mesure que les deux fugitifs s'enfonçaient dans un ravin où les rochers chaotiques formaient des arches. L'attention de Toby courait en même temps que lui, fuyant la confrontation avec son père, se réfugiant dans la pure exaltation de la course éperdue.

< Je crois que nous avons pris un chemin dangereux. >

« Moins dangereux que de rester là-bas. »

Dangereux pour qui ? se demandait Toby. Le mot ne lui semblait pas bien choisi, mais ce n'était pas le moment de faire de l'introspection. C'était le moment d'agir.

< Dans les séances de présentation de cet endroit, auxquelles j'ai assisté et toi non, très regrettablement, on nous a adressé plusieurs mises en garde. Je ne comprends pas très bien la nature de ces interdictions, mais elles me semblent refléter le caractère inhérent de leur [intraduisible]. >

« Je suis bien avancé, avec ton [intraduisible]. »

< Tu es encore troublé. >

« Fous-moi un peu la paix, ouidire ? »

< Je ne sais comment expliquer les changements de Killeen. >

« Les humains sont difficiles à cerner, tu me l'as dit toi-même un jour. »

< Il a toujours été obsédé par l'idée de venir ici, je le sais. Cette ombre recouvre ses souvenirs de Shibo. Que son amour pour cette femme vienne troubler ses relations avec toi, je ne pouvais pas le prévoir. >

« Moi non plus. Dans un sens, il en a plus besoin que des Héritages… ou de moi-même. »

Il déglutit avec peine, mais la boule demeura dans sa gorge.

Dans son esprit surgirent des images éparses, des vagues de sensations, des fragments en mouvement d'idées entraperçues qui disparaissaient aussitôt. Shibo était tapie juste derrière ses yeux.

> ***Tu ne peux pas comprendre ce qui se passe, et Killeen non plus. Je te conseille de laisser ton esprit se détendre, de ne pas essayer si fort.***

Toby éprouva un sursaut d'indignation brûlante.

« Bordel ! C'est toi que j'essaie de sauver ! »

> ***Me sauver des atteintes corrosives de la vie réelle, oui, et je t'en sais gré, sache-le. Sans compter qu'il vaudrait mieux qu'on reste encore un peu ensemble, toi et moi.***

L'irritation meurtrie de Toby fit place à un élan de chaleureuse reconnaissance.

« Toi et moi, c'est ce que nous voulons. Mon père, il ne comprend pas ça. »

> ***Je ne pense pas que cela te dispense de tes obligations de Famille.***

Ces derniers mots, qu'elle avait chuchotés, étaient chargés d'une certaine agressivité.

« Quelles obligations ? »

> ***Retrouver Abraham. Perpétuer la tradition de la Famille.***

À cela, il ne trouva pas de réponse. La Personnalité Shibo l'écrasait, froide et altière. Elle s'exprimait de manière plus compliquée que ne l'avait jamais fait la vraie Shibo. Sa Personnalité avait commencé à acquérir les angoisses nerveuses des psychismes prisonniers d'une puce, à l'opposé de ce qu'elle était de son vivant.

Isaac, Zénobie et les autres déteignaient-ils sur elle ? Était-elle en train de changer avec le temps ? Il la sentait vaguement différente, mais il espérait que ce n'était que passager.

Il se mit à gambader parmi les arbres, bondissant au-dessus des bruyères noueuses, obligeant Quath à faire claquer ses pattes en ciseaux pour pouvoir le suivre. *Enfin libre, en plein air.*

Il avait échappé à la coque-prison en fleximétal de l'*Argo*, il s'était débarrassé de la main de fer que son père faisait peser sur lui, et l'ivresse de cette liberté lui donnait des ailes. Tout petit, il avait appris l'art difficile de voler, de se maintenir en l'air par des mouvements constants, et à présent la pure joie de cet exercice lui revenait. Il fut donc pris totalement au dépourvu lorsque le sol commença à se tordre et à se dérober sous ses bottes.

« Quath ! Il y a quelque chose qui… »

< J'avais donné un avertissement là-dessus. Des sections étanches d'espace-temps. Elles possèdent leur propre atmosphère. Des biosphères. Ces régions sont rarement visitées, d'après Andro, car elles se trouvent aux jointures de l'été, qui reflètent… >

« Dis-moi ce qui se passe ! »

L'air s'effilochait, des brumes cotonneuses passaient à toute vitesse. L'espace autour de lui vibrait d'une porosité instable. C'était comme si les molécules atmosphériques aspiraient sa substance, pareilles à de petites bouches collées à sa peau, qu'elles hérissaient.

Des arbres squelettiques le fouettaient de leurs branches, comme si un vent furieux les secouait. Pourtant, Toby ne sentait sur lui qu'un air immobile.

Il y eut alors comme un tourbillon à ses pieds, jusqu'à hauteur de ses genoux, et il vola, dépourvu de poids, les arbres n'étant plus, à présent, que des ombres bleues très floues qui le dépassaient en trombe. Quant à Quath, c'était une masse molle, brunâtre, qui se ramassait en forme de larme.

Illusion ? Difficile à dire. Mais il sentait un poing qui se nouait et se dénouait au creux de son estomac. Puis les choses changèrent, et Quath se mit à enfler, dilatée en gouttelettes irisées, couleur de terre, qui se précipitèrent sur lui et le heurtèrent avec un bruit sec au niveau de la poitrine.

« Hé ! Ho ! Qu'est-ce qui se… »

< Agrippe-toi à moi. L'[intraduisible] nous saisit. >

« Ça veut dire quoi, ton foutu [intraduisible] ? »

< Nous nous tordons dans la stochasticité. >

« Stock à quoi ? »

< L'évolution de l'été, tissée par le temps. Attrape-toi à mes pattes ! >

Toby entoura de ses bras une tige cuivrée aux reflets sombres. Des tourbillons pourpres et des vents tumultueux lui saisirent les jambes, faisant vibrer ses bottes. Une masse d'air rouge et sifflante le dépassa, exsudant sous ses yeux des radicelles terreuses. Un végétal né du néant.

Il s'agrippait de toutes ses forces, au point de faire craquer ses jointures. Les joints de ses microhydrauliques avaient envie de s'ouvrir. Il amplifia son sensorium.

Des impressions hurlantes et fugitives l'inondèrent. Lui tiraillèrent les yeux. Déformèrent son sens de l'équilibre, jusqu'à ce qu'il soit convaincu que c'était lui qui tenait Quath en l'air dans ses bras, et que sa vaste masse pesait sur sa nuque et sur ses épaules. Puis, en un clin d'œil, il se retrouva avec la nonhumaine au-dessus d'un trou, un vaste abîme noir et béant où brûlaient des feux rougeoyants, crachant des flammes courroucées.

Il fallait qu'il empêche Quath de tomber ! Il sentait ses chevilles forcer, brûlantes comme du métal, élongées en impossibles cordes de muscles effilochés…

Puis il se retrouva en train de plonger entre des parois qui défilaient à toute vitesse, dans un cylindre qui sinuait et se hérissait d'aspérités brillantes sur son passage. Il tournoyait sur lui-même, et aperçut Quath à côté de lui, agitée dans tous les sens.

< Tiens-toi bien. Je vais perdre une patte. >

La cuisse se détacha et se cogna à lui avec un grand bruit.

« Ouaille ! »

Elle le fit orbiter autour d'elle au bout d'une longue laisse. C'était l'un de ses bras télescopiques. Il s'était détaché, et elle s'en servait pour maintenir Toby. Il respira un grand coup. Le bras s'étira encore. Il sentit l'odeur acide de sa propre peur.

« Quath ! »

Mais la tête ivoirine qui pivota pour le regarder n'était qu'une masse tournoyante d'orbites gonflées et de tiges tordues, spectacle facial profondément nonhumain, affichant non pas une mais plusieurs expressions. Bouches et yeux déformés par le mouvement, joues et bajoues antagonistes, toutes les personnalités opposées de son amie s'étalaient en travers de sa grosse tête.

Indéchiffrable. Plus que l'entrechoquement des couleurs et le déchirement du vent, c'était cela qui effrayait Toby et répandait un froid glacé sur ses jointures douloureusement tendues.

Quath émettait des bruits râpeux, qui semblaient pourtant calmes et résignés.

< Tiens-toi bien. Ne lâche surtout pas prise. C'est la stochasticité. Les convulsions aléatoires de l'été. >

Un brouillard laiteux se diffusa, poussé par une brise invisible. Toby aperçut, loin au-dessous d'eux, bien qu'ils ne fussent plus, à présent, en train de tomber vers aucun endroit défini, une série d'ouvertures minuscules au milieu d'une large plaine. Ces trous d'épingle dansaient, réfractés par la distance considérable.

Ils volèrent au-dessus de la plaine comme s'ils étaient poussés par le vent, silencieusement, à la seule exception d'un léger carillon qui évoquait presque de petites voix lointaines. L'un des trous d'épingle s'enfla alors, et Toby distingua de petites protubérances sur ses bords. Il amplifia sa vision sur ces nodules et s'aperçut qu'ils avaient des crêtes couronnées de points blancs. Puis il comprit soudain ce que c'était. Des montagnes aux sommets enneigés.

Il prit alors la mesure de ce qu'il avait sous les yeux. Cette plaine s'étendait jusqu'à un infini brumeux. C'était un univers entièrement plat, grouillant de pores, des poches qui s'ouvraient et se refermaient comme des bouches luisantes.

< Accroche-toi ! > lui cria Quath.

Ils firent une violente embardée. Toby avait du mal à se retenir à la nonhumaine de ses deux mains gantées. Le vent violent accélérait fortement leur lancée.

Les cimes des montagnes se succédaient comme des crêtes minuscules. Quelque chose les poussa brutalement en avant et vers le haut, leur faisant éviter l'entrée béante d'une caverne à l'intérieur de laquelle tournoyaient des formes pesantes. Ils changèrent soudain de direction, et se retrouvèrent au-dessus de la plaine. Les autres trous d'épingle, par myriades, houlaient comme une foule en colère. La gorge gravifique.

« Qu'est-ce que… Qu'est-ce que c'est ? » cria Toby.

< Les Voies, je pense. C'est ainsi que les appelait Andro. >

« Des endroits où aller ? »

< Si nous savions y entrer, sans doute, oui. Mais je crois que personne ne possède cette connaissance-là. C'est impossible. >

« Où allons-nous, alors ? »

< Je ne pense pas qu'on puisse répondre à cette question, jusqu'à ce qu'on arrive. >

« Je suis en train de reconsidérer tout ce qu'on a fait, limaçonne. »

< Un peu trop tard pour ça. Chaque action a ses conséquences. >

Quelque chose de sombre mais de terre à terre dans l'intonation de la nonhumaine glaça Toby tandis qu'il s'agrippait de toutes ses forces à sa patte et regardait grossir l'un des trous d'épingle. Il s'aperçut qu'ils fonçaient dessus, obliquant de temps à autre, tournoyant en une folle danse erratique pendant que des forces désordonnées lui secouaient ses jambes tremblantes, ses bras endoloris et ses oreilles gargouillantes de liquide. Il essaya de refouler une amère nausée, mais elle demeura coincée dans son arrière-gorge.

Tiens bon. Encore un peu. Si jamais tu perdais Quath…

Le trou pulsa. Il eut la sensation désagréable qu'il se préparait à les engloutir… et c'est ce qui arriva.

Dans un flou précipité, ils foncèrent à travers des espaces arachnéens, ses yeux se voilant subitement de larmes. Il entendit un raclement, sentit un cognement, et ils se retrouvèrent au milieu d'un champ d'herbes filandreuses et rêches. Il se tâta prudemment les membres, puis se redressa.

« Pfff ! »

Tous ses muscles gémissaient, il n'avait pas deux os qui semblaient s'articuler correctement. Il vit que Quath était déjà en train d'explorer la cuvette qui s'évasait dans toutes les directions. La nonhumaine paraissait tanguer un peu sur ses pattes, cependant. Toby n'arrivait pas à voir de quelle direction ils étaient tombés, mais une petite tache miroita un instant dans le ciel, indiquant peut-être la présence d'immenses espaces au-delà, puis disparut.

« Ça m'a écartelé. »

< Si la tempête avait été plus forte, c'est ce qui te serait arrivé vraiment. Et à moi aussi, d'ailleurs. >

« C'était une tempête ? »

< Un orage d'été. Une perturbation de l'espace-temps provoquée par une accumulation de matière en train de tomber. Il se refaçonne de manière plus cohérente. >

Toby se sentait moulu.

« Je ne saisis pas très bien ce qui s'est passé. »

< L'été s'est déformé et nous a entraînés avec lui. Nous sommes à présent dans une Voie différente. Un espace-temps séparé, habituellement isolé de la multitude des autres. Les Voies ne se recoupent qu'à l'occasion d'un réajustement. >

« Et c'est ce qui se passe en ce moment ? Comment ça se fait ? »

< Tu te souviens de l'étoile qui a éclaté ? Elle est en train de s'enfoncer dans les profondeurs du disque. Cette masse supplémentaire oblige toute la géométrie des alentours du trou noir — y compris l'été où nous sommes — à se réajuster. >

Il se rappela la manière dont tout cet été avait enflé pour sortir de l'ergosphère. Des mondes dans les mondes, arrimés d'une manière ou d'une autre les uns aux autres.

« Qu'est-ce qui les fait tenir ensemble ? »

< Personne ne le sait. Pourtant, ça tient. >

« Cet été, pour commencer, par exemple. Qu'est-ce qui le fait tourner autour d'un trou noir censé engloutir des étoiles à son petit déjeuner ? »

< Je suppose qu'on pourrait aussi bien se demander pourquoi un dessin reste sur une feuille de papier qu'on fait glisser sur une table. >

« Hein ? »

Toby se massa l'épaule pour soulager une crampe. Ses muscles étaient durcis en boule, et il devait les taper l'un après l'autre pour leur redonner un peu d'élasticité. Il se laissa aller en arrière, épuisé.

« Cet été, d'après toi, alors, il est écrit dans le… dans le… »

< Ne te force pas. Ton langage ne possède pas les concepts nécessaires. L'été est un noyau d'espace-temps enchâssé dans un autre espace-temps, lui-même déformé par le trou noir. L'été est une pente stable au milieu d'une courbure générale. Un puits, un refuge. >

Toby effleura l'herbe douce et mouillée. Au début, elle se rétracta. Puis elle lui caressa les doigts.

« Cette herbe… Elle est spéciale à l'été ? »

< Non, seules les fondations sont faites d'espace-temps replié. La matière ordinaire s'y agglutine. >

« Mmmm. Heureux de savoir qu'un brin d'herbe est toujours un brin d'herbe. »

< Qui pousse à l'intérieur d'une petite poche d'espace-temps. Comme un capillaire sur la paroi d'une artère qui pulse. >

Toby se laissa aller en arrière pour continuer d'écouter la nonhumaine. Elle essayait de faire passer des notions pour le moins glissantes. Il les retourna un instant dans sa tête, puis décida de les accepter tout simplement.

Les primates, lui avait expliqué Quath un jour, aimaient bien raisonner par analogie. Par exemple, en tenant une orange à la main pour faire comme si c'était une planète. Dans le cas présent, il avait besoin de quelque chose comme ça. Des capillaires, des artères, le flot de l'été.

Mais cet endroit lui donnait l'impression que quelque chose n'était pas à sa place, et c'était la première fois qu'il ressentait un truc pareil. Des textures se pressaient contre sa peau. L'air ne cessait de se tendre et de se relâcher, comme du caoutchouc. Les trépidations, sous ses pieds, montaient vers la couverture cotonneuse qui l'entourait. L'été en train de s'ajuster ? Les ondes demeuraient juste en dessous de son seuil d'audition. Pourtant, il les sentait courir dans ses os, sous la forme d'une puissante pulsation.

Pour couronner le tout, il avait la sensation déplaisante d'être épié. Des antennes vibraient dans son sensorium. Quand il tournait son attention vers elles, elles se dispersaient. Il ouvrait de grands yeux étonnés.

« Ce terrain est aussi rebondi que la poche de Dieu. »

Un nuage se dissipa, et il aperçut, loin au-dessus de lui, une vaste surface verte incurvée, tachetée de jaunes et de pourpres vibrants. Une terre lointaine.

Le faîte de cette Voie formait une arche au-dessus d'eux, comme s'ils se trouvaient dans un énorme cylindre en rotation, collés aux parois par la force centrifuge. Mais il n'y avait aucun mouvement tournant, lui expliqua Quath. Ni rien que des humains puissent interpréter comme une rotation. C'était plutôt l'été qui se maintenait en place par la simple courbure de… lui-même. Il lutta un instant pour comprendre cette notion, n'aboutit nulle part et l'abandonna.

Divergeant de tous les côtés à partir de l'endroit où il se trouvait, il y avait les forêts tachetées. Il avait vu de vieilles images représentant des scènes comme celle-là, des paysages introduits par les Aspects dans le sensorium Familial en tant que distraction à l'issue d'une longue journée de marche à pied, mais il s'était toujours figuré que c'étaient des inventions, de simples œuvres d'art, des fantaisies issues d'un passé sans vie. Des verdoiements sans fin.

< Les humains et bien d'autres ont façonné l'été à leur convenance. Ton père m'a raconté que, lorsque Andro a examiné vos Héritages, il y a trouvé des références à cet endroit, que l'on appelait autrefois la " Redoute ". >

« Hein ? Ça veut dire que tout le monde en avait peur ? »

< Non. Ça signifie un endroit où l'on se retire. Je pense que les humains et les autres formes de vie basées sur le carbone venaient s'y mettre à l'abri des mécas, il y a très longtemps. >

« Mmmm. »

De la lumière sourdait d'un monticule rocheux voisin. Toby se releva, nerveux malgré le calme total qui régnait en ces lieux. Il s'avança jusqu'au rocher lumineux et lui donna un bon coup de pied.

Il eut beau répéter l'opération plusieurs fois, de toutes ses forces, il ne réussit pas à faire voler le moindre fragment. Une radiance ivoirine sortait du roc. Des amas d'été gazeux flottaient, crachotant des brûlots qui éclairaient les recoins ombreux de leurs rayons inquisiteurs, comme des lanternes volantes poussées par des vents invisibles.

Progressivement, la lumière douce déclina, et le rocher se couvrit de zones d'ombre, comme si un soleil était en train de se coucher quelque part dans les profondeurs de la pierre brumeuse. Des lames de clarté solaire dansèrent à l'intérieur, comme une promesse de printemps pénétrant jusqu'au cœur d'une grotte marine. Il se sentit suspendu au-dessus d'un abîme de néant, sur une mince croûte qui l'empêchait de plonger dans… quoi ?

Un atroce malaise remonta le long de son épine dorsale. Des luminosités jouèrent au centre du roc à l'aspect solide. Comme un golfe de néant. Il était en suspens au-dessus des ténèbres maussades.

Il se secoua. Pas le temps de s'attarder dans des humeurs abstraites. Il invoqua Isaac pour lui demander quelques rapides éclaircissements géologiques, mais l'Aspect, bien entendu, voulut d'abord s'étendre sur le cours et les fluctuations des planètes, et Toby lui coupa la parole.

« Ce truc-là, on dirait une sorte de pierre à chaux bizarre. »

< Ils appellent ça la pierre à temps. >

« Mais c'est quoi, au juste ? »

Quath se mit en devoir de le lui expliquer, mais il n'arrivait pas à se concentrer sur ce qu'elle disait, compte tenu du caractère évasif de tout ce qu'il y avait ici, jusqu'à la texture même de la roche et de l'air. Il laissa les informations se décanter dans son parlement intérieur, où chaque donnée nouvelle était un morceau de choix qui nourrissait ses Aspects, ses Visages et sa Personnalité en sommeil. Ils se jetaient dessus avec voracité pendant qu'il se contentait d'écouter, sans trop se concentrer. Shibo demanda :

La technologie s'est donc emparée du temps pour en faire une sorte d'espace ?

Il relaya la question à Quath, qui produisit un bruit de crécelle avant de répondre :

< L'été est une arène où se livre un combat entre les particules et les champs. Ou peut-être n'y avait-il rien d'autre, à l'origine, qu'un été recourbé, tandis que tout le reste, d'une manière ou d'une autre, aussi bien la matière que le mouvement, serait né de la courbure de l'été. >

Toby n'avait jamais senti Shibo aussi déroutée par une explication.

Peut-être par petits fragments ? D'abord les galets, puis le sable, de sorte que tout s'est transformé progressivement, en profondeur ?

Isaac intervint à son tour.

Il y a très longtemps que notre science a abandonné l'idée simpliste que la physique est uniquement faite de géométrie. Mais en un lieu pareil...

Même l'Aspect Isaac semblait écrasé par toute cette étrangeté silencieuse, qui mettait Toby nettement mal à l'aise.

« Si on s'en allait ? » demanda-t-il.

< Où ça ? >

« Euh... »

Le fait de s'éloigner de la présence oppressante de son père et de la Famille avait eu sur lui un effet libérateur et enivrant, mais il se sentait, à présent, l'esprit totalement vide.

« N'importe où, reprit-il. J'ai besoin de réfléchir. »

Ils marchèrent quelque temps sans se parler. Puis le silence de Quath ressembla de plus en plus à une critique précise, à laquelle il ne pouvait pas répliquer puisqu'elle était informulée.

Ils arrivèrent en vue d'une élévation de terrain verdoyante, qu'ils prirent d'abord pour une colline herbue du haut de laquelle ils espéraient découvrir une plus grande étendue. Quand ils s'en approchèrent, cependant, Toby distingua des striures changeantes dans les différentes couches qui la constituaient, avec des couleurs où se mêlaient le jaune flamme, le brun-rouge et le bleu diffus. De temps à autre surgissaient des pointes émeraude qui semblaient résulter du choc intérieur des lumières.

Sans avertissement, une falaise abrupte se tordit au-dessus d'eux en un spasme douloureux, comme quelque chose qui souffrait pour naître. Une strate s'en décolla avec un craquement, comme un pétale se détachant d'une fleur géante.

Lorsque sa base s'arracha avec un grand bruit, Toby se mit à courir pour se mettre à l'abri, mais le pétale ne tomba pas. La strate continua de se déformer et de se contracter sur toute sa longueur, puis sur sa largeur, en gémissant de manière discordante. Ce faisant, elle laissait filtrer des rayons de lumière rousse, comme si elle renfermait un feu invisible. Ses bords virèrent à l'écarlate, puis elle se rétracta, laissant voir une nouvelle couche d'un brun plus foncé. Mais elle continuait de se contracter, et des crevasses se formèrent, sifflantes, crachant des boules de feu de la grosseur d'un poing. Puis, brusquement, la strate se volatilisa, *pffft*. Un choc violent renversa Toby, comme si quelqu'un lui avait balancé un grand coup de latte sur le front.

< L'été ne dure jamais longtemps. Je l'avais bien dit. >

Quath ne semblait pas troublée outre mesure par ce qui venait de se passer.

« Où est parti ce truc ? »

< Quelque quand, ailleurs. >

« Pourquoi ? »

< J'ai cru comprendre que toute configuration d'été partageait la propriété d'exister en équilibre angoissé avec la propriété de perdurer. >

« Mmmm. Tu veux dire que cet endroit ne peut pas exister dans la durée ? »

< En principe, non. En pratique, c'est un peu comme ta peau. Une partie se détache, et une autre vient la remplacer. >

« Drôle de manière de construire. »

< C'est ainsi que procède la vie. >

Sans qu'ils s'en aperçoivent immédiatement, la lumière autour et au-dessus d'eux avait diminué. Des lames de radiance fusaient à travers les nuages en filigrane. L'air s'ourla de quelque chose de glacé.

« Je crois qu'on n'a plus rien à faire pendant un petit moment », déclara Toby.

Il s'assit sur un monticule où poussait une herbe jaune et filandreuse. Cela faisait des années qu'il n'avait pas couru, en une fuite éperdue, toute une journée, sur un terrain inconnu. Malgré tous les soucis qu'il avait en tête, il se sentait, contre toute raison, beaucoup mieux. Tant pis s'il avait laissé la Famille derrière lui, tant pis s'il en avait déjà la nostalgie. Ses mollets lui faisaient mal, et une faim féroce lui tenaillait l'estomac.

« Tu as des rations ? »

< J'ai appris à en avoir toujours sur moi. >

« Moi aussi. Mangeons. Ensuite, un petit somme. On causera plus tard. »

< Tu es conscient, je pense, d'avoir choisi une voie délicate ? >

« Ouidire. Je me sens bien dans ma peau. Ça faisait longtemps. »

< Ça ne me plaît pas trop de comprendre si peu ce qui se passe. >

« C'est marrant, mais moi, c'est l'inverse. »

2
L'étau du temps

Il se réveilla l'esprit embrumé. Shibo était en train de roucouler en lui. Sa voix douce se réverbérait dans tout son corps, massant ses muscles et faisant vibrer ses faisceaux nerveux fibreux.

> ***Réveille-toi. Je t'aime pour ce que tu as fait, et je t'aiderai à te débrouiller ici. Je peux être dure, mais tendre aussi, avec toi. Il faut te réveiller, malgré ton désir de rester dans la mélasse ouatée où tu te vautres.***

« Euh… D'accord, voilà… »

— plaisir liquide, suave, ombres douces, vents caressants au-dehors, délices musquées en dessous, pulsations battantes, saveur âcre du sang d'une lèvre mordue, halètements accélérés —

Il s'arracha à ses sensations. Agréables, mais il savait qu'il devait sortir de sa torpeur. Un rêve ? Non, plus concret qu'un rêve…

Il était couché, les bras écartés, sur l'herbe spongieuse, pieds nus, ses servos désactivés. Trop vulnérable. Il cogna par deux fois l'une de ses incisives et les sentit se réactiver. Son sensorium, étalé en mode veille, se contracta en une demi-sphère. Rien d'inquiétant ne bougeait dans son périmètre de surveillance. Aucun intrus éventuel, entouré d'un halo orange, n'était tapi à l'intérieur de la zone. L'armement de son costume était fin prêt, chargé à bloc depuis son départ de l'*Argo*.

Il pouvait remuer en toute sécurité. Quand il était tout petit, son père lui avait appris à faire le mort à son réveil, jusqu'à ce qu'il se sente prêt à se battre. Il souleva sa main droite…

… et elle ne bougea pas. Elle demeura, paume vers le haut, sur la pierre à temps lisse et froide. Il sentait sa peau, à proximité des phalanges, raide et glacée. Il essaya encore, de toute sa volonté. Elle bougea, mais presque imperceptiblement. Il put cependant se redresser, la main plaquée au rocher.

« Quath ! »

< Bonjour, bien que le mot *jour* ne semble pas correspondre tout à fait à notre situation. >

« Je suis coincé, Quath. Fais quelque… »

< Je ne te conseille pas de… >

« Ce truc-là ne me lâche pas ! »

< Quand même. >

Il tira de toutes ses forces. Sa main droite se libéra avec un horrible bruit de déchirement, accompagné d'une atroce sensation de douleur.

« Ouille ! »

Il avait tout le dos de la main à vif, plaque vermeille de corpuscules suintants. Il avait laissé sur la pierre à temps une loque collée qui devenait rapidement plus foncée à l'air.

< C'est un effet secondaire infortuné des lois de la physique. J'aurais dû prévoir… >

Toby agrippa sa main en jurant. Il sortit sa trousse médicale, l'ouvrit d'un coup sec, y prit ce dont il avait besoin et plaqua un bandage universel sur la plaie sanguinolente.

« Qu'est-ce que… Comment… »

< J'aurais dû y penser avant. La roche estivale n'est pas vraiment solide. >

« Elle en a l'air, pourtant, au toucher. »

< Elle est formée d'événements comprimés, rendus sous forme de masse. Quand on reste longtemps en contact, on finit par faire partie de l'événement. >

« Quel événement ? Ce truc-là a essayé de me *dévorer* ! »

< Tu ne dois pas attribuer d'intentions aux lois de la physique. Ta peau s'est mélangée à l'été. Ta chair a commencé à diffuser dans l'espace occurrent que représente cette substance. >

« Tu veux dire que tout ce qu'il y a autour de nous est capable de nous absorber comme une éponge ? »

< Seulement si tu restes assez longtemps en contact, disons à une distance de quelques intervalles atomiques en treillis. >

« Alors, même l'herbe, l'air que nous respirons ? »

< Pas du tout. Ce sont des masses ordinaires, des formes simples de matière. >

Toby secoua la tête.

« Écoute, si on mangeait un peu de matière ordinaire ? Je veux parler de nos tablettes. J'ai la tête qui tourne, moi. »

Quath lui lança une ration.

< Je pense que la pierre à temps mange la matière avec laquelle elle est en contact, mais à des allures différentes. La pierre nue où tu as posé ta main, par exemple, absorbe rapidement, tandis que ce n'est pas le cas ailleurs, afin que la terre et la vie ne soient pas détruites. C'est d'une conception assez ingénieuse. >

Toby l'écoutait distraitement. Le bandage vivant faisait son travail, en régénérant sa chair et sa peau. Déjà, le dos de sa main se modifiait, un tapis vert absorbait le sang séché et reformait l'épiderme. Mais la bio-ingénierie Familiale, quand elle existait encore sous forme de technologie vivante, avait dicté que les réparations passaient en premier. Le confort venait plutôt en queue de liste, et la douleur le faisait grincer des dents. Il put en détourner une grande partie en agissant sur ses sous-contrôles, mais il lui fallut du temps. La douleur pouvait être aussi un signal d'alarme utile, et il n'était pas facile de l'inhiber.

Il avala un certain nombre de rations, assis dans l'herbe à distance prudente de toute pierre à temps. Le matin, ici, n'avait rien à voir avec un lever de soleil, mais l'air était frais et mordant. Il y avait des plaques rocheuses qui laissaient sourdre de pâles lueurs parmi les arbres noueux. Les pics lointains étaient parés de couleurs aux reflets lentement changeants. Lorsque les nuages élevés se dissipèrent, il entrevit d'autres sources de clarté diffusant des lueurs mouvantes qui naissaient, s'embrasaient puis s'estompaient en longues pulsations patientes.

< Cette lumière semble provenir du disque d'accrétion qui entoure le trou noir. Elle se fait piéger dans l'été, puis elle est emportée par les événements passés solidifiés. >

« Ça me paraît suffisant pour faire pousser des arbres. »

< La virulence du disque est atténuée ici au point de permettre la vie. Ce n'est certainement pas un accident. >

« Qui est à l'origine de tout ça, d'après toi ? »

< Même les Philosophes l'ignorent. Pour ma part, je suis trop humble pour me permettre de spéculer sur une question pareille. L'utilisation de la texture de l'espace-temps comme matériau de construction est une capacité qui dépasse ma compréhension. >

« Bon, et si c'était nous ? »

< Vous ? Les primates ? >

« Pourquoi pas ? Nous avons fabriqué l'*Argo*, dans le passé. Et aussi les Chandeliers, ne l'oublie pas. »

< Tu ne saisis pas à quel point l'été est plus vaste. >

« Mmmm. Tu te laisses impressionner par la dimension du problème. Moi, ce qui m'impressionne, c'est une main écorchée. »

Il avait fait sa suggestion pour plaisanter, de toute manière. Il avait depuis longtemps renoncé à comprendre l'origine des choses. Il aurait bien le temps de se payer un tel luxe quand il se sentirait en sécurité, si ce jour arrivait jamais.

Dans l'air brillant descendit un oiseau. C'était le premier qu'il voyait depuis Nivale, avant l'époque où était tombée la Citadelle LeFou. Les mécas s'étaient entraînés à conduire leur espèce jusqu'à l'extinction. Ils n'avaient pas eu de mal à les éliminer totalement du ciel.

Celui-ci était bien plus gros que tout ce qu'il avait vu voler dans l'air, à l'exception des engins mécas. Il ne voletait pas comme un papillon, ni ne planait comme un oiseau de proie, mais parcourait avec une fière assurance les étendues du ciel. Toby le vit s'emparer de quelque chose qu'il ne distinguait pas, puis se laisser porter par un matelas laiteux de vapeur dense où il semblait flotter plutôt que voler.

Le bol d'air miroitant explosa soudain au-dessus de sa tête, et il sentit un courant d'air glacé. Il voulut lever un bras et s'aperçut qu'il en était incapable. Il ne pouvait même pas battre des paupières. Sa poitrine était figée, ses muscles étaient bloqués. Puis la substance qui ressemblait à du verre translucide le dépassa, et il put de nouveau respirer. L'oiseau était passé sans faire le moindre bruit, sans le moindre frémissement d'intérêt. Toby eut cependant le temps de voir sa tête démesurée. Il possédait non pas deux, mais quatre ailes, de couleur jaune, qui créaient des remous dans la brise naissante, épaississant l'air alentour. Les vents semblaient se courber sur son passage, et l'atmosphère prit une teinte qui évoquait la rencontre entre la craie et la rouille.

« Quath ! »

< Attends. Cela va passer. >

« Drôle de temps », fut tout ce que Toby réussit à dire.

< L'été peut se sublimer en vapeur, je pense, ou même en liquide. C'est tout au moins ce que le " Texte Introductif " laissait entendre. Il se mélange avec l'air. Évite de le respirer. >

Toby avait retrouvé une respiration normale. Mais il avait mal dans la poitrine. De la roche transformée en air ? Et peut-être, à présent, la transformation inverse ? Il laissa ses poumons endoloris se reposer.

Un nouvel oiseau apparut, battant lentement des ailes dans un courant aérien. Avec admiration, Toby suivit des yeux sa course élégante au gré des vents capricieux.

« Je ne comprends rien à ce qui se passe ici, grosse limace, dit-il. S'il faut faire attention, maintenant, à ce qu'on respire… »

Quath tira soudainement sur l'oiseau, qui vola en éclats. Toby sursauta, puis s'écria :

« Qu'est-ce que tu… »

< Regarde-le bien. >

Toby retrouva des morceaux dans l'herbe courte. Il y avait du sang et des viscères éclatés, luisants, qui exhalaient une odeur d'acide. La tête était fendue, les yeux vitreux. À l'arrière du crâne brillaient des composants électroniques.

« Merde ! Il a des pièces mécas ! »

< Fabriquées par eux. Adroitement camouflées. >

« Et *ici* ! »

< Précisément. Les mécaniques ont infiltré la Redoute d'été. >

« Dire que je nous croyais en sécurité pendant tout ce temps ! »

< Tu n'es pas le seul. Ils passent méticuleusement au crible les visiteurs comme nous, à la recherche d'espions mécaniques, d'agents microscopiques ou de programmes dangereux cachés dans des ordinateurs humains, toutes mesures, d'après Andro, parfaitement efficaces. >

« Misère de misère ! Cet oiseau, pourtant, il était joli. »

< Je trouve inquiétant que les mécaniques aient appris à intégrer des formes organiques à leurs composants. >

« Ce n'est pas la première fois, rappelle-toi. Ce chef complètement fou, sur Atout. Cette “ Suprématie ”. Il avait la tête truffée de trucs comme ça.

< C'est exact. J'aurais dû en tirer des conclusions. >

« Mais qui aurait cru que, même à l'intérieur d'un oiseau… »

< Il nous a observés trop longtemps, c'est ce qui a éveillé mes soupçons. >

« S'il a eu le temps d'envoyer un signal à ceux qui l'ont fabriqué… »

< Tu as raison. Quelles sont les chances pour qu'un engin méca nous trouve, dans les labyrinthes de l'été ? >

« Mmmm. Ça dépend du nombre de Voies qui existent. »

< Il peut y en avoir un nombre incalculable. Les mathématiques de ces lieux sont pudiques devant les infinis. >

Pudiques ? Quath avait de ces mots, parfois !

« Ça dépend aussi du nombre d'espions que les mécas ont envoyés. »

< La présence de cet oiseau ici, en tout cas, signifie que les mécaniques s'intéressent beaucoup à toi. Ils te cherchent. >

« Moi ? Tu rigoles ! Mon père aimerait bien mettre la main sur moi, pour sûr, mais les mécas ? Quelle importance pourrais-je avoir pour eux ? »

Les servos de Quath gémirent, mal à l'aise.

< Les incertitudes convergent. Je crois que nous allons une fois de plus mettre à profit la principale qualité de l'été, qui est de dissimuler. >

3
Le roc du chaos

Mettre à profit cette qualité consistait essentiellement à se déplacer le plus rapidement possible en terrain inconnu, à la recherche d'un pore ou d'une ouverture. Dans ces endroits déchirants où l'été éclatait comme un furoncle, Toby voyait un facteur de confusion écœurant, mais Quath en parlait comme des plus fines réalisations intelligentes qu'il lui avait jamais été donné de voir.

Il faisait tous ses efforts pour comprendre tandis qu'ils couraient en sautant par-dessus les plaques de pierre à temps. Il avait toujours très mal à la main, et il trottait à bonne allure, de peur que la roche ne le happe s'il s'attardait trop à un endroit. Quath riait comme une crécelle à ce propos, mais il ne trouvait pas ça drôle.

Une partie de son problème venait de ce qu'il n'arrivait pas à concevoir le temps et l'espace comme quelque chose d'agglutiné au point qu'on puisse marcher dessus. Il avait, certes, une bonne notion de ce qu'était le temps. Il concevait le moment présent, vivace et amplifié, qui marquait la séparation entre le passé connu mais rapidement estompé et le futur inconnu plutôt fantomatique. Mais comment fusionner cela avec la distance ?

« Le temps, bon, personne ne peut l'arrêter, ouidire. Et l'espace, c'est ce qui empêche les choses d'entrer en collision les unes avec les autres. Seulement, je ne vois pas le rapport qu'il y a entre les deux. »

Il disait cela en partie pour la provoquer, mais elle prenait tout au sérieux. Elle lui donna gravement une nouvelle explication.

En l'écoutant, Toby eut quelques éclairs de compréhension. Les humains avaient la faculté de percevoir le devenir des choses, qui surgissaient de manière concrète pour passer ensuite dans les limbes de la mémoire. Quath disait que l'espace-temps, l'été, contenait le temps réel, et que la fugacité de l'expérience humaine n'était qu'une illusion propre aux créatures vivantes.

Mais en quoi leur opinion importait-elle, se demandait Toby, dans la mesure où ils étaient là pour une si courte durée ? Son Aspect Isaac lui cita un vieux refrain :

> ***Le temps passe, dis-tu ? Ah non !***
> ***Le temps reste, hélas, et c'est nous qui passons.***

Puis il éclata d'un sinistre rire caquetant.

Ils arrivèrent en vue de grands murs nus et monotones, que la lumière épaisse rendait poreux. Des tours géantes débordantes d'énergie crépitaient autour d'eux, poussant comme des arbres en forme de pylône. Certaines semblaient capables de faire trembler le ciel et d'arracher la substance des étoiles avec leur énergie infatigable. Quath et Toby se dépêchèrent de dépasser cette zone. Sans s'arrêter, ils se lancèrent dans des virages abrupts, dans des avenues labyrinthiques de pierres à temps. Toby s'était maintenu en bonne condition physique à bord de l'*Argo*, croyait-il, mais il peinait pour ne pas perdre de vue la nonhumaine qui filait devant lui. Il avait les poumons en feu et les servos en surchauffe. Il s'arrêta brusquement.

« Quath, j'ai eu tort. J'ai eu tort sur toute la ligne. »

< Comment ça ? >

« Nous fuyons la Famille. Mais cet oiseau… Imagine que les mécas envahissent tout. »

< Tu penses que les mécaniques vont pourchasser tous les humains qui se trouvent ici ? >

« Les LeFou, tout au moins. Allons, viens. »

< Où ça ? >

« Je retourne là-bas. »

Il se sentit mieux dans sa peau durant les quelques heures qui suivirent, tandis qu'ils revenaient sur leurs pas. Quath restait silencieuse. Au bout d'un moment, Toby comprit pourquoi.

« Euh… C'est par où, maintenant ? »

< Je ne sais pas. >

« On est venus par là, ouidire ? »

< Je pense. >

« La jonction des Voies, c'était quelque part par ici. »

Les collines, les arbres, le ciel… Tout était différent.

< L'été est fortement stochastique à la jonction des Voies, car ce sont des lieux géométriques d'instabilité. >

Toby baissa la tête, le regard accablé.

« Alors, nous ne pouvons plus retrouver notre chemin ? »

< J'ai bien peur que non. >

Ils prirent une nouvelle fois la direction opposée. Il n'y avait rien de plus déprimant que ces allers et retours stériles. Mais le terrain était subtilement différent, ce qui accentua encore la mauvaise humeur de Toby. Il n'avait fui son père que pour plonger la tête la première dans un piège. Un lieu qui ne pardonnait pas la moindre erreur.

Quath ne cessait de regarder autour d'elle pour étudier le terrain, absorbée dans sa recherche. Quand Toby lui demanda ce qu'elle faisait, elle répondit :

< Je laisse à la stochasticité — c'est-à-dire au hasard — une chance de nous favoriser. >

« Je… Je ne comprends pas. Qu'est-ce qu'on cherche ? »

< Un accident favorable. >

« Ces deux mots me paraissent contradictoires. »

Il haletait. L'air visqueux lui étreignait la gorge.

< Tu m'as parlé, un jour, d'une petite énigme que tu avais su résoudre. Celle-là. >

Dans le sensorium de Toby se forma un ensemble de nombres accolés deux par deux.

1	100
2	99
3	43
61	97
5	96
•	•
•	•
50	51

« Tu t'es gourée. Chaque paire devait être égale à cent un. Il y en avait cinquante, ce qui, multiplié, donnait… euh… cinq mille cinquante. »

< Je sais. Dans ce tableau, j'ai simplement redisposé les nombres de manière aléatoire. Mais je les ai tous gardés, et le total s'élève bien à cinq mille cinquante. C'est ainsi que l'été est conçu. Ce que Andro appelle les Voies, ce sont des sous-ensembles de l'espace-temps local total où nous sommes. Des tunnels qui s'ouvrent et se ferment de manière aléatoire. Mais la somme globale — les cinq mille cinquante — demeure inchangée. Rien ne se crée, rien ne se perd. >

« Bon, d'accord. Et tout ça pour en arriver à quoi ? »

< L'été obéit au principe de conservation de l'énergie. Mais les variations continuelles des Voies interactives font qu'il est impossible d'en dresser une carte. La seule manière de les préserver consiste à s'appuyer sur leur nature stochastique. >

« Les mécas ne peuvent pas retrouver une Voie donnée, parce qu'elle n'est jamais deux fois au même endroit ? »

< Ni dans le même quand. >

« Elles se cachent dans le temps plutôt que dans l'espace ? »

< Dans tous les deux. Dans l'été. C'est par leurs interactions que les Voies évoluent. La chute d'une seule pierre à temps peut multiplier ses effets et constituer le désordre de la même manière que, dans la météorologie d'une planète, un simple vent passager peut amener une tempête. Lorsque les Voies d'été se mélangent, elles aboutissent à un nouvel arrangement dans le temps et dans l'espace. Aucun algorithme mathématique ne peut les délier ni retracer leur évolution. La sécurité repose sur le roc du chaos. >

Toby ralentit l'allure tandis que l'idée faisait son chemin en lui. Des gens étaient venus se cacher ici dans un passé lointain, à l'époque de la Débandade. Les LeFou et les autres Familles se terraient alors sur leurs planètes pour se protéger, persuadés que le domaine de prédilection des mécas était l'espace.

Mais une fraction de l'humanité s'était réfugiée dans le chaos de l'été. Les mécas étant incapables de cartographier cet espace embrouillé, ils ne seraient jamais certains d'avoir déniché toutes les colonies humaines. Toby voyait à peu près, maintenant, où la nonhumaine voulait en venir avec son arithmétique. Mais il était quand même bizarre que le chaos soit plus sûr que les planètes, et plus difficile à démêler qu'une boule de barbelés.

Les nombres avaient parfois une majesté simple et souple. Le plus étrange, dans tout ça, c'était peut-être que la réalité reflétait finalement la danse des nombres. Il y avait des lois qui contraignaient l'été à se plier ou à se mettre en boule, des lois que régissait la logique ricochante du chaos. En comparaison d'un tel mystère, les mécas semblaient presque terre à terre.

« Où est-ce qu'on va, alors ? »

< Droit devant nous. Plus on s'éloigne, plus la piste devient impossible à suivre. >

« Comment fera-t-on pour retrouver un jour la Famille ? »

< Je n'en sais rien. J'ai idée qu'eux aussi finiront par entrer dans ce labyrinthe. >

« Pour nous retrouver ? »

< Tu oublies Abraham. >

« Ouidire. Essayons de le découvrir les premiers. »

Il hocha la tête, plus pour lui-même que pour Quath. Le fait d'avoir un but lui remontait le moral. Et il préférait de loin être ici plutôt que confiné à bord de l'*Argo*.

< Tu adoptes le comportement spécifique de ton espèce. >

Toby avait le sentiment désagréable que Quath devinait tout ce qu'il y avait dans sa tête.

« Comment ça ? » demanda-t-il.

< Tes sociétés de primates aimaient énormément les voyages rituels. Les jeunes étaient envoyés en quête dans des contrées inconnues. Ils y vivaient des aventures, apprenaient beaucoup de choses et revenaient transformés. >

« Tu nous étudies encore ? »

< Je ne cesse jamais de le faire. >

Toby s'était senti coupable d'avoir éprouvé du plaisir à fuir. Il se faisait encore plus de reproches maintenant qu'il savait qu'ils risquaient de ne pas retrouver la Famille.

« Nous sommes vraiment prévisibles, alors ! »

< J'enregistre vos schémas de comportement. Il est possible que tu aies ressenti le besoin d'échapper à ton père pour mieux te définir. >

« Hé ! Ho ! Tu ne crois pas que tu remues un peu trop la merde, des fois ? »

< J'essaie seulement de comprendre une espèce étrange. >

« Parfois, comprendre, c'est ce qu'il y a de pire, limaçonne. »

Il s'esclaffa, puis chassa toutes ces abstractions de son esprit.

C'était un luxe, le genre de chose que faisaient les gens des villes. Il se concentra sur le rythme de sa course.

Il regardait à présent le paysage autour de lui avec un respect circonspect, conscient de ce qu'il fallait du temps pour façonner le temps. Les tempêtes d'été avaient creusé des ravins complexes d'instants compactés. Toutes ces compressions et ces déformations produisaient des parois impossibles à escalader, des à-pic à vous donner la nausée, des pièges de substance de temps silencieuse et incurvée.

La progression à travers les pentes à vous couper le souffle et les failles qui s'ouvraient devant vous sans prévenir était véritablement épuisante. Quath avait de l'énergie en réserve, mais Toby commençait à ne plus pouvoir soutenir le rythme. Il ne cessait de se retourner pour essayer de voir s'ils étaient poursuivis. Malgré lui, les paroles de son père lors de leur dernière entrevue lui hantaient l'esprit.

Heureusement, Shibo était là pour le réconforter, pour noyer ses pensées amères dans sa douce présence. Elle lui chantait des berceuses, le ravissait, lui fournissait le dérivatif dont il avait besoin.

Cependant, le sentiment d'être poursuivi ne le quittait pas. Ses mollets étaient douloureux, sa respiration haletante. Il se forçait à soutenir le rythme de Quath, dont le corps massif semblait se jouer des obstacles, des éboulis et des rochers protubérants.

Finalement, alors qu'il transpirait à grosses gouttes, ils firent une pause au pied d'une falaise abrupte. Quath se laissa tomber sur ses pattes repliées et parut s'endormir aussitôt. C'était la première fois que Toby la voyait faire cela. Mais elle était peut-être avec ses sous-esprits multiples, simplement en train de se reposer tandis qu'une partie d'elle-même montait la garde.

Au-dessus d'eux, la falaise était hérissée de pics et brillait de petites mares d'un noir d'acier en forme de larmes. Les sommets en aiguille étaient d'un jaune très pâle. Mais la paroi proprement dite était lisse. Toby remarqua une corolle crémeuse qui semblait flotter au ras de la roche. Un vide incliné où des grumeaux et des filaments s'agglutinaient pour s'entortiller et s'enrouler les uns dans les autres. Il se rapprocha pour mieux regarder.

Sa vue plongeait dans un champ très profond où jouaient des ombres. Un moment venu d'un autre espace et d'un autre temps. Un tableau de douleur. La mosaïque lentement en mouvement laissait filtrer des bruits discordants, comme un fracas d'acier contre acier.

Dans les profondeurs de la pierre à temps, des grumeaux rougeâtres et pulsants tombèrent sur des tiges vert clair et les pressèrent jusqu'à ce qu'une espèce de pus sorte de lèvres vermeilles. Des fragments d'images exsudèrent de la roche comme un chapelet de douleurs libérées par à-coups.

Toby contemplait tout cela avec fascination. Il y voyait une bataille, un massacre des tiges par les grumeaux prédateurs de la couleur du sang séché. Ce n'est qu'au bout d'un moment qu'il s'aperçut de la présence de minuscules tigettes gris ardoise qui chaloupaient dans le sillage de chaque affrontement. Il devina alors que les grumeaux, d'une manière ou d'une autre, étaient là pour faciliter l'accouplement des tiges, ou peut-être pour en extraire la génération suivante de bébés-tiges torpides et hésitants.

Cette impression, à son tour, fut cependant détruite par la vue des grumeaux jaunes chétifs émergeant de l'extrémité des nouvelles tiges. Tremblotants comme des bulles de savon, ils allaient ensuite se coller contre la face inférieure marbrée des plus gros grumeaux.

Pendant tout ce temps, des cris aigus se détachaient de la paroi de la pierre à temps, comme de fines pellicules de sons fragiles, comme le cri final et désespéré d'un petit oiseau que l'on déchire.

Pourtant, la mosaïque se renouvelait, en un jeu perpétuel de forces incompréhensibles pour lui, au milieu d'une myriade de sons roucoulants, aigus, râpeux, en staccato, grinçants, crissants comme des bruits d'insectes, dans des combinaisons qui ne semblaient jamais se répéter ni avoir le moindre rapport avec ce qui se passait.

Toby comprit alors que ses tentatives d'imposer une signification à ce qu'il voyait étaient vaines. Il était le témoin d'un événement transitoire issu d'un quandailleurs inconnaissable qui, sous ses yeux, pelait à la surface de la pierre à temps. Archive ancienne qui se volatilisait dans le brouillard à mesure qu'elle se décollait de la surface spongieuse. Le mouvement qu'il contemplait venait des plaques fines qui s'effeuillaient, d'une épaisseur invisible, minces tranches séparant l'avenir du passé.

Il réfléchit à ce que lui avait dit Quath. Il ne se sentait pas beaucoup d'affinités avec la science, qu'il considérait comme une entité effrayante, non pas une abstraction, mais une force de la nature, car il ne s'était encore jamais trouvé en présence d'un homme de science, et il ignorait totalement à quoi pouvait ressembler un tel personnage. Ici, la science s'était emparée du temps, qu'elle avait dépouillé de presque tous ses aspects ordinaires pour en faire une *chose* instable et flexible. À coté, la vie ressemblait à des pages que l'on tourne dans un livre.

Prudemment, il tendit la main pour effleurer la surface de la matière-événement. Elle était d'une froideur liquide à certains endroits, intouchablement brûlante à d'autres. De nouveau, aucune logique, aucune organisation. Et c'était tout ce qu'il y avait à en conclure. Cela dépassait les catégories humaines, cela venait d'endroits inconnaissables.

Puis la pierre à temps se dissocia sous ses yeux. Il l'avait examinée de près, et conclu que les événements qui la constituaient étaient plats et s'effeuillaient dans l'ordre pour se dissoudre devant lui en un fin brouillard ; mais tout d'un coup, une tige se dressa, se tortilla et s'écailla en une espèce de couche de glace aux reflets argentés. L'excroissance caoutchouteuse grandit, bientôt plus épaisse et plus longue que son bras, puis se détacha de la roche et tomba avec un bruit sec à ses pieds, où elle se mit à hululer plaintivement quoique de manière très perceptible.

Ce ne fut pas tout. Le rocher cracha d'autres tiges luisantes, transformant un spectacle inoffensif en quelque chose d'agressif, de puant et de bien réel. Une source d'obsidienne liquide se forma sur la gauche de Toby. Elle se cristallisa aussitôt dans l'air et retomba avec un bruit de verrerie. Des plaques de brume sombre dérivèrent au-dessus de sa tête. L'un des grumeaux s'éleva de la pierre à temps, et s'agglutina à une masse d'eau en suspens. La tige péta un nuage de gaz bleu intense, et le grumeau répliqua par une giclée de flammes de velours.

Incroyablement bizarre et irréel. Shibo lui dit alors :

> ***Souviens-toi que tout cela découle de lois physiques. Ce sont des événements capturés dans une autre région de l'été. Nous devrions l'explorer.***

« Euh… Comment ça ? »

Il avait l'esprit complètement embrumé.

> ***Il existe un moyen de découvrir ce qui se cache encore dans l'été. Nous ne pouvons pas y aller en personne.***

« Je ne vois pas pourquoi j'en aurais envie », chuchota-t-il.

> ***Ne sois pas si timoré !***

« C'est tellement bizarre… et risqué ! »

> ***Va de l'avant. Quand j'étais une créature de chair, il ne m'est jamais arrivé d'éprouver la moindre lâcheté.***

« Tu te trompes sur mon compte. Je voulais seulement dire que… »

> ***J'avais envie d'en savoir plus sur le monde. C'est la seule manière intelligente de rester en vie. Crois-moi, je suis bien placée pour savoir à quel point on peut être mort à l'intérieur quand on est empêché par quelque chose de faire ce qu'on… Quand on renonce à essayer, à apprendre, à changer…***

« Shibo ! Mais je ne… »

Ne sois pas lâche ! Ouvre-toi !

Il fit un pas en avant.

Des flammes d'un noir bleuté jaillirent vers lui et le touchèrent avant qu'il ait pu reculer. Elles étaient tièdes et douces. Elles lui donnaient envie de goûter encore à leur généreux confort. Il se sentait mal à l'aise, mais il était le siège d'impulsions divergentes. La Personnalité Shibo était massivement présente, effaçant sa prudence de sa curiosité soyeuse et apaisante.

Il faut explorer. Je trouve cet endroit merveilleux. Comme tu as bien fait de venir ici !

« Je n'ai pas vraiment choisi. J'ai juste… »

Les mots s'éteignirent d'eux-mêmes. Shibo avait envie d'explorer cette flamme d'un noir étrange, aussi il se baissa pour plonger ses deux mains et ses avant-bras dans la masse aux reflets pourpres.

C'était frais et visqueux. Rien à voir avec du feu. La sensation était encore plus agréable que tout à l'heure. Un délice, de s'y plonger jusqu'aux épaules, d'y coller son visage, d'en respirer les fragrances suaves et souples…

Si confortable. Si engageant.

Il se souvint alors des distractions accoutumantes, dans les rues de la cité grise qu'il venait de quitter. Quelque chose d'important…

La substance se tortillait contre sa figure. Il la saisit pour l'arracher à deux mains. Des filaments gluants se vrillèrent à lui. Des langues râpeuses rampèrent vers sa bouche, ses yeux, son nez. Il les décolla frénétiquement. Une âcre puanteur monta dans ses narines, évoquant des émotions diverses : *colère, vengeance, dépit, amour bafoué.*

Il fit une boule des filaments gluants, luttant contre des vagues d'émotions passagères mais fortes. Il lâcha la substance élastique, avenante et pelucheuse, pour le regretter aussitôt après. Un élan de remords d'une étrange amertume l'assaillit. Shibo en profita pour s'immiscer :

Éloigne-toi ! Vite !

Il obéit, à toute vitesse, une partie de lui-même inondée de remords, l'autre terrorisée.

« Qu'est-ce que c'était ? »

Une espèce de parasite. Plutôt sophistiqué.

« C'est toi qui m'as poussé à faire ça ! »

Je ne peux que suggérer. Je suis incapable d'agir.

Le ton vexé sur lequel elle disait cela irrita Toby.

« Tu m'as influencé, bordel. Tu m'as fait… »

Il se cogna à Quath dans sa précipitation et tomba. Tandis qu'il se relevait, elle émit un de ses chapelets de bruits aigus censés correspondre à un rire humain.

< Tu as eu peur des petites bêtes ? > demanda Quath, sans soupçonner le drame qui venait de se dérouler.

« Ce n'est qu'une source d'ennuis », fit-il, penaud.

Il s'apercevait que tout se passait dans sa tête. Des ondes fiévreuses d'émotions antagonistes dansaient encore sur sa peau, là où la substance veloutée l'avait touché. L'épiderme tout frais au dos de sa main blessée lui communiquait des plissements de plaisir, comme si une bouche avide et large lui faisait des suçons.

< Tout ici en est une. >

4
Mouvements désordonnés

Ils avaient couru jusqu'à épuisement, et pourtant la lumière diffuse ne faiblissait pas.

Ils n'étaient pas à la surface d'une planète en rotation. Le jour et la nuit n'exerçaient pas leurs droits cycliques. Une lueur tremblotante filtrait des dents à nu de la pierre à temps, projetant des ombres dans le feuillage vert et jaune. Toby marcha jusqu'à ce que ses bottes raclent le sol. Ils s'arrêtèrent alors pour dormir. Aucun signe de présence à part eux. Aucune indication de poursuite.

Il se réveilla au son de la voix de Shibo en train de chanter. Les paroles s'égrenaient délicatement au rythme d'une mélodie persistante, légère et aérienne. C'est alors qu'il se rendit compte qu'il avait les yeux ouverts mais qu'il ne voyait rien.

Il cligna pour rétablir sa vision. Arbres noueux, nuages ventrus, rochers… Tout vacillait, puis se stabilisa. Il s'assit, inquiet. Rien de menaçant alentour. Le vent soufflait à travers des buissons filandreux.

Un rayon de lumière sulfureuse perçait une trouée dans une clairière voisine.

Il n'y avait pas de raison qu'elle accapare ses sens.

« Qu'est-ce que tu… ? »

> ***J'avais besoin d'un exutoire. Comme tu dormais profondément, je me…***

« Ouidire. Comme tu vois, je ne dors plus. Grâce à toi. »

> ***Après ta mésaventure d'hier, je me suis dit que tu avais peut-être besoin d'un peu d'aide.***

« Mésav… Ah ! Tu veux parler des flammes pourpres ? Mais c'est toi qui voulais les examiner de plus près. »

> ***Ta mémoire te fait défaut. Dis plutôt que je t'ai alerté quand tu étais plongé jusqu'au menton dans ce…***

« Je regrette, tu étais sur mon dos, en train de me pousser à y toucher. »

> ***Tu fais abstraction de l'attirance que tu éprouvais.***

« Attirance, mon œil. Je me demandais ce que ça pouvait bien être, c'est vrai, mais… »

> ***Inutile de nous disputer pour ça. Nous nous en sommes tirés indemnes, et ensemble. C'est la seule chose qui compte. Tant que nous demeurons tous les deux vigilants, même dans l'environnement étrange où nous sommes, il ne peut rien nous arriver de fâcheux.***

Ce genre de propos avait le don d'exaspérer Toby, mais il ne dit rien. S'il lui adressait encore des pensées, elle répliquerait, et cela n'en finirait jamais. Pour le moment, ce qu'il voulait, c'était le silence intérieur, et l'occasion de méditer un peu. Par lui-même.

Il alla satisfaire un besoin naturel. Pendant qu'il en recouvrait le produit de terr afin que l'odeur soit plus difficile à repérer, Shibo se mit à lui parler. Il voulut la repousser, mais se heurta à un mur solide. Il força en silence, les dents serrées, puis cela vint comme un choc. Il ne pouvait pas se débarrasser d'elle. Elle était là en permanence, à présent, assise derrière ses yeux.

Pourquoi refuserais-tu mon aide ?

« Tu parles ! Je n'ai plus tellement le choix, maintenant. »

Tu es trop jeune pour te débrouiller sans moi.

« Tu ne crois pas que ce serait plutôt à moi de décider ? »

Justement. Il arrive que tes décisions soient mauvaises, tu sais.

« Mais au moins, ce sont les miennes. »

Il y a une telle proximité entre nous. Ne me repousse pas.

Quelque chose, dans cette notion de *proximité*, le mettait très mal à l'aise, mais il ne trouvait pas les mots pour s'exprimer.

— sensation écœurante de pression moite, air sirupeux qui collait à ses poumons haletants, liquide coulant de ses narines, de ses oreilles et de sa bouche rétive, antennes de brume serpentines, douces, si douces —

Quand sa respiration fut redevenue normale, il retourna vers Quath. Elle avait fait chauffer pour lui une ration qu'elle avait sur elle.

Il en oublia Shibo. L'excellence huileuse de la nourriture repoussa sa présence hors de sa conscience, ce qui fut pour lui un véritable soulagement. Elle pesait sur lui depuis des jours, avec la lourdeur d'une botte pleine d'eau. Et il ne s'en rendait compte que quand elle était assoupie.

< Tu as beaucoup parlé et remué dans ton sommeil. >

« Ouais. Des rêves, je suppose. »

< Plus que ça. >

« Qu'est-ce que tu en sais, toi ? »

< Ton espèce s'exprime beaucoup à l'aide de signaux faciaux. C'est une drôle de méthode, que nous n'employons pas. >

« Tu lis dans mon visage pendant que je dors ? »

< Je lis en tous temps. C'est essentiel, pour comprendre les humains. Je numérise ton image, et j'établis ensuite des comparaisons avec les mesures précédentes. >

« Mesures de quoi ? »

< Des angles et amplitudes des replis de peau, des couleurs, de l'épaisseur des sourcils, de la courbure de la bouche et des yeux. >

« Bon Dieu ! Tu travailles dur ! »

< Mais tu fais la même chose. >

« Sûrement pas. Moi, je n'ai qu'à jeter un coup d'œil aux gens, et je sais… Hé ! Tu veux dire que c'est comme ça que je devine ce que les gens pensent ? »

< C'est évident. Tu es conçu de manière à ce que tout le travail se fasse au niveau inconscient. >

« Et pour toi, c'est conscient ? »

< Si je veux. >

« Et sinon ? »

< Normalement, c'est un travail que je délègue. >

Toby savait que la pensée était un réseau d'impulsions électriques en rafales, une danse d'atomes communiquant par l'intermédiaire de messagers rapides, mais était-ce la seule chose qu'il fallait y voir ? Il se tourna vers Quath, à court de mots.

< Il y a longtemps que je lis les signaux qui passent sur ton visage. Surtout en des moments pareils. >

« C'est Shibo. Il y a quelque chose qui ne va pas chez elle. »

< Elle te met mal à l'aise. >

« Oui. »

< La masculinité, chez vous, est toujours accompagnée d'une part de colère et d'une impitoyable densité. Vos pulsions vous poussent à des mouvements désordonnés, à une agitation androgénique. Vos erreurs morales, la plupart du temps, viennent de votre brutalité passagère. >

« Hé ! Je suis pas comme ça, moi ! »

< La féminité, notion qui ne s'applique à moi que très vaguement, soit dit en passant, comporte chez les primates comme vous une sensibilité de réaction exacerbée, ancrée dans un fonds de stabilité réfléchie et contenue. Vos femelles sont expectantes, enclines à l'attente, d'une lenteur œstrogénique. Leurs erreurs tendent à être statiques. C'est leur côté endurant. >

« Hé ! Ho ! Tu ne crois pas que tu simplifies un peu ? Il y a plein de moments où je me sens calme et réfléchi. Peut-être pas ces jours-ci, d'accord. Et Besen, tu l'as bien regardée ? Y a pas plus déchaînée qu'elle, quand on la provoque. »

< Le génie de ton espèce réside entre ces deux extrêmes. C'est un mode bipolaire qui possède une grande valeur de survie. On l'observe de manière répétée chez les formes de vie supérieures. Mais que le gris soit fréquent ne signifie pas que le noir et blanc n'existe pas. >

« Tu as le sexe dans le cerveau, grosse limace », plaisanta Toby pour cacher son malaise.

< Vos géométries sexuelles déterminent votre perception du monde. Une collaboration mâle-femelle, une gravure creusée par les tensions. L'homme est porté vers l'extérieur, la femme exploite les avantages de ce qui est caché, ce qui n'est pas entièrement connaissable, sa caverne d'obscurité profonde. Telle est la stratégie de ton espèce. Le mélange

de toutes ces pulsions dans un jeune esprit comme le tien a un effet intrinsèquement déstabilisateur. >

« C'est ça, mon problème, en ce moment ? »

< Je le pense. >

« Qu'est-ce que je vais faire ? »

< Je ne sais pas. Il nous manque la technologie des deux principaux remèdes. Si je comprends bien le fonctionnement de vos esprits de primates, le meilleur traitement consisterait à renforcer tes propres sous-personnalités. >

« Lesquelles ? »

< Peut-être ton autoconscience. Il s'agit d'un agent idiosyncrasique, présent dans tout esprit humain, qui entretient l'illusion gratifiante d'une unité de pensée régissant à la fois votre intellect et vos sens. >

« Alors, si je fortifie cette " autoconscience "… ? »

< Elle contrera la Personnalité Shibo dans les secteurs qu'elle a envahis. >

« Mmmm. »

Il avait du mal à se concentrer sur cette discussion. Lorsqu'il fixait son attention sur les paroles de Quath, il ressentait une sorte de pressentiment, puis une démangeaison dans l'un de ses servocoupleurs, qui le forçait à se gratter. Il bâillait, il entendait des bruits dans son sensorium, et finissait par perdre le fil de ce que disait Quath. Toutes sortes de petits détails le distrayaient, et il en oubliait son problème.

« Et l'autre remède ? » demanda-t-il.

< Nous n'avons pas le matériel nécessaire pour le mettre en œuvre. >

« Ouidire, fit Toby en prenant une profonde inspiration. Je crois qu'il va falloir que je m'occupe de ça tout seul. »

< J'ai peur que tu ne fasses qu'aggraver le problème. >

« Il y a tant d'autres sujets de préoccupation. »

< Je crains que… >

« Laisse-moi faire… Et laisse-la tranquille, elle aussi ! »

Toby se leva d'un bond, débordant d'énergie. Il s'éloigna, contractant son sensorium, coupant court à toute discussion. Les paroles de Quath résonnaient encore dans sa tête. *Vos impulsions vous poussent à des mouvements désordonnés, à une agitation androgénique.* De frustration, ses bottes martelèrent un morceau de pierre à temps.

Il but au ruisseau qui gazouillait un peu plus loin. L'eau était fraîche et le courant rapide. Cela lui éclaircit les idées. Soudain, il eut conscience de se sentir délicieusement engourdi de sommeil. Sa sensation de malaise avait disparu, sans objet, et il ne se demanda pas quelle était la cause.

Tandis qu'il retournait vers Quath, un pic lointain se fendit et cracha une pluie de fragments brillants. Pensivement, il contempla le spectacle déformé.

« Tu sais, on pourrait leur donner des noms ! »

< Je ne te suis pas. >

« Peut-être que personne n'est venu dans cette Voie avant nous. Possible, non ? »

< Possible, en effet. Mais les humains et d'autres occupent ces espaces complexes depuis fort longtemps. >

« C'est-à-dire ? »

< D'après les Illuminées, plusieurs dizaines de milliers de vos années au moins. >

« Mmmm. »

Toby se représentait l'histoire en termes d'Aspects et non d'années. Isaac appartenait à la fin des Arcologies. Zénobie, pitoyablement morcelée, remontait beaucoup plus loin. L'histoire était faite de gens et non de chiffres. Impatiemment, il déclara :

« Si nous sommes les premiers à venir dans cet endroit, c'est à nous qu'il revient de le baptiser. »

< C'est une convention humaine ? >

« Une tradition, ça s'appelle. Un droit, en fait. »

< Un " droit ", ce n'est pas un concept bien utile, ici. >

« Arrête un peu, tu veux ? On pourrait choisir des noms rigolos. Le genre d'endroits qu'ont connus les Aspects. »

Aussitôt, dans son esprit non préparé, une volée de noms et de titres fit irruption, parsemée de faibles échos de mémoire argentée. Les Tombeaux d'Ishtar. Le Grand Palais. Les Autels de l'Innocence. Le Sacrémont. Le Pont des Oubliettes. Androcogne. Le Premier Pinacle. Dassadummakeag. Ever-rest. La Pyramide de Pike. Isis. Le mont Olive, DoDeDeed. Bassin Furieux.

< Pourquoi se casser la tête à leur donner des noms ? > demanda Quath d'une voix tranquille.

Quelque chose, dans le ton de sa voix, fit ciller Toby. Il s'agissait d'une étrange vanité humaine, se disait-il. Un désir de possession. Shibo l'avait aidé à voir ce que tout nomade sait d'instinct. Que le monde n'est qu'un spectacle, un endroit que l'on utilise avant de passer son chemin. Une petite partie du courant de la vie. Lui donner un nom ne rimait à rien.

« Bon, soupira-t-il. Qu'ils se nomment eux-mêmes, alors. »

Mais une partie de lui-même se sentait frustrée. Il cacha cette réaction à Shibo. Ou plutôt, il essaya.

5
Boule de feu

Malgré les passages difficiles et le terrain généralement accidenté, ils progressaient dans les temps, si tant est que cette expression eût un sens dans cet été pervers où les pensées de Toby étaient tellement confuses. À plusieurs reprises, il vit l'air et la roche qui ondoyaient comme à travers une épaisseur de liquide transparent, et il se sentit mal.

Le mauvais temps, avait dit Quath. L'été qui s'adaptait à une masse en train d'arriver. Son oreille interne lui disait que la notion de “ bas ” était une question d'opinion, et changeait à mesure que la pierre à temps gémissait et s'écaillait bruyamment.

Ils arrivèrent dans un désert battu par les vents. Le terrain chaotique s'incurvait au loin pour se confondre avec un ciel roussi. L'autre extrémité de la Voie était si distante qu'il ne l'apercevait pas, même avec une amplification extrême.

« C'est géant comme endroit. La gravité est inversée, là-bas ? »

< C'est exact. Le malaise que nous ressentons vient des torsions tidales. >

« Non. Il y a quelque chose d'autre. Tu ne le sens pas ? »

< J'ai l'impression qu'on nous épie. >

« Ouidire. Mais je n'arrive pas à localiser ça. »

< Nous sommes observés de plusieurs manières différentes. C'est déroutant. >

« Rien à voir avec les mécas, à mon avis. Je ne perçois pas leur odeur. »

< Tu n'en sais rien. Les mécaniques sont plus malins que nos espèces. >

« Dans certains cas, peut-être. »

< Tu as raison. Dans certains cas. >

Quath était de plus en plus nerveuse. Elle parlait peu, et ses pattes s'agitaient, même quand elle ne s'en servait pas.

La température grimpa de plusieurs degrés, puis retomba brusquement. Un vent sec produisit une sorte de carillon, comme une musique très faible. Des vaguelettes d'été déferlèrent. Leurs murmures étaient clairs mais mystérieux, inhumains mais agréables à une oreille solitaire, profondément immobiles et pourtant animés par les déformations de l'été.

« Il n'y a pas beaucoup d'eau par ici », déclara Toby, qui essayait de maintenir un certain niveau de conversation pour lutter contre leur malaise commun.

< L'eau liquide est une rareté dans la galaxie. À proximité du Mangeur, la survie des formes organiques comme toi et moi pose un véritable problème. Je suis certaine que le but principal de l'été est la collecte ainsi que la conservation efficace de l'eau. >

« Tu penses que cet endroit a été fait pour nous ? Nous les humains ? »

< Non. La plupart des formes de vie planétaires ont leurs chimies fondamentales en commun. À cet égard, mon espèce n'est pas tellement différente de la tienne. >

« Je me souviens de t'avoir entendue dire un jour que, dans un passé lointain, ton espèce avait échangé des matériaux génétiques avec une autre. Ce n'était pas la nôtre, par hasard ? »

< Non. C'était une forme supérieure, j'en suis sûre. >

« Supérieure comment ? »

< Nos archives sont vagues. Mais l'interconnexion nous a fait accéder à des plans de contemplation plus élevés. Beaucoup plus avancés que ceux des formes monomentales. >

Toby ne savait pas au juste ce qu'elle entendait par “ avancé ”. Il n'était pas très impressionné, en tout cas, si cela signifiait qu'on était énorme et qu'on se déplaçait dans une carapace bruyante, renversant tout sur son passage sans même s'en apercevoir.

Il avait essayé, le matin, de se raser, mais l'eau et le savon se desséchaient dans l'atmosphère avant qu'il ait accompli la moitié de l'opération. L'aridité était extrême, et l'air ressemblait à une éponge.

Des brises de gravité contrariée les conduisirent dans un territoire à la végétation démentielle. Des fougères en tire-bouchon formaient des boucles serrées tout autour d'eux, leurs frondes géantes déployées pour mieux capter la lumière sporadique des murailles lointaines de l'été.

< Elles réagissent aux changements de temps estivaux, expliqua la nonhumaine. Une spirale résiste mieux aux déformations et aux cisaillements des modifications gravitationnelles. >

Chaque tire-bouchon était une forêt en réduction, aux feuilles spiralées veinées de vert et d'orange, dissimulant des poches et des crevasses bourrées de créatures claquetantes, jacassantes et sifflantes répondant à la complexité de l'arbre-parent. Pour s'amuser, il essaya d'attraper une souris ailée, mais s'écorcha le coude pour avoir battu l'air en vain.

Il était en train de goûter à un délicieux fruit mauve lorsqu'il sentit un frémissement dans son sensorium. Pas grand-chose, juste une vaguelette. Puis un cône pâle et spectral s'insinua en lui. Pour une inspection directe. Rien à voir avec la sensation d'être observé, comme tout à l'heure.

Il leva les yeux. Quelque chose de long et d'effilé glissa, très haut, dans le ciel d'airain.

Ce n'était pas la première fois qu'il éprouvait cette sensation de force glacée et implacable.

< Vite ! > s'écria Quath.

Et elle détala aussi rapidement que le lui permettaient ses multiples pattes.

Toby la suivit. Voir Quath en train de gravir une pente, c'était tout un spectacle. Ils se mirent sous le couvert de grands arbres. Tout en courant, Toby essayait d'identifier les traces qui flottaient dans son sensorium lorsque, soudain, retentit sur la forêt une violente explosion.

Cela les aplatit au sol. Son sensorium sonnait l'alarme. Des branches d'arbres s'écrasèrent en craquant un peu partout autour d'eux. Les frondes vrillées pleuvaient sur eux.

< Reste à plat ventre. Je vais déployer un écran-leurre. >

« Les mécas. Ils sont là-haut. »

< Plusieurs de petite taille. Et un grand. >

« Merde ! »

< Ce n'est plus seulement de la reconnaissance, comme pour l'oiseau. »

« Triplemerde ! »

< Il est inquiétant de constater que les mécaniques ont envahi les Voies. >

« Ils ont dû lancer une attaque-surprise. »

< Oui, mais pourquoi maintenant ? Observe leurs mouvements. Il est évident qu'ils cherchent quelque chose. >

« Leur disposition me rappelle je ne sais quoi. Et, d'ailleurs… »

Quelque chose, dans son sensorium, s'approchait à toute vitesse.

< Je suis désavantagée par rapport à toi, à présent. Je suis bien plus facile à repérer. >

« Quath… C'est la Mante ! »

Long silence. Les striations se déplaçaient à la périphérie de son sensorium.

< Killeen m'en a parlé. Une forme supérieure de mécanique. >

« Dangereuse comme tout. »

La créature semblait se mouvoir d'une étrange manière zigzagante. À un moment, il la voyait se contracter, comme si elle s'enfonçait dans la Voie, mais l'instant d'après il l'apercevait sur la crête suivante, à moitié cachée par la roche lumineuse.

< En voilà d'autres. >

Des formes plus petites voletèrent parmi les nuages rebondis. L'une d'elles piqua dans un froissement d'air au-dessus de la voûte de feuillage où ils étaient cachés, vira sur l'aile et disparut.

« Nous pensions avoir tué la Mante sur Nivale. »

< Je ne sais pas si les formes supérieures des mécaniques peuvent mourir. >

« On l'a réduite en bouillie avec l'échappement de l'*Argo* ! »

< Nous nous représentons les entités comme délimitées par un corps. Ce n'est pas forcément la conception des mécaniques. >

« Ça avait l'air de marcher, pourtant, quand on l'a découpée en rondelles. »

< Vois dans cette manifestation, si tu peux, une espèce de cousine de la Mante que tu as connue. >

Toby émit un petit rire.

« Des mécas avec des parents ? »

La notion de Famille était tellement humaine. Le concept n'allait pas avec les mécas.

« D'après toi, c'est elle qui vient fouiner ici… »

< Oui. Et cela nous incite à réviser nos conceptions. >

« La fuite de ma Famille sur Nivale… »

< N'était peut-être pas ce que vous avez cru. >

« Un coup monté ? »

< Cela vous a conduits sur le monde où j'ai capturé Killeen. >

« Et tu penses que c'est ce que voulait la Mante ? »

Quath s'assit sur ses multiples pattes. Leurs sensoria partagés se contractèrent encore plus, et les capteurs de la nonhumaine, plus sensibles que les siens, balayèrent le ciel.

< Si c'est bien cela, je me demande dans quel but. Avec l'aide des Philosophes et des Illuminées, c'est moi qui vous ai guidés jusqu'à cet étrange endroit. >

« Et alors ? Pourquoi les mécas voudraient-ils nous voir ici ? »

< Tu prêtes aux mécaniques une seule vision, une seule finalité. >

« Je ne les ai jamais vus se comporter de manière différente. »

< C'est valable, peut-être, pour leurs formes inférieures. >

« Inférieures ? »

< Celles que vous pouvez tuer. >

« On ne s'est pas trop mal débrouillés. On a survécu. »

< Je soupçonne leurs formes supérieures d'être impossibles à tuer. >

« Mmmm. Comme la Mante, tu veux dire ? »

Les ombres s'approchaient dans le ciel, recouvrant les collines telles des nappes huileuses.

< Si nous sommes arrivés ici dans le cadre de je ne sais quel vaste dessein… >

« Ça ne rend pas très glorieux tous les dangers que nous avons affrontés ni toutes les peines que nous nous sommes données, n'est-ce pas ? »

< J'ai idée qu'il s'agit là d'une vue trop étroite. Une vue de primates. >

Quath avait, pour parler de ces excès animaux, un dédain poli, un ton antiseptique.

« C'est pas tout, ça. Tu peux me dire, alors, ce que veut la Mante ? »

< Certainement pas se contenter de nous tuer. >

« Nous sûrtuer ? »

< Elle aurait sans doute pu le faire depuis longtemps déjà. >

« Alors, je ne vois pas. Que veut-elle ? »

< Vous, je pense. Vous tous. >

Le front de Toby se plissa. Une ombre passa sur le feuillage au-dessus de sa tête. Il rétracta son sensorium. Avec les suppresseurs acoustiques, même le plus léger souffle de respiration ne pouvait s'échapper. Il était couvert de spirales bleu-vert tombées des branches. Il leva doucement la tête, juste à temps pour apercevoir une boule de feu jaune qui arrivait sur lui en zigzaguant parmi les arbres. Elle en heurtait un de temps à autre et rebondissait en bourdonnant, comme si elle se parlait à elle-même. Elle avait à peu près la taille de sa tête. À chaque collision, elle virait un peu plus à l'orange et devenait foncée. Elle allait si vite qu'il avait du mal à la suivre des yeux.

Elle toucha Quath. Des étincelles rouges en fureur jaillirent sur la carapace de la nonhumaine. L'une d'elles heurta le côté gauche de Toby. Il se laissa rouler, par réflexe, sur le côté, pour essayer d'échapper à la douleur.

« Wouah ! »

Les étincelles moururent progressivement.

Toby demeurait totalement immobile. Rien n'avait changé. L'ombre était passée, il n'y avait plus de cône pâle dans son sensorium. La douleur s'était réduite à quelques élancements vifs dans son bras.

« Q… Quath ? »

Pas de réponse.

« Quath ? »

< Tais-toi. >

Ils demeurèrent un bon moment ainsi pendant que les vents agitaient les grandes feuilles à spirales au-dessus d'eux. Toby se tâta pour évaluer les dommages et fronça les sourcils quand il s'aperçut qu'il ne pouvait remuer son bras gauche que d'une certaine manière. Il était cassé. Il bloqua la majeure partie des nerfs qui y aboutissaient, mais ne put faire l'opération sur tous. Il aurait perdu le contrôle moteur du membre.

Quath remua. Lentement, progressivement.

Il n'avait pensé qu'à lui, et se sentit coupable lorsqu'il vit l'étendue des dégâts sur elle. C'était surtout l'autre côté qui avait souffert.

« Ça fait mal ? » demanda-t-il.

La question était stupide. Il s'avisa qu'elle avait trois pattes écrasées Des rayons de métal blanc sortaient de sa carapace. Il y avait des fluides bruns qui coulaient partout.

< J'ai neutralisé les centres de douleur. >

« Tu peux marcher ? »

< Marginalement. >

« Il y a quelque chose que je peux faire ? »

< Oui. Va-t'en. >

« Hein ? »

Il se leva, s'avança en chancelant et ramassa l'un des pilons arrachés de la nonhumaine.

« Pas question ! »

< Je ne vais faire qu'attirer leur feu sur nous. Laisse-moi. Quitte cette Voie. Ta seule protection est de te mêler aux humains. La Mante aura plus de mal à te retrouver si tu fais ça. >

Toby plissa le front.

« Qu'est-ce qu'il y a de changé, Quath ? »

< Rien dans les sentiments que je te porte, sois-en assuré. >

« Mais… Mais qu'est-ce que… »

Il se tut. Il avait peur de se mettre à pleurer.

< Je suis venue avec toi parce que je me doutais qu'il était de la plus haute importance d'assurer ta protection. La Mante est en train de le confirmer. >

« Pourquoi est-ce que j'ai tant d'importance ? »

< Je pense que tu fais partie d'un dessein plus large. >

« Tu penses ! Mais ce n'est qu'une foutue théorie ! »

< Nous sommes obligés d'agir à partir de connaissances imparfaites. >

« C'est une idée pompeuse, ridicule et… »

< Je comprends ta colère. Je sais ce qu'elle cache. Je t'aime, moi aussi. >

« Hein ? Euh… Je… »

Il ne savait plus quoi dire.

< Va. Tu dois rester hors de leur atteinte, jusqu'à ce que nous en sachions davantage. >

« Mais comment te retrouverai-je ? Cet endroit est si vaste. Qu'est-ce que je vais faire ? »

< Tu dois te débrouiller tout seul, à présent. Va ! >

« Merde ! Je ne veux pas… »

< Il le faut. Va. >

6
Chirurgie mentale

Il se terra dans un creux de terrain à l'ombre, et la douleur le reprit. Elle s'étendait à ses côtes, et il ne fut pas surpris, en se tâtant, de constater qu'il en avait trois de cassées. L'énergie électrique de la boule de feu s'était dissipée en petites ondes de choc qui avaient brisé des os et rompu des capillaires.

C'est ce que ses diagnostics lui indiquaient. Les données défilèrent dans son œil gauche lorsqu'il les appela. Les icônes étaient on ne peut plus claires. Fractures jaunes et hémorragies rouges au bras, spaghettis bleus en 3D pour les réseaux de douleur.

Les solutions défilaient aussi. Mais les réparations sur le terrain n'étaient pas faciles. Il appela deux de ses Visages rarement utilisés, qui s'occupèrent du travail délicat dans son occiput. À partir du cortex, ils se glissèrent dans les obscures profondeurs de la machinerie. La majeure partie du cerveau était constituée de circuits de maintenance. On ne pouvait pas intervenir consciemment sur la manière dont l'organisme digérait la nourriture ou régulait les battements de cœur. Le système fonctionnait parfaitement de manière autonome. Et ce ne serait pas une très bonne idée que de faciliter une telle intervention, en risquant de se bousiller par maladresse. Mais la réparation des dommages pouvait être accélérée de cette manière, et c'était le moment ou jamais d'y avoir recours.

Les Visages s'insinuèrent dans les centres d'exploitation qui alimentaient les stimuli et transportaient les nutriments. Ils prirent la relève des opérations. Toby comprit qu'ils étaient au travail lorsque son bras commença à picoter. C'était comme si quelqu'un le chatouillait de l'intérieur, mais pas pour le faire rire. Il pleura un bon coup, et se sentit bien mieux. Il se tortilla et se mit à transpirer abondamment du côté gauche.

De nouvelles explosions retentirent dans le ciel. Mais elles étaient lointaines, et il n'y prêta pas beaucoup d'attention. Ses systèmes œuvraient à fond. La reconstruction osseuse était délicate, il le savait, et il essayait de ne pas y penser pour éviter de créer des interférences avec son esprit conscient.

Il y avait cependant beaucoup de choses auxquelles il voulait réfléchir, et il n'arrivait à se concentrer sur aucune pendant assez longtemps. Des aiguilles de douleur le transperçaient et le faisaient sursauter. Puis ses systèmes s'attaquaient au problème, et il était tranquille pour un moment. La transpiration, toutefois, demeurait.

C'est alors que débutèrent les rêves.

En fait, ce n'étaient pas vraiment des rêves, car il gardait les yeux ouverts dans l'intervalle. Les images défilaient sur sa rétine sans qu'il puisse rien faire pour les en empêcher. Même quand il fermait les yeux, ils étaient toujours là.

Il chevauchait sur le dos de quelque chose qui avait des roues, mais semblait se déplacer en volant. Une femme s'était arrêtée pour le faire monter, et ils voyageaient à travers des couches d'air en dissolution et au-dessus de plaques rocheuses frénétiques et rapidement changeantes. Puis ils plongèrent (ou peut-être grimpèrent) en direction d'un lac plat à la surface parfaitement lisse, qui paraissait horizontal, avec le poids de Toby qui s'exerçait dans l'axe de sa colonne vertébrale, mais était également oblique, de sorte qu'ils accéléraient en le survolant. La surface, d'un noir d'encre, moussait et crachotait, se murmurant des choses à elle-même comme un liquide houleux, mais la femme la battait avec un bâton toutes les deux ou trois minutes, comme pour éprouver sa solidité, et elle résonnait, *bing, bong*, avec le bruit d'une tige d'acier frappant du granit.

Shibo lui sourit. Ses dents brillantes laissèrent passer des mots joyeux si déformés qu'ils lui échappèrent, et il n'avait pas le temps de réfléchir pour leur donner un sens. Ils continuaient de filer en avant.

Cela dura pas mal de temps. Shibo avait des dents en moins, deux oreilles du côté gauche et aucune du côté droit. Elle ne portait qu'un corsage léger. Ce détail lui avait paru important la première fois qu'il l'avait vue, mais il était maintenant éclipsé par le vent violent qui le secouait, par la vitesse vertigineuse et par les embardées de son estomac soumis à rude épreuve.

« Longue vie à tous ! » lui cria-t-elle en se retournant.

Puis elle respira une bouffée d'un vaporisateur.

« Longue vie à moi, tout au moins », répliqua Toby.

Il avait respiré un peu les vapeurs du diffuseur, et il se sentait tout drôle. Mais cela ne l'empêchait pas d'avoir encore horriblement peur.

Quelque chose percuta alors la surface du lac noir, faisant jaillir un geyser en forme de doigts crochus.

« On va y arriver ! » cria Shibo.

Elle était obligée de hurler, car il y avait d'autres personnes qui essayaient de lui parler simultanément. Leurs voix descendaient du ciel, mais le temps d'arriver en bas et elles n'étaient plus que des chuchotements.

Au lieu de retomber en gouttelettes, les eaux noires se transformaient en petites plaques carrées.

« Laisse-moi faire, lui cria Shibo. (Elle fracassa les plaquettes, qui se transformèrent en une averse de paillettes brillantes.) Tu vois ? »

… et il allait à découvert, dévalant le versant d'une colline. Il se fendit le genou contre un rocher et respira de la poussière. S'étouffa. Toussa. C'était réel, ce n'était pas un rêve. Il se retourna sur la pente et vit les herbes hautes couchées à l'endroit où il s'était allongé, dans un bain de sa propre sueur. Quelque chose l'avait fait se lever et venir jusqu'ici en chancelant, pour s'écrouler à découvert. Il retourna en rampant sur ses pas, aussi rapidement qu'il put.

Son genou, en remontant, lui faisait encore plus mal que ses bras ou ses côtes. C'était plutôt bon signe, tant qu'il n'y avait rien de cassé. Il retrouva l'endroit où il était resté couché. C'était humide, et cela sentait mauvais.

Son genou allait mieux, cependant. Il marcha, en boitant un peu, jusqu'à un ruisseau où il se débarbouilla pour la première fois depuis… deux jours ? Trois ? Difficile à dire. Son moniteur interne le renseigna : 2,46 jours exactement. Impossible de suivre le fil, dans cet endroit où la lumière apparaissait et disparaissait comme un caprice météorologique. Il se demandait comment la végétation pouvait s'adapter à ce rythme erratique.

Durant quelques instants, il se contenta de rester au bord du ruisseau, vide de toute énergie pour faire un seul mouvement de plus. Il était confronté à un fait solide, qui ne lui laissait pas de repos. Il savait ce qu'il avait à faire maintenant. Quath avait raison. Shibo l'avait empêché de voir les choses en face, de la même manière qu'elle l'avait empêché de se concentrer sur le reste, en le distrayant avec des spectacles internes qui devenaient de moins en moins contrôlables.

Les dégâts et les réparations qu'il avait subis l'avaient en partie neutralisée, cependant. Pour quelque temps au moins. Ce qui signifiait qu'il devait agir maintenant, sous peine de ne plus pouvoir y penser plus tard, peut-être parce qu'il aurait une articulation douloureuse ou de drôles de démangeaisons subites, et qu'il oublierait ce qu'il fallait faire, pour le restant de ses jours, qui sait ?

Il retourna en rampant dans l'ombre de son trou et sortit sa trousse. Les outils qu'elle contenait n'étaient pas faits pour ce genre de travail. Ils avaient des têtes creuses ou rainurées, des bras d'insertion fins comme des aiguilles et des entraîneurs à géométrie variable, mais rien de plus spécialisé. Sans compter qu'il fallait qu'il travaille à l'aveuglette, derrière lui, au toucher, et assis alors qu'il aurait dû être couché.

Tu ne veux pas vraiment faire ça.

Il ne répondit pas. Les pointes réglables n'étaient pas faciles à fixer. Il avait les doigts gourds et maladroits. Il laissa tomber une lame, dut la chercher dans la terre et la nettoyer. Impossible d'aligner correctement ses instruments.

J'ai tant fait pour toi. Nous formons une bonne équipe, toi et moi. Ton côté féminin s'intègre parfaitement à moi.

Les pointes ne correspondaient pas exactement. Il les aligna d'abord, puis les inséra dans le manchon de l'outil axial. La fixation n'était pas parfaite, mais elle ferait l'affaire.

Il me reste tant à t'apprendre. Si tu voulais seulement m'accorder un peu de temps. Je peux te conseiller utilement sur la manière de t'en sortir ici. Songe que tu es tout seul. Tu as besoin de moi.

Ce n'était pas facile de travailler derrière sa tête. Il s'agrippa avec son bras gauche pratiquement invalide. La douleur sourde que cela provoqua lui apprit que ce n'était pas une très bonne idée. Ses Visages en train d'effectuer les réparations envoyèrent de petites piques d'avertissement dans son cortex cérébral. Des traits de douleur et de colère mélangées, analogues aux émotions chez les insectes. Mais il ne pouvait rien faire d'autre.

On peut se donner beaucoup de bon temps, tous les deux. Je t'ai ouvert tout mon passé. Mon univers entier. Ça ne te suffit pas ?

« Ton univers, tu peux te le garder. »

Il avait grommelé cela à travers ses dents serrées. Elle parlait de plus en plus vite tandis qu'il plaquait le manchon contre sa fente spinale. Des images commencèrent à traverser son esprit. Ruines environnées d'ombres mauves, carcasses de mécas étalées dans un champ sur Nivale, saveurs de plats délicieusement épicés, senteurs de printemps précoce, rires résonnant dans un corridor de pierre.

Il incisa la peau autour de la fente afin d'avoir plus de place pour travailler. Il fallait qu'il opère au jugé. Les images mentales s'accéléraient, incomplètes, heurtées, précipitées par une hâte démente.

Tu es en train de trahir ton père. C'est lui qui m'a placée ici, pour te guider. Pour t'aider ! Et tu te retournes contre moi, tu me chasses de…

Il fit tourner la fente, l'ouvrit, toucha les microcomposants. Les images s'affolèrent, se déchirèrent.

Une Personnalité ne peut pas vivre longtemps enfermée dans une puce. Tu le sais. Je vais m'étioler. Une partie de moi va se

volatiliser. Je ne serai plus qu'un Aspect, à moins d'être transférée, utilisée.

L'outil dont il se servait n'était pas adapté. Il risquait d'endommager la puce. Le logement où elle se trouvait avait été doublé pour pouvoir accueillir une Personnalité. Les lecteurs étaient casés dans une couche à une seule molécule d'épaisseur qui entourait la puce. Il était prévu que l'on puisse les extraire sans les mettre à nu, mais il fallait pour cela des moyens bien plus élaborés que ceux dont il disposait, même s'il avait pu voir ce qu'il faisait.

Tu ne peux pas me faire ça ! Tu as une trop forte dette envers moi. Tout le côté féminin de ta personne... Je t'ai aidé à le mettre en valeur. Cela t'a rendu bien plus mûr.

« Ouidire. Je suis si mûr que me voilà coincé ici, pris au piège comme un rat, sans le moindre membre de la Famille pour m'aider à t'extirper. »

Ce n'est pas moi qui t'ai fait faire tout ça. Tu ne peux pas échapper à ta culpabilité d'avoir fui ton père. Je n'y suis pour rien !

Il tâta délicatement l'orifice. Il lui semblait que l'embout était en place, mais c'était difficile à déterminer. Il fallait qu'il s'ajuste exactement sur son réceptacle encombré, au bord du plot.

Je t'en supplie ! Je te promets de ne plus t'imposer mes souvenirs ni mes pensées. Tu ne peux pas savoir ce que cela représente pour moi. Il a fallu que...

Il essaya la première pointe. Il tira doucement pour vérifier. Elle tint bon. Il ne savait pas ce qui se passerait s'il n'extrayait qu'une partie de la puce. Elle était câblée à lui par l'intermédiaire des circuits de la base de son crâne. Pourrait-il arracher la puce sans laisser une partie de Shibo en lui ? Il l'ignorait.

Je ferai tout ce que tu voudras.

Inutile d'attendre plus longtemps. Il saisit fermement toutes les pointes et respira un bon coup.

Attends ! Je t'en supplie !

Durant un bon moment, il fut incapable de bouger. Elle lui bloquait les muscles, et il sentait sa colère crépiter en lui avec force.

C'était une femme formidable de son vivant, mais elle avait changé. Ce n'était pas facile d'héberger une Personnalité. Bien plus difficile qu'un Aspect. Il s'était passé des choses entre eux. Des choses impondérables, dues au mélange de leurs psychismes. Aucun d'eux n'était responsable, mais c'était comme ça.

Il ignorait si la vraie Shibo reviendrait un jour sous la forme d'une Personnalité. Mais la question n'était pas là pour le moment. Il le lui fit comprendre en un éclair, non pas en paroles mais en un brusque élan de remords.

Deux battements de cœur, puis elle lui donna sa réponse.

Elle l'assaillit de toute sa fureur. Il sentit sa main droite qui tremblait, ses doigts qui se paralysaient. Difficile de tenir les pointes. Sa respiration se bloqua.

Elle essaya, coup sur coup, tout ce qu'elle put. Elle lui contracta son sphincter, elle lui serra les testicules. Une énergie nerveuse insoutenable lui courut sous la peau. Sa poitrine se figea. Ses mains tombèrent, les pouces crispés, les muscles durcis comme des rocs.

Il se força à détendre sa main droite et à relâcher son poignet. Dans la lancée, il retourna les énergies contre elle et passa à l'action.

Il arracha les quatre pointes en même temps. Elles cédèrent.

> ***Non pas ça je t'aime j'aime Killeen je vous aime tous ne me fais pas finir s'il te plaît je ne peux pas peux pas peux pas peux pas peux pas***

Il ressortit les pointes ensanglantées, avec des lambeaux de peau arrachée. Comme un seul muscle, son corps frémit. Il eut un violent haut-le-cœur, vomit une cascade de gouttelettes brillantes. Ses poumons se soulevaient en spasmes comme s'il avait séjourné dans l'eau.

La forêt humide autour de lui s'étendait à la sortie d'un long tunnel plongé dans l'ombre, et des mouches violettes bourdonnaient, entourées de halos, le long des parois courbes.

Au loin, les ténèbres glissaient pour se refermer sur lui.

Il bascula dans le tunnel.

Cadres

Dans un cadre de référence, le Cône tournoie à une vitesse angulaire cinglante, avoisinant celle de la lumière.

Dans un autre cadre mathématique, il demeure stationnaire dans une variété géométrique. Immobile et silencieux tandis que les lignes d'espace-temps tourbillonnent autour de lui.

Dans cette optique, malgré les gradients atroces et les torsions déchirantes, le Cône est un îlot de stabilité paisible. Et le rayonnement gravitationnel issu du trou noir se fige autour de ses bords glissants.

Les ondes houlent, avec une légèreté langoureuse. Les forces de torsion jouent comme les fils complexes d'une toile d'araignée le long de ses protubérances pulsantes.

Ces pressions soutiennent le Cône contre les dissipations déferlantes. Il en est ainsi depuis un intervalle de temps dont la longueur — ou la durée — dépend de la géométrie locale de l'observateur.

Dans un autre cadre de référence encore, le Cône est prisonnier dans un combat furieux et sans fin avec le trou noir.

D'immenses forces s'affrontent. Le Mangeur veut manger. Le Cône se coince entre les mâchoires du Mangeur. Il les force à s'ouvrir. Il bloque la gorge. Il est sauf.

Tous sont vrais.

Chacun forme un cadre. La vérité est la somme de tous les cadres.

Le long des lignes de champs magnétiques qui forment les nervures du Cône, élastiques mais incassables, s'écoulent des paquets d'ondes d'une complexité déferlante, porteurs d'informations de la seule manière susceptible de franchir le réseau tissé du Cône.

Sur ces fibres fragiles, ces lignes de vie spiralées, la civilisation mécanique converse avec sa délégation. Les intelligences-machines s'agglomèrent par paquets, élaborant la décomposition glissante des données. Elles s'attardent au-dessus des effilochements du grand disque d'accrétion, sous la grêle éternelle du rayonnement dur. Contre ce torrent, les esprits glissants utilisent des défenses de céramique et de métal.

En ridant les lignes de champs magnétiques, elles conversent avec leur délégation. Voix creuses au fond d'un vaste puits.

Tout en bas, la créature solitaire les entend. Elle répond. Toujours parmi la discorde, la délégation doit à la fois débattre et agir. Divisant de nouveau son intelligence, elle assigne les tâches à des fragments séparés.

Elle ne partage pas les plaisirs de ses maîtres, qui flottent à distance majestueuse. Elle doit endurer les crissements et les grincements des contrées qui se trouvent à l'intérieur du Cône. Elle continue de chercher, sans répit.

Tous les participants à la discussion pensent à la vitesse de la lumière. Leurs voix, cependant, ne peuvent pas échapper à leurs origines, ni aux préjugés de leur propre espèce.

Je/vous avons exploré un grand nombre de cavernes et d'espaces, ‡>A<‡. Et vous ne trouvez rien encore !

J'ai découvert des trésors de culture primate !

Ce n'était pas là votre mission, ‡>A<‡.

Je ne le sais que trop bien. Nos propres archives anciennes indiquent l'existence de messagers spéciaux primates. J'ai cherché à les retrouver, mais ils sont difficiles à distinguer de leur horde.

Il y en a donc un si grand nombre ? Qui se cachent de nous ?

Ils nous craignent. À juste titre, je suppose.

Débusquez ces messagers spéciaux ! Qu'on en finisse avec ces facteurs d'irritation !

Les espaces locaux sont innombrables.

Continuez quand même. Assurez-vous d'un minimum de trois de leurs couches génétiques indispensables à nos/vos desseins.

Nous possédons les informations biologiques de base fournies par la plus ancienne génération, le « grand-père ». Mais la nature du message codé exige que nous disposions de trois générations successives. En descendance biologique directe.

Les Héritages indiquaient que nous/vous devions disposer d'une analyse d'eux complète. Ce qui signifie qu'il nous faut des copies intégrales et en bon état.

Je/nous ne pensons pas que ce soit indispensable. Cela ne ferait aucune différence s'ils étaient morts.

J'étudie soigneusement chaque sûremort que je cause. Mes sous-unités font également très attention. Je ne peux pas rater la signature caractéristique du primate particulier dont nous avons besoin, le plus jeune. Je l'ai déjà vu.

Sur leur planète ?

Il m'a été utile lors de la capture de la personnalité de son père, lorsque j'en ai eu besoin.

J'espère que vous/nous ferons aussi bien maintenant/ici.

Vous/nous sommes en train de perdre de vue nos/vos objectifs. Le Cône est-il dangereux ?

J'ai l'habitude de naviguer dans ces parages changeants. Mais il y a quelque chose de trouble à l'arrière-plan. Une présence tapie dans les gauchissements.

De quoi peut-il s'agir ? Je/vous avons reçu les rapports des premières unités que nous/tous avons dépêchées dans le Cône, avant qu'elles ne soient perdues pour nous/vous.

Je ne sais comment décrire cela. Une faible présence vacillante à la limite de mes champs, mais non localisée.

Un écho.

Je ne crois pas. Il vient de tous les côtés, mais ne répète nullement ce que j'émets. Cela m'inquiète.

Inhibez vos/nos réactions. Vous/nous agissons au nom de

nous/tous, que cela ne soit pas oublié.

Le moment n'est pas aux hésitations.

Tuez-les tous, si vous/nous le pouvons. Je/vous avons hâte d'en finir avec ces contrariétés.

J'en ai sûrtué un si grand nombre. Mes facteurs sont en surcharge. Toutes ces richesses à connaître et à savourer !

Vous/nous ne devons plus penser à leur étrange beauté. Jamais auparavant un facteur aussi puissant que vous/nous n'avait pénétré aussi profondément à l'intérieur du Cône. Les connaître, d'accord. Mais ensuite, exterminer ces parasites dans leur dernier refuge.

Sauvagement, jusqu'au dernier !

J'obéis.

Cinquième partie

ATTENTIONS MALVEILLANTES

1
La douleur de l'éternité

Toby reprit connaissance fatigué, mais l'esprit clair. Il était resté inconscient un bon moment. Son bras lui élançait moins, à présent. La douleur était sourde, comme si elle suintait peu à peu de son corps.

Shibo n'était pas là.

Il avait sa pucc dans sa troussc. Il lança une sonde à sa recherche. Il glissa au-dessus des noires crevasses où ses Aspects vivaient leurs semi-existences compactées, arpenta les sous-sols des Visages.

Des passages gris s'ouvrirent. Isaac, Zénobie et les autres essayèrent d'attirer son attention. Ils voulaient lui parler de Shibo. Ils voulaient toujours lui parler de quelque chose, de toute manière. Mais de Shibo, aucune trace.

Il savait qu'il pouvait y avoir encore quelques fragments en lui. Une Personnalité, par nature, était très diffuse, difficile à saisir. Il allait falloir faire attention. Les signes précédents — changements d'humeur, éparpillement de son attention, accaparement de son sensorium — s'étaient manifestés de plus en plus ouvertement. Si des traces d'elle demeuraient, il fallait s'attendre à ce qu'elles soient beaucoup plus subtiles.

Il se leva. Ses jointures craquèrent. Il était moulu de partout, et ressentait jusque dans ses os une immense lassitude que le sommeil n'avait pas pu estomper.

Aucun avertissement dans son sensorium. Il s'élargissait dans sa vision comme une bulle bleutée, et ne se heurtait qu'aux bruissements de la forêt et aux gros nuages au ventre noir. Il était peut-être temps de s'activer.

Des années de discipline Familiale lui avaient appris à respecter les ordres qui ne lui plaisaient pas. Et Quath lui avait demandé de partir sur un ton qui ressemblait fort à un ordre.

Il l'exécuta sans réfléchir. La réflexion, tout compte fait, n'était qu'un luxe lorsque la survie dépendait de la rapidité, de la discrétion et de l'efficacité silencieuse.

Il se mit en route après avoir réduit son sensorium à la taille d'une demi-sphère à peine plus longue que la portée de son bras. Cela ne lui laissait pratiquement aucune marge de temps pour se défendre contre les boules de feu du genre de celle qui avait touché Quath, mais il serait ainsi, il l'espérait, plus difficile à repérer.

Quand il atteignit le sommet du monticule suivant, il se tourna pour regarder en arrière. Il vit des formes noires, qui glissaient comme des feuilles portées par une brise constante. *Quath !* Il aurait voulu crier pour la prévenir.

De nouvelles boules de feu jaune-brun bondirent en cahotant à travers la forêt. D'autres volèrent en altitude vers la courbure opposée de la Voie. À l'endroit où il avait laissé Quath, quelque chose lança des traits hargneux, chauffés à blanc.

Toby savait qu'il serait idiot d'essayer d'entrer en contact avec Quath, mais son désir de le faire était presque incontrôlable. Finalement, il se détourna et se concentra sur la rapidité de sa course.

Il parcourut une certaine distance avant de s'apercevoir qu'il pleurait. Jamais, même à l'occasion des longues poursuites que la Famille avait endurées sur Nivale, il ne s'était senti aussi seul. À présent, le caractère amèrement désespéré de sa situation l'étreignait, et il était incapable de refouler l'angoisse qui montait en lui. Il n'avait plus ni Quath ni personne de la Famille. Il n'avait que sa fuite vide et éperdue.

Qu'allait penser Killeen ? Il ralentit, puis s'arrêta. Il se força à se durcir, jusqu'à ce que ses larmes cessent. Il fallait qu'il soit digne des LeFou. Même ici, même isolé de tous. Particulièrement parce qu'il l'était, peut-être.

Il reprit sa course et arriva bientôt dans une zone aride et rocailleuse. Allait-il se trouver trop à découvert ? De petits nuages gris sale flottaient au ras du sol. Ils se levèrent soudain, comme si un géant les avait balayés du revers de la main. Mais aucune des formes noires de tout à l'heure ne se dessinait à la périphérie de sa vision. Il poursuivit son chemin.

Quelque chose apparut au-dessus d'un pic lointain et se dirigea sur lui. Il tira dessus, mais manqua. En un instant, cela lui brûla le côté du bras droit. Il tira une deuxième fois tout en se laissant tomber à terre. Cette fois-ci, il fit mouche. C'était une petite boule de feu rapide et bourdonnante. Elle rebondit plusieurs fois par terre, puis s'écrasa dans un bruit déchirant.

Il avait fait sur lui. Il se sentit dégoûté de sa personne, mais la blessure à son bras droit le préoccupait davantage.

La douleur lui faisait trembler les mains. Il raccommoda comme il put son côté droit, et se remit à courir. Le bras lui faisait mal, mais il parvenait quand même à le remuer.

Il trouva un ruisseau un peu plus loin. Il se nettoya, penaud. D'une manière abstraite, il était surpris d'avoir été si effrayé. Mais toute peur, après coup, paraît ridicule, il ne l'ignorait pas.

Lorsqu'il fut de nouveau en état de boitiller jusqu'à l'endroit où la boule s'était écrasée, il vit qu'elle avait creusé un profond cratère dans le sol. Il avait eu une sacrée chance de l'abattre, et il le savait.

Il s'humecta les lèvres, de nouveau tenaillé par la peur. S'il continuait ainsi, il allait finir par se faire repérer, et tout le troupeau allait se ramener.

Il se souvint de la petite leçon que lui avait donnée Quath sur son problème de sommes et sur la manière dont les Voies, dans cette géométrie, allaient par paires. Chaque paire était égale à cent un, et elles se modifiaient sans cesse de manière à ce que le total général demeure constant. C'était ainsi que l'été se maintenait.

Le total n'avait pas besoin d'être égal à cent, ou à mille, ou à un million. Il pouvait y avoir aussi bien un milliard de Voies. Il pouvait y en avoir un nombre encore plus grand, un de ces mots compliqués, terminés en *ion*, que lui soufflait son intarissable Aspect Isaac, évoquant des quantités que personne n'était capable d'imaginer.

Il ne fut donc pas trop surpris lorsque, le temps passant, il continua de se déplacer sans rencontrer personne. Il ne verrait peut-être plus jamais un être humain de sa vie. Les Voies pouvaient sinuer comme cela durant toute l'éternité tordue.

Le plus difficile était de découvrir la sortie de celle où il était, afin que les mécas ne puissent retrouver aisément sa trace. Mais comment ? Courir au jugé ne suffisait pas.

Le dilemme s'épaississait dans sa tête. Quath avait dit que la gravité locale était estivale et courbée. C'était un problème de masse. Les planètes attiraient à elles les objets en courbant l'espace-temps, ce qui se traduisait, pour les humains, par une force verticale qu'ils ressentaient facilement. Jusque-là, pas de problème.

Mais Isaac disait aussi que la courbure de l'été engendrait une autre courbure plus forte, ce qui lui permettait de tirer davantage d'elle-même, de faire le plus avec le moins. Quelque chose avait tricoté cet été pour rendre sa texture plus solide. Cela lui permettait de résister au bord de l'abîme, en frôlant le Mangeur de Toutes Choses.

« Ce qui est bien compris est toujours utilisable », se répétait Toby en trottant.

Il se souvenait que c'était l'un des dictons favoris de son grand-père Abraham, et il se demandait où l'aïeul pouvait bien se trouver à présent dans l'été.

« Il aurait su, lui, comment utiliser tous ces trucs », dit-il d'une voix qui résonna comme du verre fragile au milieu des musiques susurrées par le paysage.

Pas d'endroit où aller, pas littéralement, tout au moins. Et sa fatigue commençait à s'accentuer.

Il essaya de donner une autre forme à la pierre à temps. La logique indiquait que c'était impossible, mais il se trouvait dans un endroit où la logique ne fonctionnait pas tellement, tout compte fait.

Sa panoplie d'armes n'eut aucun effet. Cependant, lorsqu'il l'eut un peu découpée au laser, la pierre devint brillante. Il essaya les hyperfréquences, les sondes acoustiques et même un nano-alésoir qu'il avait depuis l'époque de Nivale, mais rien n'y fit.

Il essaya ensuite toute l'étendue du spectre. Toujours pas de réponse. Il dirigea sur la pierre des pulsations infrarouges. Durant un bref instant, une fissure s'ouvrit.

Il essaya encore. Cette fois-ci, la fissure dura plus longtemps, et il put y insérer sa botte. Il força. La fissure parut céder, puis elle se referma sur sa botte, qu'elle commença à écraser. Il dut tirer très fort pour retirer son pied. La roche se referma avec un bruit sec.

À sa tentative suivante, il fut plus prudent. Tout d'abord, il trouva un endroit qui lui donnait la nausée. Perspectives bosselées, lumière aqueuse, réfractions des sons et de l'espace. Là où les Voies se recoupaient, la gravité était tordue.

Ensuite, il incisa et chauffa, martela et écarta à l'aide d'une grande variété d'outils et d'armes. La sueur coulait à son front. Il s'écorcha une main, se brûla à l'épaule. Rien ne se produisit au début. Mais il mordait de plus en plus profond dans la pierre à temps, et ne s'arrêta que parce qu'il était à bout de forces. Il fallait qu'il se repose. La transpiration coulait dans ses yeux. Il savait très bien, cependant, que ce n'était pas que de la transpiration.

Encore ces larmes. Il perdit patience avec lui-même, cette fois-ci. *Si Killeen te voyait, il aurait un reniflement de mépris et regarderait d'un autre côté. Besen essaierait de te consoler, et ce serait pire.*

« S'ils t'attrapent, tu sais ce qu'ils te feront ? »

Ça aidait, de parler à haute voix.

« Ils te suceront toutes les connaissances qu'il y a en toi. Ils s'en serviront contre Besen, contre Killeen, contre tout le monde. »

Sa voix était grave, et cela aidait également. Il se rendit compte qu'il lui manquait cette toute petite chose, un bruit d'humanité, une voix autre que la sienne.

Tu dois perdre la boule pour te parler comme ça tout seul, lui dit une autre partie de lui-même, mais il chassa cette pensée. Tout ce qui l'aidait à se sentir mieux était le bienvenu, et au diable la réflexion.

Au boulot.

Les progrès étaient lents, mais il trouva une ligne de faîte ondulée où la brume de l'été faisait briller des reflets de lumière orangée. Il essaya de nouveau d'entamer la roche. Une étroite fissure s'ouvrit aussitôt, à travers laquelle lui parvint une émanation délétère, sous la forme d'une vapeur gris pâle. Il donna aussitôt un coup de pied à la pierre à temps, afin de la refermer. L'été s'ouvrait difficilement, mais une simple onde sonore pouvait annuler l'opération. La pierre à temps devait posséder une sorte de tension de surface très sensible.

Après quoi il apprit à connaître les flux et les creux de l'espace-temps. Il pouvait fendre une roche pour y jeter un rapide coup d'œil, et elle se refermait immédiatement après.

Ce qui était heureux pour lui, la plupart du temps. Certains passages ne conduisaient qu'à des Voies donnant sur le vide. D'autres débouchaient sur des contrées de roc stérile et glacé. Quelques-unes lui firent entrevoir des paysages tourmentés, parcourus par des tornades hurlantes.

Ses systèmes le mettaient en garde contre les fissures d'où sortaient des rayonnements brûlants. Il les refermait aussitôt, mais l'une d'elles laissa passer quelque chose de fluide et de fumant qui s'échappa avant que la roche reprenne son aspect lisse, et grimpa dans le ciel en ligne droite.

En une occasion, il entrevit toute une cité à travers une brève ouverture. Ses rues formaient des boucles qui tournaient les unes autour des autres, de même que ses bâtiments oblongs. Des murs poreux laissaient passer des flots de petits cylindres qui circulaient partout. Dedans, il y avait des choses qui ressemblaient à des pierres blanches en effervescence. Elles semblèrent s'intéresser quelque peu à lui, et il fut soudain en proie à une vague de terreur qui lui fit refermer précipitamment la porte.

Au bout de quelques dizaines d'essais, il commença à maîtriser la technique et à faire cela d'instinct. Il passa plusieurs jours à errer et à s'exercer, sans penser à ce qui était probablement lancé à ses trousses. S'il devait retrouver un jour Abraham ou la Famille, il fallait qu'il comprenne exactement comment cela marchait.

Les endroits où l'été semblait perméable changeaient sans cesse. Travailler la pierre à ces emplacements fuyants lui donnait la nausée, mais c'était le prix à payer. Il fallait savoir trouver le moment précis où frapper, l'angle, le spectre… Cela ressemblait plus à une méthode de chasse qu'à une technique. Il devait se fier à son flair, à ses intuitions.

La plupart des Voies paraissaient hostiles à la vie humaine. Mais pas toutes. Il se glissa dans l'une d'elles, qui lui avait semblé agréable quand il l'avait essayée pour la première fois.

Cela marcha à peu près. Il perdit quelques lambeaux de peau et eut les doigts gelés au passage, mais il ressortit dans une vallée de pierres à temps éclatées. C'était, au moins, plus intéressant que l'endroit qu'il venait de quitter.

Sans compter que l'expérience lui avait appris une chose : les pierres à temps étaient trompeuses. Plus d'une fois, alors qu'il se reposait ou prenait un maigre repas composé de ce qu'il avait pu trouver çà et là mélangé à ses rations, il s'était émerveillé de voir à l'horizon les chaînes de montagnes qui se découpaient nettement, avec une élégance sereine hérissée de pics élancés. Mais quand il les regardait de plus près, quelque temps après, il les voyait pour ce qu'elles étaient en réalité : âpres et sans pitié.

Des forces de torsion s'exerçaient sur lui dans les éboulis qu'il traversait et sur les saillants déchiquetés où il se hissait. D'autres forces déformaient les étroites corniches instables où il rampait, évitant de regarder en haut ou en bas de peur que tout se mette à vaciller autour de lui.

Les sentiers s'enroulaient sur eux-mêmes pour former des tunnels, avec lui à l'intérieur. Ils s'étiraient en longueur et s'étranglaient.

Il dut plusieurs fois se laisser glisser précipitamment pour éviter d'être écrabouillé dans un nœud. Certains se formaient lentement, d'autres à toute vitesse. Il plongea dans un boyau qui se mit à grogner en essayant de se refermer brutalement sur lui, et perdit dans l'opération le talon d'une botte, cisaillé nettement, ce qui en disait long sur ce qui lui serait arrivé s'il s'était attardé une seconde de plus.

Et pendant tout ce temps, il était en proie au plus affreux des sentiments de solitude. À un moment, il se réveilla d'un sommeil profond, la gorge rauque, en criant le nom de Quath. Il rêva qu'il essayait de parler à Killeen, interminablement, en hurlant d'une voix si aphone qu'elle ne pouvait pas percer la brume qui l'entourait. Il espérait qu'ils étaient tous encore vivants, quelque part, mais il y avait des moments où il se disait, avec une certitude finale et glacée, qu'ils avaient dû tous périr.

Les événements passèrent. Au bout d'un temps, il constata qu'il était désormais capable de lire une carte mouvante en trois dimensions, de suivre une piste sur la roche luisante, de mémoriser les repères du terrain quel que soit l'angle sous lequel il les voyait, d'allumer du feu sous la pluie brumeuse battue par le vent, de soigner les morsures infligées par de petits animaux qui se tortillaient comme des vers, de descendre en rappel une falaise qui tremblait comme de la gélatine, de se laisser glisser au bas d'un glacier d'air figé, d'éclisser un membre cassé et de rester couché deux jours pour laisser à l'os le temps de se ressouder, de trouver de l'eau sous le sable terreux, d'attirer et de charger une bête asine qu'il avait trouvée en train d'errer là, et d'enterrer un cadavre lacéré en lambeaux longitudinaux, signe de passage des mécas, supposait-il.

Il rafistola une aile en caoutchouc qu'il trouva dans le creux d'une crête, et l'utilisa pour franchir une longue distance, porté par un vent soutenu. Lorsqu'il s'écrasa au sol, le front de la tempête le rattrapa. C'était un blizzard vif et mordant.

Pas d'abri en vue. Il se mit à creuser la pierre à temps elle-même, écaille par écaille. Tandis qu'il faisait cela sous le froid incisif, les événements se détachaient sous les coups de son outil, laissant échapper des cris et des gémissements. Ils se brisaient comme du cristal en tombant à terre.

Il atteignit une couche profonde chargée de la chaleur de quelque été passé. Il élargit la faille, et disposa bientôt d'un refuge assez large pour s'y glisser.

Bien à l'abri du froid, il s'endormit confortablement, mais retrouva Killeen, qui essayait de lui parler à travers un brouillard laiteux. *Toby, Toby.* Ce qu'il disait ensuite était inaudible. Il se concentra pour essayer d'en percer le sens, mais cela le réveilla. Chaleur et solitude. Puis il s'avisa que la pierre à temps était chaude parce qu'elle se resserrait lentement sur lui, pour essayer de l'absorber.

« Zut ! »

Il se dégagea et ressortit dans la pâle lumière extérieure, où était en train de passer la queue du blizzard.

Besen... Les mécas vont l'avoir aussi, s'ils arrivent à me soutirer ce qu'ils veulent savoir. Et tout ça parce que j'ai fui comme un idiot... Si les mécas gagnent ici, c'est pour toujours, il n'y aura plus jamais de LeFou, ils retourneront tous à la poussière, et personne ne saura jamais ce qui s'est passé, ce que tout ça signifie...

Il s'aperçut qu'il grommelait tout en marchant, mais ce qu'il pensait tout haut n'avait pas grand sens, n'exprimait que la solitude qu'il avait à présent pour seule compagne.

Une tempête éclair survint dans son dos et lui apprit à se baisser pour éviter les cailloux qui pleuvaient. Lorsque ce fut fini, le paysage s'était encore déformé, et il apprit à escalader la paroi lisse d'un ravin avant qu'elle se désagrège, et à voler par ses propres moyens à travers ce qui ressemblait à de l'air.

Lorsque plus de temps passa qu'il n'était capable de s'en souvenir, il acquit même, *grosso modo*, la technique pour prédire les déchaînements de l'été. Plus ou moins.

Tout cela, il va sans dire, l'avait sérieusement transformé au moment où il rencontra ses premiers humains.

2
Rires rationnels

Il les découvrit au plus profond d'une savane où ils vivaient de la culture d'une espèce de céréale noueuse inconnue de Toby.

Ils s'occupèrent de lui. Il était en plus mauvais état qu'il ne l'avait cru, mais le fait de ne pas comprendre ce qu'ils disaient l'aida, paradoxalement, à récupérer.

Ils ne parlaient aucune langue que ses puces étaient capables d'interpréter. Ils étaient de petite taille, et ils compensaient ce qui leur manquait en muscle et en masse par une grâce trapue. Ils semblaient équilibrés et autonomes. Les femmes avaient un charme souple et discret, avec des yeux chaleureux qui étincelaient quand elles parlaient.

Les individus des deux sexes avaient une silhouette compacte, de larges épaules couronnant un torse qui partait en V à partir de la taille, un port parfaitement droit et une légèreté libre de toute arrogance. Leur peau était soyeuse, brillante, d'un brun doré sous la coiffure élaborée de leurs cheveux d'un noir bleuté.

Les Familles avaient toujours pris un soin peu ordinaire de leurs cheveux. Durant les longues années de leur fuite, elles en avaient fait leur seule concession à la mode. Ici, sous des gravités déformées aussi changeantes que le temps, les coiffures pouvaient accomplir des miracles : s'incliner en biseaux aux angles impossibles, s'élever en torsades comme les flammes d'un feu noir gelé, décrire des courbes et des arabesques à la limite du grotesque.

Ils avaient, comme d'habitude, deux sexes et quatre genres, avec les deux variétés homosexuelles dont les coiffures étaient des symphonies de provocations obliques. Tout cela plaisait bien à Toby. Les symboles étaient toujours plus amusants que la parole, et le peu de vocabulaire qu'il avait réussi à maîtriser faisait agréablement appel à son intuition. Il apprit à deviner le non-dit, qui était, de toute manière, le plus intéressant.

Tout en se reposant — mais pas pour longtemps, car tout le monde devait travailler ou bien se passer de manger —, il se fit peu à peu une idée de la différence entre ces gens et lui.

Pour eux, chaque détail devait être soigneusement étudié, chaque instant devait être occupé. La tâche en cours était tout. Quand on travaillait, il n'existait pas d'autre univers, rien d'autre que le moment comprimé du travail. Penser à autre chose, à des événements contrariants, passés ou futurs, était exclu. Et Toby se débrouillait relativement bien dans ce domaine, à l'exception, peut-être, des douleurs à son bras ou à sa poitrine, séquelles de ses aventures passées, qui le distrayaient parfois de ses occupations.

La vie communautaire était centrée sur une scène de théâtre élaborée. Parler de l'été ou des mécas les ennuyait profondément. Ils n'acceptaient de discuter que de la pièce en cours. Toby alla en voir une, et constata qu'ils considéraient cela comme un grand honneur. Les spectateurs se levèrent pour l'applaudir en faisant claquer leurs lèvres tandis qu'il prenait place. Ou du moins, c'est ainsi qu'il interpréta la chose. Plus tard, il se demanda s'il n'avait pas commis quelque impair.

La représentation commença immédiatement après son arrivée, et il n'eut donc pas le temps de réfléchir beaucoup à cette question. La pièce reposait entièrement sur la concentration. Sans le contrôle étroit et l'immersion des acteurs, elle aurait été mortellement fastidieuse.

En pratique, ce n'était pas le cas. Toby demeura cloué de fascination à son fauteuil lorsqu'une actrice entra en scène et marcha au bord, sur le devant, avec une lenteur inhumaine, à quelques centimètres du premier rang des spectateurs, mais incommensurablement lointaine dans sa présence enveloppée. Elle maîtrisait si totalement son rythme et sa démarche que son mouvement n'était pas troublé par le moindre vacillement d'un petit doigt ni par le moindre battement de cils, comme la surface d'un lac noir sans ride mais non moins éloquent. Toby eut l'impression de voir l'actrice flotter dans l'air, drapée dans un silence capable d'arrêter une tornade. Un peu plus tard, la même scène se reproduisit. Cette fois, des micros amplifièrent chaque froissement de pieds soyeux sur les planches. Une musique susurrée suivait chaque mouvement, transformant complètement l'événement, jusqu'à ce qu'il soit totalement incapable de s'y reconnaître.

Il s'aperçut que la pièce, où il y avait si peu d'action qu'elle pouvait être résumée en une phrase, avait sur lui un étrange effet d'apaisement. Elle semblait lui dire : *Fais attention.* Elle lui disait qu'il était plus important de se concentrer sur le moment présent que de se prendre la tête sur le passé ou l'avenir.

Curieux, quand il y repensait. Car c'était justement un endroit où le passé et l'avenir n'étaient pas si faciles que ça à démêler. Il y avait des endroits où ils se jetaient l'un dans l'autre, comme des affluents dans un estuaire boueux.

Ces gens s'étaient déjà battus, ici, contre les mécas. Ils parlaient si peu qu'il fallut à Toby pas mal de temps pour découvrir ce simple fait en tombant un jour, par hasard, sur une cérémonie funèbre, qui se tenait dans la rue et non dans un lieu de culte. Le défunt avait été tué par les mécas.

Les maisons et les ateliers de travail ressemblaient aux coques intersectées de l'*Argo*, mais inversées. De loin, on aurait dit des ampoules jumelées. Elles étaient souvent marquées de traces d'incendie, et deux d'entre elles étaient percées de gros trous.

La population était très organisée. Elle se livrait à de fréquents exercices défensifs, et les armes utilisées dépassaient la compréhension de Toby. Il apprit que la dernière incursion méca dans l'été avait duré le temps qu'il faut pour faire grandir une fille à mi-hauteur. C'était là, semble-t-il, leur manière de mesurer le temps. Et dans le passé, il y en avait eu de pires. Pour le prouver, certains avaient une jambe ou un bras en moins.

Il leur dit tout ce qu'il put sur la Famille LeFou et sur le long chemin qu'elle avait parcouru pour arriver ici. Mais il n'avait pas la même expérience, il avait fait des choses différentes pour cabosser et noircir son armure. Il avait surtout appris à survivre. Ici, par contre, ils avaient affronté les mécas, ils les avaient tués. Avec de lourdes pertes au passage, naturellement, mais ils avaient triomphé. Ce qui était arrivé à Toby était plutôt un accident, ils le savaient tous, rien à voir avec le fait d'être blessé dans un combat que l'on avait choisi de mener.

Ils avaient tous fait ce choix. Une petite femme lui expliqua avec ferveur qu'ils se battaient pour un idéal. Toby n'arrivait pas à se faire une idée très claire de ce qu'était un idéal, et il cessa, au bout d'un moment, de triturer son vocabulaire. La femme avait un débit très rapide, et chaque question qu'il posait semblait la contrarier.

Il repensa à tout cela après avoir assisté à la représentation théâtrale hiératique. L'une des actrices était entrée en scène avec un tambour transparent à l'intérieur duquel on voyait un cerveau de méca. Chaque fois qu'elle tapait sur une face, le cerveau bondissait sur la face opposée ou sur les côtés, formant un contrepoint bizarre au rythme du tambour. Toby était incapable de deviner la signification symbolique de cet acte, mais il lui glaçait le sang.

Un soir, après son travail, il rentra à pied à l'endroit où il dormait. Un vent froid faisait miroiter les rares lumières qui trouaient la brume légère. Il savait, d'une manière ou d'une autre, qu'il ne serait jamais allé se battre pour défendre quelque chose comme un principe général. Il s'était battu, un peu, et il avait fui, surtout, pour la Famille.

Ces hommes et femmes taciturnes étaient différents. Ils avaient une tradition séculaire qui consistait à se terrer ici, dans un été qu'ils ne comprenaient pas, ou qu'ils étaient, tout au moins, incapables de lui expliquer. La connaissance qu'ils en avaient n'était peut-être pas communicable. L'expérience des choses, parfois, était ainsi.

Il se souvint des longs quais vides où ils avaient amarré l'*Argo*. Ils étaient vastes et vieux, rayés et cabossés de partout, complètement déserts, à l'exception de l'*Argo*, comme des bras tendus pour donner l'accolade à des vaisseaux qui ne venaient plus jamais.

Ils lui avaient dit qu'ils ne recevaient presque plus de visites en provenance de planètes comme Nivale. Mais il y avait des engins de petite taille qui circulaient à travers les portes de l'été, pour aller d'une Voie à l'autre par le plus court chemin. Peu de Familles planétaires passaient par les Voies, à présent. Elles avaient presque toutes été massacrées. La défaite était partout.

Les conceptions historiques de ces gens ne cadraient pas avec la compréhension de Toby. Logique. Les Voies ne fonctionnaient pas sur la même montre. Certaines étaient plus enfoncées que d'autres dans la courbure qui entourait le trou noir, là où le temps s'écoulait plus lentement. L'été mélangeait et embrouillait les événements, faisant tourbillonner par la même occasion la mémoire des hommes.

Il était en train de renoncer à démêler tout cela lorsqu'il s'aperçut qu'il s'était trop éloigné dans l'obscurité. Pour la première fois, il se rendait compte à quel point son père lui manquait. Il pleura quelque temps dans le noir, heureux que personne ne puisse le voir.

Quelque chose lui disait qu'il était ridicule de se sentir embarrassé par des larmes. Il n'avait jamais eu de pensée de ce genre auparavant. Cela lui fit soupçonner une présence résiduelle de Shibo, mais il eut beau chercher, il ne découvrit pas en lui la moindre trace d'elle.

Il se sentait de plus en plus mal à l'aise. D'un pas nerveux, il retourna en arrière et trouva le baraquement réservé aux travailleurs occasionnels. Tous les autres étaient déjà couchés. Il rampa silencieusement jusqu'à sa paillasse.

Il dormit bien et ne se réveilla que lorsque le baraquement s'effondra. Un choc claquant sur son front, du sable dans sa bouche. La terre se souleva sous lui. Quelqu'un hurla dans le noir.

Les poutres du toit ne l'avaient pas touché, mais une pluie de débris était tombée sur lui. Il s'en extirpa tandis que de violentes explosions secouaient la terre. Quand il put voir quelque chose, il aperçut des silhouettes de mécas se profilant dans la pénombre. Partout, les murs des constructions s'étaient écroulés, et des flammes montaient dans le ciel enfumé.

Les gens couraient de tous les côtés. Des déchirements hurlants illuminaient le ciel au-dessus des nuages sales.

Les écrans de défense jaillirent. Il les vit, dans son sensorium, sous la forme de longs plateaux d'un rouge brillant qui se dressaient dans le ciel, avec des serpents verts électriques le long des bords.

Beaucoup de blessés. Pas de plaies visibles, mais des cernes noirs aux yeux dus à des traumatismes internes. Beaucoup saignaient du nez ou de la bouche. Certains se tenaient le ventre à deux mains, incapables de parler. D'autres tombaient la face en avant dans l'herbe boueuse.

Il aida à leur porter secours, mais les paramédicaux ne semblaient pas heureux de le voir. Ils lui lançaient des regards noirs. Il comprit ce qu'ils pensaient. Personne ne pouvait établir la relation avec certitude, mais l'attaque des mécas se produisait peu après son arrivée.

Il ne voulait causer du tort à personne en apportant son aide, aussi il tourna le dos aux blessés et courut jusqu'à la limite des bâtiments-ampoules. De là, il observa le jeu mystérieux des lumières qui s'entre-choquaient au milieu des ténèbres environnantes. Il aurait bien voulu se battre, mais il ne savait pas quoi faire. Les méthodes de la Famille LeFou ne semblaient pas applicables ici. Et si les forces qui se déchaînaient dans le ciel en avaient après lui, il n'y avait pas grand-chose qu'il puisse faire non plus.

Finalement, il décida de fuir. Si c'était lui qui avait amené cette calamité ici, le moins qu'il pouvait faire était de l'attirer ailleurs. Durant des heures, il trotta dans la pénombre, de nouveau seul. *Quath... Killeen... Besen...* Ce n'étaient plus que des noms.

Dans son sensorium, aucune présence ne semblait le suivre. Finalement, la lumière commença à filtrer derrière une crête chaotique à quelque distance devant lui, et il s'aperçut tout d'un coup qu'il était sur un terrain différent. Il y avait des gens agglutinés à la pierre à temps nue, et une présence essayait de les repérer.

Sans transition, il se retrouva au milieu d'un combat. Il demeura tapi et apprit rapidement que quelque chose — il ne sut jamais quoi exactement — essayait de massacrer un groupe de gens à proximité. Il apprit aussi l'art de rester à plat ventre sur la pierre à temps sans cesse changeante.

Un brouillard vert flotta au-dessus de sa tête. De loin, il se déversa sur lui et sur sa propre image qu'il apercevait dans la pierre à temps sous lui.

L'image leva les yeux pour le regarder. Lentement, des secondes diluées passèrent. La forme humaine dans la pierre agita les bras à son intention. Toby battit plusieurs fois des paupières. La forme lui sourit. Il ne comprenait pas comment la pierre à temps pouvait avoir un autre *Toby* qu'elle emprisonnait, un moi différent qui lui faisait de grands signes joyeux. Mais il n'avait pas le temps de réfléchir à tout ça.

Pas le temps non plus d'essayer de voir ce qui était à l'origine du massacre. Il voulut relever la tête juste assez pour risquer un coup d'œil, puis se ravisa. Son sensorium ne lui signalait aucune présence dangereuse. Il entendait toujours, cependant, le sifflement des petits projectiles portés par le vent, qui lui auraient sectionné une partie de la tête avec une précision chirurgicale s'il avait donné suite à son idée.

Il le savait parce que, quelques secondes plus tard, il vit la chose arriver. Une femme se fit prendre par une boule sifflante qui rasait le sol. Les petits projectiles, qui attendaient de trouver une proie, convergèrent sur elle en terrain découvert.

Il vit les amis de la femme essayer de remettre la tête en place. Ils s'exprimaient dans un langage rapide et heurté que Toby ne comprenait pas. Il aurait voulu les aider, sans savoir ce qu'il pourrait faire, mais ils ne lui prêtèrent aucune attention quand il révéla sa présence. Ils avaient foi en leur médecine humaine pour raccommoder une tête découpée en tranches précises. Mais cela ne marcha pas.

Au bout d'un moment, les sifflements cessèrent. Il voulut se joindre au groupe, mais ils étaient tous morts quand il s'en approcha.

Il ne doutait presque plus, à présent, que, derrière ce chaos, il y avait quelque chose qui le cherchait. Tous ces gens étaient-ils morts à cause de lui ? Il ne voulait pas y penser.

Tout ce qu'il pouvait faire, de nouveau, c'était fuir. Impossible de se battre. Cela prenait à rebrousse-poil ses instincts de LeFou.

Il croisa quelques réfugiés. Certains s'exprimaient dans un langage qu'il comprenait. Ceux-là lui parlèrent d'autres lieux et temps qu'ils avaient connus et qui étaient bien pires, mais la plupart passaient leur chemin sans le regarder, comme s'il n'était qu'une illusion. Peut-être, au demeurant, pensaient-ils que ses questions étaient insensées.

Il marcha longtemps ainsi. C'était plus facile pour lui, s'il ne pensait pas trop.

Le monde, autour de lui, lui paraissait plus léger, comme si sa tête était un ballon retenu par son corps. Il trouvait chaque pas grisant. De gros rayons d'un jaune brillant fusèrent d'une pierre à temps éclatée, loin au-dessus de lui. La lumière irradiée ressemblait à celle d'une fournaise.

Des gens le croisèrent en souriant. Tout le monde semblait de plus en plus euphorique. Même aux yeux de Toby, le spectacle sous ses yeux avait l'air si merveilleux qu'il lui semblait ridicule, en le voyant, que quelqu'un pût en mourir. Certainement pas lui, en tout cas.

Avec un serrement de cœur, il se souvint d'une remarque faite par Quath, longtemps auparavant, sur l'optimisme irrationnel des primates, tout au moins dans leur version présente. Elle expliquait qu'il s'agissait d'une forme d'adaptation particulière, qui faisait défaut à son espèce. Cela avait fait rire Toby.

Il gloussa en se remémorant cela. Complètement fou, insensé. Mais il se sentit mieux ensuite. Il rit de nouveau en songeant à la perplexité de Quath. Même le pincement de la solitude n'entamait pas sa joie soudaine, absolument imméritée. C'était peut-être irrationnel, mais c'était marrant, et le rire demeurait, même en des lieux et temps comme ceux-ci, suprêmement pratique et rationnel.

3
Victimes de guerre

« Il y a un homme, ici, qui veut vous parler. »

Toby fut surpris.

« Moi ? Comment ça se pourrait ?

« Il vous connaît.

« Impossible.

« C'est ce qu'il dit, en tout cas. Faites attention, il est gravement blessé. »

Toby fronça les sourcils, mais y alla. Il se déplaça parmi les blessés sur la plaine aride, en distribuant au passage ce qu'il lui restait d'eau.

Le visage de l'homme était ridé et pâle. Il gémissait de manière automatique, régulière, avec la même intonation traînante et sourde à la fin de chaque plainte. On lui avait couvert la tête d'une espèce de drap brillant qui devait avoir une fonction médicale quelconque. Il le releva lui-même et le retira lorsque Toby se pencha vers lui et vit ce qui avait été autrefois un visage et ressemblait maintenant à un tertre où il avait plu pendant longtemps et sur lequel de lourds véhicules étaient passés et repassés avant que le tout sèche au soleil.

« Ils m'ont arraché mon ancien visage pour mettre celui-ci à la place, fit une voix claire, presque cristalline, sans qu'on voie remuer les lèvres.

« Je comprends, ouidire. »

Toby se sentait inutile, désemparé.

« Ma nouvelle figure est en train de repousser.

« C'est ce que je vois. »

Il évitait pourtant de le regarder.

« Vous voulez savoir comment c'est arrivé ?

« Pour sûr.

« On essayait de détruire un de ces trucs en forme de serpent qui démolissent l'axe de la Voie. Vous voyez ce que je veux dire ? »

Toby avait vu beaucoup de choses, mais il n'y pensait plus en termes animaliers. Cela induisait trop en erreur, comme dans le cas de cette femme qu'il n'avait pas pu sauver.

« Je crois, dit-il.

« C'était terrible. Une véritable hécatombe. On s'est donc embusqués, avec quatre autres, et on a tiré dessus sous cinq angles différents. On en a fait une vraie bouillie. »

Le regard de l'homme devint vitreux, et Toby l'encouragea d'un :

« Ouidire ?

« Euh… Ensuite, ce truc a sauté et s'est fendu en mille morceaux avant de s'écraser sur la crête. Pas très loin de moi. L'explosion a été terrible. Un spectacle superbe. Tout ce que j'ai senti, c'est une bonne claque brûlante sur le côté, et puis je me suis retrouvé ici. »

Toby lui prit la main tout en se demandant à quel point il pouvait ajouter foi à ce qu'il disait. Ses doigts étaient aussi doux que sa voix. Cette main n'avait pas dû travailler beaucoup dans les champs. La voix était également rêveuse. L'histoire qu'il racontait ne ressemblait pas à une vraie bataille. L'expérience avait appris à Toby que les blessés ne faisaient généralement pas de bons reporters. Quelquefois, leurs rêves se mêlaient à la réalité.

Toby murmura quelques paroles apaisantes et remit le drap en place sur le visage du blessé. Il était à peu près sûr qu'il n'y voyait rien et qu'il utilisait son sensorium interne à la place de ses yeux. Il ne protesta pas, et Toby laissa le drap comme il était. Puis l'homme déclara soudain :

« Je savais que vous étiez là.

« Moi ? Personne ne me connaît ici !

« On vous a vu. Il y a eu une impulsion sur le sensorium col.

« Que disait-elle ?

« De vous guetter. De prendre soin de vous.

« Qui l'a émise ?

« Directive générale.

« Vous pouvez transmettre des signaux d'une Voie à une autre ?

« Quelquefois. Notre techno locale n'est pas très avancée, mais nous avions déjà entendu parler de vous.

« Quelque chose à voir avec mon père ?

« Peut-être bien. Je ne me rappelle plus. »

De nouveau, Toby se demanda s'il disait vrai. Il avait entendu des hommes mentir sur la manière dont ils avaient été blessés, quelquefois juste après avoir été touchés, et devant des gens qui avaient assisté à tout. Il ne savait pas pourquoi, mais il l'avait fait lui-même une fois, des années auparavant, aussi la chose ne lui paraissait pas si grave que ça.

Un projectile méca lui avait emporté le mollet gauche. Il avait fallu des semaines pour qu'il retrouve l'usage de sa jambe. Dans l'intervalle, il avait inventé une histoire totalement différente de la réalité. Non pas flatteuse, mais simplement différente. Il ignorait ce qui l'avait conduit à faire ça. Au bout d'un moment, il ne s'était plus posé la question. Tout cela rendait difficile la communication avec cet homme au visage hors service.

« D'après moi, vous devez être quelqu'un de sacrément important, lui dit ce dernier.

« Hein ? Moi ? »

Perdu dans ses pensées, Toby ne savait plus où il en était. Des images de Killeen et de la Famille défilaient dans sa tête.

« Forcément. La plupart des directives concernent les armes, la tactique et tout ça.

« Je n'ai rien d'important.

« Ça m'étonnerait. Vous venez d'où ?

« Famille LeFou. »

Il avait lâché cela d'une manière presque agressive, car il ne savait jamais comment allaient réagir les gens. Quelquefois, ils restaient simplement perplexes, ou bien ils faisaient des commentaires acides sur les mange-boue, ou encore ils ne disaient rien. Cet homme n'eut aucune de ces trois réactions, car il était soudain occupé à vomir dans sa propre main. Toby l'aida ensuite à se nettoyer.

« Pour sûr, vous devez être important. »

Il n'avait pas l'air d'aller bien du tout. Son visage avait jauni comme une blessure trop mûre, mais il s'accrochait à son idée.

« C'est forcé, qu'est-ce que vous croyez ? » ajouta-t-il.

Sa voix n'avait pas d'intonation, mais son phrasé ressemblait à celui des anciens LeFou que Toby avait connus. Peut-être les gens d'ici descendaient-ils des Familles de la Débandade. Toby ne savait pas quoi faire. Il donna à l'homme quelques petites tapes amicales, en lui disant :

« Reposez-vous.

« Sacrément important. La directive disait de s'occuper de vous.

« De quelle manière ?

« En faisant un rapport. Et en ne vous quittant pas.

« Un rapport destiné à qui ?

« J'sais pas. Mais ne vous éloignez pas, maintenant. Restez ici.

« Essayez de dormir un peu.

« Pourquoi vous êtes si important ? Il y a un rapport avec tout ce qui se passe ? »

La question demeura en suspens dans l'air poussiéreux. Bien que Toby l'ait entendue dans son sensorium, les paroles, à peine chuchotées, ne reçurent pas de réponse, car Toby était déjà à la limite de la plaine, et il s'éloignait rapidement.

4
Récupération

Il descendit dans une longue vallée en forme de cylindre. Elle était verte et humide, taillée entre des massifs luisants de pierre à temps.

Il lui était difficile de se souvenir des circonstances dans lesquelles il avait fui les mécas au début. Il avait plus d'une fois souillé son pantalon, et n'en ressentait plus aucune honte. *Killeen. Quath.* Ces noms suscitaient les mêmes émotions qu'avant, mais il y avait longtemps qu'il n'avait pas versé de larmes pour eux.

La nouvelle Voie où il se trouvait était agréable, et il n'y décelait aucune présence méca. Il s'était habitué à la lumière diffuse qui filtrait aussi bien des reliefs que des plaines, projetant parfois des ombres vers le haut. La pierre irradiait des rubans de lumière à travers les racines enchevêtrées des arbres, qui ressemblaient pour lui à des vaisseaux sanguins enfouis dans la chair du sol. Marchant d'un bon pas, il arriva dans la vallée où, de chaque côté, des nappes jaunes de brume de temps s'agglutinaient aux pics couronnant chaque côté.

Rien dans le ciel n'était alarmant. Mais les mécas pouvaient fondre sur lui plus vite que son malheureux sensorium n'était capable d'enregistrer la chose. Il restait donc dans l'ombre chaque fois que c'était possible.

Il avait passé, une fois, toute une journée à fuir devant un renifleur méca sur lequel il avait très peu d'avance. C'était une aile d'un gris argenté, qui rasait la cime des arbres en faisant feu sur lui à trois reprises. Il lui avait échappé en sautant dans la rivière pour nager sous l'eau jusqu'à ce qu'il n'ait plus d'air dans les poumons. Les mécas ne semblaient pas très bien comprendre l'eau. Tout au moins, ils ne voyaient pas au travers. Il était resté immergé jusqu'à l'accalmie suivante, et il était ressorti en rampant, haletant et frigorifié, dans une obscurité presque totale.

Besen. Killeen. Cermo-le-Lent... Il y avait si longtemps.

Il perçut une odeur de brûlé, mêlée à quelque chose de suave et d'écœurant. De nombreux champs de maïs occupaient la vallée. Il n'en avait pas vu depuis son enfance, et encore c'étaient des plantations chétives, autour de la Citadelle, alors qu'il était à peine en âge de marcher. Il s'avança sur un sentier défoncé, respirant l'air laiteux.

Le maïs. Ils le plantaient dans la boue au printemps, ou à flanc de colline, dans des terrains labourés, sous l'œil vigilant des femmes qui, à coups de fusil, empêchaient les oiseaux de venir picorer les grains. Les jeunes plants exhalaient un arôme intense les jours de pluie. Il fallait sarcler les mauvaises herbes à la base, en soulevant une fine couche de poussière avec son outil. Puis on les coupait avec un coutelas et on les rassemblait. Les épis bleu-vert, qui se tournaient pour suivre le soleil dans sa course durant la journée, étaient jetés dans une brouette, environnés d'une nuée de techno-insectes chargés de les défendre contre les parasites. Chaque plante avait les siens, loyaux jusqu'à la mort. Il y avait les tiges nues sous une tempête de neige silencieuse, et cette fille, qui avait perdu son doigt dans une décortiqueuse, en un clin d'œil. Il y avait aussi le crépitement des grains qui dégringolaient d'un séparateur à manivelle aux dents d'acier, les épis nus éjectés au sommet pour former une pile en forme de pyramide, le silo rempli de feuilles en train de sécher, le bruit du whisky ballotté dans un tonnelet en bois, le charbon tachant la trémie où il était versé, l'odeur suave d'une plaquette de beurre glissant le long d'un épi, lubrifiant son chemin en fondant doucement…

Toby chancela. Ces souvenirs, il le savait, ne lui appartenaient pas. Mais ils avaient l'air tellement réels, particulièrement les odeurs prenantes…

J'ai beaucoup travaillé dans les champs quand j'étais petite.

La voix de Shibo semblait descendre du ciel jaune. Toby déglutit, les larmes aux yeux. Il continua de marcher, laissant l'odeur sèche de la campagne le calmer un peu.

Il n'avait donc pas réussi à l'extirper complètement. Et il n'y avait plus rien à faire, à présent. Même un bistouri ne pouvait plus l'aider.

L'odeur de brûlé était très forte, et il examina prudemment les champs au passage. La récolte était mûre, elle n'attendait plus qu'à être enlevée. Il cueillit quelques épis et mangea en chemin. Les grains étaient sucrés dans sa bouche. Une partie d'entre eux, trop mûrs, s'étaient déjà détachés.

Les rares arbres qui émaillaient le paysage étaient fendus et brûlés, comme si quelqu'un les avait malmenés de l'intérieur pour en sortir. Il y avait des endroits, au milieu des plantations denses, qui étaient nus, de forme parfaitement circulaire. Le maïs y était couché.

Il continua son chemin, et quelque chose lui piqua le nez. Il se souvint du jour où il était resté, malade, dans les latrines extérieures de la Citadelle, écœuré par l'odeur, mais terrorisé à l'idée de sortir, même pour respirer une goulée d'air pur, à cause de sa diarrhée, qui le prenait sans avertissement. Toute la Famille avait été malade de respirer cette odeur, et il avait aidé son père, un peu plus tard, à coucher la guérite pour combler le trou avec la terre de celui qu'ils creusaient un peu plus loin. Puis ils s'étaient mis à plusieurs pour déplacer la guérite et l'installer dans toute sa splendeur renouvelée.

Il arriva alors à l'endroit où gisaient les premiers corps. Des ronces séparaient les champs et les fossés d'irrigation tout en longueur. Il y avait des morceaux de chair accrochés aux branches. Les corps avaient explosé, et les fragments de boucherie avaient été arrachés selon des lignes qui n'étaient pas, à la connaissance de Toby, particulièrement anatomiques. Cela ne devait pas dater de très longtemps, car il n'y avait pas encore de décomposition, bien que le sang coagulé recouvre tout d'une croûte brunâtre.

Son Aspect Isaac, qui ne tenait plus en place faute d'avoir été invoqué depuis un bon moment, déclara :

> ***Que la cendre retourne à la cendre et la poussière à la poussière, comme on disait avant.***

Mais Toby savait que les cadavres faisaient tout sauf ça. Quand ils pourrissaient, ils se transformaient en une bouillie poisseuse dont l'odeur attirait puissamment des nuages de mouches et d'autres insectes fossoyeurs. Comment les ancêtres pouvaient-ils se tromper sur des choses aussi évidentes ?

Il toucha un ou deux cadavres du bout des doigts. Parfois, les mécas les piégeaient sur Nivale. Apparemment, ici, ils ne s'étaient pas donné une telle peine.

Ce n'était sans doute pas bien de laisser les morceaux de chair déchirés accrochés à la végétation, mais il se détourna et poursuivit son chemin. La puanteur de latrines venait du simple fait que les boyaux étaient étalés partout dans les champs, encore plus dispersés que les morceaux plus lourds.

Un peu plus loin, il y avait des cadavres entiers. Ils gisaient dans des clairières où ils avaient dû se réfugier par groupes pour essayer de lutter contre quelque chose qui descendait du ciel. Ils avaient la peau intacte, lisse et vitreuse. Toby n'ignorait pas la manière dont les corps changeaient avec le temps. Ils prenaient rapidement une coloration citron, qui virait ensuite au jaune-vert. Si on les laissait exposés plusieurs jours à l'air, ils devenaient bruns, d'un marron plus foncé que la peau satinée de Cermo.

— Et si on les laissait encore plus longtemps, se souvint-il soudain, la chair durcissait pour devenir comme du goudron, formant des croûtes aux endroits déchirés ou éclatés. Les corps s'enflaient, devenaient trop gros pour leurs vêtements. Ils faisaient éclater leurs boutons et leurs fermetures à glissière, ils se transformaient en ballons, et l'odeur, à la chaleur sèche de midi, s'insinuait, âcre, au fond de la gorge —

Il se ressaisit. Ce n'étaient pas ses souvenirs.

J'ai vu beaucoup de choses quand ma Famille a été massacrée. Il vaudrait mieux que tu n'en aies pas connaissance.

« Alors, tu n'as qu'à les garder pour toi ! »

Il lança un coup de sonde à sa recherche, mais elle était fuyante, insaisissable.

Je ne peux pas m'en empêcher. Tes souvenirs recoupent les miens, et hop ! me voilà.

« Je n'ai pas besoin de ça. »

Je suis qui je suis. Ou qui j'étais.

Il continua de marcher, en évitant le plus possible de regarder les morts. Il n'y en avait plus, à présent, qu'un ou deux dans chaque champ.

Ceux qui n'avaient pas de blessure apparente avaient probablement péri par suite de la perte du moi. Ils étaient sûrtués. En l'absence du moi, le cerveau continuait de pratiquer les mêmes routines qui gonflaient les poumons, pompaient le sang et digéraient les aliments ; mais très vite, quelque chose se vidait et tout cessait de fonctionner.

Personne n'avait jamais étudié les causes du phénomène. La chose ne semblait pas avoir une grande utilité. La personne atteinte était morte de la manière la plus profonde possible. Un vieux vaisseau comme l'*Argo* avait des technotrucs en réserve pour maintenir quelqu'un en vie, ou au moins pour congeler son corps en vue d'une utilisation ultérieure, mais il n'y avait rien à faire dans le cas d'un sûrtué.

La terre était retournée et le maïs écrasé aux endroits où certains, dans leurs derniers instants, avaient dû se débattre contre quelque chose, même après avoir été terrassés. Tandis que la vie les quittait, ils avaient résisté de la seule manière qu'ils connaissaient. Leurs poings étaient encore crispés, leurs poignets avaient une coloration bleu-noir. Quelques-uns avaient déchiré leurs vêtements dans un effort frénétique pour se débarrasser de la chose qu'ils avaient en eux et qui les dévorait là où leurs mains ne pouvaient l'atteindre.

Toby se dit qu'il aurait fallu les enterrer, mais il y en avait trop, et la puanteur s'aggravait sous le ciel jaune. Il perçut un mouvement sur sa gauche et contourna un champ où le maïs était dense et les épis mûrs. Son sensorium lui indiqua qu'il s'agissait d'une présence humaine. Le bon sens lui commandait de s'éloigner, mais il éprouvait le besoin de voir quelqu'un de vivant, et il retourna obliquement dans la direction du mouvement.

C'était une femme, très maigre, penchée sur un cadavre qui gisait à plat ventre.

Un instant, Toby crut qu'elle était en train de prier, et il se tourna pour partir. Mais elle leva alors la main dans la lumière. Son petit doigt prit la forme d'un outil à la pointe fine et recourbée, qu'elle plongea dans le cou du cadavre. La peau était rouge et boursouflée à cet endroit. Elle tordit la main d'un côté puis de l'autre, et retira quelque chose du cou. Toby reconnut la couleur gris ardoise d'un disque d'Aspect. La femme ne faisait pas attention à lui, bien que son sensorium l'eût sans doute avertie de sa présence. Elle glissa le disque dans un petit sac.

Il y avait un autre cadavre à quelques mètres de là. Elle modifia deux de ses doigts en leur donnant la forme d'un outil de sonde et d'extraction, puis les plongea expertement dans les ports spinaux du cadavre. Cette fois-ci, elle en sortit deux disques, plus une cartouche rectangulaire capable, reconnut Toby, d'abriter trois Visages dans la Famille LeFou. Après avoir glissé le tout dans son sac, la femme se leva pour regarder directement dans la direction de Toby.

« Vous avez des droits ici ? »

Dans un bruissement de feuilles, il sortit du bouquet de maïs où il s'était tapi.

« Non. Et vous ?

« Bien sûr. Droits de récupération.

« Ils sont de votre Famille ?

« Qui pose cette question ?

« Je suis un LeFou.

« Et moi une Mélusine. »

Toby lui jeta un regard curieux.

« Jamais entendu parler des Mélusines.

« Ni moi des LeFou. L'été est grand.

« Ça sert à quelque chose de prendre tous ces Aspects ?

« Ça se pourrait.

« Les sûrtués, d'habitude, se font sucer leurs Aspects.

« Ça dépend du temps qui s'écoule.

« Même s'ils sont encore là, est-ce qu'ils ne vont pas être déréglés ?

« C'est un risque à courir.

« J'ai entendu dire qu'ils sont tous grillés, dans ces cas-là.

« Ils sont quand même bons à quelque chose.

« Qu'est-ce que vous voulez dire par là ? »

Toby s'écarta un peu sur sa droite.

« Un Aspect peut être réduit à l'état de Visage.

« Il vaudrait mieux les laisser tranquilles.

« C'est l'affaire des Mélusines.

« Qu'est-ce qui me dit que ce sont des Mélusines ? »

Elle le regarda froidement dans les yeux.

« Vous feriez bien de vous mêler de vos affaires. »

Il fit un pas en arrière.

« Ouidire.

« Ouidire ? Qu'es aco ?

« Ça signifie que je suis d'accord. »

Elle retroussa ses lèvres en un petit sourire de dérision.

« Drôle de façon de parler.

« Ouidire, m'dame. »

Il fit l'esquisse d'un salut de la main et s'éloigna. Il sentit qu'elle projetait son sensorium derrière lui, et augmenta la portée de ses micros jusqu'à la limite du champ et des bouquets d'arbres qui le bordaient.

Il s'arrêta alors, attendant qu'elle perde son intérêt pour lui. Elle continuait de faire son travail en allant d'un corps à l'autre. Il réfléchit à ce qu'il allait faire tandis qu'elle s'éloignait et obliquait sur sa gauche à la recherche d'autres cadavres à détrousser.

Il maintenait son sensorium au plus bas afin de continuer à la surveiller sans se trahir. Elle était affairée et lui avait paru nerveuse. Il resta à l'abri d'un gros tronc brun noueux. Quand elle fut de nouveau dans son champ de vision, elle était en train de faire son prélèvement à petits gestes rapides sur le dernier cadavre.

Il l'assomma d'un coup d'étourdisseur. Elle eut le réflexe de se laisser rouler dès qu'elle toucha le sol. Il lâcha une deuxième giclée à puissance basse et la rata.

La face éloignée du gros tronc s'embrasa. Il la vit se relever et tirer de nouveau, mais trop haut. Il fit feu à son tour, dans l'air miroitant de réfraction thermique.

Elle tomba lourdement en position assise, luttant pour lever les bras. Sa main gauche s'était transformée en arme, et elle cracha des flammes. Il sentit le souffle du projectile. Ce n'était pas un étourdisseur, ça. Son sensorium vira au pourpre pour l'avertir qu'il ne pourrait pas le défendre contre un coup direct.

Sans réfléchir, mais d'une main ferme, il tira de nouveau sur elle à deux reprises. C'étaient des décharges d'intensité moyenne, et elle bascula, cette fois-ci, pour ne plus se relever.

Il s'approcha sur la pointe des pieds. Elle était affalée, les yeux vitreux. Prudemment, il se pencha en avant pour lui prendre son sac. Il était lourd.

Elle le suivit du regard tandis qu'il en inspectait le contenu. L'un de ses sourcils se contracta de colère.

« Mélusine, hein ? »

Ses index disaient qu'elle était quelque chose qui s'appelait Bahaï. Il sortit une puce d'Aspect du petit sac et la pressa contre son lecteur de poignet. Le cristal hexagonal était fêlé depuis longtemps à la suite d'un accident, mais le cordon optique qui le reliait à l'os fonctionnait toujours. Il lui apprit que l'Aspect était endommagé et provenait d'une femme appartenant au Rassemblement Bouddhiste, qui devait être une sorte de Famille.

« Vous êtes une chasseuse de scalps ! »

Les yeux de la femme se contractèrent furieusement à plusieurs reprises. Il aurait voulu la stimmer un peu pour l'entendre raconter de nouveaux mensonges, mais elle remuait déjà assez comme ça. Et elle était bien équipée. Il ignorait de quoi elle était capable. Même s'il lui libérait le petit doigt, qui sait ce qu'elle pourrait faire avec ?

« Je prends ça, dit-il en agitant le sac. Vous vouliez les vendre, hein ? »

Elle retrouvait peu à peu l'usage de sa bouche, et ses lèvres frémirent. Intéressant à regarder. Mais il songea à ce qu'elle venait de faire, et ne trouva plus ça drôle.

« Je les donnerai au premier membre de la Famille Bouddha que je rencontrerai », dit-il.

Il s'éloigna rapidement. Cela valait mieux ainsi, avant qu'il ne succombe à la tentation de la faire payer un peu plus.

5
La Mer de Sable

Une longue période d'obscurité survint, et la température chuta progressivement. Il était maintenant à court de vivres, et il y avait peu à glaner autour de lui. Il rencontrait peu de gens. Le sol se soulevait ou ondulait de temps à autre, et les turbulences gravifiques le rendaient souvent malade.

Dans une région désertique, il tomba sur un homme accompagné d'une petite fille. En jouant dans le froid, elle s'était arrangée pour que le gel lui colle la langue et la lèvre supérieure à une canalisation appartenant à un immeuble en ruine. Ils campaient là. L'homme hésitait à arracher les chairs collées au tuyau, malgré les souffrances et les gémissements de la petite, couchée le long de la canalisation. Elle regarda Toby de ses grands yeux, et il eut une idée. Il n'y avait pas d'eau à proximité, ils ne pouvaient pas faire du feu à cause des mécas. La meilleure chose à faire, expliqua-t-il à l'homme, qui était le père de la petite fille, c'était d'uriner sur sa lèvre pour la libérer. L'homme suivit son conseil. Cela marcha parfaitement. La fillette déclara qu'elle n'avait même pas senti le goût de l'urine, mais Toby était sûr qu'elle disait cela par politesse.

Il poursuivit son chemin sur une langue de sable en pente au-delà de laquelle il apercevait une région boisée. À mi-chemin, son sensorium se contracta, laissant entendre le son creux et prolongé, accompagné du Cône gris, qui annonçait la présence de la Mante.

Sur la face nue et endormie de la pierre à temps, il était totalement à découvert, mais il prit les mesures habituelles. Avec un susurrement décroissant, son sensorium se contracta. Il se mit à courir, l'estomac tenaillé par la faim.

La pierre à temps se transforma en éboulis, puis en galets, puis en longues pentes de sable. Elle se colla à ses bottes tandis qu'il avançait lourdement, en s'enfonçant dans le sable. Il franchit une dune qui culminait en un gros téton, puis descendit l'autre versant. Il était plus abrupt qu'il ne l'aurait pensé, et il faillit tomber. Puis il arriva en bas et trotta quelque temps en terrain plat. Mais, de nouveau, plus tôt qu'il ne l'aurait jugé normal, la côte devint abrupte, il lutta pour la gravir, le sable attirant ses jambes comme pour l'engloutir, et la crête se rua sur lui.

Il demeura quelques instants au sommet. D'autres dunes se profilaient devant lui. Le sable, au loin, prenait un aspect vitreux et miroitant. Il tremblotait comme un paysage entrevu à travers une brume de chaleur. Cependant, l'air était de plus en plus glacé.

Ses servos lubrifiés au graphite gémissaient de protestation dans leur lutte contre le froid. Son sensorium ne lui envoyait pas le plus petit écho muet. Il ne captait qu'une grisaille creuse et uniforme.

Il appela ses Aspects et ses Visages. Aucun ne lui répondit.

Il s'aperçut que les dunes étaient mobiles. Leurs longues crêtes s'avançaient lentement vers lui à partir de l'horizon courbe. Il dévala pesamment la pente, traversa l'espace plat et attaqua le versant suivant. Le mouvement ondulatoire accentua sa vitesse, et il se retrouva en quelques instants au sommet de la dune. Mais il ne voyait plus rien au-delà, pas même le ciel. Il n'avait devant lui qu'une immensité noire et tachetée, un monde bouillonnant de sable ridé de vagues profondes.

Malgré les ondulations massives qui se communiquaient à lui à travers ses bottes, le sable ne s'éboulait pas sur son passage. Les grains se coulaient avec un léger bruissement autour de ses jambes, suivant les instructions de quelque chose, sous eux, qui passait son chemin sans créer de tourbillon derrière lui, et sans prêter autrement attention à sa présence. Pourquoi il ne s'enfonçait pas davantage dans un tel sol, il était incapable de le dire. Au sommet de chaque vague, une partie du sable se soulevait comme une écume brune, puis retombait. Exactement comme un liquide.

Couronnant la vague suivante qui déferlait sur lui, il y avait une striure blanche. Quelques longues enjambées le conduisirent au bas du versant, puis dans le creux. Il commença alors son escalade vers la crête blanche, qui paraissait plus grande que tout à l'heure, et…

Il s'arrêta brusquement. Puis il fit volte-face, et se mit à redescendre en courant vers le creux.

La crête blanche était un jardin d'ossements.

Mains et pieds blanchis au bord, avant-bras brisés un peu plus haut, conduisant à des alignements de pelvis broyés. Fémurs disposés en éventail autour de cages thoraciques rebondies. Une petite tour d'os du bras était couronnée d'un cercle de têtes de morts, avec leurs sourires éternels et leurs orbites au regard fixe.

De l'autre côté de la crête arrivait tout un groupe de tiges fuselées qui ressemblaient, pour Toby, à des os en carbo-acier pivotant dans des rotules chromées. Des câbles presque invisibles tant ils étaient fins les faisaient mouvoir avec une agilité saccadée mais rapide.

Cela ne se déplaçait pas comme une créature, mais plutôt comme le cadre de quelque chose d'invisible. Le tout lui donnait l'impression d'un labyrinthe hérissé, continuellement en mouvement, un treillis mobile abritant un être qui n'avait que faire d'une véritable présence physique.

Non pas que cet endroit fût réel. Il le savait à présent.

D'une manière ou d'une autre, il était passé de l'aridité craquelée de la pierre à temps à cette mer de sable. Ce qui signifiait que la Mante qui se trouvait devant lui avait tendu un filet sophistiqué dans lequel il avait foncé tête baissée.

Son Aspect Isaac déclara d'un ton érudit :

> ***Il s'agit d'une Intelligence anthologique, capable de s'exprimer plus directement à travers nous.***

« Tu travailles pour elle ? »

> ***Tu parles comme si nous avions le choix. Nous sommes immergés en elle, tout comme toi.***

Il avait besoin d'aide. N'importe quelle aide, n'importe qui. Désespéré, il fouilla son esprit à la recherche de Shibo. Aucune trace.

« Que veut-elle ? Ou bien est-ce que c'est ça que l'on ressent quand on est sûrtué ? »

> ***Nous ne sommes pas sûrtués.***

« Tu veux dire pas encore. »

Nous autres Aspects nous ressemblons davantage à cette Mante qu'à toi. Nous ne sommes pas régis par des éléments chimiques ni par un esprit stratifié encombrant. Les Aspects perçoivent mieux le discours holographique de la Mante, qu'ils ont appris en période de captivité.

« Et ça représente combien de temps ? »

Il y avait quelque chose, dans la voix virtuelle d'Isaac, qui mettait Toby en garde. Une sorte de morosité pesante.

Un Aspect corrompu à partir de l'extérieur.

La Mante s'avança lentement. Ses larges pattes rembourrées broyaient les ossements sur son passage. Elle avait beau paraître légère, elle écrasait les crânes et les fémurs comme si c'étaient de simples fétus de paille. Mais il ne s'agissait que d'un décor digital, il le savait, et il ne devait pas oublier que le mouvement physique était une simple analogie.

D'un ton docte, Isaac murmura :

Ce lieu est une transformée ondulatoire de l'espace réel et de l'esprit-Mante. Les Intelligences s'insèrent mieux dans cette sorte d'espace mathématique intersecté. C'est plus net et plus sûr. Le partitionnement des idées est plus exact. Ici, la somme totale d'intelligence demeure la même, bien que les sous-totaux puissent varier considérablement.

« Ouidire. Le total est toujours égal à cent un, pas vrai ? »

Je ne te suis pas très bien.

« Laisse tomber. »

L'esprit-Mante a déployé beaucoup d'efforts pour te retrouver. Ses Intelligences alliées — de grands esprits qui, bien sûr, ne peuvent pas être à proprement parler dissociés de lui — ont réclamé ta capture.

« Et pourquoi ça ? »

Tu es le dépositaire d'informations très importantes.

« Oh ! Je sais ! » fit Toby d'une voix sarcastique.

Mais il se souvint du mourant qui lui disait de sa petite voix flûtée :

Pourquoi vous êtes si important ? Il y a un rapport avec tout ce qui se passe ?

— et il courait encore au milieu du chaos, en sueur, et la forêt dense se rapprochait —

Il s'assit sur le sable soyeux, qui forma un creux confortable pour l'accueillir. Si rien de tout cela n'était réel, autant en profiter. Il avait faim et soif. Et il lui suffit d'y penser pour qu'un plat bizarre à base de maïs et de boutons de fleurs apparaisse devant lui, sur un rectangle de sable qui devint une petite table où un verre prit forme.

Il le toucha. Il était chaud, comme si le sable venait de fondre pour le produire. Puis de l'eau glacée se trouva dedans. Il la but avidement. *Le condamné a eu droit à un repas revigorant, bien qu'inexistant.*

Tu ne sais pas quelles sont ces informations ?

« Bien sûr que non ! »

S'il l'avait su, il ne faisait aucun doute que cette créature aurait pu les lui extorquer.

La voix d'Isaac perdit son intonation. Elle devint plate et lointaine tandis que la Mante s'exprimait plus directement à travers l'Aspect. Isaac n'était plus maintenant qu'une marionnette.

> ***J'ai déduit tout cela de mes précédents contacts avec Killeen et toi. Il doit y avoir quelque part, enfouies dans vos esprits, des clés qui ouvrent le message. La difficulté, pour des formes comme moi, réside dans votre organisation mentale. Vous n'avez pas accès à la plus grande partie de votre moi.***

« Désolé de ne pouvoir t'aider. Ma mémoire n'est pas terrible en ce moment. »

Il acheva son repas. De nouveau, son sarcasme était passé à côté de la Mante. Elle se servit de la voix ampoulée d'Isaac pour répliquer :

> ***Ces différents niveaux de ta personne ne me rendent pas la tâche aisée. Je suis une Intelligence anthologique, capable de retrouver n'importe quel fragment de mes processus de pensée plus rapidement que tu ne peux cligner des paupières. Bien que je sois obligée d'entreprendre ces recherches, ce qui m'intéresse vraiment est ailleurs en toi.***

— Ces paroles l'atteignirent à travers le vacillement de deux images conflictuelles. Assis dans le sable, il sentait les grains de feu se creuser pour épouser sa forme. Et il trottait d'un bon pas en direction de la verdure, résistant à la masse qui cherchait à l'entraîner vers le bas. La faim lui creusait l'estomac de borborygmes, sa respiration était râpeuse. —

De nouveau sur le sable. Le cœur résonnant, lourd comme du plomb.

Il n'y avait probablement aucun moyen de ressortir de cet endroit, cet espace-Mante, si toutefois la notion de " sortir " pouvait avoir ici une signification. Mais tant qu'il n'avait pas de certitude, il fallait essayer.

« Je m'en suis douté quand nous étions sur Nivale, dit-il. Ce sont tes " créations ", n'est-ce pas ?

> ***Mon œuvre procède de desseins plus élevés. Il est compréhensible que sa signification t'échappe en grande partie.***

« Tu as massacré de nombreux LeFou. Tu nous as manipulés, roulés, tu t'es amusée avec nous jusqu'à ce que tu te fatigues et... »

> ***Pas du tout. La dernière fois, je vous avais " piégés " uniquement pour atténuer la douleur de la dissolution au moment où je me rassemblais dans vos constituants LeFou.***

« Tu as pris Fanny et ma mère et... et... sans même nous laisser une chance de sauver un Aspect. »

Isaac refit surface, comme une traînée d'écume sur le dos courbe d'une lente ondulation. Sa voix était plaintive et congestionnée quand il murmura :

> ***Ne crois pas que ma vie tronquée ici me suffise. Nous autres les Aspects, nous sommes pour vous des animaux de compagnie et rien d'autre. Mais nous étions jadis des hommes et des femmes ! Si nous trépignons parfois, crois-tu que ce soit juste parce que nous nous comportons comme des enfants ? Nous ne sommes plus que des ombres. Il fut un temps où je tenais de vastes audiences en haleine, où j'arpentais fièrement les couloirs avec une cohorte de quémandeurs derrière moi, où je soupais aux vins fins et...***

« La ferme. »

Mais il n'eut pas, cette fois-ci, à réprimer l'Aspect. Le lent gonflement de son esprit fusionna avec le sable ondoyant. D'innombrables torrents de grains infinitésimaux s'écoulèrent, tourbillonnèrent, et engloutirent Isaac. Puis la voix de l'Aspect revint, humble et rigide.

> ***Je regrette ce contretemps dû à une question insignifiante.***

« Il est juste un peu perturbé. »

Toby avait pris la défense d'Isaac sans savoir pourquoi.

« Si je suis sûrtué, que deviendront mes Aspects ? » demanda-t-il.

> ***Ils seront éliminés au moment du moissonnage.***

« Moissonnage, hein ? »

Comme des épis de maïs vidés de leurs riches grains et jetés par terre.

> ***Ton père n'aimait pas non plus ce terme. Le rapprochement est intéressant.***

« Écoute, personne ne risque de l'aimer. Mon père m'a raconté ses conversations là-dessus avec toi, dans cet endroit que tu t'es fabriqué. Je n'ai pas l'impression que tu aies beaucoup appris depuis. Le “ moissonnage ”, c'est pas pour nous. »

> ***Le mot correspond pourtant exactement à la chose. Vous êtes une forme supérieure du domaine organique, avec un trait caractéristique : vous savez que vous avez une fin. Lorsque nous, les êtres anthologiques, nous sommes moissonnés — comme nous devons tous l'être un jour, en temps voulu, que ce soit l'effet du hasard ou d'une planification —, une fraction de nous-mêmes est mise de côté pour être intégrée dans des formes plus avancées. Et vous disposez à présent de la même possibilité, en l'espèce de vos rudimentaires Aspects, Visages et Personnalités.***

— Il accélérait à présent sa course, aiguillonné par les échardes de peur glacée fichées dans son échine. La verdure se rapprochait de plus en —

« Toutes ces paroles, c'est bien beau, mais ça signifie que vous continuez à nous exterminer. »

> ***À vous moissonner, oui. Dans un sens. J'utilise la récolte de vos moi pour élaborer de nouvelles formes de vie mixtes. Elles intègrent les deux facettes de la vie organique, celle des plantes inférieures et celle des animaux évolués tels que vous.***

Avec les mots, des images parvinrent à Toby, rapides et intermittentes :

Un tapis vert hérissé d'organes tendus. Il glissait silencieusement sur une plaine criblée d'ornières et levait ses organes luisants et frétillants en une espèce de salut.

Des nœuds tubulaires se jetant les uns sur les autres avec une fureur démentielle. Des bouches en forme de fente mordant dedans. Et de chaque déchirure naissaient des bourgeons bleus.

Un brouillard dense représentant une créature supérieure. Ses ruisseaux de vapeur se façonnaient et se fondaient à des vitesses stupéfiantes. Ce n'est que lorsqu'un bras fuselé se dressa que Toby put apprécier l'échelle. Le bras happa une tornade qui passait et la déchiqueta avec une joie ravie.

> ***Grâce à ces créations mi-chair, mi-plante, nous pouvons sonder les différents niveaux esthétiques de ton espèce. J'y inclus les possibilités non admises par les forces aléatoires de votre évolution. Il s'agit d'art interactif et trans-phylum.***

« Killeen m'avait bien dit que tu étais une artiste », fit Toby en laissant entendre un petit rire.

> ***C'est vrai. Tu vivras ainsi entre les mains de forces plus grandes. Moi seule, artiste et conservatrice, puis rendre cela possible pour toi, grâce à un moissonnage propice.***

« Nous aimerions mieux rester comme nous sommes. Être figés dans une de tes œuvres d'art, euh… ce n'est pas tout à fait ce que nous avions en tête. »

Il avait dit cela d'une voix douce, afin de ne pas effaroucher la Mante, et aussi parce qu'il se passait quelque chose, dans son sensorium, qu'il ne comprenait pas encore très bien.

> ***Moissonner, c'est semer.***

« Et c'est le sort que tu me réserves ? »

— Comme des troncs dans un torrent, ses jambes heurtèrent la pierre à temps. L'air froid lui râpa la gorge, et il fut incapable de les remuer plus vite, plus vite —

> ***Pas tout de suite. Cette petite conversation m'a aidée à définir mes futurs projets, mais je porte en moi, pour le moment, les préceptes représentés par les Intelligences qui me sont alliées. Il faut que je les aide à recueillir suffisamment de primates LeFou pour leurs recherches sur cette connaissance enfouie.***

« Ça veut dire quoi, tout ça ? »

Je dois te conduire en un lieu où nous rassemblons ton lignage. Nous allons reconstituer vos générations.

Toby se mit à réfléchir à toute vitesse. Il sentait ses jambes forcer sous lui, et c'était bien réel, rien à voir avec le contact complexe et soyeux de la mer de sable.

Une partie de lui fuyait éperdument. Il sentait le râle de ses halètements dans sa gorge.

Une autre partie, pendant ce temps, se penchait sur le sable pour l'étudier. En ramasser une poignée. Des grains. Le mica lui fit un clin d'œil. Entre les grains, un flou. Sans grande définition. Au moment où il remarquait ce défaut, l'image se précisa. La Mante avait augmenté la définition. À présent, son univers était un peu plus distinct. Même le plus petit grain de sable avait des contours.

Une artiste fignolant son œuvre.

Il courait. Sa poitrine se soulevait, son cœur battait *boum-boum* à ses oreilles.

Sa seule chance, il le savait, était de trouver un moyen de défléchir le moment.

L'échafaudage mobile de tubulures avait une présence irréelle, fantasmagorique, tandis que la Mante arpentait son jardin d'ossements blanchis. Elle avait écrabouillé les crânes avec leurs rictus. Et, tout au long de la dune de sable, jouaient les ombres étranges de l'esprit qui était derrière tout cela.

Toby se débattait entre deux mondes. Il n'arrivait plus à mettre de l'ordre dans ses propres sens.

— Si difficile de bouger les jambes à présent. Ses bras pompaient pour résister à la pression brutale qui voulait l'empêcher d'arriver jusqu'à la verdure. Il n'était plus très loin, à présent, mais la douleur —

Je suis certaine que tu comprends la nécessité de la chose. Je t'assure que, quand mes esprits alliés t'auront utilisé comme il le faut pour mettre au clair cette ancienne et irritante question, je te moissonnerai avec tout le souci du détail et de l'authenticité qui caractérise mes meilleures œuvres. Bien que je reçoive parfois des critiques des alliés dont je te parle, ils n'ont jamais mis en doute mon respect pour les formes anciennes et inférieures dont tu fais partie. Sois assuré que…

— Il atteignit la ligne d'encre des grands arbres. Il y faisait frais et humide.

Plus de dunes factices. Plus de mécatubulures.

Il se souvint des gamins qui jouaient dans leurs mondes virtuels numériques, dans les ruelles de la place du marché. C'était déjà si loin. Il rit, perdit le contrôle de ses jambes et s'étala dans un creux d'ombre —

C'était du solide, du réel. Il tendit une main hésitante. Et toucha quelque chose.

La voûte des arbres et les toiles parasites câblées étaient denses, et cela rendait l'air moite et obscur. Il s'avança dans un silence imperméable, épaissi, où les trilles feutrés des oiseaux et des rats volants ne se propageaient pas. Sous le couvert des branches basses. Accompagné par le bruit sourd d'un fruit qui tombait. Et le glapissement aigu des chiens-de-vigne.

Il perçut cependant de loin, haut dans le ciel, les croassements saccadés de quelque chose d'énorme, en fureur. Il l'entendit battre et secouer les hautes branches. Il éprouva une sensation de malaise causée par sa propre intrusion, et s'avança en faisant moins de bruit pour ne pas réveiller les esprits de ces lieux. La poussière jaillissait dans une lumière de cathédrale, en longs rais jaunes qui descendaient d'une très grande hauteur. Il découvrit sous ses pieds une procession silencieuse de créatures qui ressemblaient à des fourmis, à cette exception près qu'elles avaient des queues minuscules. Quand il voulut les étudier, elles formèrent une série de courbes et demeurèrent figées en un noir ruban. Progressivement, l'idée lui vint que c'était un signal qu'elles lui envoyaient, un message qu'elles lui écrivaient avec leurs corps. Mais il ne savait pas comment leur répondre. Il fit un geste vague, sans signification, et poursuivit son chemin en prenant garde de n'en écraser aucune.

La Mante, pour une raison ou pour une autre, n'était pas là. Il s'était réfugié dans un coin de temps qui pouvait prendre fin à n'importe quel moment. Et pourquoi ?

Il se glissa parmi des toiles d'araignée énormes, bien tendues, en se demandant ce qu'elles étaient censées capturer ici. Et qui venait moissonner les proies. Des fruits gonflés, aux couleurs éclatantes, pendaient sous la voûte de feuillage. Leurs couleurs se figeaient, comme des taches dans un air si épais qu'il paraissait verdâtre.

Et la Mante revint, exerçant son irrésistible pression sur l'esprit de Toby.

> ***Je t'ai perdu. Il y a quelque chose — je ne sais quoi — qui me complique la tâche.***

Dans son sensorium, Toby perçut la présence de la Mante loin au-dessus du cylindre d'été de cette Voie. Il perçut également autour de lui les tensions qui incisaient et effilochaient les paroles qu'elle prononçait.

Des forces erratiques étaient à l'œuvre, étouffées et sans voix. Mais convergentes.

6
Le dévorement de la tempête

Le déchaînement de violence débuta par une vacillation.

Le long de l'étroit cylindre, à l'intérieur, se glissa une coulée jaune soleil. Au point de fuite où le tunnel vert se resserrait en un flou confus, le rayon diminuait d'intensité pour ressembler, aux yeux de Toby, à la lueur lointaine d'un feu de camp. Mais il y avait quelque chose de barbelé qui venait de se glisser dans son esprit.

Il demeura figé dans les ténèbres pâles. Inutile de courir davantage.

Les nuages s'effilochèrent dans le ciel au-dessus de sa tête et lui permirent d'apercevoir l'autre côté nu de la Voie. Une boule de pierre à temps rouge comme de l'argile irradia soudain une chaleur implacable. Des esprits semblèrent s'avancer lentement à la limite de la verdure qui l'entourait. Il perçut des bruits secs et des tortillements.

Son sensorium tressaillit, alerte, balayant le secteur.

Rien. Le silence était vide. Il sonda la forêt humide et luxuriante sur sa droite. Elle formait une courbure dans les lointains brumeux, une courbure qui se confondait avec le ciel. Au moment où elle prenait une coloration vert flou, elle se brisait sur des saillies de roche brune, à mi-chemin du sommet.

Un oiseau se posa sur un rameau voisin. Toby lui jeta un coup d'œil, et il pépia :

« Au secours ! »

Toby battit des paupières.

« Euh… »

L'oiseau avait des ailes, des pattes et un bec, mais ce n'était pas un oiseau. Son visage s'ornait de grands yeux et d'une bouche aux lèvres épaisses, protubérantes, juste au-dessous du bec. Celui-ci ressemblait d'ailleurs plutôt à un nez effilé, de couleur jaune citron. Au moment même où Toby se disait cela, le visage s'anima avec une intensité fiévreuse, passant rapidement de la moue à la grimace puis au sourire fugace.

« J'ai besoin qu'on m'aide, prononça la bouche avec un accent LeFou prononcé.

« Qui… Qu'est-ce que tu es ? demanda Toby.

« Ce lieu, ce temps, qui urge à tes besoins… »

L'oiseau tout entier frémit, ses plumes s'agitèrent, ses ailes vibrèrent comme de fines feuilles, ses pattes glissèrent rapidement sur la branche épaisse.

« Qui urge à mes… »

Pas le temps de résoudre des mystères.

« Il y a une Mante là-haut, dit-il. J'ai besoin d'un endroit où me cacher.

« C'est le contraire qu'il te faut, pépia l'oiseau, dont le bec bascula pour pointer vers le sol. Il te faut ouvrir et non fermer.

« Ouvrir quoi ?

« Une porte. Les essences ont besoin d'entrer dans cet été. Vite !

« Euh… Comment ? »

L'oiseau fit un pas sur la branche en battant des ailes.

« Ne crois pas que nous te négligions. Nous espérons te voir survivre pour apporter ton aide. »

Toby renifla.

« Mercidire, l'ami. Mais qu'est-ce que c'est que ce foutu… »

Dans son sensorium cascada une succession de signaux : images, instructions. Cela avait un caractère si fort et si urgent qu'il entra aussitôt en action, sortant ses outils d'une main, écartant les feuilles de l'autre à la recherche du bon emplacement. Là. Un morceau d'été à découvert.

Abruptement, l'éclat de fournaise au-dessus de lui s'éteignit. La nuit se fit, compacte. Où était la Mante ?

Il continua son travail dans l'obscurité totale.

Chalumeau, laser, hyperfréquences. Impossible de dire comment l'été réagissait, à l'exception d'un bref rougeoiement.

Il sentait cependant une forte pulsation d'énergie qui montait de l'endroit attaqué. Une langue d'énergie gravifique avait été libérée, une onde torsadée qui lui étreignait les entrailles.

Derrière lui, un halètement d'énergie. Muet, nerveux.

« Pas assez, lui souffla la voix de l'oiseau. Dommage.

« Qu'est-ce que je peux faire de plus pour…

« Trop tard. »

Cela arriva sur lui. Une fièvre d'énergie insidieuse se mit à pleuvoir autour de lui. Des plaques de lumière nacrée foncèrent dans l'axe de la Voie. Dans sa direction.

Quelque chose s'interposa. Il *sentit*, sans la voir vraiment, une massive présence bleu-noir. Elle se dressait, épaisse comme un gros nuage de pluie, lourde et vibrante.

Comme une bête sauvage énorme en train de charger, la tête dans les régions supérieures de la Voie. Mais elle se heurta là-haut à des crocs de pierre, qu'elle brisa dans son élan.

Les plaques de lumière laiteuse se refermèrent sur le tout. Puis elles se précipitèrent sur lui, avant qu'il eût réalisé qu'une chose pouvait se déplacer si vite. Des échardes brûlantes jaillirent de l'axe.

Elles ne le visaient pas spécialement. Elles attaquaient l'ensemble de la forêt. Des milliers de volts déchargèrent leur potentiel, en cheminements sinueux, dans l'air tenaillé. Ils éclatèrent, leur transaction accomplie.

Dans la brillance d'un bleu électrique, il vit l'oiseau qui tombait mort de sa branche.

Puis un contre-jaillissement monta vers le ciel, encore plus vite, ricochant dans le rouge rapide et le jaune brûlant. Déchirant l'air.

Son sensorium lui rapportait ces choses tandis qu'il plongeait pour se mettre à l'abri tout en sachant que le geste était inutile face à de telles magnitudes. Des données crépitèrent au niveau de son échine.

Quath ! Killeen ! P'pa ! P'pa ! émit-il, saisi de pure panique aveugle.

Le boutoir rouge rapide revint, aveuglant. Puis la réaction. Et cela recommença, encore et encore.

La rencontre remplissait l'air ravagé. Un éclair prolongé, accompagné d'un craquement. Seul son sensorium pouvait faire le tri et lui présenter les choses comme le résultat d'un problème. Mais sans lui dire ce que tout cela signifiait.

Le vent était froid et mordant. Il s'aplatit contre un tronc carbonisé en un instant, sans qu'il s'en aperçoive. Des vapeurs âcres assaillirent ses narines.

Ne bouge pas. Il avait envie de tousser, mais il ne pouvait pas se le permettre. Il ne fallait pas qu'elle le trouve.

Quelque chose de lourd et de feutré apparut, menaçant, au-dessus de la forêt.

Cela le cherchait. Cela regardait partout, de tous les côtés, en descendant lentement. Il le sentait sans savoir comment.

Dans la pénombre poisseuse, il aperçut des animaux qui, pour une raison quelconque, couraient en cercles, déments, en criaillant. L'air se souleva, et ils tombèrent. Certains glapirent. Cela ressemblait au crissement d'un ongle sur une ardoise. Puis ils sortirent de son sensorium. Ils étaient morts. Il n'avait pas le temps de penser à eux, mais leurs cris brûlèrent longtemps en lui, pour une raison qu'il était incapable de définir.

Un hurlement écarlate descendit de l'axe en sifflant. Coups et pressions s'empilèrent. Accélérations et collisions se succédèrent. Quelque chose de sourd, de bourdonnant et de métallique.

Il sortit en rampant de dessous une voûte de branches déchiquetées, et se redressa. Autant faire face à la chose, bien qu'il sût que ce n'était ni raisonnable, ni intelligent, ni même adulte, probablement.

Un pouvoir formidable s'abattit bruyamment sur la Voie. Il rentra, de terreur, la tête dans les épaules.

Des buissons et de la forêt parvint une lente et puissante réplique.

Quelque chose suinta dans l'air, en bouffées rondes, comme un épais brouillard, mais avec un élan inquiétant. Le minuscule tapis de vies tissé ici avait appris à absorber, comme il le comprit soudain. La réponse était, d'une manière ou d'une autre, encodée en elles.

Il sentit que même les plus infimes créatures qui l'entouraient se terraient. Elles pépiaient entre elles. Elles œuvraient dans le sens de quelque dessein collectif impossible à imaginer.

Chaque roue de l'engrenage se mettait en place. La pompe s'amorçait. Et il était, il ne savait comment, lié au tout. C'était à lui de décider quand et où les formidables énergies accumulées devaient être lâchées.

Il ignorait comment il le savait, mais la certitude l'imprégnait totalement. C'était lui le plus évolué. Il fallait qu'il juge.

Il devait essayer de tuer la Mante.

Il entailla de nouveau l'été. Il vida ses batteries en hyperfréquences. Il sentait le furoncle d'énergies près d'éclater derrière l'été. Quelque chose voulait absolument sortir. Que lui avait dit l'oiseau ? *Les essences ont besoin d'entrer dans cet été.*

Une pulsation gravifique fit vibrer ses bottes. *Elles arrivent.*

Il alluma son laser, le régla dans l'infrarouge. Tant pis si la Mante le repérait. Trop tard pour s'inquiéter de ça, à présent. Trop tard pour quoi que ce soit, excepté le moment présent. Il fit feu entre ses deux pieds.

Il était un détonateur ultrasensible, en équilibre…

Un conduit. Un connecteur.

Fais-la entrer. Attire-la.

Il laissa filtrer vers le haut un éclat de lui-même. Une minuscule ouverture en biseau dans son sensorium silencieux.

La présence se rapprocha. Avança des antennes tactiles.

Le moment était venu de faire ce qu'il pouvait. Même si c'était dérisoire face aux colossales énergies en présence. Il projeta son sensorium vers le haut.

Je suis là. Regarde.

La masse descendit. Tourna ses yeux vers lui pour l'inspecter.

Se laissa flotter. Plus près, encore plus près, hésitante…

C'est alors que la forêt s'ouvrit. Toby fit un bond de côté, toucha le sol et se laissa rouler. Un volcan fit éruption à l'endroit qu'il venait de quitter. Et s'étala.

Une violence se déchaîna à partir d'un million de feuilles. Les racines superficielles, en léthargie l'instant d'avant, déchargèrent leurs énergies accumulées. Une sauvagerie lumineuse s'arqua à travers l'enchevêtrement des connexions des corps des arbres noueux. La voûte elle-même déchargea des langues vertes effilochées dans l'air propice.

Une plaque d'éclair jaune se souleva. La réplique.

Avant d'avoir pu faire un mouvement, il sentit le sol se réchauffer sous lui. Pulsation violente d'énergie infrarouge. Parois de chaleur impénétrable.

L'eau jaillit en sifflant. Les trous se remplirent. Panaches de vapeur froide. L'humidité envahit l'atmosphère en train de se congeler. Des champignons vert-chaud, sur un tronc voisin, ondoyèrent, soudain fluorescents, puis tremblèrent.

Une véhémence chargée d'énergie s'abattit sur l'axe de la Voie. Une brillance beugla.

Toby se couvrit la tête de ses deux mains. Un caillou vola dans ses côtes. Un coup de tonnerre de pression le jeta à plat ventre.

Il comprit, en un instant d'illumination, que la véritable violence était en train de secouer toute la Voie, d'une manière qui n'était pas du tout physique, mais qui consistait en fureurs dans des esprits, en intelligences, grandes ou petites, reliées toutes ensemble.

Puis la fureur fit éruption en eux, apportant la mort en même temps que la joie.

7
Courants passagers

Plus tard, couché sous un matelas de végétation hachée, endolori dans chacune de ses jointures, attendant que ses côtes se rattachent l'une à l'autre, il comprit une petite partie de ce qui s'était passé.

La vie, ici, avait une grande diversité de défenses. Multicouche et silencieuse, elle était usée par le temps et érodée par quelque chose de plus que de simples forces naturelles. Certains détails que lui avait fournis Quath dans leurs conversations commençaient à présent à converger et à s'expliquer.

La vie terrassée pouvait resurgir. Les organismes opportunistes, chacun faisant partie de liens étroitement forgés, absorbaient les secousses brutales et les renvoyaient. Car la forêt n'était pas seulement une plaque de verdure collée à la roche changeante de l'été, mais elle l'incorporait, au contraire, dans sa substance.

Les innombrables fragments d'été, tissés dans chaque arbre et chaque buisson, texturés dans le sol, apportaient des forces électriques. Les parties interactives du monde naturel possédaient maintenant des circuits issus de l'évolution de l'espace-temps plié. La forêt avait une intelligence diffuse. Mais « intelligence » était un terme qui signifiait peu de chose ici.

D'une certaine manière, tout s'était passé en dehors des catégories d'évolution naturelle que Toby pouvait comprendre. Cela faisait écho aux liens distants de la Mante avec son espèce. Et cette conjonction intime était inscrite dans l'héritage génétique du vaste et immense été.

La tapisserie ainsi tissée était capable de dévorer une tempête et de la ranger dans ses gènes.

Apprendre par la douleur. Se préparer.

Il y avait d'innombrables années qu'elle faisait cela, tapie au plus profond de la meilleure cachette de toute la galaxie. Son moi diffus avait fait son apprentissage sur une période infiniment plus longue que tout ce que pouvait connaître un humain.

Toby avait voyagé de Voie en Voie, en les comparant aux corridors d'un immense immeuble estival. Analogie trompeuse.

La tapisserie de vie locale intégrait des domaines qu'il ne pouvait pas percevoir. Seuls quelques rares instants fugitifs permettaient à son sensorium de saisir au passage les lentes conversations profondes que tenait un tel être.

Il avait toujours la sensation d'être observé. Mais bien plus que cela, également. L'impression de faire partie d'un tout très flou.

Ce monde contourné se maintenait parce qu'il n'avait pas de secrets. Il avalait ses rivaux. Et Toby était maintenant en passe d'être digéré par lui. Il le savait sans savoir comment il pouvait en être si sûr.

Il avait ouvert une porte, et c'était tout. Il avait utilisé un don qu'il possédait pour pratiquer une légère déchirure momentanée dans la texture de l'été, afin de laisser entrer des forces qui n'auraient jamais pu arriver là si vite — ou même arriver tout court.

Peut-être avait-il représenté une différence. Ou peut-être avait-il enfin grandi suffisamment pour savoir que l'important n'était pas de savoir si oui ou non on avait fait toute la différence. L'important, c'était d'essayer. Rien d'autre.

Ne crois pas que nous te négligions. Nous espérons te voir survivre pour apporter ton aide.

Mais sans garantie, cependant.

Plus tard, son seul vrai souvenir durable se rapporta à ce qui s'était passé quand la décharge l'avait aplati. Ce n'était qu'un fragment fugace des événements plus vastes de là-haut.

L'explosion avait dû se produire en lui, car la voûte de feuillage qu'il vérifia plus tard n'avait subi aucun dommage. Mais il avait senti l'immensité de la présence passagère, et il avait, l'espace d'un maigre moment, participé à ce qu'elle avait eu à faire.

D'une certaine manière, il avait joué le rôle de commutateur. Ouvrir la porte voulait dire faire partie du circuit. Mais les électrons ne s'y connaissent pas beaucoup en radio, même s'ils sont comme des poissons dans l'eau lorsqu'il s'agit de résistance, de capacité ou d'océans de potentiel.

Ce qui nourrissait la férocité s'était servi de lui, de l'esprit conscient qui était le sien, pour s'extérioriser.

En faire partie était une chose à laquelle il ne pouvait penser sans avoir des tremblements et des spasmes.

Il avait senti les puissances indifférentes à l'œuvre. Bien pis, il avait senti les innombrables vies qui s'enflammaient, souffraient et mouraient. Elles devenaient enfin égales dans le tourment. Ces multitudes avaient fusionné, et le poids venu d'en haut les avait écrasées sans même s'apercevoir de leur douleur.

Ce n'était pas son cas. Elles ne représentaient pas une connaissance abstraite, mais une expérience immédiate. Et, plus que tout, il se rappelait leur agonie.

Durant cette fraction d'instant, ses dents chantèrent dans leurs alvéoles. Les calciotubulures thoraciques qui charpentaient sa poitrine devinrent des os chromés et noueux, luisants et glissants. Dotés d'une grâce et d'une agilité métalliques. Des tempêtes pourpres circulaient dans ses veines tendues, dans ses ligaments vibrants. Ses orteils tremblaient, trépidaient, parlant dur à la terre. Ses chevilles dansaient de leur côté, dans un cliquètement d'os si acharnés qu'ils étaient sur le point de se fracturer.

La tête renversée en arrière, le cou tendu, la peau cannelée, effilochée, d'une netteté électrique à la lumière polarisée. Son échine était parabolique, craquetante et craquelée. Des corridors d'ouragans béaient en lui, le chant d'agonie était grinçant, tétanisé.

C'était passé comme un éclair à travers lui, à la recherche du véritable ennemi, et il ne savait pas si les décharges de tension provenaient des mécas ou des impondérables au cœur de la forêt embrasée. Mais quelle importance ? Il appartenait à la fureur, il était en elle, et il lui servait, en cet instant, de conducteur. Les courants passagers le traversaient sans savoir qu'il existait.

La rage plongeait à travers des cavités iliaques polies par des vers turquoise affamés. Des serpents de lumière frénétique se répandaient avidement sur des treillis d'os, dévorant tout ce qu'ils trouvaient.

Pour lui, c'était fini. Tout ce qu'il put se rappeler clairement, par la suite, ce fut la douleur. Une douleur pleine et jubilante. Abondante.

Il s'était réveillé dans un lit de cendre grise. Entouré de silence et de pluie fine. Une souris volante planait non loin.

Inutile de remuer. Réfléchir plutôt.

Il vit ce qu'il y avait de différent chez les mécas, ceux qui étaient au sommet. Leur détachement avait quelque chose d'affreusement beau. Ils s'appliquaient à donner la mort sans jamais y être exposés eux-mêmes. Ils ne mouraient pas comme faisaient, inévitablement, les humains. Peut-être était-ce là un progrès véritable. Il ne le savait pas. Il aurait pu les envier ou les haïr, mais il valait mieux ne faire ni l'un ni l'autre.

Il était tout seul, à présent, comme il ne l'avait jamais été. L'étrangeté des mécas lui avait fait comprendre cela. La Famille LeFou, son père, et même Quath, constituaient son univers lorsqu'ils étaient là. Mais sans eux, il était tout seul, d'une manière absolue, contre les faits tangibles. Il savait maintenant des choses qu'il n'aurait pu apprendre d'aucune autre manière. Il avait fui son père par principe, par confusion, et poussé par une colère amère. Tout cela en même temps. Il ne savait pas qu'il portait cela en lui jusqu'à maintenant, et il était désormais trop tard.

C'était peut-être ainsi que les choses devaient être, en fin de compte. Peut-être n'apprenait-on bien que ce que l'on apprenait rétrospectivement, en regardant, derrière soi, le long couloir d'expérience que l'on avait tracé. Il fallait amener ce que l'on avait avec soi. Son courage, ses défauts, son ressentiment et tout le reste.

L'univers essayait alors de vous accommoder, et il vous cassait si vous ne pouviez pas vous insérer. Certains trouvaient facilement leur place. Toby savait que quelque chose s'était brisé en lui, et que tout ce qu'il pouvait espérer, par la suite, c'était qu'il se trouverait renforcé à l'endroit de la brisure.

Il avait grandi dans l'idée que l'univers était hostile aux gens, d'une manière qui les rendait importants. Ils étaient aux prises avec un vaste ennemi dans un combat titanesque.

Mais la vérité était pire que ça. La vérité était que l'univers s'en fichait.

Les mécas étaient ainsi. Implacables, mais peu intéressés par les humains en tant que tels. Ils ne les voyaient que comme un élément parmi tant d'autres dans un décor plat et sans signification. Ils faisaient leur boulot et ne ressentaient même pas leur propre mort factice.

Il retrouva l'oiseau qui lui avait parlé. Il gisait, écrasé et carbonisé, les yeux injectés de sang coagulé. Il l'enterra.

En fin de compte, tout était une question de *moi*. Killeen avait empêché Toby d'être lui-même. Mais peut-être en était-il toujours ainsi entre père et fils. Et il ne saurait jamais quelle proportion venait de la diffusion silencieuse de Shibo en lui.

Curieusement, la Mante recherchait la même chose que lui. La seule denrée que Toby ne céderait jamais. Le moi.

Il se souvint de l'atmosphère de joie et de rythme qui régnait dans les rues commerçantes de la cité des gnomes. Là-bas, c'étaient les échanges qui valorisaient le moi. Vendre à un bon prix, c'était faire une honnête affaire. Cela aidait à se définir. Même chose avec la Famille, qui était une sorte de machine à fabriquer le moi par l'action.

Les choses ne se seraient jamais passées de cette façon s'il avait été en compagnie de la Famille ou même de Quath. La Famille arrondissait les angles. Mais c'était une fiction, il le savait à présent. Une fiction qui se défendait contre les profondeurs furieuses, l'abîme qui béait dans toutes les directions à la fois.

Une fiction réelle, cependant, car l'histoire que contaient les Familles par leur exemple rendait la continuation possible. L'abîme était toujours là, et on pouvait le revoir, une dernière fois, certainement, mais il n'y avait pas de raison de hâter ce moment. Lorsqu'on avait vu l'abîme, on passait le reste de sa vie à savoir qu'il était là, qu'il attendait et qu'il se manifesterait de nouveau. Sachant cela, Toby était désormais libre.

8
Fantômes

Au début, il prit le pic lointain pour une montagne.

Il marchait depuis très longtemps. La forêt s'était ouverte devant lui et semblait vouloir l'expulser vers des terrains accidentés où les chronovents soufflaient fort et le rendaient malade. Mais il y alla quand même.

La montagne se dressait à mesure qu'il s'avançait, mais il ne prêta pas beaucoup d'attention à la chose. Puis il vit que ses flancs étaient fermes et sans aspérités. Elle ne s'éraillait pas, elle ne pelait pas comme les pierres à temps qui l'entouraient. Ses versants lisses demeuraient fixes. Ses parois se recoupaient selon des angles normaux, et les forces de ses champs magnétiques étaient de plus en plus élevées.

Une pyramide. Ses coins étaient nets. Et les événements ne flottaient pas dans ses faces. Sa substance, au toucher, était dure comme du granit à la base. Rien que de la matière ordinaire. Une masse de pierre si large qu'elle semblait constituer le décor à elle seule. Dans le silence de son mystère appesanti.

En l'escaladant, il se sentit mieux qu'il ne s'était senti depuis longtemps. Il avait faim, mais cela lui importait peu. Il se sortit cette idée de l'esprit, comme il avait appris à le faire durant toutes les années qu'il avait passées sur Nivale. Étonnant, les choses auxquelles on pouvait s'habituer. Il s'aperçut que la faim le rendait nostalgique, et il éclata d'un rire bruyant qui se heurta à un silence si vide et si absorbant qu'il n'osa plus faire aucun bruit.

Il y avait parcouru un long chemin, et cela lui avait donné tout le temps de réfléchir. N'importe quel humain en ces lieux savait qu'il n'était rien de plus qu'un insignifiant acteur sur une scène qui n'était pas de sa fabrication. Le drame des mécas contre les formes de vie naturelles s'y jouait, et Toby n'y comprenait pas grand-chose. Il avait envie de parler à Quath, de revoir son père.

Derrière les colossales énergies des mécas et de la matière, il y avait toute la longue histoire de la Débandade humaine. Qui l'avait provoquée ? Pourquoi les LeFou et les autres Familles avaient-ils été condamnés à végéter misérablement sur les planètes alors qu'il existait un refuge comme le Cône ? Alors que des nabots comme cet Andro étaient les seuls à en jouir ?

Derrière cette énigme, il y avait les LeFou, toujours en vie alors que tant d'autres Familles avaient été exterminées. Pure question de chance, se disait Toby. Mais cela donnait tout de même à réfléchir.

Finalement, il y avait eu la Calamité. Il avait fui la catastrophe quand il était enfant, mais il ne savait pas ce que c'était que d'être un enfant. Son père et lui avaient perdu Abraham ce jour-là. À présent, Abraham était ici, quelque part. En principe.

S'il voulait comprendre même une toute petite partie de ce qui se passait ici, Toby devait retrouver Abraham. En un lieu où les coordonnées ne voulaient rien dire et où le temps était un endroit.

À mi-chemin sur la pente, il entendit des pas. Il accéléra son allure. Il était sûr que c'étaient des pas qui descendaient du sommet.

À intervalles réguliers, il croisait des chemins horizontaux qui partaient sur la droite ou la gauche, et il supposait qu'ils faisaient tout le tour de la structure. Mais ils se perdaient en courbe dans le lointain, et il ne voyait personne sur ceux qui se trouvaient au-dessous de lui. Il arriva en haut de la côte qu'il était en train de gravir, là où passait le sentier suivant.

Il était désert. Mais les pas avaient ralenti. Il se remit à grimper, et le bruit faiblit, comme s'il l'avait laissé derrière lui. Les pas s'espaçaient de plus en plus.

Effet Doppler temporel. Éloignement dans le futur ou dans le passé. Frontières du réel. Comme si le marcheur ralentissait, hésitant, lourd de fatigue. Toby aussi commençait à fatiguer, mais il entendait toujours les pas qui descendaient en longues notes graves, et il continuait.

Le sommet ne ressemblait pas à ce qu'il attendait. Il était large, lisse et plat. Sa surface était parsemée de petites taches grises. Son champ magnétique était particulièrement fort.

Personne. Il n'entendait plus les pas.

Il regarda vers le bas. Les chemins étaient si loin qu'il était incapable de dire s'il y avait quelqu'un dessus ou non. Uniforme et monotone, l'immense structure s'étendait sur une très grande distance. Dans les lointains brumeux, il apercevait les formes sans cesse en mouvement des pierres à temps. L'été se battait avec lui-même. Les Voies s'intersectaient dans une frénésie turbulente.

Il se détourna du bord. Il avait l'intention de se reposer un peu avant d'entreprendre la redescente.

« Où étiez-vous ? »

L'homme au teint pâle qui se tenait devant lui était court et trapu. La même taille qu'Andro et les autres nains, mais tout fripé et complètement nu.

« Comprenez, non ? »

Toby regarda autour de lui. Il ne voyait vraiment pas d'où il avait pu sortir.

« Écoutez, on n'a pas beaucoup de temps. Vous êtes bien un LeFou, c'est ça ? »

La langue de Toby était gonflée et lourde.

« Euh… Ouidire.

« C'est bien. La dernière génération, je suppose.

« Ouidire. Mais qui…

« Venez. Allons à l'intérieur, nous y serons plus en sécurité. Et au chaud. »

Le nain montra à Toby son dos tanné en traversant d'un bon pas le plateau lisse. Tandis que Toby courait pour le rattraper, la pierre se fendit. Un rectangle aux contours nets se découpa, avec un plan incliné vers le bas.

« Suivez-moi. »

Toby s'arrêta en haut du plan incliné.

« Dans ma Famille, l'usage est de ne jamais entrer quelque part sans savoir où on est, dit-il.

« Ah ? Eh bien, c'est un centre d'opérations. »

Le nain commença à descendre.

« Il appartient à qui ?

« Hein ? À moi. À nous. Aux humains, si c'est ce que vous voulez dire.

« Et qui êtes-vous ?

« Oh ! Pardonnez-moi, fit le nain en remontant vers lui, la main tendue. Je m'appelle Walmsley. Nigel Walmsley.

« Quelle famille ?

« Les Brits.

« Comment savez-vous qui je suis ?

« Historique. Il y a longtemps que je vous attends.

« Combien de temps ? »

Walmsley hocha la tête comme s'il était en train de calculer rapidement.

« Vingt-huit mille ans, à peu de chose près. Selon votre cadre de référence, naturellement. »

Comme Toby demeurait sans expression, il ajouta :

« J'ai arrondi.

« Ça veut dire quoi, tout ça ?

« Vous voulez du thé ? Je sais que les LeFou ont maintenu cette tradition, au moins. Pas vrai ?

« Euh… Ouidire. À la Citadelle. »

Toby n'avait pas bu de thé depuis son enfance là-bas.

« Je vois. La Citadelle. Bon. Vous êtes bien le fils de Killeen ? »

Surpris, Toby demeura bouche bée. Walmsley hocha la tête.

« D'accord. Il y a un message pour vous. »

Il fit quelque chose, rapidement, avec ses mains. Un instant, son bras sembla devenir transparent. Toby entrevit un réseau complexe de câbles à l'intérieur.

Killeen se tenait entre eux.

Il avait l'air hagard, exténué. Il portait le costume des LeFou en opération et non sa tenue de vaisseau habituelle. Il se tourna et aperçut Toby.

« Mon fils, j'ai besoin de toi. »

Toby ne savait que dire. Il tendit la main pour toucher son père, mais elle passa à travers l'image. Killeen n'eut pas de réaction.

« Je sais que ça n'a pas dû être facile pour toi. Écoute, tu peux garder Shibo, si tu veux. J'ai eu… euh… tort. J'ai changé d'avis. »

Toby demanda d'une voix rauque et étranglée :

« Tu es sûr ?

« Ouidire. Je me suis… emporté.

« Où es-tu ?

« Impossible à dire. J'ignore quand tu recevras ce message. »

Toby fronça les sourcils, et Walmsley expliqua :

« Il y a pas mal de temps qu'il a émis ça. Cadre local de référence. »

Killeen fit un pas de côté pour regarder son fils.

« Ça a l'air d'aller, toi. Un peu maigri, j'ai l'impression. »

Toby sourit.

« J'ai perdu ma graisse du vaisseau.

« Les mécas ont fait fuir tout le monde. Beaucoup de morts. Quelques LeFou, aussi. Ils…

« Besen ? Cermo ? Comment avez-vous…

« Ils sont là, encore entiers. Personne de proche n'a été sûrtué. »

Toby éprouva un soulagement joyeux. Il aurait tant donné pour les revoir tous.

« Raconte-moi tout ce qui s'est passé. Tu as vu Quath ? Est-ce que…

« Les mécas ont bouleversé les Voies. Certaines sont détruites. Je ne sais pas où ce message va te trouver, mais on peut lancer des patrouilles à ta recherche si tu émets ton signal de détresse.

« Je vais le faire. »

Toby se tourna vers Walmsley pour chuchoter :

« Il me reçoit ?

« Non, seule son émanation réagit à ce que vous dites. C'est bien un Killeen qui est devant vous, mais ce n'est pas le Killeen. J'ignore où est l'original. Et aussi quand, au demeurant.

« Inutile de chuchoter, fit le Killeen. Je sais que je ne suis qu'une représentation limitée, et je n'en éprouve aucune honte.

« Que veulent les mécas ? Depuis que je me suis sauvé, ils sont à mes trousses. »

Le Killeen hésita, puis murmura :

« Ils veulent nous avoir en même temps, toi et moi. Sais pas pourquoi.

« Pour nous sûrtuer ?

« Plus que ça, je pense. Il y a un drôle de truc qui se passe avec Abraham. Fais attention à lui.

« Il n'y a pas un endroit où on pourrait se rencontrer ? »

Killeen secoua la tête.

« N'oublie pas que je suis en train de fuir, moi aussi, comme toi. Il faut nous chercher, c'est tout.

« La Mante, elle était à mes trousses.

« Aux nôtres aussi.

« Alors, on ne doit pas être loin.

« Nondire. Il n'y a pas qu'une seule Mante, à mon avis.

« C'est une catégorie de mécas, tu crois ?

« C'est comme si tu voulais diviser de l'eau. Impossible de tracer la limite. »

Toby éprouvait un réel sentiment de réconfort à entendre son père s'exprimer de manière simple, à entendre juste le son de sa voix.

« Tu sais, p'pa, je…

« Mon fils, j'ai besoin de toi. »

Killeen annonçait cela exactement comme tout à l'heure, avec le même ton et la même attitude.

« Je ne sais pas ce que je peux te dire de plus, reprit-il, mais… je vais essayer.

« Ouidire, fit Toby avec un immense soulagement. Ouidire.

« Je sais que ça n'a pas dû être facile pour toi. Écoute, tu peux garder Shibo, si tu veux. J'ai eu…

« P'pa, je voulais te… »

Toby s'interrompit brusquement. Cela lui faisait une drôle d'impression, de discuter avec un enregistrement et de vouloir en tirer plus qu'il ne contenait. Mais il fallait qu'il lui dise la vérité.

« J'ai été obligé d'extraire la puce de Shibo. »

Le Killeen parut sidéré. Il miroita un instant dans l'air, comme si la nouvelle ébranlait son image entière.

« Tu n'avais pas les… outils.

« Je sais. J'ai fait ce que j'ai pu.

« Elle… t'a débordé ?

« Je n'arrivais plus à la contrôler. »

Le Killeen hocha gravement la tête.

« Elle n'était pas commode non plus en chair et en os.

« Je crois que j'ai encore… »

À côté de Killeen, soudain condensée à partir de l'air, apparut alors Shibo. Elle était translucide, et ses jambes n'étaient pas visibles sous elle, mais la partie supérieure de son corps se mouvait avec une grâce naturelle. Sa tête se tourna d'abord vers Killeen, puis vers Toby. Avec un sourire frêle.

« Je suis… toujours… en partie… là-dedans. »

Walmsley se tourna vers Toby pour lui dire :

« Le lecteur capte des champs marginaux émanant de vous. Elle a dû s'intégrer à vos percepteurs. »

Toby hocha la tête.

« Ouidire, et elle veut parler. »

Le visage de Shibo était suppliant. Ses paroles résonnèrent faiblement dans le sensorium de Toby.

« Je suis là… pour aider. Il fallait… que je sorte. Mon chéri… Killeen. »

Par petits mouvements saccadés, le visage tordu en une grimace de désespoir, elle se tourna vers ce dernier. Toby sentit passer entre eux un courant surnaturel. Les valences s'échangèrent, estompées et aveugles. Ils se regardèrent un bon moment, silencieux, dans l'air immobile. Toby sentit une hésitation, comme un bégaiement, qui les unissait. Dérisoires signaux en travers d'un abîme furieux.

Puis elle leva une main, comme pour saluer, et… disparut. Toby ne comprenait rien à ce qui se passait.

Le Killeen secoua la tête, puis se détourna pour regarder au loin. Son visage semblait creusé de profonds sillons arides.

« Bon, fit Walmsley d'une voix enjouée. Vous avez presque épuisé le jus, je pense. Dépêchez-vous, maintenant. Il reste pas mal à faire. »

Lorsque Toby fit volte-face pour guetter la réaction de son père, le Killeen avait disparu.

La soudaineté de la perte l'ébranla. Il ferma les yeux en se forçant à se reprendre. Quand il les rouvrit, Walmsley lui fit signe de le suivre.

« Je sais que les choses vont un peu vite, mais il y a des affaires urgentes qui nous attendent. »

Toby jeta un dernier coup d'œil aux perspectives chatoyantes, puis descendit derrière Walmsley sur la rampe. Dans des ténèbres souterraines, où la lumière se résolvait en petits points évoquant un seau d'étoiles en attente.

Le temps avait donc fait son œuvre, et son père avait changé. De même que Toby. Qui avait tort et qui avait raison, la question n'était plus du tout là, à présent, comme un bruit de crécelle stérile parmi des événements estompés, noyés dans la courbure du temps. Les endroits où l'été l'avait marqué s'étaient fortifiés, et il pouvait encaisser ce qui allait venir sans se raccrocher inutilement au passé, sans redouter l'avenir. D'un pas léger, il s'avança vers son destin.

Postface

Au mieux de mes possibilités, j'ai essayé de maintenir les parties imaginées de ce roman et des précédents de la série dans la limite des contraintes établies par l'observation astronomique. L'explosion de nos connaissances est l'une des merveilles de ces dernières décennies, mais elle a mis à rude épreuve les auteurs d'œuvres d'imagination.

Au cours des dix dernières années, le *Very Large Array* [1] et d'autres variétés nouvelles de « télescopes » nous ont ouvert des fenêtres sur le centre galactique, avec des résultats étonnants. J'ai dû changer mes conceptions. En fait, certaines inventions du présent roman découlent de ces théories, particulièrement des nouveaux développements de la théorie de la gravitation.

Il est évident que des forces colossales sont à l'œuvre au centre de la galaxie, sous l'impulsion, apparemment, d'une vaste explosion survenue il y a environ un million d'années. Les effets électrodynamiques sont d'une puissance étonnante dans un rayon de quelques centaines d'années-lumière du centre dynamique exact, autour duquel tourne le disque spiralé tout entier. Le champ magnétique y est au moins cent fois plus intense que dans les régions galactiques typiquement tempérées, comme la nôtre. Il semble que les longues traînées lumineuses que l'on y observe proviennent de ce champ intense. Ce qui, à son tour, laisse supposer que, dans les noyaux énergétiquement bien plus actifs des galaxies lointaines, les champs magnétiques pourraient avoir un rôle formateur.

C'est là le point de départ des recherches théoriques que j'ai effectuées sur la région centrale avec ma casquette de professeur de physique. Parallèlement, dans mes romans, j'ai considéré cette donnée comme acquise. Ce fut une expérience fort inhabituelle que d'imagi-

1. Radiotélescope géant, formé de vingt-sept antennes mobiles, déployé aux États-Unis (Nouveau-Mexique). (*N.d.T.*)

ner des événements se déroulant dans un endroit sur lequel je me livrais en même temps à des calculs de pointe. Libéré des carcans de l'*Astrophysical Journal*, je me suis senti libre de spéculer sur les processus qui ont pu conduire, au cours des dix milliards d'années de furieuse cuisine galactique, à la création de formes de vie et d'intelligence dépassant largement notre domaine de connaissance. (Coïncidence : je venais à peine de terminer le paragraphe ci-dessus que je recevais une note du rédacteur en chef de cette même auguste revue exprimant son appréciation sur un de mes précédents romans. Un de ces jours, il faudrait que j'essaie de retracer les interactions entre la science et la science-fiction. Ou, mieux que moi, quelque dynamique étudiant de troisième cycle, pour qui il y aurait là la matière d'une excellente thèse de doctorat.)

Le présent roman et ceux qui l'ont précédé dans la série « galactique » — *Dans l'océan de la nuit, À travers la mer des soleils* [1], *La Grande Rivière du ciel* et *Marées de lumière* [2] — doivent beaucoup à tous les scientifiques, éditeurs, universitaires et auteurs qui m'ont prodigué, au fil des décennies, leurs conseils, opinions, encouragements et critiques constructives.

Leur liste inclut, sans ordre particulier, Marvin Minsky, Sheila Finch, David Hartwell, Mark Martin, David Brin, Betsy Mitchell, David Samuelson, Steven Harris, Lou Aronica, Joe Miller, Jennifer Hershey, Stephen Hawking, Gary Wolfe, Norman Spinrad, David Kolb, Ruth Curl et Arthur C. Clarke, dont les idées stimulantes m'ont aidé à continuer.

Je remercie en particulier Mark Morris, de l'UCLA, qui a organisé et présidé le Symposium international de l'Union astronomique sur le centre de la Galaxie. Les données et théories fournies par cette rencontre et celles qui ont suivi m'ont poussé à voir au-delà du modèle que j'avais bricolé pour expliquer les phénomènes magnétiques au centre de la galaxie. Le fait de développer mes idées en public et de les voir décortiquées par des observateurs — épreuve toujours redoutable pour un théoricien ! — m'a amené à faire face à l'extraordinaire étalage de feux d'artifice, d'explosions violentes, d'énergies taraudantes et de (mystérieuses) structures hautement organisées qui caractérisent le noyau galactique. Cela a ouvert mon imagination aux possibilités de la vie (et, je suppose, de la mort) en un lieu aussi virulent et aussi extrême.

Je demande pardon aux lecteurs qui ont eu à attendre plusieurs

1. Publiés chez Denoël (1985). (*N.d.T.*)
2. Robert Laffont, « Ailleurs et demain » (1989 et 1990). (*N.d.T.*)

années entre les différents volumes de la série. D'autres romans demandaient à être écrits.

Il y a aussi la *vie réelle*, toujours exigeante. Mes idées sur la vie dans l'univers ont beaucoup changé depuis que j'ai installé Nigel Walmsley dans son odyssée en 1970 (en débutant par une nouvelle, *Icarus Descending*, qui fut plus tard légèrement adaptée et s'intègre à présent au début du roman *Dans l'océan de la nuit*.) Malgré toutes ces évolutions, je me suis efforcé de maintenir une cohésion entre ces romans. Des événements à cheval sur des dizaines de milliers d'années ne sont pas toujours faciles à unifier, surtout lorsque leur auteur a été occupé à autre chose.

Le volume qui conclura la série est maintenant à l'horizon. Je promets de le terminer et de le faire publier dans l'année qui suivra la sortie de celui-ci [1]. Je ferai peut-être de nouvelles incursions dans cet univers à l'avenir, si l'envie se présente, mais l'intrigue et les fils de raisonnement devront être noués et résolus à la fin du prochain roman. Quel étrange et long voyage cela aura été !

GREGORY BENFORD,
juin 1993

1. Il paraîtra dans la même collection en 1997. (*N.d.E.*)

Table

Troisième partie
LA FOSSE DU TEMPS

Quatrième partie
LA GORGE GRAVIFIQUE

Cinquième partie
ATTENTIONS MALVEILLANTES

AILLEURS ET DEMAIN

Prix Européen de Science-Fiction 1987
décerné par
la Société Européenne de Science-Fiction

1969

Fritz Leiber	*le Vagabond.* Hugo 1965

1970

Robert A. Heinkein	*En terre étrangère.* Hugo 1962
Philip José Farmer	*Ose*
Jack Vance	*un monde d'azur*
John Brunner	*le Long Labeur du temps*
Frank Herbert	*Dune.* Hugo 1966, Nebula 1965
Philip K. Dick	*Ubik* (Classiques)
Stefan Wul	*Œuvres* (Classiques)
Gérard Klein	*les Seigneurs de la guerre*

1971

Hal Clement	*Question de poids*
B.R. Bruss	*Et la planète sauta...* (Classiques)
Ursula K. Le Guin	*la Main gauche de la nuit.* Hugo 1970, Nebula 1969
Samuel R. Delany	*Nova*
Jacques Sternberg	*Futurs sans avenir*
Bernard Wolfe	*Limbo* (Classiques)
Norman Spinrad	*Jack Barron et l'éternité*
Jacques Spiltz	*l'Œil du purgatoire/l'Expérience du Dr Mops* (Classiques)

1972

Christian Léourier	*les Montagnes du Soleil*
Marc Wersinger	*la Chute dans le néant* (Classiques)
Frank Herbert	*le Messie de Dune*
Charles L. Harness	*l'Anneau de Ritornel*
John Brunner	*Tous à Zanzibar.* Apollo 1973, British Science Fiction. Association 1970, Hugo 1969

Stanislas Lem	*l'Invincible*
Philip K. Dick	*Au bout du labyrinthe*

1973

Robert Sheckley	*la Dimension des miracles*
Gérard Klein	*la Loi du talion.* Grand Prix de la Science-Fiction française 1974 (nouvelle)
Anthologie	*Sur l'autre face du monde,* et autres romans scientifiques de *Sciences et voyages* (Classiques)
Michel Jeury	*le Temps incertain.* Grand Prix de la Science-Fiction française 1974
Herbert Franke	*Zone Zéro*
Frank Herbert	*l'Étoile et le fouet*
André Ruellan	*Tunnel*
Wilson Tucker	*l'Année du soleil calme.* John W. Campbell Memorial 1976
Donald A. Wolheim	*les Faiseurs d'univers* (Essais)

1974

Robert Silverberg	*les Monades urbaines* (Classiques)
R. A. Lafferty	*Autobiographie d'une machine kistèque*
Philippe Curval	*l'Homme à rebours.* Grand Prix de la Science-Fiction Française 1975
William Hjortsberg	*Matières grises*
Vladimir Colin	*les Dents de Chronos*
Michel Jeury	*les Singes du temps*
Gilles d'Argyre	*le Spectre du hasard* (Classiques)
Philip K. Dick	*la Vérité avant-dernière*

1975

John Brunner	*le Troupeau aveugle*
Robert Silverberg	*l'Oreille interne*
Arthur C. Clarke	*Rendez-vous avec Rama.* British Science Fiction Association 1974, Hugo 1974, John W. Campbelle Memorial 1974, Locus 1974, Nebula 1973
Kurt Steiner	*Ortog* (Classiques)
Anthologie	*Utopies 75*
Pierre Jean Brouillaud	*Tellur*
Ursula K. Le Guin	*les Dépossédés.* Hugo 1975, Locus 1975, Nebula 1974
Gene Wolfe	*la Cinquième Tête de Cerbère*

1976

Pierre Christin	*les Prédateurs enjolivés*
Philip K. Dick	*l'Œil dans le ciel* (Classiques)
Philippe Curval	*Cette chère humanité.* Apollo 1977
Alfred Bester	*les Clowns de l'éden*
Michel Jeury	*Soleil chaud poisson des profondeurs*
Daniel Drode	*Surface de la planète* (Classiques)

1977

John Brunner	*Sur l'onde de choc*
Joanna Russ	*l'Autre Moitié de l'homme*
Robert Silverberg	*l'Homme stochastique* (Classiques)
Michel Derruth	*les Années métalliques*
Franz Werfel	*l'Étoile de ceux qui ne sont pas nés* (Classiques)
Pierre Pelot	*Transit*
Thomas M. Disch	*Génocides* (Classiques)

1978

John Brunner	*À l'ouest du temps*
Thomas M. Disch	*Camp de concentration* (Classiques). Ditmar 1969
Lester del Rey	*Crise*
Frank Herbert	*les Enfants de Dune*
Yves & Ada Rémy	*la Maison du Cygne.* Grand Prix de la Science-Fiction Française 1979
Robert Silverberg	*les Déportés du cambrien*

1979

Ursula K. Le Guin	*le Nom du monde est forêt.* Hugo 1973
Philip José Farmer	*le Fleuve de l'éternité* (Classiques). Hugo 1972
Michel Jeury	*le Territoire humain.* Rosny-Aîné 1980
Vonda N. McIntyre	*le Serpent du rêve.* Hugo 1979, Locus 1979, Nebula 1973 (novelette), Nebula 1978
Michael G. Coney	*les Brontosaures mécaniques.* British Science Fiction Association 1977
Christian Léourier	*la Planète inquiète*
Christian-Yves Lhostis	*Tous ces pas vers le jaune* (l'Écart)
Frank Herbert	*Dosadi*
Igor Bogdanoff & Grichke Bogdanoff	*l'Effet science-fiction* (Essais)

1980

George R. Stewart	*la Terre demeure* (Classiques). International Fantasy 1951
Michel Jeury	*les Yeux géants.* Rosny-Aîné 1981
Robert Sheckley	*le robot qui me ressemblait*
Philip José Farmer	*le Noir Dessein*
Norman Spinrad	*la Grande Guerre des Bleus et des Roses*
Robert Silverberg	*le Château de lord Valentin.* Locus 1981

1981

Philip K. Dick	*Glissement de temps sur Mars* (Classiques)
Lorris Murail	*l'Hippocampe*
Frank Herbert	*Destination : vide*
John Crowley	*l'Animal découronné*

Norman Spinrad *les Miroirs de l'esprit*
Robert Silverberg *Shadrak dans la fournaise.* Cosmos 2000 1982
Frank Herbert & Bill Ransom *l'Incident Jésus*

1982

Philip José Farmer *le Labyrinthe magique*
David J. Skaï *les Croque-morts*
Suzy McKee Charnas *un vampire ordinaire*
Frank Herbert *l'Empereur-dieu de Dune*
Damon Knight *Passé la barrière du temps* (Classiques)
Rob Swigart *le Livre des révélations*
Michel Jeury *l'Orbe et la Roue.* Appollo 1983, Cosmos 2000, 1983

1983

Robert Silverberg *Chroniques de Majipoor*
A. A. Attanasio *Radix.* Cosmos 2000 1984
Emmanuel Jouanne *Nuage.* Galaxie 1988
Gene Wolfe *l'Ile du docteur Mort et autres histoires.* Locus 1974 (novella), Nebula 1973 (novella)
Arthur C. Clarke *2001 : l'odyssée de l'espace* (Classiques)
Philippe Curval *En souvenir du futur*
Robert Sheckley *Dramoclès*
Frank Herbert *la Mort blanche*

1984

Robert L. Forward *l'Œuf du Dragon.* Locus 1981
Philip K. Dick *Mensonges & Cie*
Brian W. Aldiss *le Printemps d'Helliconia.* British Science Fiction Association 1983, John W. Campbell Memorial 1983
Charles Sheffield *la Toile entre les mondes*
Barrington J. Bayley *le Rayon zen*
Frank Herbert & Bill Ransom *l'Effet Lazare*
Jacques Sadoul *Histoire de la science-fiction moderne* (Essais)
Philip José Farmer *les Dieux du Fleuve*

1985

Robert Silverberg *Valentin de Majipoor*
Philip K. Dick *Coulez mes larmes, dit le policier* (Classiques). John W. Campbell Memorial 1975
John Brunner *le Creuset du temps*
Charles Sheffield *les Chroniques de McAndrew*
Frank Herbert *les Hérétiques de Dune.* Cosmos 2000 1986
Michel Jeury *le Jeu du monde.* Julia-Verlanger 1986
Michael G. Coney *la Locomotive à vapeur céleste*

1986

Robert L. Forward	*le Vol de la libellule*
Brian W. Aldiss	*Helliconia, l'été*
Robert Silverberg	*Tom O'Bedlam*
Kevin O'Donnell Jr.	*ORACLE.* Mannesmann-Tally 1987
Frank Herbert	*la Maison des mères*
Michael G. Coney	*les Dieux du grand loin*
Christopher Priest	*le Don.* Kurd, Labwritz 1988

1987

Keith Roberts	*Survol*
Michael G. Coney	*la Grande Course de chars à voiles*
Lucius Shepard	*les Yeux électriques*
Gregory Benford & David Brin	*Au cœur de la comète*
Brian & Frank Herbert	*l'Homme de deux mondes*
A. A. Attanasio	*l'Arc du rêve*
Robert Silverberg	*l'Étoile des Gitans*

1988

Brian W. Aldiss	*l'Hiver d'Helliconia.* British Science Fiction Association 1986
Gregory Benford	*En chair étrangère*
Pamela Sargent	*Vénus des rêves*
Lucius Shepard	*la Vie en temps de guerre.* Locus 1987 (novella), Nebula 1986 (novella)
Frank Herbert & Gail Ransom	*le Facteur ascension*
Mike McQuay	*Mémoire*
Arthur C. Clarke & Gentry Lee	*la Terre est un berceau*

1989

Gregory Benford	*la Grande Rivière du ciel*
Robert Silverberg	*A la fin de l'hiver*
Norman Spinrad	*Rock Machine*
Greg Bear	*Éon*
Greg Bear	*Éternité*
Ian McDonald	*Desolation Road.* Locus 1989
Pamela Sargent	*le Rivage des femmes*
Michael G. Coney	*le Gnome*

1990

Robert Silverberg	*Jusqu'aux portes de la vie*
Norman Spinrad	*l'Enfant de la fortune*
Gregory Benford	*Marées de lumière*

Robert Silverberg	*la Reine du printemps*
Michael Coney	*le Roi de l'île au spectre*
Ian McDonald	*Etat de rêve*

1991

Ursula Le Guin	*Terremer* (classiques)
Robert Silverberg	*la Face des eaux*
Ursula Le Guin	*Tehanu*
Pamela Sargent	*Vénus des ombres*
Robert Reed	*la Jungle hormone*
Dan Simmons	*Hypérion,* Hugo 1990

1992

Tain M. Banks	*l'Usage des armes*
Robert Reed	*le Lait de la chimère*
Dan Simmons	*la Chute d'Hypérion*
Ian M. Banks	*l'Homme des jeux*
John Campbell	*le ciel est mort*

1993

Orson Scott Card	*Xénocide*
Robert Silverberg	*les Royaumes du mur*
Ian M. Banks	*une Forme de guerre*
Greg Bear	*la Reine des anges*

1994

Robert Reed	*la Voie terrestre*
Charles Sheffield	*le Frère des dragons*
Harry Harrison & Marvin Minsky	*le Problème de Turing*
Vernor Vinge	*un feu sur l'abîme.* Hugo 1993, Locus 1993

1995

Robert Silverberg	*Ciel brûlant de minuit*
Greg Bear	*l'Envol de Mars.* Nebula 1995
Robert Silverberg	*les Montagnes de Majipoor*
Robert Reed	*le Voile de l'espace*

1996

Neal Stephenson	*le Samouraï virtuel*
Greg Egan	*la Cité des permutants*
Dan Simmons	*Endymion*

Cet ouvrage a été réalisé par la
SOCIÉTÉ NOUVELLE FIRMIN-DIDOT
Mesnil-sur-l'Estrée
pour le compte des Éditions Robert Laffont
24, avenue Marceau, 75008 Paris
en septembre 1996

La photocomposition de cet ouvrage
a été réalisée par
GRAPHIC HAINAUT SA
59690 Vieux-Condé

Imprimé en France
Dépôt légal : septembre 1996
N° d'édition : 37240 - N° d'impression : 35814